LOCUS

LOCUS

RECREATION

R 02
阿努比斯之門
The Anubis Gates
作者： 提姆・鮑爾斯（Tim Powers）
譯者：顏湘如
責任編輯：林毓瑜　美術編輯：謝富智
法律顧問：全理法律事務所董安丹律師
出版者：大塊文化出版股份有限公司
台北市105南京東路四段25號11樓
www.locuspublishing.com
讀者服務專線：0800-006689
TEL：(02) 87123898　FAX：(02) 87123897
郵撥帳號：18955675　戶名：大塊文化出版股份有限公司

總經銷：大和書報圖書股份有限公司　地址：台北縣五股工業區五工五路2號
TEL：(02) 89902588　FAX：(02) 22901658
製版：瑞豐實業股份有限公司
初版一刷：2004年 8 月

定價：新台幣 380元
Printed in Taiwan

阿努比斯之門

The Anubis Gates

提姆・鮑爾斯（Tim Powers）
顏湘如 譯

CONTENTS 目錄

正史抑或秘史，想像還是瘋狂？

——淺談提姆·鮑爾斯的小說

灰鷹

我重新發現提姆·鮑爾斯的小說，是在兩年前到美國參加世界科幻大會（World Science Fiction Convention）的時候。爲何說「重新發現」？因爲我早幾年看過他的成名作《汲取黑質》，可惜當年眼界未開，尚不懂欣賞箇中奧妙，只覺得這本書古怪有趣，便擱置一旁。

《汲取黑質》的主角是個十六世紀的愛爾蘭傭兵，受困於土耳其帝國大軍包圍的維也納，經歷一連串匪夷所思的超自然冒險，方知自己是不斷轉世重生的英雄——近似於麥可·摩考克所創造的永恆鬥士（Eternal Champion），前世曾經是亞瑟王和齊格飛，命中注定要在梅林輔佐之下，與黑暗勢力對抗。維也納象徵東西世界的交界，亦是善惡的最終決戰場；漁人王[1]長居於此，衝突的重心竟是城中古老酒館，其釀造啤酒後所生的黑質是唯一能恢復漁人王精力，長保西方繁榮的靈藥。撇除多少有些西方本位的善惡分界，鮑爾斯在此將亞瑟王傳奇作了最神乎其技的搬演，在看似胡鬧的情節中大膽提出對西方文明全史的嶄新解釋，成就相當驚人。

聖荷西科幻大會開始之前，我先到舊金山和洛杉磯等地觀光，第一次在美國買書就是鮑爾斯榮獲菲利普・迪克獎（Philip K. Dick Award）的《阿努比斯之門》，這才讓我對鮑爾斯徹底改觀。這本小說描寫研究浪漫時期的文學教授布蘭登・道爾，受雇於一位罹患癌症的億萬富翁，回到十九世紀倫敦去聽詩人柯律治的演講，不料卻遭吉普賽人綁架而留在過去。鮑爾斯把時間旅行、夢想恢復古埃及榮光的不死術士、倫敦的狼人傳說、詩人拜倫和柯律治軼事、由怪小丑領軍的倫敦的地下犯罪組織和古埃及神話攪在一起，譜出一首暢快淋漓的歷史狂想曲。讀完後我只有一個想法：「這傢伙是不是瘋了？」因為正常人哪想得出如此光怪陸離的故事，然而書中一切卻又那麼天衣無縫，立論嚴謹，證據確鑿，叫人不信也難。

這就是鮑爾斯獨樹一幟的風格：發掘看似平凡無奇的歷史事件，賦予全新的觀點，綜合神話、傳說等線索，推導出讓人亮眼的「秘史」。《阿努比斯之門》的靈感即是源於拜倫寫給約翰・穆雷（John Murray）的一封信，提到一八一〇年自己臥病土耳其的時候，有朋友宣

註一：漁人王，Fisher King，亞瑟王傳說中的聖杯守護者。因為受長槍所傷，無法狩獵只能捕魚，故有此名。他的槍傷顯示出他基督式的角色，同時與大地的豐饒或荒蕪有關。漁人王的傷口不癒，世界便是荒原（Waste Land）。漁人王和荒原的意象是鮑爾斯筆下的重要主題，後來又在《牌局的盡頭》等書中出現。

稱在倫敦街道上與他擦身而過。這個史料到了小說家手裡，被解釋成巫師爲了阻止大英帝國殖民埃及，便用妖術製造拜倫分身，派回英國搞破壞。鮑爾斯認爲自己寫的是「硬派奇幻」（Hard Fantasy），亦即盡可能使超自然要素有合理解釋，而不只是憑空揑造。這也是爲何他每一部作品都先經過嚴謹考證，務使每一道線索合情合理。

如同凱佛列・凱伊（Guy Gavriel Kay）曾協助托爾金之子編纂《精靈寶鑽》，鮑爾斯出道前也有段不凡境遇。他在加州大學富樂頓分校求學的時候，結識了晚年的科幻大師菲利普・迪克，與另外兩位年輕作家詹姆斯・布雷洛克（James P. Blaylock）和杰特（K. W. Jeter）時常在迪克家聚會，可謂其「入室弟子」。有趣的是，他們早年的作品雖多是科幻❷，後來卻都朝混合類型的方向發展：鮑爾斯以顛覆歷史的狂想奇幻見長，筆調熱情激昂；布雷洛克近來專注描繪南加州故鄉的魔幻寫實背景，筆調含蓄而冷靜；杰特的「純」科幻作品可能最多，但他最受稱道的反而是陰森黑暗的恐怖小說。

不過，迪克那嗑藥過頭的陰謀論妄想，多少還是影響了他的弟子，在鮑爾斯身上尤其明顯。他曾在訪談裡表示，自己寫作就像每天早上通車去「妄想症國度」上班，秉持「一切都不是巧合，冥冥中定有安排」的寫作態度。其實，我們不也常爲車子拋錨、掉了手機或錯過公車等看似隨機而無意義的不如意事合理化，試圖從中尋找生命潛藏的意義或秩序？鮑爾斯認爲這恰好反映出萬事萬物中的確有某種秩序存在，只是待人發掘。這也就是爲何即使到了今天，神話依然能深入人心，那是人類與生俱來的生存和認同本能。更有趣的是，在他苦心孤詣收集資料，堆砌出各種理論後，往往會找到足以佐證自己理論的資料，更加深了他「世事絕無巧合」的信念。

鮑爾斯和布雷洛克私交甚篤，每一部作品提獻詞中都有對方名字。《阿努比斯之門》裡的威廉・艾希布雷斯原是兩人寫詩共用的筆名，後來索性爲他編造生平，彷彿眞有其人。近來他們合著了《威廉・艾希布雷斯紀念食譜集》（*The William Ashbless Memorial Cookbook*），甚至假借艾希布雷斯名義，發表《談海盜》（*On Pirates*），呼應鮑爾斯稍早同樣主題的《怪浪濤天》。這本小說敘述英國青年要向叔父討回遺產，航海途中遭黑鬍子船長擄去，被迫加入海盜生涯。在巫毒魔法的作用下，黑鬍子帶領一群殭屍海盜，追尋傳說中的青春之泉，比電影「神鬼奇航」還要精彩。書中一位英國科學家爲了救回死去的妻子，不惜犧牲自己女兒，把妻子的靈魂放到她身上。「永生的追尋」和「對已逝愛人的追念」，都是從《阿努比斯之門》延續下來的母題。

另一個鮑爾斯念茲在茲的議題，乃是身份的轉移與僞裝。「秘史」原本就是在既有認知和所謂的「眞相」間縱橫出入，在《阿努比斯之門》中不但有時空錯置、肉體的對調、女扮男裝，更有魔法造出的分身；《女妖的凝視》主角的新婚妻子遭蛇首人身的拉彌亞女妖殺

註二：他們早期的作品被視為蒸汽叛客類作品的先驅，布雷洛克的《侏儒》（*Homunculus*）曾獲菲利普・迪克獎，杰特的《莫洛克之夜》（*Night of the Morlock*）則接續威爾斯的《時間機器》，描寫莫洛克族人回到十九世紀倫敦興風作浪。杰特後來還為師父的名作《銀翼殺手》寫了幾本續集。

害，意圖取而代之，還被妻子精神分裂的孿生妹妹追殺。《牌局的盡頭》、《保存期限》和《地震天氣》三書以加州為背景，重審漁人王——聖杯的亞瑟王神話，把賭城拉斯維加斯和洛杉磯想像成因漁人王死去的現代荒原；新作《宣言行動》表面上是約翰雷卡勒式的間諜小說，實際上則探索亞拉臘山頂的挪亞方舟、阿拉伯的勞倫斯之死、以及美蘇冷戰眞相。這本書被出版社當作主流小說行銷，在市場上獲致極大成功，很可能是鮑爾斯至今最暢銷的一部著作。

我在科幻大會上聽了一場題為「歷史奇幻」的講座，與會作家多半是歷史學者出身，星雲獎得主派特·莫菲（Pat Murphy）認為「歷史比小說更離奇。」（History is stranger than fiction），尤其令我印象深刻。她舉了個例子：十九世紀愛爾蘭有個巨人，跟隨馬戲團在英國各地巡迴演出。每到一處，總有許多外科醫師尾隨而至，希望他死後能捐出骨頭供其解剖研究。巨人嚇壞了，於是和殯儀館商量好，死後絕對要幫他下葬，千萬不能讓屍體落入他們手中。可是有一名意志堅決的醫生不惜重金買通殯儀館老闆，等巨人死後，便趁著夜黑風高，駕馬車去挖墳。根據當時的法律，如果挖出的屍體還穿著衣服，那就是犯法盜墓；可是如果屍體光溜溜的，則不算違法。結果這位醫生當眞把巨人脫了精光，抱著屍體乘馬車回家。想像一個身穿燕尾服，頭戴高禮帽的紳士，和巨人屍體一同擠在馬車裡，那是何等怪誕的景象！歷史的確提供了取之不盡，用之不竭的寫作素材，在鮑爾斯這樣想像力豐富的作家詮釋下，展現全新的風貌。

如果不是那次在美國買下《阿努比斯之門》，我也不會回國後四處向人推薦，更不用說替中文版撰文介紹了。世事絕無巧合，鮑爾斯的說法似乎還眞有幾分道理。喔，對了，差點忘記說，我是在舊金山「漁人碼頭」旁的書店買到這本書的。

提姆・鮑爾斯作品年表

一九七六：長篇小說《蒼穹退位》（*The Skies Discrowned*）
一九七六：長篇小說《生鏽的碑文》（*Epitaph in Rush*）
一九七九：長篇小說《汲取黑質》（*Drawing of the Dark*）
一九八三：長篇小說《阿努比斯之門》（*The Anubis Gates*）
一九八四：長篇小說《魔宮晚餐》（*Dinner at Deviant's Palace*）
一九八七：長篇小說《怪浪濤天》（*On Stranger Tides*）
一九八九：長篇小說《女妖的凝視》（*The Stress of Her Regard*）
一九九二：長篇小說《牌局的盡頭》（*Last Call*）
一九九五：長篇小說《保存期限》（*Expiration Date*）
一九九七：長篇小說《地震天氣》（*Earthquake Weather*）
二〇〇〇：長篇小說《宣言行動》（*Declare*）
二〇〇〇：短篇集《暗夜行路》（*Night Moves and Other Stories*）

沒有人能兩度進入同一條河流，
因為第二次便已不是同一條河，而人也不是同一個人。

——赫拉克利圖斯

……他們在世界黑暗古老之地移動：
像水手，曾一度健康且眼明手快，
當船出現破洞，他們無法接受
損毀的事實與逃亡的必要，
卻選擇乘著心愛的船骸
沈入黑暗；但他們並未溺斃，
而是繼續揚帆
在午夜深淵的水中逆流前進，
由深淵到深淵到漆黑的懸崖
拚著命尋找上岸的機會；
他們乘著破船緩緩航行，
很快便不再冀望亮光
與空氣與存活的同伴——從此
他們只想尋找最深處的樹叢，
離幾乎已遭遺忘的太陽最遠的樹叢……

——摘自威廉・艾希布雷斯〈黑夜十二小時〉

§第一部§

毛茸茸的臉

序曲：一八〇二年二月二日

儘管失去的多，留住的也多；
儘管已不復昔日撼天動地的神力，我們仍是我們……

——但尼生

山坡頂上有個耄耋老人站在兩棵樹之間，他原以爲自己再也燃不起一絲渴望，此時卻帶著熱切的懷舊心情凝望最後一群人收拾起野餐籃，騎上馬往南馳去。他們走得有點急，因爲回倫敦還有整整六哩路，而西方兩哩外布倫特河畔的樹幹枝枒，已經在紅日下映出黑影。

他們離開後，老人轉身注視著緩緩西下的落日。萬年船哪，他心想；奄奄一息的太陽神拉正駕著這艘船，搶風迂迴而下西方天空，航向冥河的源頭，然後順流由西向東駛過冥府、駛過十二個小時的黑夜，抵達最東端之後，這艘船將會於明日載著一個再度青春洋溢、熊熊燃燒的太陽重新出現。

又或者，他痛苦地想，這其實是一個靜止不動、與我們遙遙相隔的巨大火球，即使宇宙如此之大恐怕也涵蓋不了。至於我們這個繞著它轉的小小星球，則不過像是聖甲蟲放出的一粒小屎球罷了。當他慢慢走下山坡，心中暗忖：依你的意思選擇吧……但你得有甘心就死的準備。

他不得不小心翼翼地走著，因爲他穿著日式木屐，踩在凹凸不平的泥土與草地上很難保持優雅的姿態。

帳棚和篷車中已亮起燈火，各種濃烈的氣味交織，隨著清涼的晚風迎面撲來：有拴在一旁的驢子身上發出的刺鼻土臭味，有木柴燃燒的煙味，還有烤刺蝟的香味，這是他的族人情有獨鍾的一道菜。此外，他彷彿也隱約嗅到當天下午運抵的板條箱傳來一陣陳腐的氣味，就像是一些爲了讓人反胃而非開胃的古怪香料所發出的霉味，夾雜在漢普斯德石南地陣陣清爽的微風中，著實十分突兀。他走近圍聚的帳棚時，營地裡立刻迎上來兩條狗，但和往常一樣，牠們認出他之後隨即後退。其中一隻還掉過頭去，特意大步跑向最近的營帳，另一隻則顯然心不甘情不願地陪著阿美諾皮斯・菲齊走進營區。

聽到狗的叫喚後，有個皮膚黝黑、身穿燈芯絨條紋上衣的男子從帳中走出來，穿過草地朝菲齊走來。他也和那兩條狗一樣，到了老人跟前便停下來，說道：「rya（註：吉普賽語，意爲「先生」），你好。要不要吃個晚飯？火上正烤著hotchewitchi（刺蝟），聞起來很kushto（香）。」

「我想，hotchewitchi聞起來總是這麼kushto吧。」菲齊心不在焉喃喃地說：「不過不用了，謝謝你。你們自己吃吧。」

「rya，我不吃的——我的貝西以前最喜歡烤hotchewitchi，所以自從她mullered（死）以後，我就再也不吃了。」

菲齊顯然沒有聽進去，但還是點點頭說：「很好啊，理查。」他停頓一下似乎等著對方插話，但理查一語不發，他便又接著說：「太陽下山以後，找幾個chals（小伙子）把那個板條箱搬到河岸邊羅曼尼博士的帳中。」

理查搔搔抹油的山羊鬍，遲疑地推託問道：「你是說那個水手chal今天送來的板條箱？」

「不然你以為我說的是哪一個啊，理查？沒錯，就是那個。」

「rya，chals都不喜歡那個箱子。他們說那裡頭不知有什麼東西mullo dusta beshes（死了很多年了）。」

菲齊皺了皺眉，將斗篷拉得更緊些。最後幾線陽光已經被他留在山坡頂上，他那張凹凸粗糙的臉夾在這些陰影當中，似乎也和石頭或樹幹一樣死氣沈沈。過了好一會，他才終於開口：「其實，那裡頭的東西確實已經有dusta beshes（很多很多年了）。」他對這個膽怯的吉普賽人微微一笑，那笑容就好像一部份山坡崩塌後露出了古老的白色石頭：「不過它還沒有mullo（死），我……希望如此。還不算mullo了吧。」

這種說法絲毫安撫不了理查，他依然開口婉拒；但菲齊卻已轉身，大步穿越空地走向河邊，他的斗蓬被風吹得飄揚起來，有如巨大昆蟲的翅鞘。

理查嘆了口氣，垂頭喪氣地朝其中一個帳棚走去，他一跛一跛地走，希望能藉此獲赦，不用去幫忙搬運那個可怕的木箱。

菲齊沿著逐漸暗下來的河岸，緩慢而小心地走向羅曼尼博士的帳棚。在此傍晚時分，除了沙沙的風聲之外，四下出奇地安靜。吉普賽人似乎察覺到今晚將有大事發生，全都和他們的狗一樣，走動時無聲無息，就連蜥蜴也不再在河邊蘆葦叢中蹦跳、戲水。

帳棚豎立在一塊空地上，周圍附近每棵樹上都垂掛著繩索，數量之多足以用來支撐一艘大船的桅帆。許多釣魚繩在十來根直立柱子輔助下，支撐著羅曼尼那個層層疊疊、飄揚、鼓脹的帳棚。菲齊心想，這看起來就像一個胖修女穿著厚厚的禦寒外衣，蹲在河邊彷彿在祈禱。

他彎身從幾條繩子底下穿過，來到門口拉開門簾走進主室，十多盞燈投射在覆蓋於牆壁、地板與天花板的毛毯上，刺得他直眨眼。

羅曼尼博士從桌邊站起來，菲齊忽然感到一陣絕望與嫉妒。爲什麼，菲齊滿懷恨意地自問，爲什麼去年九月在開羅抽到短麥稈的人不是羅曼奈利，而是他自己？菲齊扯下土褐色的斗蓬和帽子，丟到角落去。他禿禿的頭頂活像磨光不佳的象牙在燈光下閃閃發光。

羅曼尼從房間另一頭走過來，由於穿著彈簧底的高跟鞋，身子一上一下怪異地跳動著。他緊握住菲齊的手，用深沈而微弱的聲音說：「今晚我們……你……要做的是件大事，我只希望能親自來陪著你。」

菲齊有點不耐地聳聳肩：「我們倆都是僕人。我的崗位在英國，你的在土耳其。我完全明白你今晚爲什麼只能以……」他大手一揮：「分身出現。」

「不用我多說，」羅曼尼聲調平平，聲音卻更加深沈，彷彿想從周遭的毛毯擠出一點回音：「萬一你今晚死了，放心，我們一定會將你做成木乃伊，依循一切正規儀式與祈禱爲你下葬。」

「如果我失敗的話，」菲齊回答：「將不會有任何祈禱的對象。」

「我沒有說『失敗』。你可能會成功地打開那幾扇門，卻犧牲了生命。」羅曼尼不慌不忙地指正：「如此一來，當然要採取一些適當措施。」

「好極了。」菲齊有氣無力地點點頭說。「很好。」他又加了一句。

門口響起一陣急促的腳步聲，接著有一個聲音憂慮地問道：「Rya？你要我們把木箱放在哪裡？快點，我想河裡的鬼魂就快要出來看看裡面裝了什麼！」

「倒也不是不可能。」羅曼尼博士喃喃地說，菲齊則指揮那群吉普賽人把東西搬進來，放在地上。他們盡快完事後離開，但匆忙中仍不失禮數。

剩下兩個老人靜靜地盯著木箱，看了好一會之後，菲齊才起身說話：「我已經指示我的吉普賽人，說我……不在的時候，要奉你爲首領。」

羅曼尼點點頭，然後俯身開始動手扭開箱子的頂蓋。他把幾團皺皺的紙丟到一旁，小心端出一個用細繩綑住的小木盒。他將木盒放到桌上，又轉回木箱旁，把剩餘已經鬆脫的木板全部拆掉，一面費力地嘟囔著，一面抬出一個紙包裹放在地上。包裹四四方方的，每邊長三呎，有六吋厚。

他抬起頭說：「是那本書。」當然這句話是多餘的，因爲菲齊知道那是什麼。

「他要是能在開羅做就好了。」他小聲地說。

「這是大英王國的核心。」羅曼尼博士提醒道：「還是你以爲他能出遠門？」

菲齊搖搖頭，然後蹲在桌子旁邊，從桌子底下拿起一個側邊有活動機關的玻璃球。

他把球放在桌上，開始解開小木盒的繩結。在此同時，羅曼尼也除去了包裹的包裝紙，露出一個黑色木盒，盒子上以象牙碎片鑲嵌成數百個古埃及王國的象形文字。皮製的盒栓異常脆弱，羅曼尼才試著要將它鬆開便散裂粉碎了。裡頭有一個已經變黑的銀盒，也有類似的突起的象形文字。當他掀開銀盒的蓋子，立刻看見一個金盒，手工精緻的外觀在燈光下熚熚生輝。

菲齊將小木盒打開，拿出一個用層層棉花保護，並塞著軟木塞的玻璃瓶。瓶子裡有約莫一盎司的黑色黏稠液體，底下似乎有沈澱物。

羅曼尼博士深深地吸了一口氣之後，掀開金盒的蓋子。

起初羅曼尼博士以為所有的燈都在同一時間熄滅了，但他斜瞄一眼，卻發現火焰仍燒得和剛才一樣旺。但是幾乎所有的光線都不見了，他現在就好像透過好幾層被煙燻黑的玻璃在看這個房間。他把衣領拉攏一些，因為溫度彷彿也降低了。

這天晚上，他首度感到害怕。他強迫自己低頭看著盒子裡的書，那本吸取了房中光線與溫度的書。象形文字在古老的紙莎草紙上閃耀著——不是因為光線，而是因為有一種激化的黑，似乎眼看著就要從他的眼中吸出他的靈魂。文字的意義瞬間便清晰地烙印在他心上，就算不懂古埃及文字的人也會有這種感覺，因為這些文字是語言之父兼守護神的托特在世界創建之初所寫下的。羅曼尼恐懼之餘硬生生將視線移轉開來，因為他能感覺到，這些字像是施洗似的在他的靈魂留下印記。

「血，」他聲音粗嘎地說，似乎連空氣傳送聲音的能力也減退了：「我們主人的血。」

他對著菲齊模糊的臉孔重覆說道：「把它放進球內。」

他只看到菲齊用拇指將球體側邊的活動門彈開，把玻璃瓶送到開口前，然後拿掉軟木塞，黑色液體流入後往上噴濺，弄髒了玻璃球的頂部。月亮一定出來了，羅曼尼心想。有一滴血落入菲齊的手掌，想必燒灼得厲害，因為他咬著牙發出尖銳的嘶嘶聲。

「再來……就靠你自己了。」羅曼尼博士聲音嘶啞地說完，便搖搖晃晃走出帳棚來到空地，相較之下外頭的晚風還算溫暖。他跌跌撞撞走上河岸，由於腳上那雙怪鞋讓他走起路來歪歪斜斜的，最後他在上游五十碼的一處緩坡上蹲下，回頭望向帳棚時，依然氣喘不已、心跳怦然。

當呼吸與心跳漸趨平緩之後，他想起剛才瞥見的《托特之書》，不禁打了個哆嗦。如果需要任何文獻證明過去一千八百年間巫術的逆轉，這本史前書籍就是證據。雖然羅曼尼從未眞正看過，但他知道數千年前，當塞拿卡恩瓦斯特王子進入卜塔奈菲爾卡位於孟斐斯的墓穴找這本書時，便看見書本散發的光芒照亮整個墓室。

即使在當初，他難過地想，在巫術還沒有這麼困難，也不會讓施咒的巫師犧牲的時代裡，像今晚如此費盡心力所準備的符咒，恐怕也都具有高度危險性，而且即便在嚴格控制下，還是可能發生無法預料的扭曲結果。即使在當初，他心想，也只有最勇敢、最優秀的祭司才膽敢使用「赫考」──魔力咒語，也就是菲齊今晚要說的咒語：這是用來召喚並請求狗頭神阿努比斯──或者不管祂現在變成了什麼──前來附身。埃及強盛時期，阿努比斯便負責掌理冥府以及這一世通往另一世的各扇門。

羅曼尼博士將目光從帳棚移開，茫然地望向河對岸，一大片石南綿延到另一處坡地，坡頂上的樹在微風中搖晃著細瘦的樹枝，在他看來枝幹這麼細的樹似乎不該長那麼高。他心想，這風有如流動的杜松子酒，濃烈、純淨且帶有漿果的味道，正在撩撥這片北方景致。

有感於這些事物不相容的特質，他想起了四個月前，他和菲齊奉主人之命，前往開羅協助他度過新危機。

雖然政局的動盪不安使他們的主人無法離開家門，但他卻已經有好一陣子，利用一群密探以及勝數不盡的財富，企圖肅清埃及國內回教與基督教的腐敗份子，甚至想進一步驅逐統治階層的土耳其帕夏與其外籍傭兵，復興埃及成爲獨立的世界強權。儘管四年前的金字塔戰役最後看似失敗——因爲法國人進入了埃及——但那卻是他第一次眞正的突破。羅曼尼瞇起雙眼，想起那個炎熱的七月午後，尼羅河上傳來法國軍隊毛瑟槍的一波波回音，還搭配著馬木祿克騎兵隊進攻時的擊鼓聲……到了傍晚，埃及的統治者易卜拉欣帕夏與穆拉德．貝伊❶的軍隊已被擊破，而法國軍隊則在年輕將領拿破崙的領導下成功地進佔。

突然間，一陣痛苦的狂嚎嚇得羅曼尼博士趕緊站起來，聲音在河邊樹林間迴響了數秒，

註一：十六世紀埃及成為鄂圖曼帝國的一省，並由一名帕夏與數名貝伊管理，貝伊則是從馬木祿克人當中挑選出來。

停息之後，他聽到一個吉普賽人驚恐地喃喃念著護身咒。帳棚中沒有再發出聲音，羅曼尼鬆一口氣之後又蹲了下來。祝你幸運了，阿美諾皮斯，他心想——我本想說「願神與你同在」，但這卻是你現在正決定要做的。他不安地搖搖頭。

法軍得勢之後，恢復舊體制似乎已全然無望，而他們的主人利用巫術精心操縱著風向與潮水，在不到兩星期之後，便神秘地幫助英國海軍上將納爾遜將軍殲滅了法國艦隊。可是另一方面，法國的佔領卻也對主人有利，因為法國削弱了馬木祿克貝伊們的狂妄氣焰，並於一八〇〇年將一直箝制著埃及的土耳其傭兵驅逐出境。而且當拿破崙返回法國之後，坐鎮開羅的克萊柏將軍既沒有干涉主人的政治陰謀，也沒有阻止主人努力引誘回教徒與哥普特人回歸多神教，信奉奧塞利斯、伊西絲、何露斯和拉神。事實上，法國的佔領對埃及的影響就好像金納的牛痘如今對人體的明顯作用：以一種較易控制而且一段時間後便能輕易消滅的病毒，來取代另一種非等到寄主死亡不肯罷休的致命病毒。

接下來，當然就開始出問題了。從阿勒坡來了一個瘋子，在開羅的大街上將克萊柏刺殺身亡，而英國人便在後續幾個月的混亂中趁虛而入。到了一八〇一年九月，克萊柏的繼任者由於無法勝任，於是便向開羅與亞歷山大城的英國人投降了。英國人進駐短短一個星期，已經逮捕十來名主人的密探。新上任的英國統治者甚至找到理由，將主人建造於城外、供奉古老神祇的廟宇給關閉了。

主人在無計可施的情況下，分別從英國和土耳其召來兩名最年長也最得力的手下阿美諾皮斯・菲齊和蒙博多・羅曼奈利博士，向他們透露接下來的計畫。雖然這個計畫過於異想天開，以致於無意中顯露出這個老人家的老態，但他卻堅持唯有如此才能讓英國消失於世界版圖，並恢復埃及失去已久的強權。

他們在主人居住的巨大廳室與他會面，裡頭除了主人，就只有四尊「烏沙布提」——眞人大小的男性蠟像。主人高坐在奇特的天花板座位上，一開始就談起基督教，說這個使巫術的生命汁液蒸發殆盡，如今僅剩乾枯軀殼的赤陽，目前正由於伏爾泰、狄德羅與高德溫之輩的文章，而興起疑雲將其遮掩。

羅曼奈利向來沒有耐心，對這位老巫師的一番隱喻也不例外，便大膽插嘴問道：這一切對於將英國人逐出埃及有何助益？

「我們要進行一個魔法程序……」主人開始說。

「魔法！」羅曼奈利雖然懼怕主人，卻仍極盡輕蔑地打斷他的話：「最近只要我們試圖向街上的狗群施法讓牠們閃開，就會發生頭痛和亂視的情形，更別提會瘦上五磅了。甚至還多半會出差錯，使得所有的狗當場猝死。要是揮舞棍棒朝牠們大叫可能還簡單一點。三年前你在阿布契灣操弄天氣之後受了什麼樣的苦，相信你應該沒有忘記。你的眼睛乾癟得就像在太陽底下過度曝曬的椰棗，而你的腳……」

「你說得沒錯，我並沒有忘記。」主人冷冷地說，半復原的眼睛盯著羅曼奈利看，而後者一如往常地，面對他眼中所燃燒的近乎愚蠢的恨意不由得打起哆嗦：「雖然有人會代表我在場，但你們當中必須有一人執行這個念咒儀式，因爲這個儀式得在最接近大英帝國核心之處舉行，也就是倫敦城，而我目前的身體狀況卻又無法遠行。雖然我會爲你們提供一切最有力的保護與護身符，但誠如你所說，這項儀式會傷了巫師些許元氣。我讓你們從那塊桌布上抽麥稈，誰抽到短麥稈就由誰來執行。」

菲齊和羅曼奈利看了看從桌巾底下突出來的兩截麥稈，然後彼此互看。

「是什麼樣的咒語？」菲齊問道。

「你知道我們的神不在了。祂們現在住在杜阿特——冥府，而冥府的門已經被某種力量關閉了一千八百年，我不知道是什麼力量，但我相信一定和基督教有關。阿努比斯是冥府與冥府諸門之神，但卻已經無法以任何形體出現在這裡。」主人的座椅略微移動，他則痛苦地閉上眼睛片刻，最後才粗暴地說：「《托特之書》裡有一句咒語，能夠召喚阿努比斯附身於巫師身上。這麼做能讓阿努比斯神擁有形體，你的形體。當你念那個咒語時，也會同時寫出另一個咒語，這是我親自構思的魔法，可以在兩個世界間開設新的門。這些門洞不僅能貫穿死亡之牆，也能貫穿時間之牆，倘若成功的話，這些門將會從四千三百年前的杜阿特開啓，當時正是眾神——與我——的全盛時期。」

接著，三人都沈默了好一會，主人的座椅又艱難地移動數吋。最後菲齊開口問道：「什麼時候舉行？」

「如此一來，」主人輕輕地說，球形房間裡響起回音：「埃及眾神將會突襲現代英國。活生生的奧塞利斯和清晨天空的拉神會把基督教堂撞成斷垣殘壁，何露斯和孔蘇會以他們本身的強大力量驅散目前的一切戰亂，而塞特和塞貝克等妖魔則會呑噬所有反抗者！埃及將會恢復至高無上的掌控權，重現清淨嶄新的世界。」

那麼你或是我們又能在清淨嶄新的世界裡，扮演什麼角色呢？羅曼奈利尖刻地想道。

「這……」菲齊遲疑地說：「你確定這還能行嗎？畢竟當時的世界是年輕的，一個老人無法再變成少年，就如同酒無法還原爲葡萄汁一樣。」聽了這話，主人愈來愈憤怒，但仍極力壓抑著。「難道我們完全不可能……適應新的方式和新的神嗎？我們牢牢抓住的會不會是一艘即將沈沒的船？」

主人一陣狂怒之下，無助地流下口水，牙牙亂語，因此有一尊烏沙布提蠟像抽動了一下，下顎開始活動起來。「適應？」主人的聲音從蠟像的喉嚨大喊出來：「你想受洗？你知道基督教的洗禮會對你造成什麼後果嗎？消滅你，使你不存在，如同撒在蝸牛身上的鹽巴，如同撲火的飛蛾！」他說得過於氣憤，蠟像的嘴唇都裂開了。「即將沈沒的船？你這隻寄生在有病的婊子身上、又臭又討厭的臭蟲！萬一會沈沒、即將沈沒、已經沈沒怎麼辦！我們就跟著沈。我寧可掌著這艘沈船的舵，也不要進……牛欄！……那個新世界的牛欄！我要——呀……呀……喀——」蠟像的舌頭和嘴唇忽然斷裂，被那股依然往外送的氣給噴了出來。

有好一會，主人和烏沙布提一塊結結巴巴地說話，後來主人鎮定下來，蠟像才住口。

「要不要我讓你解脫呢，阿美諾皮斯？」主人問道。

儘管羅曼奈利想忘記，卻仍清楚地記得，他曾有一次看見主人突然將另一名老僕從他的魔法束縛中解放；那個人就在幾分鐘內萎縮、衰退、乾枯、分裂，最後抖落成灰塵；而比死亡與分解更可怕的是，他記得那個人自始至終意識都很清楚……這似乎比遭火焚更痛苦。

室內的沈默持續著，只隱約聽見蠟像的舌頭在地磚上啪啦啪啦響。「不，」菲齊終於回答：「不要。」

「那麼你便是我的手下，你得聽命於我。」主人揮動一隻已經殘廢有如浮木般的手臂，說道：「選一根麥稈。」

菲齊看看羅曼奈利，只見他一個彎身，朝桌子做出「請」的手勢。菲齊走過去，抽出一根麥稈。沒錯，就是短的那根。

主人派他們前往孟斐斯廢墟，抄錄一塊隱密石頭上的象形文字，那是主人的眞實名字。到了那裡又讓他們大吃一驚，因爲數百年前他們曾經看過主人的姓名石，當時刻在石上的是兩個像盤中之火的符號，後面跟著一隻貓頭鷹和頂環十字架：拼出來是「查查恩安克」，意即「生命的力量」。但現在這顆古老石頭上卻刻著不同的字——現在刻的是三個雨傘形狀、一隻小鳥、一隻貓頭鷹、一隻腳，接著又是鳥，然後是一條魚下面有一隻蛞蝓。「凱比圖恩貝圖圖夫」，他唸著，心裡一面翻譯出來：憎恨的陰影。

儘管沙漠高溫灼熱，他的心窩卻涼颼颼的，但他沒忘記曾經有個東西在化成灰之際還一面嗚咽翻滾，因此他只是嘛著嘴順從地將名字抄下。

他們回到開羅後，主人將羅曼奈利返回土耳其的時間延後，並利用神奇液體爲他複製一個分身。這個具有生命的分身（或稱爲卡）表面上是跟隨菲齊前往英國，協助他舉行召喚阿努比斯的儀式，但他們三人都知道卡的主要任務，其實是監督菲齊以免他怠忽職守。由於這奇特的分身得和菲齊的吉普賽族人共同生活，直到《托特之書》與主人的血瓶抵達，因此菲齊便為卡取名為羅曼尼博士，羅曼尼的意思就是吉普賽語與吉普賽文化。

此時下游的帳棚又發出一聲哀嚎，這個聲音與其說是發自某種生物的喉嚨，倒不如說是許多金屬片相互摩擦而生。聲音愈來愈響、愈尖，將空氣扯得如弓弦般緊繃，不一會兒，尖銳刺耳的響聲便充斥漆黑的鄉野，羅曼尼木然地發現河水整個靜止不動好似一片波紋玻璃。緊接著似乎有什麼東西破了，就好像上方一個巨大的氣泡爆破，很安靜但也很明顯。令人毛骨悚然的哀嚎聲也破碎了，當聲音碎片一一化成瘋狂絕望的啜泣，羅曼尼可以感覺到四周空氣恢復了正常；而黑色的布料分子彷彿全部從原來的緊張狀態頓時鬆解，帳棚也瞬間變成一團明亮的黃色火焰。

羅曼尼急忙衝下河岸，輕易地闖過火焰，以乾癟的手指彈開已經著火的門簾，跳入煙霧瀰漫的室內。角落裡，菲齊正縮成一團嗚嗚啜泣著。羅曼尼「啪」一聲將《托特之書》闔上，放入金色盒子，往腋下一挾，又跌跌撞撞地跑出去。

就在他離開熾熱火場時，忽然聽到身後有個咆哮悲嗥的聲音，他轉過身去，只見菲齊爬出帳棚，翻滾在地，大概是想撲滅衣服上著的火。

「阿美諾皮斯！」羅曼尼隔著熊熊烈火喊道。

菲齊站起來瞥了羅曼尼一眼，似乎不認得他，然後甩過頭去發聲長嘯，彷彿一頭嗥月之狼。

羅曼尼見狀，雙手立刻伸進外套掏出兩把燧石槍。他瞄準一邊後開槍，菲齊折腰往後飛了數呎，在他原本站立之處重重跌落，但是不一會他便爬起來，連跑帶爬地匆匆沒入漆黑之中。

羅曼尼拿起另一把槍盡可能地瞄準，然後再度開槍，但那蹦跳的身影似乎並未因而踉蹌，不久便消失了。「該死。」他喃喃說道：「就死在外邊吧，阿美諾皮斯。這是你欠我們的。」

他抬頭看看天空，沒有任何神祇衝出的跡象，他直盯著西方看了許久，想確定太陽不會重現。但他深感無力地搖搖頭。

他難過地想，這和多數的現代魔法一樣，雖然多半會有個結果，卻又不如預期。

最後他收起手槍、拾起書，一跳一跳地緩緩走回吉普賽營區。就連狗兒也都躲起來了，因此羅曼尼前往菲齊帳棚的途中一個人也沒遇上。進入帳棚後，他放下金盒、點亮燈火，之後直到深夜，他利用擺錘、水平儀、望遠鏡、音叉，以及各種複雜的幾何學與煉金術計算方式，試圖確定這次念咒成功的程度——如果這樣能算是成功的話。

第一章

那麼在此奔流不息的河川裡，一切匆匆流過，
又有什麼值得人重視的？
誠如一個人愛上飛掠的麻雀，麻雀卻已不見蹤影。

——馬可奧里略

BMW的司機轉過彎道，快速而平穩地停下車後，「喀嗒」一聲關掉頭燈。坐在後座的布蘭登・道爾弓身向前，瞪著他們初初抵達、以柵欄圍起且滿佈碎石的空地。空地燈桿的電燈亮晃晃的，他還聽到附近有重型機具運作的聲音。

「我們爲什麼在這裡停車？」他有點不抱希望地問。

司機行動敏捷地跳下車，爲道爾打開車門。夜晚的空氣很涼。「戴若先生就在這裡。」他解釋道，隨後又加一句：「這個我來拿。」說著便接過道爾的行李。

從希斯羅機場來此的十分鐘車程，道爾一直沒有說話，但即使他不肯承認對自己的處境幾乎毫無所悉，仍壓抑不住緊張情緒。「我……呃……根據最初在加州富樂頓與我接洽的那兩人的說法，這是……這份工作和山繆・柯律治有點關連。」他們倆拖著腳步朝鐵絲網柵欄的大門走去時，他換個方式說：「你知道……到底是什麼樣的工作嗎？」

「戴若先生一定會向你解釋清楚的。」司機說，他在這場接力賽中的任務即將完成，他整個人看起來輕鬆許多：「我想大概是關於一場演說吧。」

道爾停下腳步。「一場演說？他催我連夜趕六千哩路到倫敦」——還付我兩萬美元，他在心裡暗暗加了一句——「只為了一場演說？」

「道爾先生，我眞的不知道。我說過了，他會跟你解釋……」

「他最近聘請史帝佛斯．貝納擔任某種職務，和這件事有無關連，你知道嗎？」道爾逼問著。

「我不認識貝納先生。」司機愉快地說：「先生，快來吧，你也知道所有的行程都排得很緊。」

道爾嘆了口氣繼續往前走，當他留意到柵欄上端纏繞著一圈圈有刺鐵絲時，心下更感不安。他再仔細一看，發現鐵絲網上每隔一段距離就綁著塗鴉過的小紙片和一些細枝，可能是槲寄生。他開始覺得先前聽到關於戴若跨領域研究企業——DIRE——的傳聞，可能是眞的。「我應該已經說過，」他半開玩笑地對司機大喊：「我可不會玩碟仙。」

司機將行李放到泥土地上，按了門柱上一個按鈕。「我想是不需要的，先生。」他說。柵欄另一邊有一個穿制服的警衛匆忙趕來。好啦，你脫不了身了，道爾告訴自己。就算你拒絕他，至少也能得到五千美元的顧問費……不管接下來事情如何演變。

一個小時前，道爾十分感激那位空姐叫醒他，請他繫上安全帶，因為他又夢見蕾貝佳的死。在前半段夢裡，他總是一個能預知未來的陌生人，想盡辦法要在布蘭登和蕾貝佳夫妻騎上摩托車之前找到他們，或至少在道爾猛踩那輛老本田機車油門，從海灘大道衝上交流道斜坡進入聖塔安那高速公路之前找到他們，但每次總是失敗，每回他的車吱吱嘎響繞過最後一個轉角時，總是不幸地剛好看見老機車加速斜轉而過，消失在人工造景的彎道處。通常他都能在這個時候強迫自己醒來，但稍早他喝了幾杯威士忌，因此這次，他原本可能無法從夢裡醒來。

他坐起身來，眨著眼睛環顧寬敞的機艙與其他座位的乘客。燈光亮著，只有小窗外點點漆黑——天又黑了，但他記得幾個小時前才見到黎明降臨於冰雪覆蓋的大地。道爾覺得搭乘噴射客機旅行實在令人腦筋混沌，既不能像撐竿跳一躍而過，還常常讓你搞不清現在是何月何日。他上回到英國途中曾在紐約停留，不過DIRE的行程太匆促無法這麼做。

他在座位上大大伸個懶腰，有一本書和幾張紙從座位前方的折疊式餐桌上「砰」一聲掉在地板上，害得走道另一邊的女士嚇一跳，他不好意思地笑了笑，並彎身將東西撿起來。他把文件稍作整理，看見自己留下的許多空白與胡亂畫的問號，不禁戚然懷疑，即使到了英國，是否就能挖掘到柯律治的部分資料——他當然得利用這趟免費旅行，多作一點自己的研究。這兩年來他一直試著爲這位詩人寫一本完整傳記。柯律治還算簡單，當他把文件收進夾在兩腿間的公事包時心裡想著，眞正要命的是，威廉・艾希布雷斯才是完全無解。

剛才掉落的書是白禮寫的《艾希布雷斯傳》。書落地後翻了開來，弄破了幾張泛黃的書頁。他將這幾頁小心地放回去，輕輕將書闔起，用手指撣撣灰塵，然後直瞪著這本無用的書。

他悶悶不樂地想著，紀錄艾希布雷斯生平的文獻已不是少所能形容。威廉．海茲利特曾於一八二五年為他的作品寫了篇簡短評論，也附帶提供了一些關於此人的瑣事，而艾希布雷斯的摯友詹姆斯．白禮則寫了這本詳細的傳記，由於沒有其他資料，這本傳記便被視為標準版本。道爾好不容易補充了一些書信、剪報與警方記錄等額外資料，這位詩人的生平卻仍有許多連接不上的間隙。

例如從出生到一八一〇年，艾希布雷斯是住在維吉尼亞的哪個小鎮？他自己曾一度說是里奇蒙，又曾說是諾福克，但至今卻從未在這兩地發現過他的記錄。道爾開始推測這名麻煩的詩人在抵達倫敦後改了名字，他還找出幾個在一八一〇年夏天失蹤、年約二十五歲的維吉尼亞人的姓名。儘管這本由艾希布雷斯口述、白禮執筆的傳記疑點重重，但他在倫敦那幾年卻是很容易追蹤，而一八一一年到開羅的一次短期旅行，雖然無法解釋，卻至少有案可稽。

現在缺少的是所有細節，道爾心想。而某些遺漏的細節卻折磨著道爾的好奇心。例如他可能與一直以來雪利敦所謂的「舞猿狂症」有關：一八〇〇年到一八一〇年之間，倫敦城內外出現了毛茸茸的動物，每次一隻，但總數驚人，保守估計六隻，誇張的說法是三百。這些顯然是人類，當他們發現自己突然產生這種痛苦跳躍的徵狀，甚至會因驚嚇過度立刻倒地不起，全身劇烈抽搐呈垂死狀。斯塔爾夫人說艾希布雷斯有一回喝醉酒，曾透露他對這種特殊疫病知道得雖多，卻永遠不敢說出來，而且有一點相當肯定：他到達倫敦一週後，曾在針線街附近一家咖啡屋裡，殺死這樣一隻動物……但令道爾懊惱的是，線索到此就斷了。艾希布雷斯顯然並沒有醉到把整件事都告訴斯塔爾，否則她一定會傳述下來，而白禮的傳記中對此自然是絲毫未提。

還有，他究竟是怎麼死的？天曉得，道爾心想，這個人一生中樹敵無數，但在一八四六年四月十二日當天追蹤到他的人，可能會是誰呢？五月間，有人在沼地中發現他的屍體，雖然已腐化，但看得出是他，也看得出他是被劍刺穿肚子而死。

該死！道爾沮喪地瞪著放在腿上的書心想，莎士比亞的生平資料都比他多呢。而虧他艾希布雷斯還跟拜倫等多位生平記錄詳細得驚人的作家，生於同一時期！或許此人是個二流詩人，或許此人的作品產量少而艱澀，若非海茲利特和渥茲華斯對他做過一些批評，可能早被忘得一乾二淨，而不是只被收錄在異常少見的完整詩選當中。但無論如何，他的一生留下的應該不只如此。

當飛機因轉彎而傾斜飛行時，他從走道另一邊的窗子看見倫敦的燈火閃耀升起，他也確定馬上就要降落，空姐是不會再送酒過來了。他環視一圈後，偷偷從夾克的暗袋拿出他的扁酒瓶，旋開瓶蓋，倒了少許Laphroaig威士忌在他上次飲酒所用的塑膠杯中。他收起酒瓶，感覺很輕鬆，還希望能點起一根等在另一邊暗袋中的赫門亞普曼雪茄來抽抽。

他啜飲一口威士忌，面露微笑——這Laphroaig雖然比不上瓶裝濃度九一．四度的神奇口感，但還是棒極了。他心想，其實這些來自多明尼克共和國的新產赫門亞普曼雪茄，幾乎也和當初在加納利群島捲製時不同了。

從蕾貝佳之後，我所交往的年輕女性，每個都無趣至極。

他猛地翻開那本舊書，盯著雕版印刷的卷頭插畫，是根據托爾瓦森雕塑的半身像所繪的肖像：眼窩深陷、鬍子異常濃密的詩人，從畫中回瞪他，從雕塑家的作品可以明顯看出他身高巨偉、肩膀厚實。威廉，你的時代又是如何呢？道爾心想。雪茄、威士忌和女人都更好嗎？

有一度，道爾以爲艾希布雷斯對他露出嘲弄的微笑……後來，在一陣強烈的暈眩中——他差點要放掉手中的杯子，緊抓住座位扶手——艾希布雷斯彷彿眞的透過一張畫、越過一百五十年的時間，帶著輕蔑消遣的神態看著他。

道爾用力地搖搖頭，再次把書闔上。這樣你就知道自己累了，他告訴自己：當你覺得一個死了一百年的人，好像在畫像裡對你眨眼的時候。他跟柯律治就從未有過這種情形。

他把書收進公事包，放在另一本書旁邊，那是他帶來作爲憑證用的——《入幕之賓》，布蘭登·道爾爲柯立芝所寫的傳記。他原本想繼續對湖畔詩人做更長遠的研究，但《入幕之賓》的書評與銷售量，卻使得迪弗里斯大學出版中心的編輯建議他選擇……編輯是這麼說的：「一個比較少人涉獵的領域。」他還說：「你在PMLA學刊上曾經發表過兩篇文章，頗爲成功地詮釋了艾希布雷斯的艱澀詩篇，我個人十分欣賞。也許那位怪異詩人的傳記會比較具有震撼效果，而引起評論界——以及各大學圖書館長！——的注意。」

唉，道爾關上公事包時心想，除非我寫出一篇純屬虛構的東西，否則這篇作品恐怕不是普通的短。

飛機開始降落，他打呵欠時耳朵裡「啪」了一聲。暫時先忘了艾希布雷斯吧。不管戴若付兩萬美元給你做什麼，總之是和柯律治有關。

他又啜一口威士忌，滿心希望這份工作可也不要和靈乩板或碟仙這類的玩意有關。他看過一本據說是雪萊的鬼魂口述、由靈媒寫成的詩集，他有點懷疑DIRE的這份差事可能相去不遠，他甚至不知道兩萬美元是否已足以讓他放棄專業的堅持而加入。飛機似乎即將著陸，他便乾了杯中的酒。

最近不斷聽到DIRE的傳聞，實在是個怪異的巧合。一個月前，他們爲史帝佛斯・貝納提供一個工作機會。貝納是道爾所教過最傑出的英國文學研究生，當道爾從他口中得知DIRE仍存在時，倒也略感訝異。道爾當然知道這家公司——打從一九三〇年代最早期，它便在充滿傳奇色彩的創辦人睿智領導下，成爲美國科學界的棟樑，足以媲美IBM與漢威。他們一直從事太空計畫與海底探險等偉大事業，道爾記得在六〇年代，他們還常常贊助電視台播出莎士比亞劇作，中間不插廣告。但是到了七〇年間這家公司便銷聲匿跡，道爾曾看過某份八卦雜誌報導——應該是《國家詢問報》吧——寇克藍・戴若得知自己罹患癌症，在嘗試過所有科學的醫療方式之後，決定將DIRE的資源轉而投入秘術研究，希望能在叫人半信半疑的巫術史料中找到療法。《新聞週刊》只提到DIRE資遣了多數員工，並關閉生產中心，另外道爾記得《富比士》雜誌也寫過關於他們的股票一夕間變成壁紙的文章，標題好像是「DIRE危機」之類的。

後來他們找上貝納，給他一個高薪卻職位不明的工作。有一天晚上，貝納喝了一大壺啤酒後，跟道爾說起他應試時接受的測驗包括：疲倦與精神不濟時的警覺性、身體的耐力與靈敏度、能否快速瞭解複雜的邏輯問題……甚至還有幾項測試的目的似乎是爲了衡量貝納的冷酷程度，道爾聽了不禁感到憎惡。貝納通過了所有測試，後來他雖然告訴道爾自己被錄用了，但是關於工作本身的問題，他卻巧妙地全然迴避。

機輪接觸跑道時發出尖銳響聲，由於有隔音設備所以聽起來很遙遠。此時道爾心想，無所謂，我可能馬上就會知道貝納不肯告訴我的事了。

警衛打開大門，從司機手上接過道爾的行李，司機點頭示意後便走回未熄火的BMW。道爾深吸一口氣走進去，警衛隨手將門鎖上。

「先生，歡迎你加入我們。」他背誦似的說著，還特別提高聲音，以便壓過轟隆隆的柴油機聲：「請跟我來。」

這塊空地比從街道上看起來更寬敞，警衛帶著他繞來繞去以便避開一些嚇人的障礙物。巨大的黃色推土機搖搖晃晃地往返來去，水車輪似的輪胎把人頭大小的石頭碾得粉碎，當機器將碎石堆積成山並推到外面某個漆黑的角落時，一面還發出可怕的轟然巨響。道爾注意到碎石都是新的，因爲石頭碎裂的邊緣仍泛白，而且看似尖銳。另外還有一群人匆匆來去，一面鋪設粗大的電纜、盯著觀測儀器，一面透過無線電對講機交談。亮晃晃的聚光燈圍成一圈，將每樣物品都照出五六個影子。

那名警衛有六呎高，步伐極大，較爲矮小的道爾偶爾得小跑步才能跟上，不久便已氣喘吁吁。到底在急什麼啊？他心裡氣憤地想，不過他也暗下決心，從現在起每天早上都要做仰臥起坐和伏地挺身。

在強光外圍有一棟破舊的活動房屋，是由一輛鋁板拖車改裝而成，屋外有許多聯繫用的纜繩與電話線，這應該就是他們的目的地。只見警衛跳上門前的三階樓梯敲敲門，聽見裡面的人喊了一聲「進來！」之後，他步下樓梯，打個手勢請道爾進去：「戴若先生請你進屋說話。」

道爾走上階梯，打開門進去。屋內到處散落著書和圖表，有些老舊得足以供博物館收藏，有些則顯然是嶄新的。但無論新舊，圖表上滿佈著鉛筆的註記和彩色圖釘，就連最老舊脆弱的書籍也是隨意攤開並留下墨水筆的污漬。

有個老人從一處較高的書堆後面站起來，道爾多年來在報章雜誌上已經看過寇克藍・戴若數百張照片，因此馬上就認出他來，但卻不免感到訝異。他原已經準備好要遷就一個富有、多病而且必定十分老邁的人，然而這一切想法，都在眼前這個人銳利而冷漠的凝視中煙消雲散。

他的頭髮雖然比一些近照更蒼白、稀疏，雙頰也稍微凹陷些，但道爾立刻知道那個開拓了無數科學研究領域——其中有些甚至是道爾聞所未聞——的人就是他，也是他從小小的金屬薄板工廠起家，創造出一個金融帝國，而使得皮朋摩根的成就相形失色。「我想你就是道爾吧。」他說，著名的深沈嗓音完全沒有衰退。

「是的。」

「很好。」戴若伸伸懶腰，打了個呵欠：「對不起，時間太長了。隨便找個地方坐。要白蘭地嗎？」

「好呀。」道爾往地板一坐，旁邊有一堆高度及膝的書，不一會戴若就在書堆上放了兩個紙杯和一只梨子狀的軒尼斯酒瓶。戴若盤坐在書堆另一邊，道爾發現他彎身坐到地板時竟然沒有哼一聲，不由感到愧赧。一定要努力做仰臥起坐和伏地挺身，他發誓。

「我想你對這份工作的性質一定多有猜測。」戴若一面倒著白蘭地一面說：「無論你有什麼結論，我希望你都將它們拋到一旁，絕對跟它們都無關。喏。」他遞了一杯給道爾：「你對柯律治熟悉吧？」

「是的。」道爾回答得很小心。

「你也熟悉他那個時代嗎？你知道當時的倫敦、英國、全世界發生過什麼事嗎？」

「應該還算清楚。」

「老弟，我所謂熟悉並不是說你家裡有相關的資料，或是你知道怎麼到UCLA圖書館查這些資料。我是說你的腦子裡都記得，這樣比較實用。答案還是肯定的嗎？」

道爾點點頭。

「跟我說說瑪麗・沃爾斯考夫特。我指的是母親，不是寫《科學怪人》那個。」

「嗯，她是早期的女權主義者，寫過一本書名叫……好像是《女權的辯護》，還有……」

「她嫁給了誰？」

「高德溫，雪萊的岳父。她死於難……」

「柯律治眞的抄襲史萊格嗎？」

道爾一愣說：「呃，顯然是的。但我覺得華特·巴特說得沒錯，應該要怪……」

「他什麼時候開始抽鴉片？」

「應該是一七九〇年代初期，他在劍橋的時候。」

「誰……」戴若又要發問，卻被電話鈴聲打斷。他詛咒一聲，起身走到電話旁邊，拿起話筒，似乎和對方爭執著關於粒子與包覆鉛層的製造過程。

道爾基於禮貌再加上不感興趣，便假裝對身旁的一堆書感到好奇，不一會他卻眞的被吸引，驚訝莫名且小心翼翼地拿起最上面那本書。

他打開書，原本還半信半疑，此時獲得了確定：這是羅布爵士的日記，他向大英博物館苦求一份拷貝已經一年了，始終沒有結果。戴若怎麼會有正本？原因不得而知。雖然道爾從未見過這本書，但他看過書的描述，知道就是它沒錯。羅布爵士是個業餘的犯罪學家，而他的日記則是一八一〇與一八二〇年代一些相當有趣、且多半令人無法置信的犯罪案件的唯一資料來源。日記中除了受過訓練的殺人鼠、死者復仇、小偷與乞丐的秘密組織等故事之外，還詳細記錄了倫敦略具傳奇色彩的殺人犯「狗臉喬」被捕與處決的過程。一般認爲「狗臉喬」是狼人，據說他能任意佔用他人的身體，但無法擺脫變成狼的魔咒。道爾想把這個故事和舞猿狂症連結起來，至少可以作爲推理性的註腳，以便顯示他這個作者的用心。

戴若掛上電話後，道爾也將書闔起放回書堆上，心裡暗想，待會得記得向老人索取一份拷貝。

戴若回到放著酒杯和酒瓶的書堆旁坐下，絲毫不差地重拾剛才的問答。接下來的二十分鐘，他不斷向道爾提問，主題跳來跳去，也不讓道爾有機會詳述，不過偶爾他也會針對某一點問得極爲詳盡。他的問題包括法國大革命的起因與影響、英國攝政王的感情生活、服飾與建築等細節、各地方言的差異。由於道爾記性好，最近又做過艾希布雷斯的研究，幾乎所有的問題都難不倒他。

最後戴若往後一靠，從口袋取出一包無濾嘴香菸。「現在，」他點燃香菸，深吸一口後說：「我要你捏造一個答案。」

「捏造？」

「對。假設我們這裡有滿屋子的人，其中幾個的文學知識可能比你更豐富，但你卻被公佈爲專家代表，因此你至少得表現出無所不知的樣子。假設有人問你，呃，『道爾先生，你認爲……唔……亞奇瑪拉奇爵士詩文劇作中的哲學思想，對渥茲華斯有多大程度的影響？』快！」

道爾揚起一邊眉毛說：「我想，以這種方式來簡化瑪拉奇的作品並不正確，他的許多哲學觀點合而爲一之後，思想才臻於成熟。他只有非常晚期的作品才可能對渥茲華斯有所影響，誠如弗萊契與康寧漢在《諧和之音》中指出，並無具體證據證明渥茲華斯曾經看過瑪拉奇的作品。我認爲與其探討渥茲華斯受到哪些哲學思想影響，倒不如想一想……」他忽然打住，不太確定地對戴若咧嘴一笑，接著才說：「接下來我可以漫談法國大革命中，人權之類的議題對他的重大影響。」

戴若點點頭，透過繚繞的煙霧斜睨著。「還不錯，」他說：「今天下午來了一個人，牛津的諾斯川，他正在編訂新版的柯律治書信集。他覺得捏造答案對他是一種污辱。」

「諾斯川的道德觀顯然比我強烈。」道爾有點不自然。

「顯然是吧。你認爲自己是個玩世不恭的人嗎？」

「不是。」道爾開始有點氣惱：「你要知道，剛才是你問我面對問題能不能唬矇過去，所以我不加思索就試了試。不過，我可沒有不懂裝懂的習慣。不管在書上或是課堂裡，我總是很樂於承認……」

戴若笑著抬起手來說道：「別緊張，老弟，我沒有那個意思。諾斯川是個傻瓜，我很喜歡你唬矇的方式。我只是問你會不會玩世不恭。如果有一些新觀念和你所不認同的觀念類似，你會不會因此而排斥？」

要說到碟仙了，道爾心想。「我想應該不會。」他慢慢地說。

「如果有人能提出鐵證來證明，占星學是準確的，或者地球內部有一個消失的世界，或者任何有理性的人都知道不可能的事，那麼你會聽嗎？」

道爾皺眉說：「這得看是誰說的。不過我可能不會。」算了，他暗想，至少還是能拿到五千元和回程票。

戴若點點頭，似乎很滿意：「你能老實說，這很好。昨天我和一個騙子談過，要是我說月亮是上帝打歪了的高爾夫球，他也會同意。他呀，想那兩萬塊錢想瘋了。好吧，就讓你試試看。時間不多，我們所能找到最像柯律治權威的人恐怕就是你了。」

老人嘆了口氣，用手梳梳已漸稀疏的頭髮，然後冷眼瞪著道爾。「時間，」他嚴肅地說：「就好比流過冰層底下的一條河。這條河把我們拉得長長的，像水草一樣，從根部到尖端、從出生到死亡，緊緊纏繞著一切阻擋我們去路的石頭、樹枝等等。而且因爲有冰覆蓋，誰也跳不出河面，也無人能轉身抵抗水流片刻。」他停下來，在一個古老的摩洛哥皮封套上將菸捻熄。

道爾原以爲他會說出驚世駭俗的話，讓自己後悔不該輕信人言，不料只聽到這番老生常談，不禁十分失望。這老人的腦袋瓜裡，顯然有些螺絲鬆脫了。「呃，」他覺得老人似乎等著他回應，便說：「很有趣的想法啊，先生。」

「想法？」這下子換戴若氣惱了：「我可不是搞想法的，老弟。」他又點了根菸，輕輕地但氣憤地說，幾乎像是自言自語：「老天爺，我先是徹底研究了現代科學的整體結構——你能想像嗎？——接著又花好幾年從……一些古代著作中擠出一丁點的眞相，測試結果並加以系統化，然後我還得威逼、強迫甚至有兩次去恐嚇在我丹佛時間實驗室中工作的小伙子。老天哪，那些研究量子論的小伙子應該是現今最傑出、最能接受新思想的科學家，我竟得強迫他們去正視怪異卻又偏偏有經驗實證的證據，讓他們塑造出某種實際的形狀。他們到底是成功了，這當中必須綜合一種全新的語言、一部份非歐幾里德幾何學、一部份張量分析和一部份煉金術符號。我得到了結果，這是從一九一六年以來，我個人甚至是所有人最重要的發現，我把整個東西濃縮成一句簡單的英文……想做個人情給某位愚蠢的大學教師，說給他聽……他卻以爲我說的是『人生如夢』或『愛情無敵』這類的話。」他吐出一大口煙，同時發出長長的、不屑的噓聲。

道爾感覺到自己的臉開始發紅。「戴若先生，我只是不想失禮……」

「你說得沒錯，道爾，你並不是玩世不恭，你只是愚蠢。」

「你怎麼不乾脆下地獄去呢？」道爾盡量平和地說：「到你那該死的冰河上去溜冰，好嗎？」他站起來，仰頭把剩下的白蘭地一口喝光：「那五千塊你留著吧，不過你要給我回程機票並派人送我到機場。現在。」戴若還皺著眉頭，但眼睛四周羊皮似的皮膚也開始皺起來。可是道爾實在太憤怒，無法再次坐下。「你可以把諾斯川叫回來，跟他說說水草等等的廢話。」

戴若抬起頭瞪著他說：「諾斯川一定會認爲我瘋了。」

「那麼你更一定要這麼做，這將會是他唯一說對的一件事。」

老人笑了笑：「對了，他還建議我不要找你。他說你只會整理別人的研究報告。」

道爾開口想要猛烈反擊，後來卻只嘆了口氣：「去他的，這麼看來罵你是瘋子應該是他說對的第二句話。」

戴若開懷地笑了：「我就知道我沒有看錯你，道爾。請坐。」

現在離開似乎太沒有禮貌，因爲戴若又在道爾的紙杯中倒了酒，他只好服從，並且靦腆地笑笑說：「你確實有辦法讓人失控。」

「我只是個三天沒有睡覺的老人。你應該看看三十年前的我。」他又點了根菸：「你現在想像一下：如果你能站在時間河流之外，就像是站在河岸上看穿冰層，那麼你就能往上游去看看羅馬與尼尼微的盛世，或是往下游去看看未來的一切。」

道爾點點頭說：「那麼往上游走十哩，就會看到凱撒被刺，走十一哩則會看見他出生。」

「對了！就好像當你逆流而上，你會先碰到漂流的水草的尖端，然後才碰到根部。現在——聽仔細了，這是重點——有一天，剛好有個東西在我所比喻的冰頂層上打出幾個洞。別問我事情是怎麼發生的，總之在橫跨大約六百年的時間裡，有……一些隨機出現的裂縫，在這裡頭某些正常的化學反應不會發生，複雜的機械無法運作……但是我們稱之爲巫術的古老方法卻行得通。」他以挑戰的眼神看著道爾：「試試看，道爾，你試著想想看。」

道爾點點頭：「繼續說吧。」

「因此在某一條裂縫中，電視不能運作，正確調製的春藥卻能生效。你懂嗎？」

「喔，我懂。可是這些裂縫都沒有被發現過嗎？」

「當然有。窗戶旁邊那些裝訂本全都是從報章雜誌剪下的，最早可追溯到一六二四年，文章中提到有人親眼看見巫術的靈效，並有文獻佐證。而且自從十九世紀末起，同一天的報紙，通常會有關於該地區停電或電波干擾的報導。爲什麼蘇活區有一條街道被稱爲『汽車墳場』，那是因爲一九五四年間曾經連續六天，每輛車一到這裡就會突然故障，還得找馬來拖走！而過一條街就恢復正常了。有一個住在當地的三流業餘靈媒，就在那個禮拜舉行她最後一次的週末下午茶兼降靈會——誰也不知道發生了什麼事，但是所有與會的女士都死了，在一個溫暖的房裡死去不到一小時，屍體卻已冰冷，而且據我所知，每張臉上都露出極度驚恐的表情。這個消息沒有受到媒體重視，而車輛的故障則歸咎於所謂的靜電蓄積。類似的例子有數百件之多。」

「我之所以發現這些是因爲我……試著想完成科學做不到的事，我想找出巫術是否眞的靈驗，又是在何時、何地。我發現這些『巫術通而機械不通』的範圍全部都在倫敦城內或近郊，而且時間分佈呈鐘形曲線，尖峰期大約介於一八〇〇年至一八〇五年，那幾年間發生的頻率顯然很高，不過每次持續的時間很短、範圍也很小。離尖峰期愈遠，發生的範圍便愈廣、也較不頻繁。我說的還清楚嗎？」

「是的。」道爾思考著說：「你說早在十七世紀是嗎？所以當時的裂縫應該很少，但每次一出現總是很長。裂縫不斷加快、變短，到最後就像是一八〇二年的蓋革計數器裡的粒子一樣砰砰響，接著又開始速度變慢、範圍擴張。它們在曲線兩端有沒有完全停止的跡象？」

「問得好。有的。公式顯示最早的裂縫出現於一五〇四年，因此曲線分別向兩端延伸約三百年，總計六百年。所以當我注意到這個模式，幾乎忘了自己的最初目的，這玩意太吸引我了。我企圖讓我的研究員拼湊這塊拼圖。哈！他們一看就知道衰老是怎麼回事，還幾次企圖想把我拖下水。但我逃出陷阱，並逼迫他們繼續，利用貝松努斯、米多吉烏斯和厄尼斯圖博格拉維等人的理論設計電腦程式，最後我終於得知那些是什麼裂縫了。那是時間牆上的裂縫。」

「河面冰層的洞。」道爾點點頭。

「對，想像一下冰層頂上的洞。如果在你的人生當中，在你這漂浮水草的七十年歲月當中，剛好在某一刻出現在某個洞的下方，你就可能從那裡跳出時間的河流。」

「能去哪裡？」道爾謹愼地問，盡量不帶著同情或嘲弄的語氣。難道去奧茲國，他心想，或天堂，或純植物王國？

「沒有地點，」戴若不耐地回答：「也沒有時間。你只能再次進入另一個裂縫。」

「最後來到羅馬元老院看著凱撒被謀殺。喔，對不起，那些洞只能回溯到一五〇〇年，那好吧，就看著一六六六年的倫敦毀於大火好了。」

「沒錯，如果那個時間、那個地點剛好有個裂縫的話。你不能重新進入任何地點，只能經由既存的裂縫。而且，」他以發現者的驕傲口吻說：「你可以以某個特定裂縫爲標的——這得根據你使用多大……推力來脫離你所在的裂縫而定——還可以指出裂縫在時間與空間中的確切位置。在一八〇二年，這些裂縫便從源頭——無論源頭爲何——以一種可利用數學公式計算出來的模式向四方延伸。」

道爾發覺自己的掌心冒汗，感到有些尷尬。他思索著說：「你剛才提到的推力，你能自行製造嗎？」

戴若咧開了嘴笑著說：「可以。」

道爾開始明白了外頭被破壞的空地、這所有的書、甚至他自己的出現，所爲何來。「也就是說你能穿越時空囉。」他不安地對老人笑笑，試圖想像又老又病的寇克藍．戴若在古代某處自由來去。『我怕你呀，老水手。』」

「對了，我們是該回到柯律治和你身上。你知不知道一八一〇年九月一日禮拜六晚上，柯律治在哪裡？」

「當然不知道。艾希布雷斯大約是在……一個禮拜後到達倫敦。可是柯律治？我知道他當時住在倫敦……」

「是的，其實我提到的那個禮拜六晚上，柯律治在河濱大道的『王冠與鐵錨』客棧，發表關於彌爾頓《自由請願書》的演說。」

「啊，對了。不過題目是『力息達斯』，不是嗎？」

「不，蒙塔谷不在場，他弄錯了。」

「可是蒙塔谷的書信是唯一提到那場演說的文獻。」道爾抬起頭覷著戴若：「呃……是吧？」

老人微笑道：「老弟，只要DIRE著手進行研究，就一定研究徹底。你說的不對，有兩個去聽演說的人留下日記，一個是出版社職員，一個是教師，後來都到了我手中。題目是『自由請願書』。那位老師還速記了不少演說內容。」

「你什麼時候發現這個的？」道爾馬上問道。柯律治未出版的演說稿！天哪，他內心湧起一股強烈的嫉妒，要是我在兩年前拿到這份稿子，我的《入幕之賓》就會得到不同的評價。

「大約一個月前。我直到二月才從丹佛團隊處獲得具體結果，從那時起，DIRE便開始取得關於一八一〇年倫敦的一切書籍與報章雜誌。」

道爾攤開雙手問：「爲什麼？」

「因爲一八一〇年九月一日晚上，剛好有一條時間裂縫位於河濱大道五哩外的肯辛頓外圍。而且和接近一八〇二年源頭的多數裂縫不同的是，這條裂縫長達四個小時。」

道爾欠身爲自己又倒了一杯白蘭地。他內心愈來愈激動，因此他試著自我克制，並提醒自己此刻所討論的內容雖然吸引人卻是不可能的事。他建議自己爲了兩萬塊忍耐一下，也許還有機會得到羅布的日記或是那名教師的筆記。但是他騙不了自己——他想加入。「現在這裡自然也有一條裂縫了。」他說。

「這裡有，沒錯，卻不見得是現在。現在……」戴若看看手錶：「還在裂縫上游幾小時處。以距離源頭這麼遠的裂縫而言，這是標準規模，今晚是上游的邊緣，下游邊緣則大約在後天黎明時分。丹佛那邊一確定這條裂縫的位置，我便買下了整個涵蓋的區域，並趕緊將地夷平。我們可不想帶回任何建築物，是吧？」

道爾發覺自己臉上一定也和戴若一樣，露出詭詐的笑容。「是啊，當然不想。」

戴若輕鬆而滿意地吐了口氣。電話鈴一響他馬上接起來：「喂？……掛上電話去幫我叫拉蒙，快去。」他乾了酒杯又重新斟滿，然後對道爾說：「這三天都靠著咖啡、白蘭地和棒棒糖維生。還不錯，一旦你的胃適……提姆？不用再爲紐南和桑多瓦費心了。打電話給戴莫特叫他回來，直接送他回機場。我們已經找到柯律治專家了。」

他掛上電話。「我賣了十張柯律治演說會的票，每張一百萬元。我們會在明天晚上八點躍入。六點半，我們爲十位客人安排了簡單的說明會，爲此當然需要一位公認的柯律治專家。」

「就是我。」

「就是你。你要做一個有關柯律治的簡短演說，並回答客人所提出關於他或同一時期名人或那個時期的任何問題，然後你要隨同客人躍入裂縫，前往『王冠與鐵錨』客棧。另外會有一些強勢警衛隨行，以免有人突發浪漫奇想不守規矩。演說當中要做筆記，然後再回到一九八三年來，發表感想並回答其他問題。」他揚起一邊眉毛，神情嚴峻地看著道爾：「別人要付一百萬才能看到、聽到的事，我付了二十萬請你來做。你應該感到慶幸，我們本想請另一位更優秀的柯律治專家，卻沒有成功。」

這話算不上恭維，道爾心想，但嘴裡仍說：「是的。」這時他忽然想到：「但是你……最初的目的呢？那件科學所無法辦到的事，也是你當初發現這些裂縫的原因呢？你放棄了嗎？」

「喔，」戴若似乎不想討論這個：「沒有，我沒有放棄。我最近正從幾個不同的角度去進行。不過和這次的計畫無關。」

道爾若有所思地點點頭：「呃，我們的下游有任何裂縫嗎？」

不知怎麼地，道爾看得出老人又生氣了。「道爾，我不知道……唉，去他的。有的，二一一六年夏天，有一個長達四十七小時的裂縫，時序上來說，那是最後一個。」

「可是，」道爾並不想激怒對方，但有件事他覺得再明白不過，他想知道爲什麼戴若顯然並不打算去做：「這件事……你想完成的這件事……在未來不是應該很容易就能完成嗎？我是說，一九八三年的科學都幾乎能辦到，那麼二一一六年……」

「道爾，這樣眞的很討厭，你讓某個人粗略看過你長時間努力的計畫，結果他卻提出你早已經認定行不通而放棄的方針。」他從緊咬著的牙縫中噴出煙來：「在我去之前，我怎麼知道二一一六年的世界是不是一個輻射廢墟？嗄？或者那裡存在著什麼樣恐怖的極權國家？」疲勞加上白蘭地想必讓戴若的自制力衰退不少，當他接著說下去時，眼神有些閃爍：「就算他們能做也願意做，他們又會如何看待一個來自過去一百多年的人？」他揉起紙杯，一滴酒從他的手腕流下：「如果他們把我當成小孩怎麼辦？」

道爾尷尬地立刻把話題轉回到柯律治。不過他心想，一定是這樣沒錯：長久以來戴若一直指揮著自己的船，所以他寧可和船一起沈沒，也不願接受某艘善心船的施恩救助——尤其這艘船又比他的船大。

戴若似乎也迫不及待地想導回正題。

當另一名司機載道爾到附近的旅館時，東方天空已露出魚肚白，之後他一直睡到傍晚，又有另一名司機來接他回到現場。

空地此時已經剷平，所有的推土機都不見了，只有幾個人拿著鐵鍬和掃帚正在清理馬糞。拖車還在原地，由於電纜和電話線已經移除，看起來有點失落。一旁有另一輛大型拖車並排著，是後來才拖來的。道爾下車後，注意到柵欄頂端到處都有滑輪和繩索，還有一張皺縮的防水布環繞著柵欄。他笑了笑，心想：這個老人家挺害羞的。

有名警衛為他打開大門，帶領他前往新的拖車，拖車的門沒關。道爾走了進去。房間裡以胡桃木鑲板裝飾，地板鋪有地毯，戴若正在另一頭和一位高大金髮的男人交談，神色不比昨晚疲憊。他二人都穿著前攝政時期的衣服：長禮服、緊身長褲與靴子；他們的打扮如此自然，倒讓道爾在剎時間覺得自己這襲混紡棉質套裝顯得荒謬了。

「啊，道爾，」戴若說：「我想你已經認識我們的護衛隊長。」

金髮男子轉過身來，片刻後道爾才認出他是史帝佛斯．貝納。他昔日的長髮已經剪短且燙捲，那一小撮八字鬍原本就不明顯，如今也已剃光。

「貝納！」道爾高興地大叫，同時走了過去：「我就知道你和這個計畫一定有關連。」自從貝納加入DIRE的這一兩個月，他們倆的交情有點淡了，不過他還是很高興能在這裡見到老面孔。

「終於成為同事了，布蘭登。」貝納帶著一貫的燦爛笑容說。

「再過不到四個小時就要躍入了，」戴若繼續說道：「還有許多準備工作要做。道爾，我們替你找了一套那個年代的衣服，另一頭那幾扇門就是更衣室。你更衣時可能會有人監督，因為我們必須確定每個人的穿著從裡到外都正確無誤。」

「我們只要待四個小時，對吧？」道爾問道。

「道爾，無論貝納和他手下的防備如何森嚴，總可能會有客人脫逃。萬一有人跑掉，我們不希望他身上有任何東西能證明他來自另一個世紀。」戴若彈一下指頭，彷彿以手勢阻止道爾繼續發問：「不會的，老弟，我們假設的逃脫者不可能說出戰爭的結果，或是如何製造凱迪拉克等等。臨出發前，每一位客人都會吞下一顆膠囊，就稱之為『抗穿越時間創傷』——ATCT——膠囊吧。其實膠囊裡裝的……道爾，請你先別驚叫，其實是預計六小時後溶解、劑量足以致命的番木鱉鹼。回來以後，我會為他們的胃腸道注滿活性炭溶劑。」他淡淡一笑說：「員工當然不必，否則我也不會告訴你。每位客人都同意這些條件，我想他們多半也已猜到其中的含意。」

也許沒有呢，道爾心想。突然間，這整個計畫再度顯得瘋狂，他想像著不久之後的某一天，自己將要出庭解釋爲何沒有將戴若的意圖通知警方。

「你可以在說明會上用這篇講稿。」戴若遞給道爾一張紙，繼續說道：「你儘可以更改內容或全部重寫，如果到時候能整篇背下來會更好。你們倆應該想交換一下意見吧，那我就回我的拖車去忙了。說明會上，員工是不准喝酒的，不過現在小酌一兩杯倒是無妨。」他微笑著大步邁出，那身古代裝扮讓他有海盜般的英氣。

他走了之後，貝納打開一個櫥櫃，卻原來是個酒櫃。「哈，」他說：「都爲你準備好了。」他拿下一瓶Laphroaig，道爾雖然感到憂慮，但見到這瓶透明玻璃裝、濃度九一．四度的老酒，還是很高興。

「天哪，倒一點給我。太棒了。」

貝納遞給他一杯酒，另外在自己杯中調入卡魯哇（Kahlua）甜酒和牛奶。他啜了一口，對道爾笑笑說：「我想，來點酒精也和鉛層的包覆一樣重要。站在那充滿放射物質的通道上，腰帶底下怎麼可能不藏點酒？」

道爾正打算問哪裡有電話，他要報警，這句話卻讓他打住了。「什麼？」

「超光速粒子轉換過程。他沒有跟你解釋躍入的方式嗎？」

道爾像被掏空似的。「沒有。」

「你瞭解量子論，或是次原子物理學嗎？」

道爾不自覺地舉起杯子，往嘴裡倒了些威士忌。「不瞭解。」

「其實我也懂得不多。總之過程基本上是這樣的：我們排列在軌道上，接受超高頻率的輻射線撞擊，這比迦瑪射線的頻率還要高得多。你也知道光子是無質量的，所以當你將光子一束束地射出時，它們不會互相排擠阻擋。當射線打中我們，由於裂縫區域有奇異特質，因此不會發生理應發生的事。我不知道理應會發生什麼事，不過我們是必死無疑。」他愉快地啜飲著：「總而言之，既然我們要進入裂縫，在裡頭會發生的事，其實就是我們會變成名義上的超光速粒子——這也是大自然對此不公平行爲唯一能做的彌補之道。」

「我的老天，」道爾沙啞地大喊：「我們會變成鬼。我們當然會見到柯律治了——我們會在天堂見到他。」街上有一輛車按著喇叭駛過，道爾知道車子不像喇叭聲聽起來那麼遙遠，他心想這個天眞的人不知要上哪去，又有什麼大不了的事讓他這樣按喇叭。「貝納，你聽我說，我們一定要離開這裡去找警察。天哪……」

「這絕對安全無虞。」貝納打斷他的話，臉上依然帶著微笑。

「你怎麼知道？那個傢伙說不定是從精神病院跑出來的瘋子，而且……」

「別緊張，布蘭登。你瞧，我看起來如何？那片柵欄還在吧？所以你不用擔心，因爲兩個小時前，我才獨自躍入一八〇五年的一個小裂縫。」

道爾懷疑地瞪著他看。「眞的？」

「我可以發誓。他們把我打扮成……你可以想像一個偏愛金屬袍卻不要窺視孔的3K黨員的模樣，然後讓我站在柵欄邊一個平台上，恐怖的機器則排列在柵欄另一邊。接著「唰」的一聲！前一分鐘我還在此時此地，下一分鐘我已經身在一八〇五年伊斯靈頓附近草原上的一座帳棚內。」

「一座帳棚？」

貝納的微笑略帶一種怪異的茫然。「是啊，很奇怪，我像是降落在一個吉普賽營區。我扯掉面罩時，第一眼看見的就是那座帳棚內部，裡頭香煙瀰漫，擺了好多看似埃及的東西，還有一個活像殭屍的光頭老人萬分驚訝地瞪著我。我心裡一害怕就往外跑，穿著那件長袍卻是行動困難，我看見英國鄉村景致，沒有公路和電線桿，因此我猜應該是一八〇五年沒錯。四周有許多馬匹、帳棚和吉普賽人，所有人全都瞪著我，就在這個時候裂縫終止了——感謝老天，我沒有跑出界外——活動鉤立刻將我帶回此時此地。」他格格笑道：「那些吉普賽人看到我突然消失，長袍也忽然空了，不知道作何感想？」

道爾盯著他看了好幾秒鐘。貝納雖然和善，卻從來不值得信任，但他說的這段話卻不是他說謊的風格。他不會演戲，這段故事，尤其是帳棚內那個老人茫然神情的描述，他說來毫不費力且信誓旦旦。道爾昏昏然發覺到自己是相信了。

「天啊，」他近乎耳語的聲音中帶著羨慕：「那空氣是什麼味道？土地是什麼感覺？」

貝納聳聳肩說：「清新的空氣，碧綠的草地。馬就是馬的樣子。吉普賽人都很矮，但也許他們向來很矮。」他拍拍道爾的背說：「所以不要再擔心了。活性炭灌腸劑會讓客人健健康康的，我也不會讓任何人跑掉。你現在還要找警察嗎？」

「不了。」當然不要，道爾熱切地想著，我要見柯律治。「對不起，」他說：「我得趕緊準備演說稿了。」

六點二十分，道爾確定已將新講稿背熟。他在戴若借給他使用的小辦公室裡站起身，打開通往大廳的門。

有幾個打扮光鮮的人在另一頭轉來轉去，和他之間隔著十幾張空椅子和一張擺在中央的桌子。吊燈上的數百根蠟燭都點亮了，柔和優雅的燭光照映著光亮的鑲板以及排列在桌上的玻璃杯。溫暖的空氣中，隱約可以聞到甜椒和烤牛排的香味。

貝納這高大的年輕人懶懶地靠在桌旁的牆邊，彈開一個鼻菸盒，沾了一小撮棕色粉末送到鼻子底下，舉止和那身打扮再協調不過。道爾見了輕輕喊一聲：「貝納。」

貝納抬起頭來：「該死，布蘭登——哈啾！——該死！工作人員都該整裝完畢了。算了，現在客人在更衣室裡，你可以待會再換。」貝納收起鼻菸盒，經過道爾面前時，對他的服裝不耐地皺皺眉頭：「活動鉤總該裝上了吧？」

「當然。」道爾拉起襯衫袖子，讓他看看皮帶緊緊地繫在自己剃過毛的前臂上，還用小鎖鎖上：「一個小時前，戴若親自幫我戴上的。來聽我演講好嗎？你也知道不少……」

「我沒有時間，布蘭登，不過一定沒有問題的。這些討厭的傢伙，個個都自以爲是世界之王。」

這時，有一個和貝納一樣穿著十九世紀初服飾的人匆匆走上前來。「隊長，又是崔弗。」

他輕輕地說：「我們好不容易剝光他的衣服，但他腿上纏著綳帶不肯拿下，底下顯然藏了什麼東西。」

「混蛋，我就知道有人會玩這種把戲。這些有錢人！來吧，道爾，反正你也剛好順路。」

他們走過房間時，戴若那挺拔的身影正好從大門進入，就在他們交會之際，有個毛茸茸的壯漢從一間更衣室衝出來，除了大腿纏著一塊彈力綳帶之外，全身一絲不掛。

「崔弗先生。」戴若揚起粗粗的白眉毛，他低沈的聲音一出口，其他人全都安靜下來：「你顯然誤解了服裝的規定。」

有幾個人聽了都笑起來，崔弗的臉也由紅轉爲赤紅。「戴若，這綳帶不准拿掉，聽到了嗎?這是醫生吩咐的，而且我還要付給你一百萬元，有哪個瘋人院的逃犯會……」

道爾緊張地對著貝納一笑，卻恰巧看見他迅速從袖子抽出一把薄刃刀。接下來大家都看到了，他一個馬步向前，像擊劍選手般優雅地直線刺出，將刀刃從引發爭議的綳帶底下滑入，戲劇性地停留片刻之後，再輕巧地斜斜帶出，由外到內的布立即層層削落，手法乾淨俐落。

一大把厚重閃亮的金屬物品「砰」一聲掉在地毯上。道爾一眼就瞥見其中有寇蒂感光打火機、精工石英錶、迷你筆記本、點二五口徑自動手槍，以及至少有三錠一盎司重的純金薄板。

「你打算買幾個戴著玻璃珠的土著，是嗎?」戴若邊說邊向貝納點頭致謝。貝納則已經回到道爾身旁恢復原來的姿勢，刀子也收起來了。「你應該知道這麼做違反了協定，你會得到半數退費，但現在警衛要先送你到空地外的拖車上，請你享受豪華的禁閉直到天亮。另外基於好意，」他接著又說，臉上那種冷酷的微笑是道爾前所未見：「我要奉勸你最好安安靜靜地離開。」

「唉，至少有個好結果。」當崔弗光著身子被帶出門時，貝納輕聲說：「空出了一間更衣室。進去吧，布蘭登。」

道爾往前走去，低聲對幾個人說了「借過」之後，走進剛剛空出來的更衣室。有一名警衛坐在裡頭的小板凳上，當他發現進來的不是崔弗時似乎鬆了一口氣。

「道爾，是吧？」那人起身問道。

「是的。」

「那好，把衣服脫掉。」

道爾將小腹微縮，然後順從地脫下衣服，並小心地將外套掛在警衛遞給他的衣架上。更衣室後方有一扇門，警衛拿著道爾的衣物急忙走出門去。

道爾背靠著牆，暗自祈禱他們別把他忘了。他想搔搔前臂被皮帶扣住的地方，但繫得太緊，連一根手指頭也伸不進去。算了，他決定不再去理會皮帶下方那顆雕刻綠石刺得光滑肌膚癢癢的感覺。戴若稱之為活動鉤，在尚未用皮帶覆蓋起來緊緊繫在道爾手臂之前，他還讓道爾先看過這樣東西。道爾將這顆小小的菱形綠石拿在手上把玩時，發現上頭刻有一些符號，似乎混合了埃及象形文字和占星符號。

「別這麼不以爲然地看著它，道爾。」當時戴若說：「你想回到一九八三年還得靠它呢。當一八一〇年的裂縫終止，這玩意會跳回原來的裂縫，也就是此時此地，只要它接觸到你的肌膚，就會帶著你一起回來。要是弄丟了，你將會看著我們消失，而獨自遺留在一八一〇年。所以我們得把它鎖在你身上。」

「這麼說，四個小時後我們全都會從那裡消失了？」道爾趁著戴若替他清洗前臂刮毛的時候問道：「假如你錯估了裂縫的長度，結果我們全都在演說中途消失，怎麼辦？」

「不會的，」戴若說：「你除了要接觸這個鉤之外，還得位於裂縫內，而裂縫距離那間客棧有五哩遠。」他將石頭放到道爾的手臂上，再用寬皮帶裹覆起來：「我們不會錯估，我們有充裕的時間能在聽完演說後回到裂縫區域，而且我們還會帶兩輛馬車前去，所以呢……」他將皮帶拉緊後，扣上小鎖：「別擔心。」

此時赤身靠在更衣室牆上的道爾，對著鏡中的自己微笑。我會擔心？

警衛回來了，交給道爾一套在一八一〇年應該不會引起注意的衣服，他還教他該怎麼穿，並且動手幫他繫上領帶前面的小蝴蝶結。「先生，你的頭髮不用剪，現在流行的長度和當時差不多，不過前面這裡要稍微梳下來，只是個禿點，沒什麼不好意思的。就是這樣了，仿布魯特斯風格。現在你自己瞧瞧。」

道爾轉身去照鏡子，頭往上一揚笑了起來。「還不賴。」他說。他穿了一件雙排扣長大衣，前幅只到腰際，後幅則呈長長的燕尾直拖到膝蓋後方。下半身一件茶色的緊身長褲，和一雙有飾縫的赫斯及膝長靴，另外從大衣高領間露出來的白絲領帶，更讓他覺得自己即使不是瀟灑俊逸，至少也高貴體面。這套衣服不像新衣那麼硬挺，雖然乾淨，而且顯然有人穿過，不過倒是讓道爾穿起來輕鬆舒服許多，至少不像是爲了參加宴會而硬塞給他的戲服。

當他回到大廳時，賓客們正緩緩走到桌邊，此時桌上已經擺了許多大小盤子與酒瓶。道爾夾了一盤菜，由於想起自己是「工作人員」，只得強迫自己不去看種類眾多的葡萄酒與啤酒，轉而抓了個咖啡杯。

「道爾，這邊。」戴若指著旁邊一張空椅子，並對身旁幾個人介紹道：「道爾就是我們的柯律治專家。」

他們朝著坐下的道爾點頭微笑，有一位眼神滑稽的白髮人說：「道爾先生，我很喜歡《入幕之賓》。」

「謝謝。」道爾微笑道，高興了幾秒鐘才發覺這個人是吉姆．席柏多。席柏多與妻子——道爾這時才留意到她就坐在先生的另一側——合著的《人類史》博大精深、卷帙浩繁，即使單就探討英國浪漫詩人那個章節，其研究之深入、風格之不羈，也在在讓道爾既羨又妒。道爾自從聽了貝納描述躍入一八〇五年的情景後，便熱烈期望著，如今他們的出現更讓他興奮莫名。假如席柏多夫婦都肯相信，他心想，那麼成功的機會必然很大。

桌子和食物已經清除，椅子也圍著講台排成半圓形。道爾不好意思地請貝納將講台移開，他自己則另外擺上原來要給崔弗坐的椅子。

道爾坐下之後，和每個賓客一一對視。九人當中他認出了五人：有三人——包括席柏多夫婦——是卓越的歷史學家，有一人是傑出的英國舞台劇演員，還有一個，他相當肯定便是某位知名的靈媒。在這個裂縫中，她玩把戲最好小心點，他想起戴若所說關於一九五四年，在汽車墳場街舉行降靈會的故事，心裡有點不安。

他深吸一口氣，開口說道：「關於英國詩史上，浪漫主義運動之父的生平與作品，各位想必都十分熟悉，但今晚出發前還是需要作一番回顧。一七七二年十月二十一日，柯律治出生於得文郡，他很早便展現出早熟的閱讀能力，而且終其一生涉獵極廣，因此他除了多才多藝之外，更在拜倫、雪利敦等名嘴所屬的世代中，成爲最能言善道的演說者……」

他接著談論到詩人的學術生涯、他因使用鴉片酊而染上的毒癮、他不幸的婚姻、他與渥茲華斯夫婦的友誼，以及他爲了逃避妻子而不斷安排的出國行程。道爾一面說，一面仔細觀察聽眾的反應。他們大體上似乎還算滿意，偶爾會懷疑地皺皺眉或是點點頭，他於是瞭解到自己出現在此其實是貼心的細節安排，就好像原本可以用紙盤裝盛食物，卻改用精美瓷器一樣。戴若或許也能以相同的效果發表關於柯律治的演說，但他卻希望由一個眞正的柯律治「專家」來執行。

約莫十五分鐘後，道爾結束演說。接著提出的問題，他都能自信滿滿地回答，最後戴若起身走過來，站到道爾的椅子旁邊，輕而易舉便取代他成爲眾人注目的焦點。他拿著一個燈籠，朝大門的方向擺動。「各位先生女士們，」他說：「現在是七點五十五分，馬車已經在外面等候了。」

在緊張沈默的氣氛中，大家站起身來，將帽子和大衣穿戴上。一百七十年呢，道爾心想，和一八一〇年的距離。我能靠著燭光到達嗎？可以，而且還能再回來。他發現自己心跳得好快，而且似乎無法深呼吸，但他卻幾乎不在意。

他們魚貫地走到空地的土堆上。有兩輛四輪箱型馬車已經被拉到距離拖車幾碼處，每輛車各繫著兩匹馬，藉著車燈搖曳的火光，道爾可以看出馬車也和他們身上的衣服一樣，乾淨、保存妥善，但顯然不是新的。

「每輛車可以坐五個人，只是比較擠一點。」戴若說：「既然崔弗不能參加，我來坐他的位子。工作人員坐車頂。」

當客人開始上車，一會帽子掉了、一會披肩纏在一起之際，貝納抓住道爾的手肘說：「我們坐第二輛車後座。」於是他們繞到較遠那輛馬車後側，爬上後方突出來與駕駛座一樣高的兩個小座位。晚風帶著寒意，道爾很慶幸手肘下方有左後方的車燈可以取暖。他居高臨下，看見有人從空地北端牽來更多馬匹。

馬車彈晃一下，原來是兩名警衛跳上駕駛座，道爾聽見旁邊有金屬碰撞的聲音，眼睛往貝納一瞄，便看見懸掛在貝納左手附近的一個皮袋裡冒出兩把手槍的槍托。

第一輛車啓動了，他聽見韁繩的啪噠聲和馬蹄踩在塵土上的聲音。「我們要往哪兒去？」當他們的車出發時，他問道：「我是說就空間而言。」

「到柵欄那邊去，布幕沒有拉起來的部分。你看見那個低矮的木台了嗎？有一輛卡車就停在外面緊鄰著柵欄。」

「喔。」道爾盡量不讓聲音顯露出自己內心的緊張。他回頭看見剛才被帶上來的馬已經繫在拖車上，並且正往北端拉行。

貝納順著他的目光看去，解釋道：「每次躍入時，空地，也就是裂縫區域，都必須淨空。因爲這上頭的一切東西都會跟著我們回去。」

「那麼那些帳棚和吉普賽人怎麼沒有跟著你回來？」

「回程時只有活動鉤和鉤子碰觸的東西才會跟著回來，而不是整個區域。活動鉤就像是板手球的橡皮筋——你必須用力將球拍走，如果蒼蠅剛好闖進來也會一起被帶走，但是只有球會回來。就連這些馬車也會留在那邊。其實，」他又接著說，由於馬車燈夠亮，道爾可以看見他露出微笑：「我從自身的經驗發現，就連衣服也會留下，不過頭髮和指甲倒是不會脫離。所以崔弗至少享受了部分樂趣。」他笑著說：「正因爲如此，只能退半數的錢給他。」

道爾現在很慶幸空地四周有防水布幕遮著。

兩輛馬車來到柵欄邊停下，透過鍊環的隙縫，道爾可以看見卡車寬敞的側廂板整個打開。卡車旁邊、柵欄內側的一小塊土地上，搭設了一個木台，高約一呎，長寬卻有十多碼。當車伕驅策馬匹將馬車拉到台上時，木台發出隆隆咚咚的聲音，彷彿十幾面鼓齊響。有幾個穿著一九八三年跳傘裝的人——此時看來有點時空錯亂之感——迅速地架起鋁柱，並覆蓋上一塊硬挺且顯得厚重的布，兩輛馬車於是被一個巨大的六方形帳幕所包圍。帳棚的材質在帳內燈火照耀下隱隱閃爍，道爾整個人從座位探出去，用手指拂了布幕一下。

「鐵絲絞索編成的網再以鉛包覆，」貝納說，他的聲音在密閉的空間裡更爲響亮：「和我今天下午穿戴的長袍和頭套同樣材質。」他放輕聲音又說：「卡車的三邊也要蓋上帳幕。」

道爾盡可能不讓貝納看到自己的手在發抖。他強忍著不讓聲音顫抖，問道：「真的會有爆炸嗎？會不會有任何震盪的感覺？」

「不會，其實沒有任何感覺。只是……有點混亂。」

道爾可以聽到下方車廂內有人在竊竊私語，另一輛車上則傳來戴若的笑聲。有匹馬像是應和似的跺了跺腳。

「他們在等什麼？」道爾小聲問道。

「要讓那些人有時間退到大門外去。」

雖然馬車靜止不動，道爾還是覺得暈車，奇特帳棚內的油味和金屬味愈來愈難以忍受。

「我實在不想抱怨，」他小聲說：「可是那個味道……」

突然間，有什麼東西動了起來，很強烈但沒有實際動作，他眼前的一切全都失去深度與空間感，只剩下一片平坦與模糊，還有破碎且毫無意義的光線四處散射。他緊抓住的車頂桿是他唯一的方位指標——沒有南北或上下之分，他發現自己又回到昨晚空姐叫醒他之前的那個夢境，他可以感覺到老本田機車在濕濕的道路上斜飛出去，以可怕的速度將他水平拋出，當他重重撞擊柏油路面的當下便再也聽不見蕾貝佳的尖叫聲……

木台從他們下方掉落一小段距離，當四匹馬和兩輛馬車落到台上時，木台立刻四散紛飛。地面不再平坦，支柱向內傾倒，片刻後，厚重的上鉛布篷便覆蓋了一切。

有一根倒下的柱子從車頂彈起，撞到道爾的肩膀，這疼痛的感覺他倒是欣然接受，這使他更能確定身在此時此地。既然會痛，就一定是真實世界，他恍惚地想，然後猛搖頭想抹去機車車禍的鮮明記憶。他憎惡的那股氣味十分濃烈，因爲塌落下來的帳棚有一部份將他的頭緊壓在車頂上。他心想，恐怕再也沒有什麼比這作嘔的痛苦，更能徹底將你與周遭的現實結合在一起了。

正當他覺得自己已經振作起來時，他身上的鉛布卻忽然褪去，鼻中呼吸到的夜晚新鮮空氣，似乎讓整個想吐的念頭變得任性而做作。他環顧馬車所在的草原，月光灑落，高大的樹林環抱。

「布蘭登，你還好吧？」道爾知道貝納已經問了兩次。

「我很好。天哪，眞刺激，哦？其他人都好吧？馬兒呢？」道爾對自己能平靜地、就事論事地問問題，感到很自豪，但要是能更鎭定一點，頭不要晃個不停就好了。

「放輕鬆點好嗎？」貝納說：「一切都很順利。喏，喝吧。」他旋開酒瓶蓋子，遞給道爾。

不一會，道爾便深深感覺到酒比痛苦——或者嘔吐——都更能有效地讓人體驗現實。

「謝謝。」他語氣平靜許多，說著將酒瓶遞回。

貝納點點頭，將酒瓶收入口袋，跳上破碎的台子，然後跨著大步走向其他六名警衛當中的四人。他們正在剷土，並戴著手套折起鉛帳幕，一眨眼間便已經埋好折起的布包，並爬上馬車坐定，道爾知道他們一定練習過。

「你應該看看木台。」貝納氣定神閒地說：「我們躍入時，台子底部整整削去了三吋。要不是站在台子上，馬蹄會消失不見，每個車輪也會削掉一部份。」

車伕扯動韁繩，馬車搖搖晃晃地駛離破碎的木板，來到草地上，接著緩緩通過草原。幾分鐘後，他們來到一排柳樹前，外面便是道路。一名警衛跳下車衝向前去。他蹲低身子左右掃視，然後做出一個「低頭」的手勢；一會過後，一輛開放式的馬車由左而右，轆轆地駛向城內。道爾盯著馬車看得出神，一想到剛才從柳枝間瞥見的那對神情愉快的夫婦，可能早在自己出生前一百年便已去世，不由感到驚懼。

在韁繩啪噠啪噠與馬具叮叮噹噹聲中，馬匹往壕溝走去，費了不少力氣，偶爾還倒退幾步，終於把馬車拉過壕溝走上道路。馬兒轉身向右，一晃眼，車子便搖搖晃晃快速地往東奔向倫敦城。在跨越壕溝的顛簸過程中明滅不定的車燈，此時已經穩定下來，在掛鉤上規律地來回擺動，黃色燈火照在馬背和馬車的金屬物件上十分耀眼，但是在銀白月光下，樹木有如覆上一層白霜，道路也像鋪上晶瑩白灰般閃閃發亮，車燈也就相形失色了。

「只要腳步敏捷輕盈，」道爾默頌著：「便能乘著燭光到臨。」

第二章

我生在黑暗的、可怕的遠方……

——雪萊

在這個剛入夜的星期六，牛津街擁擠的人行道上方，雄偉建築的陽台窗內燈光閃閃。到處都能看見打扮高雅的男女或是手挽著手散步，或是站在商店櫥窗或敞開的大門前形成背光的黑影，又或是鑽入或跳下在路邊爭先恐後的豪華出租馬車。四周喧鬧聲不斷，有馬車伕的叫客聲，有數百車輪急速輾過石板路的喀嗒聲，還有稍微悅耳一點的，有節奏的小販叫賣聲，他們剛從托騰罕中庭路的週末市集一路往西晃過來。道爾高坐在馬車上，可以聞到馬味、雪茄菸味、熱香腸和香水味，飄散在寒冷的夜風中。

當他們右轉上布羅德街時，貝納從皮袋中掏出一把槍——是一把四筒手槍，複雜的燧石擊鐵和藥盤蓋重重疊疊，像隻蜘蛛似的——然後將手肘靠在車頂上，很明顯地將槍口朝上亮出來。道爾往前一看，所有的警衛也都這麼做。

「我們馬上就要進入聖嘉爾斯貧民區，」貝納解釋道：「這一帶有不少難纏的傢伙，不過他們不會找一群武裝的人麻煩。」

道爾謹愼地看著那些由大街蜿蜒而入的窄小巷弄，多半都是黑漆漆的，只偶爾在某個角落會有模糊的燈光映出一些影像。這一帶街頭叫賣的人多得多，至少在大街上是如此，他們的馬車經過十來家咖啡攤、舊衣攤，還有長相可怕的賣菜老婦，一面抽著陶製菸斗，一面睨眼睨著人潮。有幾個人對著馬車高聲喊叫，由於口音實在太重，道爾只聽得懂其中的「王八蛋」、「他媽的」等字眼，不過他們的語氣似乎不像威脅而像是開玩笑。

他往後看，然後碰碰貝納的胳臂。「我不是想嚇你，」他很快地說：「後面那輛馬車，在馬鈴薯貨車後面，那輛有點像西部拓荒用的篷車。自從我們上了貝斯瓦特路，它就一直跟著我們。」

「拜託，布蘭登，從那之後我們只轉了一個彎啊。」貝納不耐地說，不過他還是轉身去看：「哼，那只是……」他忽然像是在思索什麼：「那應該是一輛吉普賽馬車。」

「又是吉普賽。」道爾說：「他們不會……我是說他們不太常到大城市來，不是嗎？」

「不知道。」貝納緩緩地說：「其實我也不確定是不是吉普賽馬車，不過我會向戴若提的。」

當他們沿著聖馬丁巷疾駛而下，經過高大的古老教堂，街道愈來愈窄、愈黑，成群的人站在低矮陰暗的門口看著他們，道爾不禁爲貝納帶了武器而感到慶幸。他們接著來到寬闊的河濱大道後，街道再次變寬、變亮、變熱鬧。貝納也將複雜的手槍收回袋中。

「『王冠與鐵錨』就在轉角處。」他說：「而且已經過了好幾條街，都沒有看到你說的那輛吉普賽馬車。」

道爾從兩棟建築之間，瞥見在月光下水光粼粼的泰晤士河。他記得他在一九七九年來訪時，河上好像有座橋，現在卻沒見到，不過他還來不及細想，便已經轉入一條小街道，來到一棟兩層樓半木造的建築前面嘎然停車。敞開的門口上懸掛著一塊招牌。『王冠與鐵錨』，道爾默唸著。

客人下車時，忽然嘩啦啦下起雨來。戴若走到前面，雙手插在一個毛皮手籠中。「你，」他朝著駕駛前一輛馬車的人點點頭說：「去把車停好。我們其餘的人到裡頭去。大家進來吧。」他帶領著十七個人進入暖和的酒館內。

「我的天啊，先生，」侍者匆忙上前驚叫道：「你們全部要用餐嗎？如果事先通知我們，就能準備後面的宴會廳了。不過，我得看看有沒有足夠的椅子可以擺在酒吧……」

「我們不是來用餐的。」戴若不耐地說：「我們是來聽柯律治先生演說的。」

「是嗎？」侍者轉身朝一道走廊高喊：「勞倫斯先生！又有一群人以為那個詩人是這個禮拜六要在這裡演講！」

戴若臉上頓時毫無血色，瞬間變成一個打扮荒唐的老人。手籠從他手上脫落，「砰」地掉在硬木地板上。誰也沒有出聲，然而道爾在驚訝與失望之餘，卻能感覺到自己內心有一股狂笑的衝動，而且愈來愈抑制不住。

一個看似頗受困擾的人匆匆趕來，身後跟著一個留著花白長髮的矮胖老人。「我是這裡的經理勞倫斯。」他說：「蒙塔谷先生安排的演說時間是下個星期六，十月八日，你們全都在今晚趕來我也沒辦法。蒙塔谷先生不在這裡，他一定會很生氣……」

勞倫斯說話的時候，他身旁那個胖胖的、病奄奄的人不停向所有人眨眼道歉，道爾瞄了他一眼之後，不由睜大眼睛瞪著他看。道爾愈來愈興奮，突然舉起手來打斷經理的話，然後欠身對勞倫斯身旁的人說：「你是柯律治先生吧？」

「是的。」那人說：「我要向各位道歉……」

「請問一下，」道爾轉向勞倫斯說：「侍者說你們有一間空的宴會廳是嗎？」

「的確是有，可是沒有打掃，裡面也沒有火……而且蒙塔谷先生……」

「蒙塔谷不會介意的。」他轉身向漸漸恢復血色的戴若說：「戴若先生，你身上一定有足夠現金可以支付緊急狀況的費用吧。我想只要你給這個人的錢夠多，他就會在宴會廳為我們生火並供應食物。既然連柯律治先生都誤以為演說是今天晚上，而我們也一樣，反正酒館裡有空房間，那我們何必跑到街上去聽他演說呢？我相信，」他對勞倫斯說：「這樣的邏輯就連蒙塔谷先生也挑不出毛病來。」

「那麼，」經理遲疑地說：「我們就必須調出幾個人……其他人也得多分擔一些工作……」

「一百金鎊！」戴若激動大喊。

「就這麼說定了，」勞倫斯有點說不出話來：「不過請你小聲一點。」

柯律治簡直驚呆了：「先生，我絕不容許……」

「我是個有錢到令人討厭的人。」戴若恢復鎮定，說道：「我根本不把錢放在眼裡。貝納，這會兒勞倫斯先生要帶我們到宴會廳，你去馬車上把錢拿來。」他一手搭著柯律治的肩膀，一手搭著道爾的肩膀，跟隨在經理殷勤忙碌的身影後面。

「聽你們的口音應該是美國人吧？」柯律治有些張惶失措地說。道爾發現他『r』的發音很清楚，想必是得文郡的口音，他心想，這麼多年了還是保留著。柯律治原本給人的脆弱印象，似乎更因此而加深了。

「是的。」戴若回答：「我們來自維吉尼亞州，里奇蒙。」

「啊，我一直希望到美國看看。我和幾個朋友曾經計畫過。」

在建築另一端的宴會廳又暗又冷。「不用打掃了，」戴若說著，精力充沛地順手抓下放在長桌上的椅子，在地板上擺正：「拿點蠟燭來，生個火，再多準備一點葡萄酒和白蘭地，這樣就行了。」

「馬上來，戴若先生。」勞倫斯說完便衝出房間。

柯律治又啜一口白蘭地之後站起來。他環顧群眾，現在有二十一人，因爲有三個人原本在其他房間用餐，聽說了這個消息便決定加入。有一個人迅速地翻開筆記本，手裡拿著鉛筆期待著。

「各位無疑都和我一樣清楚，」詩人開始說道：「當一般俗稱爲圓顱黨員的份子不顧『王權神授』之說，成功地殺死查理一世，接著克倫威爾的國會派即位之後，整個英國文學的格調都變了，變成一種低沈晦暗的基調。伊莉莎白女王治下的年代結合了所有領域的榮耀，閃耀著雅典的光輝，這番成就是我國史上各代所僅見，如今卻屈降於清教徒的嚴苛樸實，他們不僅戒除了歷史先人的荒奢習氣，也排斥了他們的眞知灼見。當克倫威爾得勢，彌爾頓已經三十四歲，因此儘管他支持國會派，也欣然同意嚴格紀律與自制的新主張，他的想法卻是在前一個時期衰微之際形成的……」

柯律治原先歉咎的口氣逐漸變淡，對主題的濃厚興趣讓他開始以比較權威的口吻說話，這時候道爾的目光卻在其他人身上遊走。帶著筆記本的陌生人正以某種速記的方式忙著做筆記，道爾心想，他一定就是戴若昨晚提到的教師。他熱切地盯著筆記本，暗自想著：要是幸運的話，那份筆記也許會在一百七十年後落到我手上來。那人抬起頭來正巧與道爾四目交接，便微微一笑。道爾略一點頭，連忙轉移視線。別亂看了，他氣憤地想，繼續寫啊。

席柏多夫婦倆都半瞇著眼注視著柯律治，有一度道爾還擔心這對老夫妻打起瞌睡來，後來他才發覺他們面無表情其實是因爲注意力完全集中，他知道他們想盡量像錄音機一樣，將演說內容完整地記錄在心裡。

戴若面帶著平靜而滿意的微笑看著詩人，道爾猜想他根本沒有用心聽，只是觀眾似乎對這場演講秀很滿意，讓他十分高興。

貝納低頭盯著自己的手看，就好像這只是一個休息空檔，待會還有苦差事要做。道爾好奇地想，他會不會是在擔心回程還要經過那個貧民區？但是來的時候他似乎不怎麼在意。

「於是彌爾頓將這個問題濃縮成一個信仰問題，」柯律治開始總結：「這種信仰比清教徒所眞正追求的更獨立、更自主，事實上也更爲堅定。他告訴我們，信仰並不是一種異國花卉，需要你排除日常世界的種種去費心維護，信仰也並非如同孩童心目中的聖誕老人，需要靠著詭辯與片面的眞理來支撐——總之，它不是對既有教條的墨守成規。認眞說起來，信仰必須要能明辨這個世界結構中每一個零件的形式與趨勢，這些也正是上帝的特徵。也因此宗教只能夠擔任建議與闡述的角色，而不能有驅策信眾執行的行爲，因爲只有獨立領悟進而選擇的信仰與行爲，才能受到讚美或譴責。既然如此，假如刻意對某人隱瞞任何事實或觀點，便可視爲剝奪人權的犯罪行爲。任何一個組件都不能被判定爲社會所不容，因爲在馬賽克圖案上增添愈多石塊——無論明或暗——我們所描繪的上帝畫像才會更清楚。」

他停了一下看看聽眾，然後說聲「謝謝」之後坐下。「有什麼問題或是補充或反對意見嗎？」道爾發現當演說的熱情一消失，他又變成他們在入口大廳遇見的那個又胖又謙遜的老人家——演說時的他令人印象較爲深刻。

珀西‧席柏多溫和地譴責柯律治以自己的信念來詮釋彌爾頓的文章，並且引述他的幾篇文章做爲佐證，詩人顯然受寵若驚，因此答覆時特別詳細地指出他與彌爾頓之間許多不同的觀點。「不過一旦探討的對象是像彌爾頓如此才華洋溢的人，」他微笑道：「我總會因虛榮心作祟，而偏重於我們看法相同的部分。」

戴若從背心口袋掏出一只錶，瞄一眼便站起來，說道：「我們恐怕該走了，光陰不待人，而且還有一趟長途旅程等著我們呢。」

一陣嘈雜聲中，大家把椅子往後退站起身來，然後開始摸索著將手臂伸進外套袖子裡。幾乎每個人——包括道爾在內——都特地去和柯律治握手，珀西‧席柏多還親親他的臉頰。「我這把年紀的女人親你，你的莎拉絕對不會抗議。」她說。

而那個被道爾懷疑是某個知名靈媒的女人，果然開始出現恍惚狀態，貝納急忙趕過去，微笑著對她耳語幾句。她立刻清醒過來，並任由他拉著自己的手肘走出房間。

「貝納，」戴若說：「喔，對不起，繼續吧。道爾先生，能不能請你去通知克里希洛把馬車駛到前門來？」

「沒問題。」道爾走到門口停下來，再看柯律治最後一眼——他怕自己不夠專心，不像席柏多吧，那樣好好地利用這個晚上——然後他嘆了口氣才轉身出去。

走廊很暗，地板也不平，而且沒見到貝納和那個倒楣的靈媒。道爾摸索著轉過一個角落，但眼前不是入口大廳，而是一段樓梯底部，牆上篝籠裡點著一根蠟燭，照亮了最下方的幾階踏板。應該是在另一邊吧，他心想，便又轉身。

不料，有個非常高大的男人就站在他身後，不禁嚇了他一大跳；那人的臉凹凸不平還有許多難看的紋路，好像做了一輩子難看的表情累積而成的，而他的頭則是光禿禿的。

「老天啊，你嚇死我了。」道爾大叫：「對不起，我好像……」

那人以驚人的力道抓住道爾的手，猛地將他一個轉身，將手扭到他的肩胛骨之間，道爾忍痛不住正要大口喘氣，忽然一塊濕布蓋住他的臉，結果他吸進的不是空氣而是刺鼻的乙醚。他反正也已失去平衡，便在驚恐中用盡全身力氣往後踢，他感覺到鞋跟重重地撞到骨頭，但是抓住他的有力臂膀卻絲毫沒有放鬆。儘管他努力地屏住氣息，但不斷掙扎卻讓他吸入更多毒氣。他可以感覺到後腦勺湧起一大股昏迷的暖意，不由狂亂地想著：爲什麼戴若、貝納或甚至柯律治他們，沒有人繞進這個轉角來大聲呼救呢？

他憑著最後一絲模糊的意識，突然想到這個人一定就是貝納在五年前或幾個小時前，闖進一八〇五年伊斯靈頓的帳棚時，驀然撞見的那個「活像殭屍的光頭老人」。

平時老是辛苦地銷熔那些彷彿源源不絕的英國金屬湯匙，「該死的理查」本以爲可以趁這趟夜遊輕鬆一下，結果威伯說起他們的目標出現在那個田野的經過，把他的興致全破壞光了。「我偷偷溜出去跟著那個老人，」他們坐在馬車駕駛座上等著首領回來的時候，威伯悄聲對他說：「他慢慢地穿過樹林，走走停停的，還帶著他幾樣古怪的玩意──像是那個裝了酸液和鉛的陶罐，只要碰到上頭那兩個金屬按鈕就像觸電一樣，你知道嗎？他不斷地停下來碰按鈕，鬼才知道爲什麼，我看見他每次一觸電手就往回縮。還有那個裝了色情圖片、很像望遠鏡的東西。」理查知道他說的是六分儀，威伯始終弄不明白那叫 sextant（六分儀），不叫 sex-tent（色情帳棚），所以他總以爲首領在偷看黃色圖片。「他停下來看了好幾次，大概是想讓自己血流加速吧。所以我就躲在一棵樹後面，看著他穿越那個田野，一邊看奶子圖片一邊讓自己觸電，好像很慚愧的樣子。後來有一次他去摸陶罐，手卻沒有縮回來。他看著罐子，搖一搖，再摸一次，還是沒觸電，我就知道罐子壞了。然後他馬上跑回樹林，這次沒有停，我怕被他看見，整個人趴平了。他倒是沒看見我，我抬頭偷瞄時，他就站在一棵樹後面，離我大約五十碼，眼睛眨也不眨地盯著空空的田野。於是我也跟著看，心裡怕得不得了，因爲不管他在搞什麼，連他自己都神經兮兮的。」

這時威伯停下來喘口氣，理查則伸手到襯衫裡面，用食指和拇指抓著他那小木猴的耳朵，因爲他總是擔心恐怖的談話會驚嚇到它。「接著呢，」威伯繼續又說：「我們在那裡待了幾分鐘，我怕被他聽見，所以不敢離開。突然間「砰」的一聲，樹梢颳起一陣旋風，我往外一看，正好看見一個黑色的大帳棚倒塌在田野中央。」這一刻他緊抓住理查的肩膀：「幾秒鐘前我偷瞄的時候可沒有那個帳棚！它就突然出現了，你知道嗎？我打了幾個避邪的手勢，還念了十幾聲『大蒜！』因爲這一定是Beng(魔鬼）的傑作。然後有幾個穿著時髦的chals從帳棚底下鑽出來，拉開帳棚，你猜怎麼著？那裡頭有兩輛馬車，車燈還亮著呢！兩輛車內都有人，馬具也都上好了，隨時可以走。其中有個Bengo chal（魔鬼似的年輕人）喊得好大聲：『眞刺激！其他人都好吧？馬兒呢？』另一個人叫他安靜點。接著有幾個人把帳棚折起來埋進土裡，然後兩輛馬車便往道路上走。這時候首領跑回營區，我緊跟在後，然後他就叫我們跳上這輛篷車，跟蹤他們。」

威伯說完，便退到篷車後側，從那響亮、緩慢的呼吸聲，聽得出他逮住了機會小寐一下。「該死的理查」很羨慕他有這種隨時終止煩惱的能力。這個老吉普賽人不安地在駕駛座上動來動去，眼睛直瞪著「王冠與鐵錨」的後門。進城就夠他緊張的了，那許多gorgios（非吉普賽人）盯著自己看，還有prastamengros（保安官）虎視眈眈想把吉普賽年輕人扔進監獄，而當他得知有巫術牽涉在內，更對這重重危險頭痛不已。理查有一點不太像吉普賽人，他會比較過去與現在的情勢，他心下淒然地想：要是八年前菲齊老人沒有失蹤就好了，他當首領的時候，大家收入一向很可觀，生活壓力也小得多。他又把手伸進衣內，用拇指拍拍猴子的頭以爲安撫。

酒館後門「呀」的一聲開了，羅曼尼博士肩上扛著一具癱軟的軀體，一跳一跳地穿過巷子朝篷車走來。「起來了，威伯。」就在首領出現在篷車後門的前一刻，理查將同伴噓醒。

「威伯，幫我把這個人弄進去。」羅曼尼輕聲說。

「Avo, rya（好的，先生）。」威伯立刻警覺地說。

「笨蛋，小心點，別撞著他的頭，我還需要這裡頭的東西。Avo，放在毯子上，這樣kushto（很好）。現在把他綁起來，摀住嘴巴。」老首領將後門布簾拉攏，用帶子綁緊，然後穿著彈簧底鞋的他身手異常矯捷地往前衝，爬到理查身旁的駕駛座上。「他們顯然馬上就要離開了。」他說：「我捉到一個，但還是跟著其他人走。」

「Avo, rya。」理查答應道。他朝馬兒咂了一下舌頭，篷車隨即往前衝，帆布罩啪啪作響，高掛的鐵環則前後搖擺。他們從「王冠與鐵錨」往東過了兩條街之後，轉上河濱大道，然後靠邊停下。

他們等了將近半小時，這段時間有幾個行人信步經過，都好奇地看著篷車兩側帆布上華麗彩繪的字樣：「羅曼尼博士埃及巡迴劇團」。這時候羅曼尼眼睛一瞇：「理查！他們終於來了……跟上去。」

隨著轠繩一抖，篷車立刻混進車群當中。街道上擠滿了大小馬車，那兩輛馬車很快便愈離愈遠，理查還得站到踏板上並展現最高超的御馬術，才能勉強不把目標跟丟。

當他們右轉衝入聖馬丁巷，在其他車伕憤怒與驚恐的叫罵聲中，羅曼尼博士從口袋掏出錶來，看了一眼又塞回去。「他們一定是想在大門關閉前趕回去。」理查聽到他自言自語地說。

這三輛馬車，兩輛在前，一輛尾隨在後，急匆匆地循稍早的原路返回，當他們沿著牛津街往西行駛，理查便知道獨自高坐在第二輛馬車後座的人，已經發現有一輛篷車亦步亦趨地跟著他們。就在海德公園倏地從左手邊閃過，四周盡是漆黑的田野，第二輛馬車忽然槍口一閃，傳出空心爆破的聲響，接著便有一枚子彈打中理查頭頂上的鐵環。

「我的媽呀！」老理查大喊道，下意識地勒住韁繩：「這混蛋竟向我們開槍！」

「該死的混帳東西，快一點！」羅曼尼大叫：「我已經施了偏離子彈的咒語。」

理查咬緊牙根，快馬加鞭回復原來的速度，一隻手則護著可憐的木猴子。空氣又濕又寒，他一心只希望回到帳棚裡，守在熱模子和熔爐旁邊做苦工。

「他們肯定是要回到樹林靠馬路邊的那個田野。」羅曼尼告訴他說：「到下一條路的時候靠邊，我們繞回營區去。」

「Rya，是不是因爲這樣你才讓我們在那裡搭營？」理查問道，並暗自慶幸地勒住馬，讓兩輛奔馳的馬車遠離：「你知道這些人要來嗎？」

「我知道可能有人會來。」羅曼尼喃喃說道。

篷車沿著車轍深陷的小路，顛簸地駛離貝斯瓦特路，繞到帶狀樹林的南側。營區旁邊沒有人站立或升營火，倒是有幾隻狗瞪著剛剛來到的人，隨後跑到營區內搖尾跳躍地通知主人，有吉普賽的朋友來了。不一會，出現了幾個人往已經停止的篷車走去。

羅曼尼跳下車來，由於鞋底的彈簧喀嚓一聲閉闔起來，地面的撞擊力讓他往後一縮。

「理查，把囚犯帶到你的帳棚去。」他說：「要小心別讓他受傷，也不能讓他有機會脫逃。」

「Avo, rya。」老理查大聲應道，而他們的首領則一蹦一跳地衝向樹林，根據威伯所說，樹林另一邊就是那些凶神惡煞般的陌生人突然出現的田野。

想到威伯的大膽窺視，理查忽然決定不讓他專美於前。「威伯，把他帶到我的帳棚去。」他說：「當舊鞋一樣綁緊一點，我馬上回來。」見他驚愕地睜大眼睛，理查滿意地朝他眨眨眼，然後便跟蹤首領去了。

他略微偏左而行，來到羅曼尼西側幾百碼處的樹林，他聽得出來在他右手邊的樹林間，老人盡量放輕了腳步行進，但仍比不上吉普賽人，當羅曼尼來到田野邊緣的一棵大樹後面站定，理查也已靜悄悄趴伏在一座小丘背後。

田野中央，兩輛馬車緊靠在一起，所有人全都下車，聚集在幾碼外。理查數一數有十七個人，其中還有幾個女人。

「各位請聽我說。」一個老人大聲地說，他顯然十分心煩：「我們不能再繼續找他。事實上，我們幾乎就要超越安全界線。該死，我們才剛到這裡，距離裂縫關閉的時間只有幾秒鐘了。道爾顯然決定……」

話未說完，忽然一聲模糊的重擊聲，所有的人全部癱倒在地。後來理查發現那一堆其實只是衣服，原本穿著衣服的人已經不見了。馬與馬車立在月光下的空曠田野，無人照看。

「他們是mullo chals（死掉的人），」理查驚恐至極，小聲地說：「鬼！大蒜，大蒜，大蒜。」他看見羅曼尼博士匆匆奔向田野，便起身把猴子從衣服裡面掏出來。「不用你說，」

他悄聲說：「我們要走了。」他連忙穿過樹林回到營區。

雖然一開始，道爾怎麼努力也睜不開眼睛，但是消毒水可怕的味道與氣味充斥著他的腦袋，讓他知道自己又回到牙科診所的恢復室裡。他舌頭在嘴巴裡轉一圈，想看看這回他們拔了哪幾顆牙。他記起了他們讓他躺在一張凹凸不平的沙發上——他使性子地想，幫我端熱巧克力的護士哪兒去了？

他張開眼睛，卻意外發現自己根本不在牙科診所，所以很可能喝不到熱巧克力。他在一個帳棚裡，旁邊桌上有個煤油燈，藉著燈光他看見兩個黑皮膚、留著山羊鬍、戴著耳環的男人正盯著他看，不知爲什麼眼神中帶著恐懼。其中一人捲捲的頭髮已經花白，他氣喘吁吁好像剛跑了一大段路。

道爾的手腳似乎不聽使喚，但他猛然想起自己人在英國，爲那個老瘋子寇克藍・戴若發表一場關於柯律治的演說。他說替我準備了旅館房間的，他憤怒地想。他指的旅館房間就是這個爛帳棚嗎？這幾個小丑又是什麼人？

「他人呢？」他哇哇大叫：「戴若在哪裡？」那兩個人只是向後退一步，無禮的目光並未移開。可見得他們並不是戴若的手下。「跟我在一起那個老人，」他不耐地說：「他在哪裡？」

「走了。」喘氣喘個不停的那人說。

「那就打電話給他，」道爾說：「電話簿裡應該找得到號碼。」

那兩人都嚇壞了，其中一個還從口袋裡扯出一隻小木猴，然後用拇指與食指死命地捏住猴頭。「我們不會替你打電話給gorgio（非吉普賽人）的，你這Beng的chal（魔鬼之子）！」他嘶吼道：「是啊，gorgio的聖經裡的確有野獸的號碼！」

這時候，有隻狗跑進帳棚來，夾著尾巴快轉一圈後又衝出去。

「rya回來了，」拿著木猴的人說：「從後面出去吧，威伯。」

「Avo，」威伯熱切地答應後，便從帳棚門簾底下爬出去。

道爾直盯著帳棚的門簾。剛才狗兒撞開門簾跑進來的時候，他瞥見外頭空曠的夜色，還有一股帶著草木氣味的涼風。他的記憶終於擺脫乙醚毒氣開始正常運作，他焦急地在腦海裡回憶當晚發生的事。沒錯，躍入成功了，接著是倫敦城，和那個貧民區，沒錯，柯律治！席柏多夫人還親了他……突然間道爾的腹內變得又空又冷，他感覺到額頭滲出冷汗，因爲他記起了那個光頭男人抓住自己。天哪，他恐懼地想著，我錯過了躍入回程，裂縫終止時，我人不在區域內！

門簾掀了開來，從「王冠與鐵錨」將他擄走的光頭男人走進帳棚，他移動的時候跳得很厲害。他從口袋拿出一根雪茄，走到桌邊，彎身對著煤油燈吧嗒吧嗒地將雪茄點著。他移身到帆布床邊，孔武有力的手一把抓住道爾的頭，並將雪茄點燃的一端靠向道爾的左眼。道爾驚恐地弓起身子，綁在一起的雙腳上下猛踢，但不管他如何用力掙扎，頭還是動彈不得。他可以感覺到熱氣穿透緊閉的眼皮，菸灰的距離恐怕不到半吋。「我的天啊，住手！」他大喊：「救命啊，住手，把他給我弄開！」

片刻過後，熱氣消失了，他的頭也被鬆開。他的頭左右搖擺，左眼都眨出淚水來了。當視力恢復後，他看見光頭男人就站在床邊，若有所思地抽著雪茄。

「我全都要知道。」光頭男人說：「你要告訴我你們從哪兒來，你們如何利用那些門旅行，你們如何發現那些門——我全都要知道。我說得夠清楚吧？」

「好的。」道爾哭喪著說。該死的寇克藍・戴若，他憤怒地想，但願他活生生被癌症折磨死。找馬車又不是我的工作！「好，我什麼都說。老實說，如果你幫我一個忙，我就能讓你致富。」

「幫忙？」老人不解地重複道。

「對。」道爾的臉頰因淚水滑過而發癢，不能動手去搔，他都快受不了了：「我說能讓你致富可不是開玩笑。我可以告訴你該買哪些地皮，該投資哪些事物……如果給我一點時間思考，我甚至可以告訴你上哪去尋寶……加州的金礦……埃及法老王圖坦卡蒙的墳墓……」

羅曼尼博士聽到這裡，立刻抓住道爾胸前的幾個繩圈，將他略微提起，他自己則把臉湊近到離道爾的臉只有幾吋，低聲說：「你們知道這個？在哪裡？」

這個半懸空的姿勢讓道爾兩側和肩膀的繩子嵌進肉裡，幾乎讓他再次痛暈過去，不過他看得出自己多少惹惱了這個兇狠的老人。「什麼？」他呼吸困難地說：「圖坦王的墓在哪裡嗎？是啊……放我下來，我快窒息了！」

羅曼尼的手一鬆，道爾跌回床上，已經七葷八素的頭從帆布上彈起。「在哪裡呀？」羅曼尼用一種平靜而危險的聲音問道。

道爾慌亂地四處張望。帳棚裡除了他們倆就只剩那個握著猴子的老吉普賽人，他恐懼地瞪視道爾，口中不斷喃喃重複某個字句。「這個嘛，」道爾不太確定地說：「我要訂個協議……」

過了好一會兒，他才明白過來，自己的耳朵之所以嗡鳴，臉頰之所以又燙又麻，是因爲老人朝他的頭狠狠刮了一大巴掌。

「在哪裡呀？」羅曼尼溫和地再問一次。

「老天啊，你緊張什麼！」剎時間他敢肯定地說，折磨自己的這個人應該已經知道答案，只不過他不相信自己的話而想拆穿西洋鏡。他看見羅曼尼的手又縮回去，便脫口而出：「在國王谷地！在那些爲其他法老——拉美西斯或其他人——興建墳墓的工人所住的小屋底下！」

老人蹙著眉頭，靜靜地抽了好一會雪茄。最後才說：「你得一五一十地告訴我。」他才剛拉過一張椅子坐下，狗又跑進來，然後轉到帳棚門口輕聲吠叫。

「是gorgios（非吉普賽人），」老吉普賽人小聲說。他從門簾偷偷往外看：「Duvel（上帝）保佑，rya，是prastamengros（保安官）！」

道爾深深吸了口氣，自覺像個即將從極高處往下跳的人，他扯開喉嚨聲嘶力竭地大喊：「救——命——啊！」

老吉普賽人立刻回身飛踢煤油燈，燈應聲碎裂，熾熱的燈油潑灑在帳棚的一片帆布上。在同一時間，羅曼尼也伸手摀住道爾的嘴巴，並將他的頭扭過來讓他面向泥土地。道爾剛聽見老吉普賽人嚷著：「救命啊！失火了！」羅曼尼博士的拳頭已經打在他的左耳後方，使他再度陷入昏迷。

有幾座帳棚著了火，道爾頓氣自己看不清楚。他很想暫時不去在意塞在嘴巴裡那塊毛毛的東西，以及把他的手緊緊綁在大腿上的那些繩索，如果他有辦法看到這場火災，應該是轉移注意力的最佳方法。他隱約記得那個可怕的光頭男人讓他靠坐在這棵樹下，並特意測測他的脈搏、翻開他的眼皮仔細察看後，才趕回鬧哄哄的大火現場。他就是這樣清醒過來的，因為那人長滿硬繭的拇指壓在他灼熱的眼皮上，十分疼痛。

他把頭往後仰，看到天上有兩個月亮不覺大吃一驚。他的腦子就像一部急需調整的車，但他馬上推斷出其實是自己的視線重疊，所以，著火的帳棚其實只有一個。他用盡力氣將兩個月亮合而為一，重新低下頭之後，便只看到一場火。他晦暗炙熱的心裡彷彿湧過一陣涼風，他也頓時有了意識——身體底下的草和石頭，背上靠著的粗糙樹幹，還有勒得他好痛的繩索。

忽然間，一陣突如其來的噁心把戴若提供的精美點心拱到喉頭底部，他硬生生地壓制住又吞了回去。他的臉和手上冒出薄薄的汗水，晚風吹來更覺得冷，他強忍著不去想像，假如昏迷中布塊還塞在嘴裡，卻嘔吐出來會是什麼情形。他開始想把布塊吐掉，先用舌頭往前頂，然後用牙齒咬住，好讓舌頭後退一點再頂一次。最後他終於把它頂出嘴巴，落到固定用的皮環底下，接著他拼命搖頭，直到把它甩到草地上為止。他張開嘴巴大口呼吸，試著集中思緒。他記不得自己是爲什麼被丟在這裡觀火，但他清楚記得老人的雪茄，以及臉上挨的那一巴掌。他幾乎是迷迷糊糊地脫離樹幹，趴倒在地，然後開始向外滾去。

這時他又開始暈眩，剛剛清醒過來的意識又模糊了，但他用一個腳跟把自己撐起來，以一邊的肩頭頂住翻身，然後藉由翻轉的力道再轉下一圈，勉強穿過黑暗的草地。有兩次他噁心得厲害，不得不停下來，他也萬分慶幸自己已經先把布塊給吐出來。過了一會，他壓根忘了自己爲什麼會以如此奇特的方式移動，他覺得自己像一枝朝著桌子邊緣滾動的鉛筆，又像一根點燃後順著椅子扶手滾落的雪茄——其實他並不願意想到雪茄。

突然間他滾落到半空中，有一度緊張得全身痙攣，之後便沈入冰冷奔流的水中。他奮力躍上水面，但一時受凍過度的肺卻吸不進一點空氣，隨後他又往下沈，手腳極力想掙脫繩子卻是枉然。我就要死在這裡了，他心想，但他仍不斷踢動，當他的頭第二次浮出水面時，他驚慌地深吸一口氣。

稍後他鎮定下來，發現到他可以雙腳在前順流而下，大約每半分鐘拱腰上躍換氣，其實並不難。這條小溪很可能還不到泰晤士河就會變淺，他心想，到時候我應該可以蹦跳著上岸去。

他的腳跟不知纏上什麼東西，讓他整個人轉了一圈，肩膀撞到一塊石頭，痛得他哇哇大叫。第二顆石頭撞在他的腹部，他忍著腹部肌肉的疼痛，硬是蜷曲在石頭上，好好地喘口氣。水從背後流過來也有助於他保持這個姿勢，但他可以感覺到自己仍慢慢往下滑，手指甲怎麼也扣不住濕滑的石頭，他對於獨力上岸一事已經失去信心。

「救命啊！」他大喊，用力喊叫不但讓他無力再抓住石頭，也讓他回想起當晚稍早他同樣喊著救命的情景。Duvel（上帝）保佑，rya，是prastamengros（保安官）！他心裡想著，再度載浮載沈順流而下之際，他幾乎已精疲力竭。

他漂流途中又喊了兩次救命，此時的他無助地打轉，一下子頭在前，一下子腳在前。最後他發覺自己只有力氣再喊一聲，絕望之餘，他這次竄得特別高，氣也吸得特別飽，卻忽然有個冷冷尖尖的東西鉤住他的外套，使勁地將他逆流拉起。

他這口氣吐出來成了一種吃驚的狂嚎。

「天哪，」一旁傳來一聲驚叫：「別吼了，你已經獲救了！」

「爸，你好像摔斷他的脊椎了。」有個女孩急切地說。

「坐下，席拉，我沒摔斷他的骨頭。喏，到另一頭去，把這可憐的傢伙拉上船的時候可別翻船了。」

道爾被猛烈的力道往後拉，他轉頭看去，看見一艘兩側突出的划槳船上有幾個人：一個年紀較大的男人剛才用長長的釣鉤鉤住他，現在正在收線。道爾把重量都放到釣鉤上，全身放鬆，並且把頭往後靠在水面上凝視著月亮，一面大口大口、順暢無礙地呼吸著夜裡沁涼的空氣。

「我的老天，梅格，妳看看這個。」當釣竿撞在舷緣時，有兩隻手抓住道爾的肩膀，只聽見一個男人說道：「這個人被五花大綁成這副德性。」

有個女人不知低聲說了什麼，道爾沒聽見。

「可是，」男人又說：「我們總不能眼睜睜見死不救吧？而且我相信他會瞭解我們是辛勞窮苦的商販，雖然能學習撒馬利亞人的善行，但這麼一耽擱也得損失不少錢。錯不了。」說著，道爾便聽到喀嗒一聲，接著一把刀刃俐落地砍斷繩索。「好了，腳上來了，整個拉上來可能比較好，好，行了。好啦……該死，席拉，我不是叫妳坐在那邊嗎？」

「我想看看他有沒有被虐待。」女孩說。

「這還不叫虐待啊，被人綁住手腳，丟進雀兒西溪，然後被釣上來以後還得聽一個笨女孩說話。坐下。」

男人抓著道爾的衣領提起來，將手伸過他的肩膀，很快地掀開上衣下襬，一手抓住褲子腰帶，把他從舷緣拉到前面的橫座板上。道爾試著想合作，但人實在太虛弱，只能在通過舷緣時盡力用手撐住。他動也不動地倒在座板上，仍盡情享受著放鬆與呼吸的幸福。「謝謝，」他終於喘著氣說：「我恐怕……撐不過……一分鐘了。」

「我丈夫救了你的性命。」一個臉型有如馬鈴薯的老婦探身到他面前，嚴肅地說。

「好啦，梅格，他跟妳一樣清楚，我相信他一定會大方地表示他的感激。我來划船吧，我們已經快漂到岸邊了。」他坐到中間的橫座板，拿起船槳時，道爾聽見槳架嘎嘎作響。「梅格，我得努力點划，免得浪費太多時間。」他刻意提高聲音說：「去晚了，恐怕還佔不到平時在比林斯門的位子呢。」他停了一下，船身一顫，當他開始俯身划槳，船也跟著往前衝。

女孩席拉好奇地俯看道爾。「這些衣服很高雅漂亮，還沒弄壞之前。」她說。

道爾點點頭，粗聲說：「今天晚上第一次穿。」

「是誰把你綁起來丟進溪裡的？」

道爾恢復平順的呼吸和些許精力後，頭昏昏地坐直身子。他回答說：「是吉普賽人。他們，呃，還搶走我的東西。一分錢——我是說一個小銀幣也沒留給我。」

「天哪，克里斯，」老婦插嘴道：「他說他沒有錢。而且他的口音聽起來好像外國人。」船槳的律動聲停了。「先生，你打哪兒來的？」克里斯問道。

「加……呃，美國。」風吹在他濕透的衣服上，讓他冷得直打顫，他還咬緊牙關免得牙齒格格作響。

「梅格，再怎麼說他也有錢旅行啊，不是嗎？錯不了。先生，你住哪家旅館？」

「其實，我……好冷啊，你有沒有什麼可以讓我保暖的？……其實我才剛到。他們拿走了我所有的東西：我的錢、我的行李、我的……呃……護照……」

「換句話說，他是個全身發抖的貧民。」梅格正義凜然地瞪了道爾一眼，說道：「那麼你打算怎麼報答我們對你的救命之恩啊？」

道爾怒火上升，回道：「你們把我拉出河面的時候，怎麼不先喊價？否則我會告訴你們我付不起，那麼你們就可以繼續往前走，去找一個有錢一點的人救了。我好像從來沒看過那則寓言故事的後半部——原來節儉的撒馬利亞人還會對可憐的魔鬼逐一列出帳單。」

「梅格，」克里斯說：「這個可憐人說得對，就算他有錢我們也不會接受。我知道他應該很樂意以勞力來償還人情——你也知道的，先生，在凡人和上帝眼中，這就是這麼回事—

—他可以幫我們擺攤位，席拉去叫賣的時候，他也可以提籃子。」他看了看道爾的外套和靴子，又說：「去拿一條毯子讓他裹著換衣服。可以拿派屈克的舊工作服換他那身破爛衣服，再看能不能當破布賣掉。」

梅格丟了一條滿是洋蔥味的毯子給道爾，然後從船頭一個類似儲藏櫃的地方翻出一件厚重外套和褲子，兩件都是燈芯絨布料，但已十分破舊佈滿補丁，另外還有一件褪色的白襯衫，和一雙可能是克里斯在道爾這個年紀穿過的舊靴子。「哎呀！」她最後拿出一條髒兮兮的白圍巾時，驚叫道：「派屈克第三好的行頭。」

道爾冷得直想趕緊換上這些雖破舊卻乾暖的衣服，當他把濕衣服從毯子底下踢出去，梅格全都仔細收起，他知道他們是希望這些衣服能賣個好價錢。

他用毯子將頭髮差不多擦乾後，覺得暖和起來也精神許多，便移到横座板的另一端，不再坐在原先濕答答的地方。他眞希望能抽個菸斗、雪茄，或是香菸也好。他發現船上全是加蓋的木桶和笨重的麻布袋。「我聞到的是洋蔥味和……？」

「豌豆濃湯。」年輕的席拉說：「比林斯門市場很冷，所以漁夫和魚販會花兩便士買一碗熱湯。冬天是三便士。」

「洋蔥……才是主要生意。」克里斯喘著氣說：「湯只是……附贈的，其實……根本……不夠成本。」

才怪，道爾暗想。

月亮掛得低低的，看起來又大又黄又模糊，柔美的光輝照在樹梢、田野與溪流波紋上，即使當梅格探身取下船頭的煤油燈，用打火石將燈點亮並重新掛上之後，月色也絲毫未減。

水路逐漸變寬，克里斯將船頭斜轉向右。「泰晤士河到了。」他輕輕地說。

寬廣的河面上可以看見另外幾艘船連在一起，全都是體型笨重、吃水很深，每艘船上糾結的索具下方都有一個蓋著帆布的大方包。

「乾草船。」席拉蹲在道爾身旁說：「我們有一次看到那裡起火，好多人身上著火以後，從大包的頂端跳下水。太精彩了，比雜耍還好看，而且不用錢。」

「但願……演員也很盡興。」道爾說。他想著也許哪一天他發達了，能上布鐸或懷特俱樂部去，一面喝白蘭地，一面講述這段有趣的短程旅行。

他太有把握了。剛開始幾天當然會不好過，可是就憑他二十世紀的知識，情勢絕對對他有利。是啊，他可以暫時找個報社的工作，也許可以對戰爭結果或目前的文學趨勢，作一些驚人的預測；而艾希布雷斯差不多再一個禮拜就會抵達倫敦，他很輕易就能與他結交；再過兩年拜倫將會返回英國，他也可以趕在〈哈洛德遊記〉將他捧紅之前先請人引見。還有，他心想，我也可以作一些投資，像是電燈泡、內燃機、拉塔基亞菸草、沖水馬桶……不，最好不要改變既有的歷史，任何歷史的竄改都可能抹煞我到這裡來的旅程，或甚至於我父母親相遇的機緣。我得小心點……不過我應該可以爲法拉第、利斯特和巴斯德提供一點無傷大雅的建議吧。哈哈。

他記得自己曾經對著艾希布雷斯的肖像問過：在他的時代裡，女人、威士忌和雪茄是否更好？這下子，我鐵定會知道了，他告訴自己。他打個呵欠，背靠在一袋洋蔥上。「進城以後叫我。」他說完便在小船輕輕搖擺中睡著了。

第三章

害羞的他就要進城來，誰也不見但小丑例外。

——古老民謠

雖然下泰晤士河街靠河邊的那個大棚屋才是眞正的比林斯門魚市，可是東邊從四座塔樓上都有旗幟飄揚的白色中世紀古堡旁的塔梯開始，往西經過海關古希臘風的門面，經過八個通往比林斯門市場的擁擠石堤，再經過市場直到倫敦橋西側，這整條泰晤士街上全都是果菜販的貨車，一輛緊接著一輛，車上則是蕪菁、甘藍菜、紅蘿蔔和洋蔥堆積如山。從泰晤士街北面巷弄往下直到河邊十呎寬的地段，更是沿街叫賣的嘈雜聲不斷，另外還有牡蠣船排排停在木造碼頭邊，擁塞的舷緣上架著一塊塊木板，形成一條狹窄浮動的巷道，蔬果販們稱之爲牡蠣街。

道爾斜靠在魚倉外面的一個角落，他很確定這一上午，他已經走遍這裡的每一吋土地。他低下頭嫌惡地看著那一籃營養不良的洋蔥，眞後悔自己竟然吃了一個試圖充飢。他拍拍口袋，確定他賺來的四個便士還在。「只要賺超過一先令，其餘都是你的。」道爾和席拉最後一次經過船邊的時候，克里斯這麼說：「現在你應該知道怎麼做了，自己去轉個幾圈吧。」

他交給道爾一個籃子，裡頭裝的恐怕是整船最醜的洋蔥，然後吩咐他和席拉分頭叫賣。那個陰沈的女孩不是個好伙伴，但他現在卻挺想念她的。而且一先令等於十二便士，他絕望地想，就憑這些劣等貨我永遠也賺不到一先令，更不用想多賺一點私房錢了。

他用背頂了一下離開那片木牆，拖著沈重步伐再度往倫敦塔的方向走去，籃子抱在胸前。「買洋蔥！」他了無興致地喊著：「來買好吃的洋蔥啊！」這種叫賣法是席拉教他的。

有一輛蔬果馬車轆轆地從旁邊駛過，車上的貨架已經空了，坐在駕駛座上的老人顯然是大豐收，他俯視著道爾笑道：「老兄，那些東西也叫洋蔥？我看應該是老鼠屎。」

這句話引來附近群眾一陣哄笑，有一個面相兇惡的男孩跑過來，動作敏捷地往道爾的籃子底下一踢，籃子整個飛出去不說，惹禍的洋蔥也散落一地。其中一粒打中他的鼻子，大夥笑得更厲害。

馬車上的小販噘著嘴，一副好像他根本無意挑起這一切事端的樣子。「你是個可憐的傢伙哦？」他對道爾說，而道爾卻只是呆呆站在原地，望著街童們臨時起意拿洋蔥當足球踢。「喏，這裡可是兩倍的價錢。拿去呀，該死的傢伙，醒醒！」他把兩個便士扔進道爾無意識伸出來的手中，隨著便策馬前進。

道爾把銅板放進口袋後，四下張望。群眾已經對他失去興趣。洋蔥，甚至籃子，都不見蹤影。再轉也沒有用了，他心想，於是開始拖著腳步頹喪地走回河邊。

「啊，這不是我們苦難的兄弟之一嗎！」一個像是米老鼠的怪異聲音拔尖說道：「剛才他的洋蔥被踩成了人行道湯，是不是呢，先生？」

道爾又驚訝又尷尬地抬起頭來，發現原來是一個高大戲棚裡有一尊彩繪俗麗的木偶在說話，戲棚正面畫滿了龍與侏儒的圖像，俗麗程度不下木偶。有零星幾個穿著破爛的小男孩和老遊民蹲在台前，當木偶彎起手臂招喚道爾時，他們全都笑起來。

「過來，讓老潘趣逗逗你開心。」木偶尖聲說。道爾自覺臉上泛紅，便搖搖頭繼續往前走，但木偶接著又說：「也許我能教你如何眞正賺錢呢！」道爾聽了立即停下腳步。

木偶的眼珠似乎是某種發亮的水晶，看起來好像眞的在盯著他。它又招招手，用鳥叫般的聲音問道：「閣下又有什麼損失呢？你已經被笑過了，而潘趣是從來不玩舊把戲的。」

道爾於是大步走過去，小心地保持懷疑的表情。幕後操縱木偶的人眞能給他工作嗎？他不能不碰碰運氣。他來到戲棚前幾碼處站定，雙手交叉在胸前，大聲問道：「潘趣，你在打什麼主意？」

「啊！」木偶拍手驚叫：「你是外國人！太好了！不過你得等到表演結束才能和潘趣談話。閣下請坐。」它指指鋪路石說：「我們已經爲你和你的同伴保留了包廂。」

道爾四下環顧，問道：「我的同伴？」他覺得自己好像老套的喜劇表演中的搭檔角色。

「是啊，」木偶尖銳地說：「那位是毀滅女士，我沒認錯吧？」

道爾聳聳肩坐下，順手將帽沿拉低。管他的，他心想，反正十一點再回船上就行了，現在可能根本還沒十點半。

「好極了！」木偶大叫，同時挺起身子，用那逼眞的目光掃視在場爲數不多、穿著襤褸的群眾。「既然高貴的先生終於來了，我們馬上開始『神秘魔力秀』，也可稱爲『潘趣的新

廣 告 回 信
台灣北區郵政管理局登記證
北台字第10227號

105

台北市南京東路四段25號11樓

大塊文化出版股份有限公司 收

地址：

市/縣 鄉/鎮/市/區 路/街 段 巷 弄 號 樓

姓名：

（請寫郵遞區號）

Recreation

大塊 LOCUS 文化

Future · Adventure · Culture

謝謝您購買這本書！

如果您願意，請您詳細填寫本卡各欄，寄回大塊文化（免附回郵）即可不定期收到大塊NEWS的最新出版資訊及優惠專案。

姓名：______________ 身分證字號：________________ 性別：□男 □女

出生日期：______年______月______日 聯絡電話：______________________

住址：____

E-mail：____

學歷：1.□高中及高中以下 2.□專科與大學 3.□研究所以上

職業：1.□學生 2.□資訊業 3.□工 4.□商 5.□服務業 6.□軍警公教
7.□自由業及專業 8.□其他

您所購買的書名：____

從何處得知本書：1.□書店 2.□網路 3.□大塊NEWS 4.□報紙廣告 5.□雜誌
6.□新聞報導 7.□他人推薦 8.□廣播節目 9.□其他

您以何種方式購書：1.逛書店購書 □連鎖書店 □一般書店 2.□網路購書
3.□郵局劃撥 4.□其他

您覺得本書的價格：1.□偏低 2.□合理 3.□偏高

您對本書的評價：（請填代號 1.非常滿意 2.滿意 3.普通 4.不滿意 5.非常不滿意）

書名________ 內容_______ 封面設計_______ 版面編排_______ 紙張質感________

讀完本書後您覺得：

1.□非常喜歡 2.□喜歡 3.□普通 4.□不喜歡 5.□非常不喜歡

對我們的建議：____

____

____

歌劇』。」

狹窄的戲棚內響起風琴的聲音，有點哀傷、走調，有氣無力、喀哩喀啦演奏著的曲調，一度應該是活潑的舞曲。道爾好奇的是，棚內是否不只一人，因爲舞台上出現了第二尊木偶，而表演者還得騰出一隻手來彈琴。

新上場的木偶當然就是茱蒂，當兩個主角一會兒恩愛一會兒棍棒伺候之際，又餓又累的道爾只是麻木地看著。他覺得奇怪，這戲爲什麼叫「潘趣的新歌劇」，看來還是同樣那個老掉牙的野蠻故事——先是潘趣得獨自照顧哭泣的嬰兒，唱歌哄他，最後卻拿孩子的頭去撞牆，然後扔出布景的小窗口。接著他向茱蒂認錯，卻因爲茱蒂打他而反將她殺死。道爾打了一個大呵欠，暗自希望演出不會太長。太陽終於燃燒完整個陰霾的天空，現在正開始烘烤他那件閃亮的燈芯絨外套，想烤出臭魚味來。

接下來要上場的木偶是小丑喬伊，不過他在這個版本裡的名字好像叫「好來賓」或什麼的，道爾沒聽清楚，這尊木偶踩著高蹺。顯然是典型的諷刺手法，道爾心想——因爲今天一整個上午，他在市場附近打轉，有好幾次都看到一個踩高蹺的小丑，而這尊木偶跟他一模一樣，就連畫在臉上的恐怖圖樣也不例外。小丑帶著一種嘲弄卻嚴厲的表情，問潘趣打算如何處理他可憐的妻兒的謀殺案。

「喔，我想我會去保安隊，讓他們把我關起來。」潘趣傷心地說：「像我這種殺人的惡棍應該被吊死。」怎麼回事，道爾心想，一個有良心的潘趣？這倒新鮮。

「這是誰說的？」小丑問道，並略略鬆開一隻握著高蹺的手臂指著潘趣：「誰說你得被吊死？保安官嗎？你很迷保安官嗎？」潘趣搖搖頭。「還是法官？他們跟一群想掃你興的老笨蛋有什麼兩樣？」潘趣細想之後不得不承認沒什麼兩樣。「那麼是上帝囉？那個留著鬍子、住在雲端的巨人嗎？你曾經看過他、聽過他說你不能隨心所欲嗎？」

「這個嘛……沒有。」

「那好，你跟我來。」

兩尊木偶開始原地踏步，片刻過後，出現了一個差役木偶，宣稱他有拘捕令。「要逮捕你，潘趣先生。」潘趣顯得局促不安，但是小丑從袖子裡抽出一把光閃閃的小刀，刺進差役的眼睛。差役倒下時，坐在道爾身邊的孩子全都拍手叫好。

潘趣跳起號管舞，顯然十分高興。「賀拉賓先生，」他對小丑說：「你能爲我們準備晚餐嗎？」

接下來，故事又回到標準版本，潘趣和小丑向一名酒館老闆偷了一串香腸和一只平底鍋，可是道爾不記得老闆也被殺了。

潘趣覺得很快活，便拉著香腸不停地轉圈，這時來了一個無頭木偶，它也在跳舞，一截脖子還隨著愈來愈快的風琴樂聲上下跳動。潘趣見狀嚇壞了，但賀拉賓解釋說那其實是他的朋友史卡拉姆西，「能跟大家都害怕的東西當朋友，不是很有趣嗎？」潘趣思索一番後，用拳頭抵住下巴，笑著點點頭，又開始跳起舞來。就連賀拉賓木偶也踩著高蹻跳舞，道爾一想到操縱木偶的人要讓三尊木偶跳舞還要彈琴，這番手忙腳亂的功夫不得不令人佩服。

接著，第四尊木偶衝上台來——這是個女人，誇張的豐滿身材就像小男孩在牆上的塗鴉，不過從她的蒼白面孔、黑色眼睛和長長白紗看來，顯然是個女鬼。「茱蒂，我親愛的！」潘趣驚叫道，但仍繼續跳舞：「妳現在比以前更美了！」

潘趣蹦到台前來，這時音樂嘎然而止，布幕落下將他與其他木偶隔開。他又遲疑地跳了幾步之後停下來，因爲又有新的木偶出現——一個戴著黑頭套的陰沈角色，它推著 個絞刑架，上面還有個小繩套晃來晃去。

「傑克・凱屈！」潘趣說。

「是的，傑克・凱屈，」新木偶說：「或是葛雷伯先生，或是死神。你怎麼叫我都無所謂，潘趣。我是奉法律的命令來處決你的。」

賀拉賓的頭從舞台側面探了一下。「看你能不能殺了他。」話一說完又縮回去。

潘趣拍拍手。接下來一陣不知所云之後，他讓傑克・凱屈自己套上繩圈作爲示範，結果潘趣一拉繩子，就把行刑的木偶吊到半空中，它的腳好像還眞的踢了幾下。潘趣笑著轉向觀眾，張開雙臂，以卡通人物的聲音高喊：「萬歲！現在死神死了，我們都可以爲所欲爲了！」

他身後的布幕「啪」一聲再度拉起，音樂轟然響起，這回變得快速而狂野，所有的木偶都圍著絞架跳舞，潘趣也和茱蒂的鬼魂手牽著手起舞。有幾個男孩和一個老人從人行道上起身走開，老人還不以爲然地搖頭。

潘趣和茱蒂鬼魂跳到前面來，當布幕重新放下、音樂停止時，台前便只剩下他們倆。

「各位先生女士們，這個，」潘趣尖聲說：「就是新修訂版的潘趣歌劇。」潘趣看看觀眾，此時只剩兩名老流浪漢、三個男孩和道爾。他很快地跳上前去，用猥褻的動作捏了鬼魂木偶一把。「各位，賀拉賓幫忙過在下一兩次，」他說：「有興趣的人可以到後台來找我。」他看了道爾一眼，那眼神熱烈得簡直不像玻璃眼珠，接著外層布幕迅速地從兩側向中間拉攏，表演結束了。

一個老人和一個小孩連同道爾繞到狹窄的戲棚後面，潘趣站在充當舞台門的布幕上方向他們招手，此時的他離開了縮小比例的舞台，顯得十分渺小。

「我的仰慕者！」木偶尖叫：「一個一個來，外國先生最後。」

道爾覺得自己像個傻瓜一樣站在那個顯然是智能不足的男孩後面，老人則慢慢地走進戲棚。我們好像在排隊等著告解，他鬱鬱地想。當他聽到裡面傳來輕聲的問答，這種感覺更加強烈。

不久道爾發現混雜的市場裡面，有幾個人以特殊的眼神看他：一個穿著光鮮、手裡牽著小孩的男人，眼神中混雜著同情與鄙視，一個健壯的老漢則是羨慕地盯著他，還有一個保安官——道爾心下一驚——緊抿雙唇斜睨著他，似乎還在盤算要不要立刻逮捕他。道爾低下頭瞪著腳上那雙裝有彈簧、寬寬大大的鞋子，那是他用高雅長靴向克里斯和梅格換來的。不管怎麼樣，他心想，只要有錢拿又不算太違法，我就會拿——反正只是暫時，我總會在這個要命的年代裡安身立命。

老人拉開布幕，看也不看男孩和道爾一眼就走了，道爾眼看著老人消失在人群中，卻猜不出他究竟是高興或失望。男孩進去不久便傳出開懷的笑聲，一會他出來的時候，手裡拿著一枚全新的先令，蹦蹦跳跳地走了——道爾發現男孩那件過大的外套背後，多了一個十字外圍畫圈的記號。

他往戲棚後面張望，剛好遇上性感的茱蒂木偶從布幕探出頭來偷看他的逼眞目光。「到我的酒壺裡來玩玩吧。」她眨眨眼睛細聲細氣地說。

那孩子拿到一先令，他進入時提醒自己，待會還要檢查外套上有沒有粉筆記號。木偶消失一會之後，道爾才掀開布幕側身而入。裡頭很暗，但他看見一張小板凳，便一屁股坐了上去。

他只能約略看到一兩呎外有個上半身的人影，頭上戴著高高尖尖的帽子，上身外套的墊肩誇張得有點可笑。人影開始移動，身子往前傾，他知道這就是他要見的人。「這個悽慘的外國人，」笛聲般的聲音說道：「想在異鄉自在度日。你打哪兒來？」

「呃……美國。我破產了，身無分文。如果你眞有工作機會，我會……啊呀！」

原本陰暗的油燈，拉門倏地開了，黑影驟然變成一個小丑，小丑臉上交雜紅、綠和白色顏料，十分可怕，赤紅的眼睛睜得大大的，裡頭畫著一個十字，還有一條長得嚇人的舌頭從鼓起的雙頰間吐出來。這正是他稍早看到踩著高蹻在市場遊蕩的那個小丑，也是賀拉賁木偶的原型。

小丑縮回舌頭，也放鬆臉部表情，但即使如此，臉上的妝仍叫人難以捉摸他的表情，或甚至臉部輪廓。他翹著腳坐在一張比道爾座位稍高的凳子上。「我發覺你的木柴已經快要用盡，」小丑說：「眼看就要開始把椅子、窗簾，甚至書，塞進壁爐去。幸好你今天遇上我，若到明天或後天，你恐怕就所剩無幾了。」

道爾閉上眼睛，讓心跳慢慢平復。他驚覺到即使這一點微不足道的憐憫，都讓他想哭。他重重嘆了口氣，然後睜開眼睛，口氣平靜地說：「如果你有工作機會可以給我，就說吧。」

小丑微微一笑，露出一排發黃零亂的牙齒，有如墓園裡年久失修的墓碑。「還沒開始拆地板還好。」他滿意地說：「很好，先生，你有一張感性而聰明的臉，很明顯的你是個有教養的人，這一身破爛衣服不是你習慣穿的。你對表演藝術有沒有興趣？」

「這個……不算有。我在學校曾經演過一兩齣戲。」

「你覺得你能不能學會一個角色後，依照觀眾的喜好作改變，塑造一個最能引起共鳴的人物？」

道爾感到困惑，但畏怯中抱著希望。「應該可以。只要先讓我有東西吃、有地方睡。我可以肯定我上台不會怯場，因為……」

「問題是，」小丑打斷他：「你上街會不會怯場。我說的可不是劇院裡的嘻嘻鬧鬧。」

「喔！這麼說是街頭表演囉？這個……」

「是的。」小丑耐著性子說：「最細膩的街頭表演——行乞。我們會替你編寫一個角色，然後視你願意……犧牲的程度而定，也許一天能賺上一鎊。」

道爾這才明白，剛才那番他以為是恭維的話，原來只是在評估他博取同情的能力，頓時像被賞了一個耳光。「行乞？」他氣得頭暈目眩：「那多謝了。」他站起來，緊繃著臉說：

「至少我還有正當工作，賣洋蔥。」

「是啊，我觀察過你這方面的資質。那麼就請便吧，不過要是你改變心意，隨便在東區找個人問賀拉賓的潘趣秀在哪兒上演就行了。」

「我不會改變心意的。」道爾說完，便頭也不回地離開戲棚，一直走到與這條街平行的長碼頭邊緣時，又見到賀拉賓踩著高蹺邁開大步，身後拖著一輛貨車，看樣子正是折疊收起的戲棚。他全身戰慄，急忙左轉往石堤方向，去找克里斯和梅格的船。

船不見了。伸出河面的石堤沿岸，船變少了，水面上則有零星船隻分別朝東西航行——怎麼回事，道爾擔心地想，市場不可能關閉，現在才中午啊——他看見幾百碼外有一艘划槳船，克里斯、梅格和席拉可能就在上頭。

「喂！」他試著大喊，卻馬上對自己微弱的聲音感到尷尬不已，即使他們近在下一道石堤，也聽不到。

「怎麼，有問題嗎？」

道爾轉身，發現發問的正是幾分鐘前不懷善意看著自己的那個保安官。「請問現在幾點？」他問保安官，並盡量學著其他人說話的口音。

保安官從背心口袋拉出一只錶，瞟一眼又放回去。「就快十一點，怎麼了？」

「他們怎麼全都走了？」道爾比了比散落在河面上的那些船。

「不是快十一點了嗎？」保安官回答，一字一句說得特別清楚，似乎以為道爾喝醉了：「順便提醒你一下，今天是星期天。」

「星期天十一點休市，你的意思是這樣嗎？」

「說對了。你從哪兒來的？你說話沒有薩里或薩西克斯的腔。」

道爾嘆息道：「我從美國，維吉尼亞州來的。雖然……」他抹了一下額頭：「雖然等我朋友一到倫敦我就得救了，但我現在卻幾乎身無分文。哪裡有收容所可以提供我吃住，直到我……一切就緒呢？」

保安官皺起眉頭說：「白教堂街上的屠宰場旁邊有一間救濟院，只要幫忙鞣製皮革，把裝內臟的布袋拖出去，就能換取食宿。」

「救濟院是嗎？」道爾記起狄更斯對這類場所的描述，道了聲「謝謝」之後，便垂頭喪氣地走開。

「等等。」保安官喊道：「如果你身上有錢，讓我看看。」

道爾伸手到口袋裡掏出六便士，攤放在手心。

「很好，我現在不能以流浪漢的名義逮捕你。不過也許今天晚上會再見面。」他碰碰帽子說：「再見。」

道爾回到泰晤士街，花掉身上一半的錢買來一盤蔬菜湯和一小坨馬鈴薯泥。美味極了，但他還是一樣餓，於是又花掉剩下的三分錢點了一份。小販還給他一杯冷水，讓他把殘渣都漱乾淨吞下去。

保安官在街上走來走去，一面高喊：「休息了，星期天，十一點了，休息了。」而道爾現在已經是道地的流浪漢，自然要小心地躲開他們。

這時有一個年紀和他差不多的男子，一手提著一袋魚，另一手挽著美麗女孩，大步走過來。道爾心想就這次機會了，於是強迫自己迎上前去。

「對不起，先生。」他倉皇地說：「我目前陷入困……」

「老兄，說重點。」那人不耐地打斷他：「你是乞丐嗎？」

「不是，但我昨晚被搶，現在身上一毛錢也沒有，而且——我是美國人，我所有的行李和證件都不見了，我想……想找個工作或借一點錢。」

女孩看起來心腸不錯，她說：「查爾斯，這人很可憐，既然我們不上教堂，就給他一點錢吧。」

「你搭哪艘船來的？」查爾斯懷疑地問：「這不像我聽過的美國腔。」

「呃，進取號，」道爾回答。他在混亂思緒中搜索船名，差點就脫口說出「星艦企業號」。

「妳瞧，親愛的，他是個騙子。」查爾斯自豪地說：「也許是有一艘『進取號』，可是最近靠岸的卻沒有。若說有個美國佬上禮拜搭『布雷洛克號』（Blaylock）❶來之後迷了路，現在還在這裡遊蕩，倒不是不可能，可是……」他愉快地轉向道爾說：「你剛才說的不是『布雷洛克』吧？碰到從事船運業的人，你應該換換台詞。」查爾斯環顧四周逐漸稀少的人群，

註一：亦是作者好朋友James P. Blaylock的名字。布雷洛克是一九八七年狄克獎得主。

說道：「附近有不少保安官。不知道該不該把你交出去？」

「唉，放過他吧。」女孩嘆氣道：「反正我們快遲到了，他的情況顯然也很悽慘。」

道爾滿懷感激地向她點點頭，便匆忙離去。他下一個找上的是個老人，他謹愼地說自己是搭「布雷洛克號」來的。老人給他一先令，並附帶勸誡他以後若有錢，也要對其他乞丐同樣慷慨。道爾向他保證自己一定會。

過了一會兒，道爾斜靠在一家酒館的磚牆上，思索著自己有無勇氣花掉一部分剛賺來的錢買啤酒，藉以消除窘迫與憂懼。正想得入神，忽然覺得有人扯他的褲管，嚇了他一跳。他低頭一看差點驚呼失聲，只見一輛小滑板車上坐著一個滿臉大鬍子、失去雙腳的男人，正抬頭瞪視著他。

「你用的是什麼手法，你有哪些同夥？」那人以歌劇般的深沈嗓音問道。

道爾想離開，但那人卻緊抓著他的燈芯絨長褲不放，小滑板車就像拖車似的跟著道爾前進一兩步。道爾停下腳步——因爲路人都在看——那人又重複他的問題。

「我沒有用什麼手法，我也沒有任何同夥。」道爾憤怒地小聲說道：「如果你不放開我，我就從碼頭跳下河去！」

大鬍子笑著說：「跳啊，我敢打賭我會游得比你遠。」看到那人黑色外衣底下的寬厚肩膀，道爾絕望地相信這是實話。「好啦，我明明看見你去跟那兩個人搭訕，第二個人還給你東西。你可能是傑克船長的新成員，也可能是賀拉賓的手下，又或者是自成一派。哪個才對？」

「我不知道你在說什麼……離我遠一點，不然我要叫保安官了。」道爾再一次覺得想哭，因爲他可以想像這傢伙將永遠不放手，忿忿地跟著他一輩子。「我沒有什麼同夥！」

「我想也是。」那人點點頭：「你顯然是剛來不久，所以我給你一點建議：獨立的乞丐可以到東邊或北邊去碰碰運氣，可是比林斯門和泰晤士街和奇普塞德，全都是哥本哈根傑克和人渣賀拉賓的地盤。到聖保羅西邊也是一樣。這是滑板班傑明給你的警告，如果你再到東區的大街上行乞，你就會……老實說，兄弟，」滑板不無善意地說：「你就會被搞得什麼工作也做不了，除了乞討之外。所以呢走吧，我已經看見銀幣，本來應該要沒收——如果你敢說我不能這麼做，我就非得證明一下——不過看來你眞的需要錢。走吧！」

道爾急忙往西邊的河濱大道奔去，暗自祈禱報社不像比林斯門市場關得這麼早，祈禱有某家報社缺人，也祈禱自己能甩掉滿腦子昏亂焦躁，以便說服編輯相信他是個受過教育有學識的人。他摸摸下巴——上次刮鬍子還不到二十四小時，所以沒有問題，但他需要一把梳子。

唉，不用在乎外表，他有點興奮地告訴自己，憑著我舌燦蓮花的本事和性格的魅力，一定能找到工作。他挺起胸膛，腳步也變得輕快。

第四章

這棵惡魔樹上長出的果實將十分美味，
因為撒旦宴會桌上的其他肉食儘管肥美，卻都已經腐臭，
因此須以此果實作為新餐點。

——湯瑪斯・戴克

這個地下洞穴是在天曉得多久以前，由大約十二層下水道塌陷而形成的，瓦礫殘堆老早就被拾荒者和其他季節的洪水給清乾淨了。洞裡形成一個大廳，頂上是支撐著班布里治街鋪路石的幾根大樑——因爲崩塌的情形沒有延伸到路面——地下則是羅馬人鋪設的石頭，當時倫敦還是荒野中對抗凱爾特人的軍事前哨站。昏暗如教堂的洞中各個高度都有長繩懸掛起來的吊床，已經有衣衫襤褸的人像蜘蛛一樣，順著繩索爬過去，舒舒服服地躺在袋狀搖籃裡。燈火開始亮起，牆壁上多處下水道出口都有木頭橫切面暴露在外，上頭掛了一些冒濃煙的紅色油脂燈。一條細細的水流從較高的開口緩緩流出，當它從拱飾飛落晦暗的空中，濺入一旁的黑色水池時，已變得斷斷續續。

石頭地板上搭了一張長桌，有個白髮的畸形侏儒躡手躡腳地在亞麻桌巾上，擺設高級瓷器與銀器餐具。每當他頭頂上的乞丐爵士們掉下一丁點皮鞋細屑，或是口袋的酒瓶灑出幾滴酒，落在桌上，他總要低低咒罵一聲。桌旁已擺滿椅子，桌子末端有一張大大的高腳椅，像

是爲某個巨嬰所準備，但桌子前端並沒有椅子——反倒有一樣類似馬鞍的東西，懸掛在從大廳最高處垂下的長繩上，在離地僅六呎的高度隨著陰溝中的微風搖擺，侏儒每回匆匆一瞥，眼中盡是懼色。

小偷爵士開始一一入席，他們豪華高雅的服裝在這樣的背景中，分外顯得詭異。其中一人將擋住去路的侏儒摑到一邊，心不在焉地說：「你這矮冬瓜，忍著點吧。餐具擺好了，去拿食物來。」

「還有酒啊，丹吉！」另一名爵士對侏儒喊道：「快點，快點！」

侏儒匆匆走進一條地道，顯然很高興有藉口離開大廳，即使只是幾分鐘也好。小偷爵士紛紛拿出菸斗和火絨匣，不一會便瀰漫著鴉片與菸草的煙霧，乞丐爵士無不個個歡天喜地，讓吊床在深淵高處前後搖晃，想吸多少菸就吸多少。

桌旁的位置漸漸被佔滿了，有穿著破舊的大人和小孩互相寒暄，但卻刻意忽視背後一群群的人，這些人不僅窮到極點，身心狀態亦是慘不忍睹。他們蹲在黑暗角落的扁平石塊上，雖然靠得很近，卻都只是自顧自地喃喃自語比手劃腳，倒也不是想說話而是習慣性動作。

侏儒又出現了，背上一大袋裝著酒瓶的漁網，把他壓得直不起腰，走路也一跛一跛的。他把袋子放到地上，然後開始用螺絲鑽一一鑽入瓶頸，拔出木塞。此時從一條較寬的地道內，傳來一聲聲的敲擊聲，似乎是以木擊石，當聲音愈來愈響、愈近，侏儒的動作也變得愈快。

「你急什麼，丹吉？」其中一名爵士看見侏儒加緊動作，便問道：「見到頭兒害羞了？」

「當然不是了，先生。」丹吉拔掉最後一個木塞，已是滿頭大汗，他喘著氣說：「只是想表現得俐落一點。」

原本愈來愈響亮的敲擊聲忽然停止，兩隻塗白的手伸出來抓住地道出口拱飾上端的石頭，片刻後，從古道上方十二呎處的拱心石底下，冒出一個塗妝的人頭。賀拉賓咧著嘴笑，就連那些傲慢的小偷爵士也都不安地別過頭去。「又慢了，丹吉？」小丑愉快地尖聲說道：「準備工作早該完成了。」

「是……是的，先生。」老丹吉手中的酒瓶差點滑落：「只是……只是準備工作愈來愈困難了，我這把老骨頭……」

「……遲早要拿去餵野狗。」賀拉賓替他把話說完，同時靈巧地踩著高蹻進入大廳。他那頂圓錐形的帽子和那件墊肩又高又尖的彩色外套，增添了一股嘉年華的氣氛。「你想知道嗎？其實我這把年輕一點的骨頭情況也不太好。」他來到懸吊著的鞍座前停下，身子傾斜，命令道：「把我的高蹻拿走。」

丹吉急忙過去扶著高蹻，賀拉賓則將兩隻手臂伸進馬鞍的吊環，然後彎起雙腿伸入底部兩個環圈。侏儒將高蹻拿到最近的磚牆邊靠著，讓小丑在離地十來呎之處自由擺盪。

「啊，這樣舒服多了。」賀拉賓嘆道：「現在好像只要幾個小時，桿子就會嚴重顫抖，當然了，下雨天更糟。成功的代價呀。」他打了個呵欠，五彩繽紛的臉上出現一張血盆大口：「呼！好啦！你讓爵士們沒能準時用餐，爲了向他們致歉，是不是給我們唱一首小曲啊。」

侏儒畏縮道：「求求你，先生……服裝和假髮都在房間裡，我得花……」

「今晚就別管道具了。」小丑寬容地說：「我們不必拘泥儀式。今晚你唱歌可以不用穿道具服裝。」他抬頭望向高高的天花板，喊道：「音樂！」

在高處懸晃的乞丐爵士從繫在吊床旁的布袋裡，拿出各式各樣的樂器，有蘆笛、猶太豎琴，還有幾把小提琴，嘈嘈切切地彈奏起來，即使不像音樂至少也頗有節奏。回音形成一個合音聲部，蹲在地上環繞著桌子的那些大人小孩，也開始用手打起拍子來。

「別再玩這種愚蠢的把戲。」一個陌生的聲音高亢地壓過所有雜音。音樂聲與拍手聲漸漸停止，因為在場的人發現有個新加入的人，這個人非常高大、光頭，身上披著斗蓬。他以怪異的跳躍步伐走進大廳，就好像他的腳下不是堅硬的石板地而是彈簧床。

「啊！」賀拉賓大叫，他的臉部表情埋在厚厚的妝底下，依然無法判讀，但至少聲音帶著欣喜：「我們偉大的首領！這次聚會，你的榮譽座位將不會空著了！」

新來的人點點頭，手一揮將肩上的斗蓬扯下，丟給丹吉之後走向桌子末端的高腳椅，而侏儒則感激地捧著斗蓬急行而出。由於斗蓬脫掉了，每個人都能看見那雙讓他走路一跳一跳的彈簧底鞋。

「各位爵士與百姓，」賀拉賓以戲班團主的口吻說：「容我在此介紹我們的君主，吉普賽之王羅曼尼博士！」底下響起寥寥幾聲不甚熱烈的掌聲與口哨聲。「陛下是為了什麼事大駕光臨呢？」

羅曼尼沒有作聲，直到他爬上高腳椅，脫掉彈簧鞋之後，才鬆了一口氣說：「賀拉賓，我來到你的下水道晉見廳是為了幾件事。第一件事，我親自把這個月要運送的錢幣送來了，五十鎊袋裝的金幣，就在後面的走道上，剛脫模恐怕還熱著呢。」這個消息使得聚會群眾發出比較真誠的歡呼。「還有關於尋人的新進展。」他接過一名小偷貴族遞上來的一杯紅酒：「你們好像還沒有替我找到你們稱為狗臉喬的人。」

「要找狼人是很危險的，老兄。」有一人這麼說，另外一些人也有同感而竊竊私語。

「他不是狼人。」羅曼尼博士沒有回頭便說：「但我承認他很危險。所以我才會付出這麼高的賞金，並且建議所有人不要活捉，要讓他死。總之，賞金已經增加到現今的一萬鎊，並且加上能搭我的商船前往世界任何地方。不過，現在我還要你們幫我找另外一個人，但這個人必須活捉，而且毫髮無傷。抓到這個人的賞金是兩萬鎊，外加一個妻子，長相隨你挑，熱情程度也包你滿意，當然你還是能搭船到任何地方。」聽眾們開始騷動，彼此交頭接耳，還有一兩個殘廢的窮光蛋，平時只會為了爭奪食物踉蹌走下斜坡或階梯，如今似乎也顯得頗有興趣。「我不知道這個人的名字，」羅曼尼博士繼續說：「不過他大約三十五歲，深色頭髮，額頂已經開始微禿，腰圍也開始變粗，臉色蒼白，說話略帶殖民地的口音。他是昨天晚上在雀兒西溪旁，肯辛頓附近的田野走失的。他全身都被捆住，但顯然……」羅曼尼忽然打住，因為賀拉賓已經興奮地前後搖晃。「怎麼了，賀拉賓？」

「他是不是打扮得像個小販？」小丑問道。

「最後看到他的時候不是，但如果正如我所料，他是經由溪水逃走，他一定會換掉衣服。你看見他了嗎？在哪裡，什麼時候？」

「今天上午，就在市場休市前，我在比林斯門看到一個和你所形容一模一樣的人，但是他穿著小販的燈芯絨舊衣在叫賣洋蔥。他來看我的潘趣秀，我請他加入乞丐行列，但他覺得深受侮辱就走了。他說他是美國人。但我也說了，如果他改變心意——你絕對找不到一個比他更不懂得謀生的人——可以詢問賀拉賓潘趣秀的演出所在，再來和我談談。」

「我想應該是他沒錯。」羅曼尼博士壓制著興奮說：「感謝阿努比斯！我還擔心他會溺死在溪裡。你說比林斯門是嗎？很好，我要你的人去搜索從聖保羅教堂與黑修士橋以東到倫敦碼頭貧民區，以及河道以北到基督公學、倫敦牆與長巷這一整個區域。誰能替我活捉到他，便能享受一輩子榮華富貴……」羅曼尼這時轉過身來，目光冷冷地掃過所有的人：「但若有人殺了他，他的命運將會……」——他似乎思索著適當的比喻——「讓他對老丹吉嫉妒萬分。」

眾人對於世上還有比攞餐具、表演愚蠢歌舞更慘的謀生方法，開始議論紛紛，但坐在桌邊有幾個人曾經是丹吉的手下，他們猶疑地皺起眉頭，似乎在考慮冒這麼大的風險去抓這個人是否值得。

「我們的國際事務，」羅曼尼接著說：「進行得很順利，照這樣持續下去，應該再過一個月左右就會有相當不錯的成果。」他滿意地微微一笑：「我知道這麼說會被質疑為誇大其詞，但我還是要告訴各位，在冬天來臨前，目前這個地下國會將可能變成統治本島的正式國會。」

話才說完，擠在陰暗角落裡的殘廢人群中突然爆出一陣狂笑，接著有個東西以昆蟲般的敏捷身手跳到燈光底下，看得出是個耄齡老人。他的臉許久以前受過重創，因此有一隻眼睛、整個鼻子和半邊下頦都不見了，而那身破爛衣服寬大蓬鬆，彷彿裡頭什麼東西也沒有。「所剩不多了，」他忍住讓他上氣不接下氣的笑意，喘息道：「我所剩不多了，嘻嘻，不過還足以告訴你——你這個自以爲是的蠢蛋！——你吹的牛皮值多少，莫弗！」一個大嗝打得他差點暈過去，其他人都笑起來。

羅曼尼博士恨恨地瞪著這個搗亂的傢伙，平心靜氣問道：「賀拉賓，你就不能幫這個可憐蟲脫離苦海嗎？」

「你不能，因爲你之前沒有做到！」老人呵呵大笑。

「主人允許的話，」賀拉賓說：「我就叫人把他拖出去。他一直都在這裡，薩里幫的乞丐還稱他是福神。他很少說話，每次開口說的也都是無聊透頂的話。」

「好，那就快動手吧。」羅曼尼氣惱地說。

賀拉賓微一點頭，笑個不停的群眾裡走出一人，來到薩里幫福神旁邊一手將他拎起，看樣子他似乎十分訝異老人如此之輕。

老人被帶走時，轉頭對羅曼尼博士眨眨眼。「以後在不同的情況下，記得找我。」他大聲地自言自語之後，再度縱聲大笑，當帶走他的人急急走入一條地道後，笑聲也減弱成怪異的回音。

「你宴請的客人倒很有趣。」羅曼尼博士怒氣未消，抓回彈簧鞋重新穿上。

小丑聳聳肩，原已經高聳的肩膀再這麼一聳，更顯得怪異。「賀拉賓的會堂從未拒絕過任何人。」他說：「有些人不許離開，有些人得從泰晤士河離開，但我歡迎所有的人來。還沒有用餐你就要走了？」

「是的，而且要從樓梯走，如果你不介意的話。我有很多事要做，我得和保安官聯繫，提供一大筆獎金請他們找這個人。再說了，我從來就不喜歡……你這裡的豬肉。」小丑臉上的表情或許透露出警告意味，但羅曼尼笑笑爬下地面，那雙古怪的鞋子接觸到石板時，他縮了一下。丹吉急忙送上斗蓬，羅曼尼將斗蓬打開披上。就在大步走下其中一條地道之前，他轉過身，目光緩緩掃過難得如此安靜的群眾，就連傲慢的乞丐貴族也不放過，現場的每隻眼睛也都盯著他。「給我找到那個美國人。」他平靜地說：「暫時把狗臉喬放到一邊──替我把美國人抓來，要活的。」

當道爾沿著泰晤士街疲憊地走回比林斯門時，太陽已經斜照在他身後聖保羅教堂的圓頂上。十分鐘前買的一品脫啤酒，已經消除他口中多數的壞氣味以及內心部分的困窘。這條街雖然不像早上那麼擁擠，人卻依然不少──有小孩在踢球，偶爾一輛馬車轆轆駛過，遇上工人卸貨時，行人還得繞過馬車。道爾楞楞地看著人來人往。

幾分鐘後，他看見一個人吹著口哨走來，道爾趁他還沒走過去，略感厭煩地問道──因爲這已經是他詢問的第四個人了──「請問一下，先生，你知不知道賀拉賓的潘趣秀今晚在哪兒上演？」

那人上下打量著道爾，詫異地搖搖頭。「這麼慘了嗎？老兄，老實說，我從來沒見過他晚上演出，不過隨便一個乞丐都能帶你去找他。沒錯，星期天晚上這一帶的乞丐不多，但我好像在比林斯門附近看到一兩個。」

「多謝。」人渣賀拉賓還眞會跑，他邊走邊想，腳步加快了些。話說回來，如果你願意做些犧牲，一天能賺上一鎊。不知道是什麼樣的犧牲？他想到他和《晨間郵報》編輯的面談，但隨即強迫自己不要去想。

來到山丘聖母教堂的轉角時，有個老人坐在牆邊，道爾走上前去，看見他胸前掛著一塊牌子，牌子上寫道：「我本是勤奮的裁縫，卻因雙眼失明無法繼續工作，只能賣薄荷糖來扶養妻子與生病的孩子。請善心人士慷慨解囊。」他手裡拿著一盤看起來髒兮兮的菱形糖果，當道爾走到他面前停下時，他忽然把盤子往前一送，假如道爾沒有停下，一定會把糖果撞落一地。

道爾沒有撞上，老人似乎有點失望。道爾一眼看去，便猜出了所以然；傍晚時分有一些穿著入時的人出外散步，他們若是看到老人的糖果撒落在人行道上，肯定會心生同情。「請你幫幫可憐的盲人，買點好吃的薄荷糖吧！」他把眼珠子往上翻，哀求道。

「不了，謝謝。」道爾說：「我想找賀拉賓。賀拉賓……」他見乞丐抬起頭一臉眞誠的懇求，便又重複一次：「我想他應該是乞丐王之類的。」

「我還得賣薄荷糖呢，先生。」乞丐說：「我不能正事不做，白白浪費時間去幫你想人。」

道爾緊抿著嘴唇，但還是丟了一便士到老人手裡。天快黑了，他非得找個地方過夜不可。

「賀拉賓？」乞丐的聲音平靜了些：「是啊，我認得他。現在是星期天傍晚，他會在國會。」

「國會？什麼意思？」

「我帶你去看看你就知道了，先生，可是這樣我至少會損失一先令的糖果收入。」

「一先令？」道爾絕望地說：「我總共也只有十便士。」

乞丐馬上手心向上，伸出手去：「那兩先令你可以先欠著。」

道爾覺得遲疑。「他可以給我吃的和一個睡覺的地方嗎？」

「可以啊，賀拉賓的會堂從來沒有拒絕過任何人。」

那個顫抖的手掌還伸在那裡，道爾嘆嘆氣，一手探進口袋，小心地將一個六便士銀幣和四個一便士銅板放到老人手中。「唉……帶路吧。」

老人把硬幣和糖果刮進口袋裡，盤子塞到外套底下，然後從背後的人行道上拾起一根手杖，拄著站起來。「來吧。」他說著便輕快地往西邊走去——這是道爾剛剛來的方向——手杖幾乎是敷衍似的在身前揮來揮去。道爾還得邁開大步才跟得上。

此時的道爾已經餓昏了，因爲他在《晨間郵報》的辦公室裡丟失了他的濃湯和馬鈴薯泥，夕陽照得他幾乎睜不開眼，卻還得努力追趕上老乞丐，因此儘管他隱約聽到一旁有輪子滾動的吵雜聲音，卻始終沒有注意到有人跟著他。最後，一隻熟悉的手攫住他的褲管，他一個踉蹌，整個人趴倒在圓石路上，疼痛不已。

他氣憤地轉過頭，眼前出現的滑板班傑明的滿臉鬍子。他的滑板車直到重重撞上道爾的腳踝，才停下來。「該死。」道爾痛得喘不過氣來：「放我走。我不是在乞討，我要跟著那個……」

「別找賀拉賓，老兄。」滑板低低的聲音顯得真誠而急切：「你還沒有淪落到需要依靠那群人的地步。跟我……」

老乞丐已經轉身趕回，雙眼直瞪著滑板看，道爾這才發覺他的失明是個幌子。「班傑明，你管什麼閒事？」老人尖聲問道：「傑克船長現在也得招收新人了嗎？」

「放手吧，臭蟲。」滑板說：「他不是你們那夥的。不過當然少不了你的介紹費，這是哥本哈根傑克的一番心意。」他從背心口袋掏出兩個六便士銀幣丟出去。臭蟲一手就把兩枚錢幣從半空中撈下來。

「好極了。」他說，同時將錢幣混入糖果堆中：「這樣的話，歡迎你每次都來干涉。」他格格一笑，又再度往比林斯門走去，走出百呎之後才開始用手杖在前面輕點探路。道爾站起來，小心翼翼地測試腳踝能否使力。

「在他消失之前，」道爾說：「你最好告訴我，你那位哥本哈根傑克能不能給我吃的和睡覺的地方。」

「可以，而且都比賀拉賓能給你的更衛生。天啊，你確實很無助，是吧？來吧，往這邊走。」

派伊街上乞丐之家的餐廳又長又窄，靠街的長牆上開了八扇間隔相當的大窗，每一扇窗都用鉛條將翹曲的玻璃焊接成方格紋狀。屋外前方有一盞街燈，朝著七零八落的小窗玻璃投射幾絲光線，不過屋裡的照明卻是來自天花板垂掛下來的幾盞明亮油燈，再加上八張長桌上都各有兩支蠟燭。大廳狹窄的東端比地面高出四呎，寬面的正中央架著四層階梯；階梯兩側各有一道欄杆與牆壁相連，整個房間看起來像是船上的甲板，而高起的部分則有如艄艛。

集聚在長木桌旁的眾乞丐身上穿著當代各式各樣的服裝，混在一起頗爲滑稽：有人穿著正式的長禮服和白手套，雖縫補過卻整潔無瑕，他們自稱「沒落貴族」，據說原本都是出身於名門望族——有些倒是不假——後來因爲投資失敗或酗酒而破產，令人一掬同情之淚；也有人穿著藍色襯衫與長褲，腰間繫繩、頭戴防水帽，帽子上還有褪色的金色字母標示著某艘船名，他們自稱「遇難水手」，言談中甚至還摻雜他們從歌舞秀和街頭走唱學來的航海術語，平添不少趣味；另外還有「貧苦印度人」穿戴著頭巾、耳環和涼鞋；還有面容黝黑的礦工，他們可能是在地下爆炸時成爲殘廢；當然也有一般穿著襤褸的匿名專業乞丐。道爾找到一張長凳尾端坐下時，發現其中也有幾個人和他一樣作小販打扮。

不過最令人印象深刻的卻是一個身形高大、留著淡茶色頭髮與鬍鬚的男人，他原本端坐在隆起甲板上的高背椅，如今已經起身靠在欄杆邊，望著底下的群眾。他身穿綠緞長禮服，手腕與頸間冒出一簇簇優美的蕾絲，白緞緊身馬褲和白絲長襪，還有一雙小鞋，若少了那些金扣環簡直就像芭蕾舞鞋。這身打扮雖然怪異，卻還不至於可笑。他一站起來，嘈雜的交談聲立即停止。

「他就是哥本哈根傑克，派伊街的乞丐頭兒。」滑板將滑板車固定在道爾身旁的地板上，得意地小聲說道。

道爾心不在焉地點點頭，他的注意力頓時被溫暖空氣中傳來的烤火雞香味給吸引了。

「兄弟們好。」船長說，他手裡搓弄著一只高腳酒杯。

「船長好。」眾人齊聲說。

他眼下仍望著用餐大廳，手卻將酒杯往旁一伸，這時，一個穿著紅外套、高統靴的小男孩急忙上前，將玻璃酒瓶裡的紅酒倒入杯中。船長嚐了一口之後，點點頭。「不甜的美達克紅酒搭配烤牛肉，」男孩跑開後，他宣布道：「至於雞肉，我們恐怕會把上星期才到的蘇特恩白酒給喝光。」

眾人聽了都開始鼓掌，道爾則比任何人都用力。

「餐後再來進行報告、懲戒與新人的審核。」乞丐們似乎也都同意這項宣布。當船長在他架高的專屬桌旁坐定後，廚房的門「轟」地打開，從裡頭走出九個人，每人手上的托盤裡都有一整隻烤火雞。每張桌子上擺一隻，坐在首位的人也都分得一副切肉用的長刀叉。道爾剛好坐在自己這桌的首位，他費了好大勁，使出耶誕節與感恩節所需的渾身解數，才圓滿完成任務。他在遞到他面前的所有盤子上——其中包括滑板從桌緣下方舉上來的盤子——隨意切了幾片肉之後，也叉了幾片放到自己盤中，便開始狼吞虎嚥，一面毫不節制地配著冰涼的蘇特恩白酒，廚房裡有一小群少年，只要看到哪個酒杯半空，就會立刻上前斟滿。火雞之後接著上烤牛肉，兩端焦黑有嚼勁，中間部分約三分熟，另外還有彷彿取之不盡的肉捲與奶油，以及一瓶又一瓶的波爾多紅酒，道爾不得不承認這是非常高級香醇、不帶甜味的紅酒。甜點是熱葡萄乾布丁和一杯克林姆雪利酒。

餐盤收走後，用餐者全都輕鬆地靠在椅背上，令道爾羨慕的是有許多人開始往菸斗裡塞菸草，並熟練地以桌上蠟燭的火點燃。這個時候，哥本哈根傑克將他的高椅子拉到高台前方，拍著手引大家注意。「談正事。」他說：「費柴德呢？」

靠街的門忽然打開，一個年輕人匆匆走入，道爾有一度以為他就是費柴德，不料卻有另一個滿臉鬍渣、長相兇惡的人，從後面一張桌子旁邊站起來，說道：「船長，我在這裡。」剛剛進來的小伙子解開頸子上的圍巾，穿過大廳，走到前方通往高台的階梯上坐下。

船長向他點點頭，然後又轉向費柴德，只見他緊張地扭絞著一頂鴨舌帽。「費柴德，今天早上有人看到你藏了五先令在排水管裡。」

費柴德仍舊低著頭，但兩道濃眉底下的眼睛卻往上瞄著哥本哈根傑克。「船長，誰看見了？」

「別管誰看見的。你否認藏錢嗎？」

費柴德想了想，最後終於說：「呃……不，船長。只不過我不是……想瞞馬可，只是那些小鬼一直煩我，我怕被他們給搶了。」

「那麼馬可下午一點過來的時候，你為什麼告訴他你只賺了幾個便士？」

「我忘了。」費柴德說：「我忘了那幾個先令。」

坐在階梯上的年輕人目光在人群中搜尋，好像約了什麼人見面。道爾對他的身份很好奇。那年輕人雖然留了一撮小山羊鬍，但看起來非常年輕，不到二十歲。道爾心想，他身上那件外套原來的主人——很可能二十年前就死了——比現在這個主人要高大得多。

「費柴德，這裡健忘的人不只你一個。」船長柔聲說道：「過去這幾個月內，你有兩次類似的違規行爲，我好像也答應過要忘記。」

階梯上的年輕人最後將目光停留在道爾身上，若有所思地盯著他看，後來似乎顯得有些焦慮。正當道爾開始覺得擔心時，年輕人便看往別處去了。

「我想，」哥本哈根傑克繼續說：「我們恐怕得再多忘記一些事情：我們要忘記你是我們的一員，也請你忘記到我這裡來的路。」

「可是船長，」費柴德喘著氣說：「我不是故意的，我可以把五先令還給你……」

「留著吧。你會需要的。你現在可以走了。」費柴德離開得十分迅速，道爾知道船長一定有某種強烈手段，可以將執意不肯離去的人趕走。「現在，」傑克船長微笑著說：「來點比較愉快的工作。有沒有人要申請加入的？」

滑板盡力把手舉到最高，但也還是高不過桌上的蠟燭。「船長，我帶了一個人來。」他大聲吼道，那足以震動杯盤的深沈嗓音彌補了他手勢的不足。

船長好奇地低頭往桌子這邊瞧。「那就請他站起來。」

道爾於是起身面向哥本哈根傑克。

「滑板啊，他看起來的確夠可憐的。你叫什麼名字？」

「布蘭登．道爾。」

道爾才回答了前面三個字，一直瞪著他的那名年輕人旋即轉身，一躍而上甲板，急切地與船長耳語。

傑克船長靠到一邊偏斜著頭，片刻後便挺直身子，有點不可置信地看著道爾。隨後他小聲地對年輕人說了幾個字，雖然聽不清楚，卻顯然是「你確定嗎？」之類的話。年輕人猛點頭，又說了些什麼。

道爾看著這些過程不禁提高警覺，他懷疑這個留著小鬍鬚的青年可能是光頭吉普賽首領的手下。他看看靠街的大門，發現並未完全緊閉，便尋思道：如果他們企圖抓我，我要趁著桌邊這些年輕人站起來之前跑出門去。

船長聳聳肩，轉向愈來愈好奇的眾人。「小傑說，我們這位新朋友布蘭登・道爾剛從布里斯托來，以前他在那裡裝聾作啞、假扮低能，喬裝得非常成功。過去五年他化名……呃……啞巴湯姆，博得了布里斯托當地人的同情，但他卻被迫離開，因爲——因爲什麼來著，小傑？喔，對了——他看到一個朋友從妓院出來，而剛剛和這個朋友交易過的女子正從樓上的窗戶探出身子，手上拿著……一個堅硬的大理石便壺，打算趁這可憐的男人通過時扔下來砸他的頭。他們之間好像價錢沒談攏，女子覺得受騙了。總之，道爾從對街向朋友大喊：『小心啊！快退後，那賤貨要砸你腦袋！』結果呢，他的朋友獲救了，但可憐的道爾這麼一喊，街上每個人都聽到了，也立刻明白他根本是個正常人，所以他只得離開。」

道爾身邊的幾個乞丐都說他是個好人，滑板也說：「老兄，今天早上你就該把你的遭遇告訴我的。」

道爾掩飾住內心的驚訝與懷疑，張嘴正打算回答滑板，船長卻忽然以專橫的態度舉起手來，所有人的目光又移回到他身上，道爾便沒有開口。

「小傑還說，既然道爾想在倫敦重操舊業，而且他不說話的時候如此成功，一說話就被驅逐出境，因此他應該重拾靠手勢溝通的習慣。道爾先生，你得學著再當啞巴湯姆，你願意嗎？」

所有人都轉頭看著道爾，他則看到船長一隻眼睛的眼皮微微跳了幾下。他的用意想必是爲了掩飾我的口音，道爾明白了。但爲什麼呢？那個少年又怎麼知道我有口音？他不太確定地一笑，並點點頭。

「啞巴湯姆，你是個聰明人。」哥本哈根傑克說：「小傑告訴我說，你和他在布里斯托曾經是好朋友，所以我就把你借給他一會，讓他向你解釋我們的作風。在此同時，我要檢視其他新進成員的資格。下一個，站起來！」

正當一個目光遲鈍的老人掙扎著從另一桌起身，小傑從台上跳下，匆匆朝道爾走來，他過大的外套彷彿鳥兒的翅膀，圍繞著他那纖弱的身形啪啪飄揚。依然不敢大意的道爾往後一退，視線再度瞥向大門。

「布蘭登，」小傑說：「來吧。你也知道我不會懷恨——而且我聽說一個禮拜後她就爲了另一個傢伙離開你了。」滑板忍不住格格笑了幾聲，小傑則眨眨眼並低聲說了句話，大概是「相信我」之類的吧。

道爾終於放下戒心。你總得相信某個人，他心想——而且至少這些人懂得品嚐好酒。於是他點點頭，隨著他離開。

費柴德輕輕將門關上，然後站在餐廳外的人行道上發愁。天空裡最後一道灰暗光線消逝後，風也開始變冷，他不由得皺起眉頭——後來想起排水管內的五先令，精神一振，因爲這些錢能讓他盡情地吃喝玩樂好幾天。可是——腦中一浮現這抽象又黯淡的念頭，他又皺眉了——這五先令總有花光的一天。到時候該怎麼辦？他可以問船長……不，他忘了，他剛剛才被船長趕出來，所以才要思考後路。

他匆匆走下派伊街時，嗚咽了幾下，還打了自己幾巴掌，希望激發出一點有建設性的想法。

「你知道我有口音。」道爾將燈芯絨外套拉攏一些，因爲爐架上儘管有煤炭悶燒著，小房間裡還是很冷。

「當然了。」小傑將一塊塊木柴堆到原有的餘燼上，且排得整整齊齊以便能完全燃燒。「我跟船長說不能讓你開口，他就臨時編一個故事作爲藉口。請你把窗子關上，好嗎？然後坐下。」

道爾將窗子拉起，上栓。「你是怎麼知道的？爲什麼我不能在眾人面前說話？」小桌兩旁各有一張椅子，他挑了靠門較近的那張坐下。

小傑把火燒旺之後，起身走到一個櫥櫃旁。「你先回答我幾個問題，我自然會告訴你。」

這個孩子比他多數的學生都還年輕，竟然以這種命令式的口氣對他說話，道爾氣憤地瞇起雙眼——當年輕人從櫃子裡取下一瓶酒時，他的氣憤也只是稍稍緩和。

樓下隱約傳來喧鬧的拍手與口哨聲，但他二人都沒有對此發表評論。

小傑坐下後，用一種既困惑又嚴厲的眼神注視道爾，他將白蘭地嘩嘩地倒入兩只酒杯，然後將其中一杯推到對桌給道爾。

「謝謝。」道爾拿起酒杯，在鼻子底下晃了晃。聞起來和他喝過的酒一樣香。「你們的日子過得很不錯。」他勉強坦誠道。

小傑聳聳窄削的肩膀。「乞討和其他行業一樣。」他略帶不耐地說：「哥本哈根傑克是最優秀的發起人。」他喝了一大口酒，又說：「道爾，現在你可以老實說了——你到底做了什麼？爲什麼羅曼尼博士那麼急著要抓你？」

道爾驚愕問道：「誰是羅曼尼博士？」

「他是英國最強盛的吉普賽團體的首領。」

道爾突然感覺一陣涼意從背脊直竄而上。「一個高大的光頭老人嗎？還穿著彈簧鞋？」

「就是他。他出動賀拉賓地盤上的所有的乞丐和小偷尋找一個……一個外型和你一樣的人，而且帶有可能是美國腔的外國口音。他還提供一大筆的懸賞金額。」

「賀拉賓？那個小丑？我的天啊，我今天上午遇見過他，還看過他那無聊的木偶秀。他看起來不像……」

「羅曼尼博士是在今天晚上才通知眾人尋找你的。賀拉賓也提到他在比林斯門見過你。」

道爾心下猶豫，試圖理出這整個情勢當中的利害關係。假如能夠宣布停戰，他並不介意和羅曼尼博士談談，因爲這個人顯然多少知道裂縫出現的時間與地點，而活動鉤也還繫在道爾的手臂上。如果他能得知某個裂縫的地點，並在裂縫關閉時進入區域內，他就能重回一九八三年倫敦的那個空地。當他想起加州，想起加州大學富樂頓校區和艾希布雷斯的傳記，忽然湧上一股濃濃的鄉愁……但話說回來，從雪茄等等事件看來，這個羅曼尼博士似乎不是個好說話的人。而這個小伙子在這整件事中又圖些什麼？很可能是那「一大筆」獎金。

道爾想必是心懷戒懼地看了小傑一眼，小傑才會不屑地搖著頭說：「沒有，我並不打算把你交給他。就算是隻瘋狗，我也不會交到那傢伙手中……即便是他信守獎賞的承諾也一樣，但我看不可能。眞正的獎賞很可能是讓你沈到泰晤士河河底，尋找遺失的銅板吧。」

「對不起。」道爾啜了一口白蘭地說：「不過聽起來你好像參加了這些人的聚會。」

「沒錯。傑克船長雇我四處溜達，查探……對手的動向。賀拉賓在班布里治街下面的一處下水道舉行集會，我經常出席。好了，別轉移話題——他爲什麼要找你？」

「這個嘛……」道爾舉起酒杯，漫不經心地欣賞著火焰照射過暗黃褐色液體的光輝。「我自己也不太確定，但我知道他想從我這裡打聽一件事。」他突然覺得自己開始醉了：「他想知道……我是怎麼來到肯辛頓附近的田野。」

「哦？你是怎麼去的？他爲什麼這麼在乎？」

「我老實告訴你吧，小傑老弟。我是靠巫術來到這裡的。」

「嗯，應該是這樣沒錯。哪一種巫術？你又是從哪兒來？」

道爾驚慌地問：「你不覺得我說的話很不可思議嗎？」

「如果跟巫術無關，卻又讓羅曼尼博士如此熱中，我才覺得不可思議。我當然不至於……稚嫩到說巫術不存在。」他微笑中帶著無比的苦澀，道爾心想這孩子不知道看見過什麼。

「哪一種巫術？」小傑又問一次。

「我也不太清楚。我只是團隊的一員，技術運作屬於另一個人的部門。不過我們是經由一種咒語什麼的才能從……某個地方直接跳入另一個地方，而不用通過中間的距離。」

「你就是這樣從美國一路跳到這裡來的？」

有何不可呢，道爾心想。「是的。這位羅曼尼博士一定是看見我們出現在那片田野——我想他一直在注意那個地方，因為你不能隨意從這裡跳到那裡，你知道，我們出發和抵達都有特定地點，也就是負責人所謂的裂縫，我相信羅曼尼知道所有裂縫的位置——他一定是從那裡跟蹤我們，因為我才剛剛和其他人分開就被他捉住，並帶到一個吉普賽營地。」道爾灌了一口酒，述說這個故事重新喚起他對光頭老人的恐懼。

「那跟你一起來的其他人呢？」

「不知道。大概是回到裂縫，又跳回……呃……美國去了吧。」

「你們為什麼要來？」

他笑著說：「說來話長，總之我們是來聽一場演說的。」

小傑揚起一道眉毛說：「演說？什麼意思？」

「你有沒有聽說過山繆・柯律治？」

「當然。他下禮拜六會在『王冠與鐵錨』發表關於彌爾頓的演說。」

道爾訝異地睜大雙眼。他開始對這個乞丐少年另眼相看。「沒錯。可是他弄錯了日期，昨天晚上跑來了，而我們也都在，所以他就提前發表了演說。老實說，內容非常有趣。」

「哦？」小傑把酒喝光，又若有所思地為自己倒了一點。「那你們怎麼知道他會把日期弄錯？」

道爾兩手一攤，說：「負責人就是知道。」

小傑沈默片刻，小心謹慎地往鬍鬚底下搔了搔，然後抬起頭露出微笑。「你是真的對演說有興趣，或者只是跟著來看管馬匹之類的工人？」

道爾差點就想告訴這個趾高氣昂的年輕人，說他出版過柯律治的傳記。但他只是盡可能高傲地說：「我跟著來是為了向客人介紹柯律治……的背景，回家之後再回答關於他的問題。」

小傑開心地笑道：「這麼說你對現代詩很感興趣囉！你可是真人不露相呢，道爾。」

就在此時，道爾背後的門開了，哥本哈根傑克走進來，在這小房間裡他看起來更高大，肩膀也更寬。「多了兩個新人。」他往桌子角落一坐，拿起白蘭地酒瓶說：「一個是不錯的沒落貴族，另一個則是這幾年來我所見過最棒的震顫派教徒——你真該瞧瞧他發功的模樣。太驚人了。怎麼樣，啞巴湯姆還好吧？」

道爾退縮了一下：「這個稱號跟定我了嗎？」

「如果你想留在這裡的話。聽說賀拉賓在找你，是怎麼回事？」船長將酒瓶傾斜湊到嘴邊，咕嚕咕嚕地喝起來。

小傑說：「是賀拉賓的主子，羅曼尼博士。他認爲這個啞巴湯姆知道不少邪門玩意，雖然他想錯了，但他還是懸賞巨額獎金，所以賀拉賓鼠窩裡的那群雜種將會開始尋找布蘭登・道爾。」他轉而對道爾說：「面對現實吧，老兄，啞巴湯姆的角色純粹是求生策略罷了。」

船長笑道：「你要感謝老天，我的經營手法和賀拉賓的父親不同。」

小傑也笑了，但見道爾一臉茫然便解釋道：「小丑的父親也是聖嘉爾斯的一名丐頭，而他從不造假——他手下的盲人都是眞的盲人，跛腳小孩所拄的枴杖也不是道具。你可能會說這點十分令人敬佩，不過你要知道，他是招收健全的人，然後將他們改造成爲乞丐。他在倫敦地下某處有家變相醫院，專門研發新技術，將健壯的男女、小孩變成讓人看了又害怕又同情的怪物。」小傑說著說著，臉上的笑容也逐漸消失。

「所以假如老提巴多・賀拉賓決定讓你當啞巴湯姆，」船長說：「他就會割掉你的舌頭，還會想辦法把釘子釘進你的頭部，或是把你悶到腦死，好讓你變成白癡。就如同小傑所說，這個他很拿手。」他又從酒瓶的細長末端吸了一口酒。「聽說他連自己的兒子也不放過，賀拉賓穿著那身寬鬆衣服和臉上的濃妝，都是爲了掩飾父親賜給他的畸形。」

道爾想起他在木偶戲棚後面看到小丑那張可怕的臉，不由打了個寒噤。「那麼老賀拉賓後來怎麼樣了？」

小傑聳肩道：「這都是我出生以前的事了。」

「有人說他死了，由小賀拉賓接手。」船長說：「也有人說他爲了繼承而殺了老提巴多。我甚至聽說老提巴多還活在地底下……說不定他寧可死。」他發現道爾面露質疑，便說：「喔，老賀拉賓很高大，任何狹窄的地方，即使是擁擠的走道，都會讓他很不舒服。」

「讓這傢伙當啞巴，我們有個損失。」小傑從船長手上搶過酒瓶，剛好來得及斟滿兩杯酒：「因爲他識字。」

船長覷了道爾一眼，這似乎是他一整晚最感興趣的事。「眞的嗎？能唸得很溜利？」

道爾猜想他是想說流利，便點點頭。

「好極了！你可以唸書給我聽。文學可能是我這輩子最感興趣的東西，偏偏我怎麼也搞不懂書上那些眉批的意思。你懂詩嗎？會不會背？」

「當然會。」

「唸一首來聽聽。」

「呃……好吧。」他清清喉嚨，開始唸道：

晚鐘敲響黃昏的喪鐘，
牛群哞叫，緩緩從草原逶迤走過，
農人往家的方向，腳步沈重，
將世界留給了黑暗和我……

船長和小傑都入迷地聽著道爾朗誦完格雷的〈墓畔哀歌〉。他唸完後，船長除了鼓掌之外，自己也讀了一段〈大力士參森〉的詩文。

接著是小傑。「說說看你覺得這首如何。」他說完便開始朗誦：

古老的思緒與回憶，飄入街道。
從破碎的窗玻璃，吹拂
塵積的廳房，瑟瑟蕭蕭
當我獨自走過。晚風穿越
燈火與美酒，如今只剩跫音回繞
寒冷凌亂的街道，一度歡騰

小傑唸到這裡打住，道爾很自然地接下去將這首八行詩唸完：

年輕人已遠離，珍惜這一切的
靈魂，如今再無處尋找。

道爾唸完之後，試著回想自己在哪裡讀到這首詩。是在一本關於艾希布雷斯的書中，但不是他作的……想起來了，他心想——這是柯林．勒波弗極少數的詩作之一，伊莉莎白．逖奇在嫁給威廉．艾希布雷斯之前，曾經和他訂過婚。勒波弗是在……我想想……一八〇九年，婚禮舉行前幾個月失蹤的。他當時二十歲，身後只留下一本薄薄的詩集，獲得的詩評少之又少。

道爾瞄向小傑，發現他正訝異地看著自己，而且首度流露出敬意。「我的天啊，道爾，你讀過勒波弗的詩？」

「是啊，」道爾得意地說：「他是在……呃……去年失蹤的，對吧？」

小傑的表情轉爲嚴肅：「那是官方說法，事實上他是被殺的。其實我認識他。」

「眞的嗎？」道爾心想，如果自己還能再回到一九八三年，這個故事或許能成爲艾希布雷斯傳記中一個不錯的註腳。「他是怎麼被殺的？」

小傑再次乾杯，接著又衝動地倒了不少。「哪天我跟你夠熟了，也許我會告訴你。」

道爾仍想從他口裡多套出一些話來，又問道：「你認識他的未婚妻伊莉莎白．遜奇嗎？」

小傑顯得吃驚不已：「如果你來自美國，怎麼會知道這些事情？」

道爾張開嘴想說出一個合理的回答，卻想不到該說什麼，只好含混過去。「小傑，哪天我跟你夠熟了，我就會告訴你。」

小傑揚起眉毛似乎打算發脾氣，結果還是笑著說：「我剛才就說了，道爾，你的確是眞人不露相。是的，我認識貝絲．遜奇——而且很熟。她還沒遇見勒波弗之前，我已經和她相識多年。我們現在也還保持聯繫。」

「我剛才說你們倆是老朋友，還幾乎是說中了。」哥本哈根傑克說：「道爾，你跟我來。老史戴克．雷德爲我唸達拉斯的〈奧布里〉已經唸了一半，可是照他的速度至少還得一年才唸得完。我們看看你能不能唸得快一點。」

「叢林乞丐」低低的廚房裡擠滿了人，但大多數都在一張桌子旁邊圍觀牌局，而費柴德則捧著一杯杜松子酒躲在陰暗的角落，這裡剛好有空間可以讓他靠著背並將雙腳舉到磚牆上。他老早就知道不能賭博，因爲他永遠也學不會規則，不管玩的是哪種牌，最後別人總會拿走他的錢說他輸了。

他只從艦隊街巷子裡的排水管拿走一先令，因爲他想到一個計畫：他要加入賀拉賓的乞丐行列，那幾個先令則留作特殊用途，例如買肉、杜松子酒和啤酒——想到這裡，他又喝了一口——偶爾還可以找個女人。

杜松子酒喝光了，他決定不再點，因爲如果誤了向踩高蹺的小丑報到的時間，他就得花錢住宿，這不在他計畫之內。他起身穿過喧囂笑鬧的群眾，從前門走出去。

巴克里治街的屋前陽台上，原本閃爍不定的燈火似乎不情願地變得微弱，只在夜晚黑幕畫上很淡很淡卻不加修飾的幾筆——這邊一面牆上高處開著一扇窗，窗口燈火黯淡，裡面的房間則一片漆黑；那邊一條巷子內也點了盞燈，巷口卻只見潮濕的圓石路上微微閃著一道黃光，有如一群正要緩緩過街的蟾蜍暫時停住不動；每當飄忽不定的微風吹來，火焰竄高，還偶爾能看見參差的屋頂和斑駁的牆壁。

費柴德摸索著走到對街轉角，當他弓著背往下一條街走去時，聽到「道令媽媽之家」那幾扇沒有玻璃、只釘上木板的窗戶裡頭傳出鼾聲。他有經驗，所以知道每個人要付三便士，和另外二或三人共用一張床，並和十多人共住一個房間，不禁對這些沈睡的人投以冷笑。像蝙蝠一樣擠在一間舊房子裡還得付錢，他一面想一面對自己尚有其他計畫感到沾沾自喜。

然而才過一會，他卻又不安地揣測賀拉賓會爲自己安排什麼樣的住處。那個小丑很可怕，說不定會讓每個人都睡棺材什麼的。費柴德這麼一想，立刻止步，嘴巴張得大大的在胸前畫了個十字。這時他又想到時間愈來愈晚，不管作什麼決定都要快。至少賀拉賓不收錢，他想，便又開始往前走。賀拉賓歡迎每一個人。

這個時候下水道國會應該已經散會，因此他沒有在梅納街右轉向班布里治街，而是沿著左側的牆摩肩而行，繞過轉角後朝北走，在長春藤巷那一頭矗立著一棟有如倉庫的建築，這一帶的人稱之爲賀拉賓旅館或鼠堡。

到了這裡，他開始擔心他們不收他。畢竟他並不聰明。後來他又考慮到，自己至少是個稱職的乞丐，而這才是這裡最看重的，方才安下心來。他還想到賀拉賓也許有興趣知道，哥本哈根傑克新收的聾啞手下是個冒牌貨，可以騙他開口。

對了，費柴德打定主意，爲了討小丑歡心，我一定要把這件事告訴他。

道爾關上窗後，小傑在窗邊站了好一會，只是望著外頭模糊的屋頂，偶爾點綴著油燈氤氳的一點紅，或是未拉上窗簾的窗戶的一格菱形琥珀。不知道他現在在做什麼，小傑心想，他會在哪條暗巷裡靜靜行走？他會在哪個酒窖裡請某個值得信賴的可憐蟲喝酒？又或者他正睡在哪個陋室中……那麼他會作什麼樣的夢呢？不知道那些是否也是他偷來的呢？

小傑轉身走到桌前坐下，桌上已準備好紙筆與墨水。細瘦的手指拿起筆來，筆尖沾沾墨水，遲疑一下之後，落筆寫道：

母親大人膝下：

雖仍無法告知聯絡地址，但女身體康健，有食果腹，入夜有瓦蔽頂，盼勿掛念。女深知母親視此為危險瘋狂之舉，然尋找殺死柯林之人——倘能稱之為人——一事已頗有進展。母親一再訓誡事屬警方權責，但務祈母親相信，警方恐無能查知此種人之存在，更遑論應付。此事若能行，女欲冒最小風險致此人於死，隨後返家，想必不至遭棄。此時此刻友人環繞，絕非如母親所想像身陷險境。恕女兒不孝有違母命，唯望母親一秉過往溫厚愛心以對，女願足矣。專肅。恭叩

福安

女　伊莉莎白・傑克琳・遜奇叩稟

一八一〇年九月二日

小傑拿起信紙對空搧幾下，直到墨跡乾了之後，才將它摺起寫上地址，並滴上燭蠟封緘。她鎖上門，脫下寬鬆衣服，就在從牆上拉下鉸鍊床之前，將鬍鬚撕下，猛搔上唇，然後把一束以膠水黏貼、帆布襯裡的頭髮黏到牆上去。

第五章

大多數人吃過肉之後都會打破蛋殼。
最初這麼做是為了避免成為女巫的船。

——法蘭西斯・葛羅斯

週六晚上的科芬園與黎明時分截然不同——人潮幾乎同樣擁擠，當然也同樣吵雜，但是十二小時前，路邊還排列著一輛輛的小販貨車，如今卻有華麗的四輪馬車優雅地行駛，拉車的小馬無論體型或色澤都經過精挑細選，原來是西區的貴族從他們位在哲敏街與聖詹姆斯的住家前來看戲。現在每隔幾分鐘就有衣衫襤褸的清道夫，狂熱地打掃鋪石路面，每個人都小心翼翼地維護自己好不容易佔到的部分，以致於走在人行道上的先生女士個個都像隨時會被絆倒似的。而自一八〇八年焚燬後直到去年才完成重建的科芬園劇院，那陶立克式柱廊在燈光與室內吊燈金黃光輝的烘托下，比起在明亮刺眼的日光下要高雅多了。

人行道上的清道夫至少還會在討到錢之後，象徵性地提供一點服務，但也有一些純粹乞討的人。其中最成功的就屬一個患有結核病的可憐人，他踉蹌著腳步在廣場上走來走去，從不開口要求施捨，但每回有人看他，他就無奈地啃著一塊泥餅似的硬麵包。如果有哪個女士心生同情，督促男伴上前詢問他有何困難，這個眼窩深陷的窮人只會摸摸嘴巴和耳朵，表示他聽不到也不能說話，接著便又將注意力轉回到那塊可怕的麵包。由於沒有誇張動作或多作解釋，使得他的境況顯得更加眞實，他也因此收穫太多——其中包括一些五先令的銀幣和一個前所未見的金鎊——而每十或二十分鐘就得去找馬可，把錢全數交給他。

「啊，是啞巴湯姆，」當道爾再次悄悄走進馬可等候的小巷內，他輕輕喊道。他拿出袋子，道爾則從口袋掏出幾把零錢丟進去。「幹得太好了，老兄。你聽著，我現在要到貝福街旁的莫克巷去，我會在那裡待上半個小時，懂嗎？」

道爾點點頭。

「繼續加油。偶爾咳嗽一兩聲。你咳得很棒。」

道爾又點點頭，使個眼色之後，再次回到街上。

這是他第六天行乞，對於自己竟能如此駕輕就熟，以及這種生活竟如此輕鬆，他依然感到十分驚訝。他甚至勉強接受了每天一大早起床，一天下來走上十幾哩路的事實——範圍涵蓋倫敦橋以西的兩側河岸——因為哥本哈根傑克位於派伊街的乞丐之家所提供的晚餐，總能充分滿足他大大增進的食慾，而且船長並不反對手下的乞丐偶爾到酒館去喝一杯，也不反對他們到兩條街中間廢棄的屋頂天橋上，或是到黑修士橋邊河岸上的運煤船之間小寐片刻。

不過，他眼睛四周的妝卻讓他的皮膚開始發疹子。誇大道爾原本蒼白的臉色，讓他看起來像肺癆病人，這是小傑的主意。他在道爾頭上纏了一條白布像牙疼一樣，然後戴上黑帽子，並圍上紅色圍巾——藉由對比讓他的臉更加蒼白——還在他的眼睛周圍塗上粉紅色的妝。「你這樣會更像生病的樣子，」小傑邊說，邊把那臭臭的玩意抹在道爾的眼窩裡：「萬一被賀拉賓遇上，也許他就認不出你來了。」

小傑讓道爾感到困惑。有時候他總覺得這個少年的某些手勢和遣詞用字十分女性化，而且他對年輕女子也顯得毫無興趣，可是週三晚上用餐過後，有一位英俊挺拔的沒落貴族乞丐，將小傑逼到大廳一角，稱呼他小甜心還企圖吻他時，小傑不但態度強硬地拒絕，甚至面露嫌惡，彷彿這種事不合他的胃口。道爾也不明白，儘管在傑克船長手下做事相當愉快，但像小傑如此聰明的年輕人又怎會甘心以乞討為生？

道爾自己就不打算長此以往。再過三天，也就是九月十一日星期二威廉．艾希布雷斯即將抵達倫敦，道爾決定去見這位詩人，與他結交，然後想辦法讓艾希布雷斯——據道爾了解，他從未為錢傷過腦筋——幫他找份好工作。他知道詩人會在早上九點搭乘「桑多瓦號」快速帆船抵達倫敦碼頭，而且會於十點半在牙買加咖啡屋的前廳，寫出他最著名的詩作〈黑夜十二小時〉的初稿。道爾打算存下一點乞討得來的錢，買一套差強人意的衣服，到那裡去找艾希布雷斯。由於對此人研究極為透徹，道爾已經覺得跟他很熟了。

艾希布雷斯也許無法或不願意幫助他，但他不願去想這個可能性。

「天啊，史丹利，你瞧瞧那個可憐的人！」一位女士從出租馬車步下人行道時，說道：「給他一先令吧。」

道爾假裝沒有聽到，又啃起傑克船長六天前給他的那塊髒麵包。史丹利抱怨說如果給了道爾一先令，他就沒錢在開演前喝一杯了。

「你把那骯髒的酒看得比你靈魂的救贖還重要，是不是？你眞令我感到厭惡。喏，你呀，那個拿著麵包還是什麼東西的人！拿這個去吃一頓豐盛的晚餐吧。」

道爾小心地等著她再靠近些，然後假裝受到驚嚇似的猛抬起頭，並摸摸嘴巴和耳朵。而她正遞出一只手鐲要給他。

「哎喲，你瞧瞧，史丹利，他竟然還是個聾啞人士。這個人實在太不幸了。」

她朝道爾揮了揮手鐲，他則帶著感激的微笑收下。他們往劇院走去時，史丹利還喃喃抱怨著，道爾卻已把沈重的鐲子丟進口袋。

後來他一面跛行前進，一面想著，一旦艾希布雷斯幫助我在這個該死的年代站穩了腳步，如果我決定──我想我會的──回到那個有護理人員、麻醉劑、健康檢查員、電影、抽水馬桶和電話的時代，我會謹愼地和那個可怕的羅曼尼博士取得聯繫，並和他達成某種協議，讓他告訴我未來某個時間裂縫的地點。也許我能試著在裂縫關閉時，騙他讓我進入裂縫區！不過，我可得保管好活動鉤，免得他發現後拿走。不知道會不會大得吞不下去？

這幾分鐘內，他的喉嚨愈來愈癢，眼看有一對衣著入時的男女正不慌不忙地往這邊走來，他便展開相當受到敬佩的技巧放聲大咳。其實他盡量不多做，因爲模仿久了很快就會變成扯心揪肺的眞咳，而且這幾天是每下愈況。他悶悶不樂地想，這可能是一個禮拜前，半夜浸泡在冰冷的雀兒西溪水裡種下的病根。

「我的聖母瑪利亞呀，詹姆斯，那具活屍簡直就要把他的肝給咳到人行道上來了。給他一點錢讓他買杯喝的吧。」

「別浪費錢在那傢伙身上了。他恐怕撐不到天亮。」

「這……也許吧。對，你說的好像沒錯。」

有兩個男人靠在戲院兩側的鐵柵欄上。其中一人彈了一下雪茄的菸灰，然後再抽，在黑暗中顯露出一個閃耀的紅點。「我問過了，」他輕輕地對同伴說：「這傢伙是個叫啞巴湯姆的聾啞人。你確定是他嗎？」

「頭兒很確定。」

前一人盯著對街的道爾，他的咳嗽已經緩和下來，蹣跚地走開，並又開始假裝啃麵包。

「他怎麼看也不像個麻煩人物。」

「光是他的存在就已經是個麻煩了，卡格。他不該出現在這裡。」

「也許吧。」卡格從袖子抽出一把又長又細的刀，漫不經心地用拇指試試刀鋒，然後又收進去。「你想怎麼做？」

另一人想了半晌。「應該不難。我去把他撞倒，你假裝要扶他起來。記得讓你的外套往前垂，免得被人看見，然後從他鎖骨後面一刀插進去，刀刃要和骨頭垂直，稍微前後動一下。那裡有一條大動脈，你不可能失手，只要幾秒鐘他就沒救了。」

「好，我們動手。」他將雪茄丟到街上，兩人便離開柵欄跟隨在道爾身後。

賀拉賓一雙眼眶發紅的眼睛從油彩繽紛的臉上向外凝視，並砰砰地向前跨出兩步。「他們本來在監視他，現在已經跟上去了。」他低低的咆哮與平時尖銳的嗓音迥異。「你確定那兩個不是我們的人？」

「我以前從來沒看過他們，主人。」站在他下方人行道上的其中一人說。

「那麼不用等到人潮全部進去了。」小丑噓聲道：「現在就去抓啞巴湯姆。」當三名手下全速前去追趕道爾與那兩名跟蹤者時，賀拉賓戴著白手套的手握成拳頭打在巷道的磚牆上，低聲說：「該死的費柴德，你昨天怎麼就沒有想起來？」

我得在咳死之前回到一九八三年去，道爾鬱鬱想道，打一劑盤尼西林或什麼的，只要幾天就能痊癒，但如果找這裡的醫生，這混蛋很可能會用水蛭治療。他覺得喉嚨又癢起來，但堅決要把它忍住。不知道是否已經發展成肺炎？該死，現在咳嗽對乞討好像也沒有幫助了。誰會想施捨給一個看起來十分鐘後就要死掉的乞丐？船長也許會吧……

忽然間，有人把腳往他前面一伸，他還來不及避開，肩膀又被人重重撞了一下，結果整個人往前趴，手掌也磨破了皮。絆倒他的人沒有停下來，卻有另一人在他身旁蹲下，問道：「你還好嗎？」

道爾頭昏眼花地又要比手劃腳，但轉瞬間那人已經一手蒙住道爾的臉，並以手掌下端抵住他的下巴，另一手則拿刀要插入道爾的肩頭。道爾一眼瞥見刀子，連忙向後滾開，結果刀子偏離鎖骨，只劃開外套和皮膚表皮。他想大聲喊叫，但嘴巴張不開只能發出嗯嗯啊啊的響聲；攻擊的人跪壓在道爾那隻能自由活動的手臂上，舉起刀子打算再刺一次。

這時候，突然有個東西從後面重擊那人，只聽他大喝一聲，迅速往前翻了個觔斗，刀子則喀喇喇地滾到對街去。此時道爾跟前站了三個人，其中兩人連忙伸手架在他的腋下將他撐起。「你得救了，湯米。」一人氣喘吁吁地說：「現在跟我們走吧。」

道爾任由他們急速拖著自己走回原路，他以爲這些是哥本哈根傑克派來救他的乞丐。不久他看見賀拉賓等候在前面的巷子，身影猶如一隻直立的蚱蜢，方才醒悟自己已經被羅曼尼博士找到了。

他伸直左臂，手肘往後朝攙著他的人的肚子用力一撞，趁那人吃痛彎腰之際，道爾左手旋即握拳揮向右手邊那人的喉部。他也倒下去之後，道爾在驚恐中生出無限精力拼命往南跑，因爲羅曼尼的雪茄清楚地印在他腦海中，眼皮上甚至還能感受到它的熱度。他聽見第三個人腳步沈重地緊追在後。

他離開大街，轉進一條巷子沒命地跑，但追趕者的腳步聲彷彿近在咫尺，於是當他看見牆邊一堆裝滿蔬果皮的箱子，經過時便伸手將木箱堆使勁往外拉。道爾順勢轉了一圈，腳下失去平衡而重重跌落，臀部跌坐在地後，受傷的肩膀隨之著地，但箱子卻也整個倒下而擋住賀拉賓手下的去路，而那人被這麼一絆，「砰」一聲巨響便趴倒在人行道的圓石上。他臉朝下動也不動，似乎喘不過氣來，也可能昏倒了，道爾於是呻吟著站起身來，跛著腳以最快的速度朝巷子底走去。

他經過兩條小街道，沿著巷子又多走了一條街之後，發現自己已經來到燈光明亮的河濱大道人行道，往西再過幾條街就是「王冠與鐵錨」了。他經過這陣急奔後又咳了起來，平息下來之前，受驚的路人還給了他一先令四便士。喘過氣來之後，他開始沿著河濱大道朝西走，因為他驀地想起這是柯律治預定發表演說的週六夜，儘管目前的柯律治無力為任何人提供任何具體協助，但或許至少能在不被發現的情形下，幫助道爾回到傑克船長那兒去。是啊，道爾心想，說不定他還記得一個禮拜前見過我呢。

他對路過的商店與餐廳的明亮櫥窗視而不見，只是匆匆走下人行道，他彎著腰以減輕脅邊劇痛，一面跛行一面發出咻咻的喘息聲，彷彿哮喘發作似的。他看到一名婦人嚇得退縮到一旁，這才想起自己臉上的妝和破舊的衣服，加上又像隻跛腳蟑螂般的奔竄，必然是面目可憎。有了這番的猛然自覺之後，他才直起身子放慢腳步。

從他面前倉皇閃開的群眾似乎已不是獨立的個體，而是變成舞台上畫著一條巴士路線的背景屏風，但是當一個高得驚人的身影從巷子轉出來時，他還是注意到了。一頂白色圓錐帽戴在頭上，就像復活節的彩蛋，道爾嚇得急忙轉身，拔腿就跑，耳邊還聽到人行道上高蹺追趕的篤篤聲。

賀拉賓踩著高蹺奔跑毫不費力，即使穿梭在人潮中，也是一跨就是十呎寬的大步。他跑的同時還不斷吹著一高一低的尖銳哨音，聽在深受驚嚇的道爾耳裡，簡直就像是描述第二次世界大戰的老電影中，納粹蓋世太保的鳴笛。

哨音驚動了一些乞丐，將他們引出巷道與大門外，這些人都很安靜，看似孔武有力，其中兩人踩著重重的步伐向道爾走來，另一人則慢慢地從對街過來。

道爾回頭一瞥，剛好看見距離一個大步的賀拉賓，臉上露出中國神話裡龍般的獰笑，一隻白爪凌空而出。道爾往旁邊的街道一跳，翻滾在地，只差幾吋就要被一匹馬的鐵蹄給踩中，他很快爬起來，跳上另一輛四輪馬車的踏板，一手抓著窗檻，一手抓著車頂橫桿，使盡力氣不讓自己掉下去。

馬車上有一名老人和一名年輕女子。「請你們跑快一點，」道爾喘息道：「有人在追……」

他話還沒說完，老人已經怒沖沖拿起一根細細的枴杖，擺好姿勢，以撞球的衝球力道，全力將枴杖鈍鈍的末端往道爾的胸前刺去。道爾像中彈一樣跌落馬車，雖然雙腳先著地，卻馬上跪趴下去，接著翻滾了幾圈。

那個被毀容的獨眼老人縮在一扇大門內，格格地笑，兩隻紙糊似的手靜悄悄地拍著。「啊，對了，對了！掉到河裡去吧，道爾——另一邊有個東西我想讓你瞧瞧。」薩里幫乞丐的福神尖聲說道。

「老天哪，他中彈了！」賀拉賓高喊：「趁他還沒斷氣趕快抓住他啊，你們這群呆瓜！」

此時，道爾已經站起來，但每吸一口氣便彷彿在胸口多撕裂一條縫，他心想倘若此時又開始咳嗽，他非死不可。

其中一個追捕他的人就在幾步之外，正帶著自信的笑容趕上來，於是道爾從口袋掏出那只沈重的鐲子，用盡全身的力氣往那人臉上丟，而他也等不及看結果如何，便立即掉頭踉蹌奔向街道另一邊，穿過人行道轉入一條小巷中。

「趕快把他給我帶來，否則你們就等著當明天晚上的晚餐！」賀拉賓氣得像隻啄木鳥似的，在北側人行道上咚咚咚直跺腳，一面扯著嗓子大喊，朱紅色的唇邊口沫橫飛。

他手下的一名乞丐衝向前去，但因錯估一輛卓別林公司大馬車的速度而被撞倒在地，當駕駛好不容易勒住馬停下車，一只前輪已經輾過他的腰部。事發後，河濱大道這個路段整個交通停擺，馬車駕駛們紛紛對罵，甚至還有幾個人互相揮鞭。

賀拉賓跨下人行道，踩著高蹺穿越這片混亂，往對街而去。

道爾從兩棟建築物之間冒出來，奔下一段老舊木梯，來到閃亮河岸上的一條木板道。他急忙衝向某個碼頭盡頭，躲到一個高高的木箱背後蹲下，氣息漸緩，最後終於能闔上嘴巴。河邊的風很冷，他不禁慶幸哥本哈根傑克沒有要求手下在寒天裡也得衣不蔽體——不過這手法倒是挺有效的。他拉開鎖骨處的外衣與襯衫一看，刀子劃傷的地方仍血流不止，不過傷口並不深。

到底會是誰？他心想。不可能是羅曼尼博士或賀拉賓的人，因爲小傑說他們非活捉我不可。也許是他們的對手……或甚至只是某個不正常的遊民殺手的個別行爲，就像開膛手傑克那一型的。道爾小心翼翼摸著長長的傷口。謝天謝地，他想，他下手的時候賀拉賓的人及時趕到。

他搓搓胸口，然後試著吸口氣，讓肺部注入空氣。雖然胸骨有點刺痛，胸前的淤傷也是有生以來最嚴重的一次，所幸並不覺得很不舒服，那個惡毒老人的枴杖應該沒有戳斷哪根骨頭。他吐了口氣，虛弱地靠著箱子，讓雙腳垂下泡在水裡。

過往船隻的點點黃燈與倒影，將漆黑的河面點綴得有如一幅莫內的畫，蘭貝斯區的燈火在低低的地平線上形成一道閃爍的鍊子。一彎淡橘色的月亮彷彿就掛在東方半哩處黑修士橋的欄杆上。而他右側的後上方則亮著艾德菲街的燈火，猶如從水上所見的一艘豪華遊艇，當微風徐徐吹來，還隱約能聽到傳來的樂聲。

他覺得喉頭與胸口又開始搔癢起來，但當他聽到身後的木板道上有沈重的篤篤聲緩緩而來，恐懼之心帶給他莫大力量好壓制住咳嗽的衝動。

小傑很慶幸地下水道的水流得夠快，順流而下時用不上船舵，否則假如將舵大大轉向左舷，就會打到她的頭；又假如當水流將船推得太靠近牆壁，而船上的人除了用船篙撐開之外還以其他方式控船，他們就會發現船尾拖著一個不速之客。離河愈近，在她脖子周圍打轉的水也愈冷，但她只能咬緊牙根不讓它格格打顫。她很小心地讓頭浮出水面，因爲她在頭巾裡包了一把小型燧石槍，她不想弄濕藥盤。船首與船尾的火炬在帶著硫磺味的微風中明滅不定，有時候只發出黯淡的紅光，有時候火焰竄升，則又將頭頂上低矮拱頂的每塊石頭照得一清二楚。

五分鐘前，她還在賀拉賓位於梅納街的鼠堡的廚房裡煎一盤香腸，身上乾乾暖暖的。她打扮成「印度乞丐阿莫」，頭上纏著頭巾，腳穿涼鞋，身披印花棉布製成的長袍，手和臉都染成胡桃色，臉上除了平時那撮髭鬚還加上一把假鬍子。因爲她看到費柴德在鼠堡裡，她可不想被認出是哥本哈根傑克的人。羅曼尼博士已經在半小時前到了，並已脫下怪異的鞋子，安坐在賀拉賓的鞦韆座上，專注地看一疊船運報告。

後來有一名賀拉賓的手下衝進來，是一個紅臉的健壯老人，他跑得氣喘如牛，人還沒到就先喘著氣嚷道：「羅曼尼博士……快……河濱大道，向南往河邊的路上……有人中槍了……」

「誰？誰中槍了？」羅曼尼沒有穿上彈簧鞋就從座位跳下來，那張老臉痛苦地糾結在一起，他隨即爬回座位將鞋穿上。「該死，是誰？」他大怒道。

「我不知道……西蒙斯看到了……就叫我來找你。他說是你……懸賞的那個人。」

這時候，羅曼尼已經穿上鞋子、繫好鞋帶，再次從鞦韆座上跳下，由於多了一對強力彈簧而能夠輕盈地蹦跳。「哪一個？一定是狗臉喬。他們從來不敢射殺美國人。他人在哪裡？你說河濱大道是嗎？」

「是的，主人。往南走，在艾德菲旁邊。最快的方法是從地下水道搭船直接到艾德菲拱廊。所有的水道水流都很急，因爲下雨……」

「帶路……快點。我認識老喬多年了，如果他們沒有一槍殺死他，他就會逃走。」

他二人奔下地窖階梯時，印度乞丐阿莫就緊跟在後，把香腸都拋到腦後去了。聽來應該是他，小傑心想，當她強迫自己盡量別跟得太近，以免被他們發現時，心撲通撲通跳得好急。天啊，希望他還活著，讓我能接近他，並一槍打穿他的腦袋。也但願我能有片刻的時間，小聲地對他解釋我是誰、爲什麼要殺他……然後，她嚮往地想著，這樣，我就終於可以回家了。

他們抵達地下石砌的舊碼頭時，有兩名乞丐花了點時間解開船索、點亮火炬，羅曼尼博士則不耐地盯著漆黑的地道那頭，小傑便趁機悄悄走過石板地，無聲無息地潛入冰冷黑暗的水中。那兩人沿著船塢拖來準備讓羅曼尼博士搭乘的船，沿著舷緣外側有許多用來固定防水布的繩圈，小傑用兩根手指鉤住其中一圈，當船進入強力的水流中，她便任自己隨波逐流。

「哈哈！」小丑又高又細的聲音傳來：「我的老友啞巴湯姆在哪裡呀？」賀拉賓在步道上來回走動，不斷發出緩慢的、木頭相互撞擊的聲音。除此之外，就只能聽到陣陣微風吹動停泊在附近的漁船上的索具，以及碼頭木樁周圍河水輕拍的聲音。

道爾坐在碼頭盡頭的箱子後面，大氣都不敢喘一口，他不知道自己還能撐多久，而不至於跳出去大喊：好啦，我在這裡，你也早就知道了！因爲小丑的聲音帶著嘲弄，好像他確實知道。

小丑走來走去，緩慢的篤篤聲持續不斷。我的老天，道爾想，如果那傢伙開始朝我這邊的碼頭走來，我得趁他還在三步以外，跳水游到蘭貝斯去。接著他開始想像小丑跟著他跳下黑暗的河水，想像他回頭看見那張微笑彩妝的臉，以不可思議的速度追上來，而他的肩膀卻愈來愈僵硬。他的心跳現在就像拆除舊屋的鐵球一樣，已經快把他震得四分五裂。

「賀拉賓！」道爾的右側遠處有人大喊：「他在哪裡？」道爾驚覺到那是羅曼尼博士的聲音。

小丑格格一笑，彷彿上百隻蟋蟀發狂亂叫，然後喊道：「在這裡。」高蹻的聲音移往碼頭上來。

道爾忽然爆出一聲尖叫，連他自己都嚇一跳，緊接著都還沒有吸氣，就從碼頭末端跳入冰冷的水中。他用力划出水面之後，開始拼命地往前游。

「那是什麼聲音？」水面上可以清楚地聽到羅曼尼的聲音：「這是怎麼回事？」賀拉賓這時候已經來到碼頭末端。「他在河裡面。我讓你看看在哪裡。」他吹了一聲哨音，比他在河濱大道召集乞丐所吹的那聲更尖銳、更複雜。吹完後，他便沿著河岸來回張望，等候著。

船離開地道後，正要經過艾德菲拱廊進入河面時，小傑便鬆開已然麻木的手指，看著船漸離漸遠。時間剛好，她暗想，因爲不一會便有一名乞丐往後一站，抓住舵柄，另一名則從船底拿起一對槳，開始將槳耳安上槳架。羅曼尼博士大聲問了個問題，她也聽到一聲微弱的回答，但由於她半潛在水中，所以一個字也沒聽清楚。後來傳出一聲尖叫，很短暫卻很大聲，方圓一哩內恐怕沒有人聽不到。後來她隱約又聽到賀拉賓的聲音說：「他在河裡面。我讓你看看在哪裡。」

她游到岸邊上岸時，正好聽到第一下船槳聲。

道爾游出四十呎後稍微冷靜了些，並開始靜靜地游起狗爬式。他心想，若有任何東西、任何船隻或任何人接近，我就以浮潛方式游得愈遠愈好，然後再慢慢探出頭來安靜地換氣。唉，運氣好一點的話應該可以擺脫他們……運氣再好一點的話，也許能在我筋疲力盡之前游回岸邊。他隨著水流漂向左邊，遠離了羅曼尼博士。

但他聽到一個新的聲響——他的右後方響起船槳的律動聲。

賀拉賓露出微笑，因爲他左手邊第二個碼頭下方出現一道微弱的光，當光從突出部分的下方移出時，可以看到十來個小燈光一字排開，迅速穿越漆黑的水面。小丑指著他最後聽到道爾落水地點的方向，這群小燈光立刻飛快射出河面，彷彿一朵發光的花朵被風吹散了花瓣。

「羅曼尼博士，跟著燈光走吧！」賀拉賓愉快地喊道。

什麼燈光？道爾不解。最近的燈光都在河對岸。是啊，羅曼尼博士，跟著那些燈光吧，我可要往東流了。

他利用雙腳和右手靜靜地在水中前進，讓左肩稍作休息。維持漂浮狀態沒有問題；他發現只要輪流變換狗爬式、仰式與緩緩踢水的姿勢，他就能不費力地讓臉浮出水面。水流將他帶往黑修士橋，他有相當自信，認爲自己能爬上某個碼頭的木樁，然後等追捕者認爲他淹死了，再從一處木樁游到下一處，分段游上岸去。

但他忽然明白賀拉賓所指的燈光爲何，因爲水上出現了像是幾十根的小蠟燭，朝著他飛掠而來。他頭一低，潛入水中，踢出一個水花顯示他的所在，然後在水下朝著與燈光路線呈直角的方向游開。

他微薄的自信不見了。這好像有點邪門——小傑不是說過羅曼尼博士是個巫師嗎？賀拉賓顯然也是——他頓時覺得自己像個做好暖身操準備拳擊的人，卻看到對手「啪」一聲將左輪手槍的旋轉彈膛關上。

他改以蛙式盡可能地游開，並仍希望浮出水面時不會喘不過氣，接著他讓頭部浮起之後抬出水面。他慢慢舉起一隻手，將眼前一綹濕答答的頭髮撥開。

他就這麼愣愣地待在水裡好一會，因爲那些燈光一直跟著他，現在已經將他包圍，當他盯著最近的幾盞燈時，發現全是半邊蛋殼，上頭有小火把、稻草桅杆和紙摺的帆，還有——而他竟然沒有想到這可能是發燒出現的幻覺——一個和他的小指頭差不多大的小人兒，蹲在每個蛋殼裡，在微風中機靈地扭動小桅杆，以保持迷你船的平衡。

道爾大聲尖叫，手臂畫出一個弧形將他們打翻，然後也不等著看結果如何便抽噎著吸了口氣，再次潛入水中。

道爾肺部飽脹的空氣推擠著緊閉的喉頭，他覺得自己的頭很快就會撞上橋墩，便又再度躍上水面。但他一浮上來，小小的蛋殼水手卻也再次將他包圍。他們始終保持在兩個臂長之外，儘管羅曼尼博士的船「空隆」——「空隆」——「空隆」地愈划愈近，他還是停下來喘口氣，一邊虛弱地踢著水。

突然間，有樣東西掠過他左頰外一吋處打進水裡，水花濺起刺痛了他的眼睛。須臾過後，他聽到從岸上傳來一記槍響，接著羅曼尼的船上也立刻開出一槍，但由於船在行進，沒能瞄準，只是在明亮的蛋殼之間激起水花，其中還有一艘蛋殼船飛旋到半空中。

天哪，四面八方都朝我開槍，道爾絕望地想，一面再次吸飽空氣躲入水中。連他們都不想讓我活命了。

當漁船之間發出槍響時，賀拉賓連忙向左望去，接著羅曼尼博士的船上也傳出槍聲，他又立刻掉頭往回看。他看見營火之光從水面飛起，落下後隨即熄滅，這才發覺吉普賽首領正對著水中的人開槍。

賀拉賓馬上用手在嘴邊圍成傳聲筒狀，大喊：「你不是想活捉他嗎？」

沈寂片刻後，羅曼尼博士的聲音才從水面回傳過來：「他不是狗臉喬嗎？」

「是那個美國人。」

「讓巨蛇魔吃了我吧。那你爲什麼開槍射他？你這該死的傢伙！」

小傑從附近一艘船上偷了一張網眼很密的漁網，丟到一艘獨木舟上，然後將狹窄的獨木舟推進水中。這時她聽見賀拉賓大聲喊著，聲音因恐懼而更加尖銳：「唉呀，不是我呀，主人。我發誓！不知道是誰從那些船當中開槍的——喏，他現在正划著獨木舟往你這邊來了！」

小傑快速而優雅地搖著船槳，獨木舟也迅速地朝那圈燈光前進，此時光圈已經向著橋的方向更往東去。天哪，她費力地喘著氣想道，對不起，對不起，湯姆——我是說道爾。我實在太急於殺死狗臉喬了。對不起，你千萬別死呀。

然而，內心的恐懼卻讓她感到空虛寒冷，因爲剛才她直接瞄準那顆模糊頭顱的正中心，那槍似乎是打中了。

羅曼尼博士的船較大，速度趕不上她的獨木舟，而且她一開始就在他的東邊，因此當道爾的頭再次冒出水面——也再次被光圈包圍時——她幾乎比羅曼尼博士更靠近他有一百碼左右。

「道爾！」她見他還活著，大大舒了口氣：「我是小傑。等等我。」

道爾已經筋疲力盡，一聽到小傑的聲音竟有點厭煩。他本已決定認命投降，如今小傑的援救計畫聽起來還得費一番功夫，而且恐怕是徒勞無功，只會惹惱羅曼尼博士。

「你往下沈得愈深愈好，然後再浮上來。」小傑的聲音更近了。

道爾掉頭過去，藉由他周圍小小隨扈的燭光，看見一艘獨木舟裡坐著一個大鬍子。

他驚訝地瞪大雙眼，但正當他打算再潛回水裡，獨木舟上的人開口道：「等等！」接著他站起來扯下鬍子：「是我，道爾。現在就照我說的去做，快點！」

我想你還不能鬆懈，道爾疲憊地告訴自己。他再次入水，並聽從指示讓肺部的空氣慢慢從鼻子吐出，輕易地便沈下漆黑冰冷的河水。隨後當他停下來保持剪水式踢腿動作時，忽然想到這裡沒有泳池地板讓他得以藉力往上彈。萬一我沈得太深，他心想，結果還沒回升到水面之前，肺部就受不了而吸入河水，那該怎麼辦？於是他立刻開始抓水、踢水往上浮起，就在他要冒出頭之際，感覺到有個繩套擦過他的手背。

左近忽然一陣吱吱亂叫，像是滿籠子激動的鳥，只見小傑探出上半身，拉起一張濕濕沈沈的漁網，糾纏其中的還有幾盞小燈仍繼續燃燒。「上船。」小傑喝道：「從前面側邊爬上來，我在後面保持平衡。別靠近那張網，那些小混蛋都帶著刀。快點。」

道爾趁機往上游看去——他看見羅曼尼的船大約在五十碼外，節奏一致的槳聲已經非常響亮——然後才撐起上半身，翻進獨木舟。小傑蹲在船尾，緊緊握住船槳直插入水中。

獨木舟停止搖晃後，道爾喘息道：「往前衝吧。」

小傑開始拼命地划。但由於剛才獨木舟完全靜止，船上又增添了重量，所以怎麼也划不動。

「我還有一把手槍。」羅曼尼博士喊道：「把槳放下，我就不開槍。」

「他不敢。」小傑氣喘吁吁地說，她試圖在靜止不動的水中划動船槳，雙手不住地顫抖：「他要……活捉你。」

「現在不了。」道爾小心地坐直，說道：「一分鐘前他們還朝我開槍。」

「他們以為你……是另一個人。」

這時候，獨木舟開始動起來，但很緩慢。道爾看得出有艘船正向他們逼近，船上有三個人頭黑影。「有沒有多一根船槳？」他絕望地問。

「你划過……獨木舟嗎？」

「沒有。」

「那就閉嘴。」

道爾忽然注意到小傑的長褲在左腿外側有條長長的破洞，露出一個又長又深的傷口。他正要開口詢問，卻又發現獨木舟靠近船尾處打出一個圓孔。「我的老天，小傑，你中槍了！」

「我知道。」一彎明月升空投射出淡淡光芒，小傑的臉卻仍因用力過度而晦暗不明，只有汗水閃閃發光，但至少獨木舟已經趕上羅曼尼博士的船速。當兩艘船吃力地在水上移動時，有一度曾暫時保持一定距離，槳架的響聲和小傑吁吁的氣喘聲也保持相同節奏；後來獨木舟的速度加快了些，便開始將另一艘笨重的船拋在後面。

黑修士橋已經近在眼前，當小傑確定他們有可能擺脫追趕的船隻，便往後一靠，直瞪著前方巨大的拱石，此時湍急的水流正把他們往那推去。「北側中央拱門。」她喘著氣說完，便把槳插入右舷側的水中。原本向前猛衝的獨木舟往一邊傾斜，並開始在水面上向右畫了一個大弧。

當他們幾乎與她指出的那道拱門成一直線時，由於靠得很近，道爾可以看到河水撞擊在石墩上所激起的巨大水花。這時候，小傑抽起船槳，又插到另一邊。船打直了，卻有一瞬間眼前全黑、水勢轟鳴，還能感覺到四面八方都有堅硬的石頭洶湧而過——加上一個驟起直落幾乎讓道爾重新摔入水中——接下來他們便進入了橋東的寬廣河面。獨木舟漸漸慢了下來，小傑則全身癱軟，往後靠去，她閉上眼睛，雙手無力地垂在船邊上，全神貫注地讓自己緩過氣來。

道爾回頭一看，他知道羅曼尼博士無法和他們一樣，向較寬的中央拱門來個急轉彎，而他也不敢直接穿過前面的狹窄拱門。他若想繼續追趕，就只能讓船傾側停止，然後再划向獨木舟剛才衝過的那道拱門。「你甩掉他們了，小傑。」他不敢置信地說：「天哪，你把他們甩掉了。」

「在河上……長大的。」過了一會小傑才喘著氣說：「對船……很熟悉。」又喘了好一會之後，小傑撥開汗濕的頭髮，繼續又說：「我還以爲湯匙小子只是個神話。」

道爾知道小傑指的一定是那些蛋殼小水手。「你聽說過他們？」

「當然了，還有一首關於他們的歌呢。『湯匙小子趁貓咪在火邊蜷曲，偷走了娃娃屋的玩具，然後乘著蛋殼船，從陰溝漂流到地下世界去。』等等、等等的，全是對他們的各種指責。聽說是賀拉賓創造出來的——今晚這些東西似乎的確是聽從他的指揮，隨時標示出你的所在。有人說他這個技巧是和魔鬼交易學來的。」

道爾忽然想到一件事，眼睛睜得老大。「你有沒有看過他的潘趣秀？」

「當然。他眞的很厲……啊！對了……對，你說的肯定沒錯。我的老天。可是潘趣秀的木偶比較大。」

「口袋小子。」

「眞是的，我還很欽佩他操縱木偶的技巧呢。」小傑拿起船槳，又開始搖起槳來：「最好別停下來——他太想抓到你了。」

「看每個人開槍射我——我們——的樣子，他們好像只想讓我死。小傑，是你救了我一命。你的腳怎麼樣了？」

「很痛，不過只是表面撕裂。你潛下水之後，他射了我三次，我當時正在撒網捕捉你的小隨扈。這是我有生以來第一次中槍。不好玩。」

道爾打了個寒顫說：「我也覺得不好玩。賀拉賓那槍可能只差一吋就射中我的眼睛了。」

「嗯……所以我才得划船出去救你啊。其實那槍不是賀拉賓開的，因爲他知道是你。槍是我開的。」

道爾第一個反應就想發火，但一看到小傑的傷口，怒火便熄了。「你——還有羅曼尼博士吧——以爲我是誰？」

小傑默不作聲划了一會，才遲疑地回答：「到了這個節骨眼，我想你已經有權知道來龍去脈。我們以爲你是一個叫做狗臉喬的人，他……」

「狗臉喬？那個據說是狼人的殺人犯？」

他看得出來小傑驚訝地瞪大雙眼。「誰告訴你關於他的事？」

「喔，我只是個善於傾聽的人。那麼你和羅曼尼博士跟他有什麼過節？」

「他殺了我的一個朋友。該死，他——他設局讓我殺了一個朋友。他——道爾，這件事我從未告訴過任何人。至少這部分沒有。總之，實在該死。你讀過柯林．勒波弗的詩——其實，柯林是……我的一位摯友，而且……你知道狗臉喬靠什麼延續生命嗎？」

「我聽說他能和人交換軀體。」

「你知道的還眞不少呢，道爾。我想全倫敦知道此事的不超過六個人。沒錯，就是這樣。我不知道他如何辦到，但是只要他和某人相處一段時間，就能和他對調。而且他得經常更換，因爲一旦換了新的軀體就會開始長毛……長滿全身。所以幾天過後，他若不剃光全身的毛，就得再找新軀體。」小傑深深吸一口氣：「去年他挑上了柯林。我想狗臉喬脫離舊軀體時，一定下了毒。柯林來找我，顯得非常痛苦……」小傑顯然非常努力地克制自己的聲音，儘管他轉頭望著聖保羅教堂的圓頂，道爾仍可略略看見那張年輕臉頰上閃著淚光。「……當時是半夜。我在父母家中看書，他忽然開門跑進來，像隻……大狗之類的咆哮著，而且嘴巴不斷湧出血來。該死啊道爾，他這是一個被遺棄的軀殼，喬才剛剛離開，所以全身都是毛，活像一隻大猩猩！你懂嗎？又是三更半夜的！我怎麼……可能……知道他是柯林？去他的王八蛋！」

「小傑，這是你意想不到的。」道爾無助地說，這個不可思議的故事讓他感到驚惶，但他看得出小傑確實很痛苦。

倫敦橋就在前面不到半哩處，道爾可以看到右手邊薩里的岸上，有一艘艘擱淺棄置的運煤船。小傑開始朝那個方向轉去。「有一把槍，」小傑聲音不帶起伏地說下去：「一把燧石槍——就是在你腳邊的那把——當時槍就放在壁爐架上，看到這毛茸茸的東西衝進屋裡，我馬上跳起來，抓起手槍對準牠的胸部開槍。那個東西倒在地上，血流了滿地。我走過去站在牠跟前，但不敢靠得太近，牠……凝視了我一會，然後像是抖了幾下之後便再無動靜。我心裡亂糟糟的。但是牠看我的時候，我認出來了——我知道牠是柯林。雖然眼睛的顏色不同，但我認得……不能說是神情……我認得是他。」通過最東邊的駁船之後，有一個立著燈塔的碼頭，小傑似乎正往那兒去。由小窗射出的光線在浮著油污的黑水上，閃耀著溫暖的金黃。「事後我整整睡了兩個禮拜。這點誰也辦不到——我日以繼夜地尖叫、亂扔食物、嘴裡亂罵一大堆髒話，我那生性單純的母親還多半都聽不懂……但我是睡著的。我清醒以後，就帶著殺死——我用來殺死——柯林的那把槍，出發去殺狗臉喬。」小傑苦笑著說：「都聽懂了嗎？」

「懂了。」道爾懷疑這篇充滿愛的幻想曲有幾成眞實性——也許勒波弗決定離開時，剛好有一隻神秘舞猿闖進小傑的家——他也不確定自己有沒有猜錯：這種悲痛好像更甚於哀悼摯友的死。他對小傑最初的懷疑會不會是正確的？「小傑，這麼說好像很老套，但我是眞心的——我很遺憾。」

「謝謝。」小傑把槳拖在水裡好讓獨木舟慢下來，後來船幾乎完全不動，只是沿著碼頭滑行，最後小傑牢牢抓住垂在木樁間的一條繩索，讓船停下來。「道爾，把你那端拉到那邊去——你頭頂上四呎左右有一道梯子。」

他二人雙雙爬上狹窄的碼頭之後，小傑說：「現在我們得想想要如何處置你。你不能再回到哥本哈根傑克那裡——賀拉賓會派十幾個人在那邊監視。」他們慢慢走向那棟看起來像是河濱旅館的建築物，打著赤腳的小傑走在粗糙不平的老舊木頭上，非常的小心翼翼。「你那個朋友什麼時候會到？他叫什麼名字來著，艾希賓嗎？」

「艾希布雷斯。這個星期二我會去見他。」

「這間客棧老闆老庫西亞有一個馬廄，就在旁邊，他一直需要個幫手。你能幫忙清馬糞嗎？」

「如果有人連這個都不會，我可不希望自己是其中一個。」

小傑拉開客棧靠碼頭邊的門，他們走進一個有壁爐的小房間，道爾連忙湊到火爐邊。這時走出一個穿著圍裙的女孩，當她發現兩個客人顯然都落水過，其中一人身上還滴著水時，原本殷勤的笑容頓時消滅了些。

「別擔心，小姐。」小傑說：「我們不會坐到椅子上。麻煩你告訴庫西亞一聲，說對岸的小傑帶了個朋友來，我們要兩個熱浴盆——要在個別的房間裡——」

道爾笑了笑。眞是害羞的小伙子，這個小傑。

「——還要幾件乾淨的衣服，什麼樣子都沒關係。」小傑繼續說道：「洗完澡，拿兩碗你們的招牌魚湯到餐廳。對了，現在先給我們一點加了蘭姆酒的熱咖啡。」

女孩點點頭，便急忙去找老闆打點這一切。

小傑走到壁爐旁在道爾身邊蹲下。「你很確定這個叫艾希賓的人能幫你找到不錯的工作嗎？」

道爾並不確定，但他有點生氣地說：「我相信他不會爲錢所困。而且我非常瞭解他。」其實與其說是要說服小傑，倒不如說是要說服他自己。

而且他還有朋友和影響力，道爾另外暗忖道，說不定他還能安排我——在強力戒備下！

──和老吉普賽人會面，到時候我們可以依照我提出的條件交易：只要他告訴我一個裂縫地點，我就給他一點無傷大雅的資訊──或者根本睜著眼說瞎話；對，這樣比較保險。如果我有令他忌諱的朋友等在帳棚外面，他必然不敢再玩那種用雪茄燙眼睛的把戲。但如果不靠人幫忙想要建立這種影響力，恐怕要花上我幾個月或幾年的時間，而戴若說過，裂縫的發生頻率從一八〇二年開始遞減。而且不管怎麼說，我可能等不了幾個月──今晚落水之前，我就已經快被咳嗽折磨死了，現在恐怕很快就會轉成肺炎。我得盡快回到有醫院的地方去。

此外，道爾也想詳細詢問有關艾希布雷斯早年的第一手資料，然後藏到一個隱密的地方，等他回到一九八三年再去把它「發掘」出來。他作著白日夢：謝里曼與特洛伊，喬治·史密斯與蘇美爾國王吉爾伽美什，道爾與艾希布雷斯文獻。

「那麼祝你好運了。」小傑說：「也許下個月此時，你已經在聖詹姆斯的交易所工作了，你也恐怕已經不記得這段當乞丐和馬伕的日子──」她微笑道：「喔，還有賣了一上午的菜卻不太成功的日子……你還做過什麼？」

這時候攙了蘭姆酒的咖啡送來了；女孩笑容可掬，並一再地說已經開始放洗澡水，可見得庫西亞把小傑視為可靠的顧客。道爾感激地啜飲著咖啡，回答道：「沒什麼大不了的。」

被整個聖嘉爾斯貧民區稱為鼠堡的建築物，立在一棟醫院的地基與遺址之上。醫院始建於十二世紀，鐘樓至今仍在，只不過數百年來幾經易手，各個所有人多半為了倉儲之便，而不斷在建築物四周增建新的樓層與牆壁。如今從那幾扇諾曼第式的拱形窗望出去已非遼闊的市容，而是幾間正對著窗口、嵌在古老石頭當中的小房間。鐘樓的頂端是整棟建築物唯一暴露在外的部分，若想在屋頂看見雜亂的煙囪、通風管和參差不齊的建築，恐怕也非易事。

鐘繩在幾百年前便已腐爛，滑輪也直落到地板上被當成廢鐵運走了，不過老舊的橫樑還架著，現在又套上新繩索，以便將賀拉賓與羅曼尼博士吊上離地五十呎左右的高處，大約相當於密閉塔樓四分之三的高度。由於在這裡交談時，離地的高度很令他們滿意，因此這裡就成了他們最喜愛的會議廳。最高處舊石窗的窗檻上已經點燃油燈，該死的理查也參與了今晚的會議。他坐在比油燈低一層的窗檻上，與底下懸吊著的兩位首領只相距一兩呎。

「主人，我眞的不知道那兩個人是誰。他們絕對不是我手底下的人。」賀拉賓說。他的聲音本已十分怪異，如今迴盪在石砌的管道間更有如夢魘中的哀嚎聲。

「他們眞的有意殺死他嗎？」

「是啊。丹尼森說他把第二個人從那個美國人身上撞開時，那人已經刺過他一次，後來又刺第二刀。」

羅曼尼博士輕踢凹陷的石壁之後盪開，前後搖晃了好一會，同時陷入沈思。「我想不出會是誰。顯然是要跟我作對的人，他們要不是已經知道美國人知道的事……就是純粹不想讓我知道。不可能是跟他來的那些人，因爲門關閉時，我親眼看到他們全部消失了。而且從那時起，我就開始監視所有的人，但並沒有人進來。至於安泰兄弟會❶，好像已經一百多年沒有對我們造成威脅了。」

「他們只是一群老傢伙，」賀拉賓也同意：「早已經忘記他們組織的最初目標了。」

「那好，告訴你手下那個丹尼森，如果他能認出企圖殺害美國人的人，並替我活捉過來，賞金跟殺死狗臉喬一樣多。」他抬起手臂停止晃動。「那個朝美國人開槍後來又救起他的大鬍子，可能也是同一夥人。你說你認得划獨木舟那個大膽的人？」

「我想是的，主人。他不像平常一樣纏著頭巾，不過看起來像是一個偶爾會到這裡閒晃，名叫阿莫的乞丐。一個假印度人。我已經下令懸賞捉他了。」

「很好。若是塞特神保佑的話，我們就能從這其中的某個傢伙口中逼問出整件事的來龍去脈，即使要把他的皮剝到只剩下肺、舌頭和大腦，我也在所不惜。」

該死的理查小心地伸手摸摸木猴，他把猴子放在窗台上，好讓它也能看到兩個巫師像儲藏室裡的火腿似的高掛在空中的奇景。這時，他用拇指和食指捏著猴子耳朵，唯恐這番粗暴的談話驚嚇到它。理查本身並不高興。他已經進城整整一個禮拜，一直關在鼠堡和班布里治街底下的大廳，而羅曼尼博士至少還能到處跑，因為他希望在每扇門出現時都能在場，這樣一來就得經常上郊外去。

「我忍不住會想——會懷疑——不知道這次的阻撓行動是不是我……在土耳其的同伴所策動的。」羅曼尼博士說。

「可是沒有人知道啊。」賀拉賓不諱言地說。接著他說得更輕：「就連我也只知道你的孿生兄弟找到一名獨自居住在國外、年紀輕輕的英國勛爵，而你們倆似乎都認為他有些許利用價值。我覺得我對你的計畫應該有更充分的瞭解。」

羅曼尼彷彿沒有聽到他說的話，反而若有所思地說：「我相信我這邊沒有洩漏任何秘密，因為重大事情只有我知道。但我不太清楚羅曼奈利博士在土耳其的情況，聽說這位年輕勛爵很喜歡寫信。只希望我……哥哥別讓一些看似平凡的重要訊息，經由這些信落到這島上的某些人手中。」

賀拉賓面露詫異：「你說這個麻煩的年輕人在哪裡？」

「離開雅典幾天了，很聽話地沿著科林斯灣上行到帕特拉斯。不知道為什麼，這個勛爵在帕特拉斯、帕特拉斯灣、米索隆吉這一帶，心靈特別脆弱。因此上回七月間他到那裡去的時候，羅曼奈利讓他手下的執政官利用音樂鐘為他催眠，勛爵睡著之後，我哥哥便深入到他的思考層面之下指揮他的心智，因此他毫無意識——我哥哥指示他在九月中返回帕特拉斯，到時候這裡的預備工作已經就緒，馬上就能引爆。即便現在勛爵也是依令行事，卻還高興地以為返回帕特拉斯是他自己的決定。」

賀拉賓不耐地點點頭。「我之所以問你，是因為如果他的信要在這裡引發紛爭，那它得在什麼時候就寄出了？應該是幾個月前吧。所以就算他在七月初就寫信給某人，現在信也尚未抵達，更不會有人因此知道你的身份和目的。」

註一：安泰（Antaeus），古代希臘神話裡的巨人，力量來自大地，只要身體不離開大地，就會有源源不絕的力量。

羅曼尼揚起眉毛點點頭。「你說得對，我沒有想到目前國際郵件效率不高。」但又隨即皺眉道：「那麼那些人到底是誰？他們爲什麼要來破壞我的事？」

「不好說。」小丑回答，他慢慢將手腳伸展開，然後彎起來，彷彿一隻巨大的彩色蜘蛛。該死的理查連忙遮住猴子的眼睛。「可是，」賀拉賓又說：「他們也在破壞我的事。今晚我有四十幾個小矮人被那個混帳印度人淹死，你得請你在開羅的主人多送一點那玩意過來——那叫什麼來著？」

「包特。」羅曼尼博士說：「現今巫術被箝制到此地步，要製作這玩意眞是難上加難。」他曖昧地搖著頭。

賀拉賓彩繪的臉可能因爲蹙眉而皺了一下，不過他還是繼續緩緩地做運動。「我需要——爲了幫你做事，我需要——更多的小矮人。」他聲音平平說：「一般侏儒我可以拿普通人來變造，可是要想躲在茶杯裡竊聽，要想蹲伏在某人的帽褶裡進行跟蹤，」小丑的聲音逐漸提高：「要想從排水管潛入銀行，用你的吉普賽僞幣換取純眞金鎊——」接著他把身子一歪，腳朝外、頭靠向羅曼尼，小聲地說：「或者你想找人假扮成看護進入某個君主寢室，神不知鬼不覺地在他的湯裡摻入迷魂藥，然後再改裝成甲蟲或十二使徒都行，跑到他搆不著的桌子上跳舞，好讓他的胡言亂語更生動些——這類工作就需要我的湯匙小子。」

「如果帕特拉斯的計畫進行順利，這些事也不用再做太久了。」羅曼尼平靜地說：「不過我承認，這些人有其用處。我會向主人解釋，明天再告訴你他怎麼說。」

「你的溝通方式比郵件還快。」賀拉賓十分好奇，橙色眉毛揚起半個額頭高。

「沒錯。」羅曼尼不以為然地聳聳肩：「藉由巫術，我和同伴們隨時隨地都能交談，甚至可以馬上遞送東西。有了這完美的溝通，我們分配工作時便能毫無瑕疵地設定目標、斟酌時機、互相配合——無可辯駁。」他微微一笑：「巫師之王在我們手上，不管英國佬手上有什麼牌都不管用。」

該死的理查看著他的猴子，兩眼一翻搖搖頭。眞是胡說八道，哦，猴子？他心想。他只是不想讓這個可怕的小丑知道他有多需要他。猴子呀，有多少次我們看到他對著那根寫了埃及文的白癡蠟燭大吼，幾個小時過後，卻只聽到高漲的火焰中傳來微弱的聲音說：「什麼？什麼？」……還有幾次他試圖要和遠方的伙伴傳遞物品，又如何呢？你記得嗎？那次他主人想給他一尊小雕像，結果卻只收到一把熱熱的紅沙礫。哈！好個巫術！

他不屑地啐了一口，卻換來羅曼尼博士一聲怒吼。「對不起，rya。」理查急忙說，然後對猴子皺皺眉頭，並對它說：別逗我跟你閒聊，瞧你幹的好事！害我被罵。

「無論如何，」羅曼尼博士抹抹光禿的頭頂，繼續說：「我們已經逼得美國人無處可躲，趁他還驚慌得到處亂竄，我要你今晚加緊搜索。我們在此的三個人——理查，你聽到沒有？很好——我們三人都認得他，所以我們各帶一隊人馬搜查。賀拉賓，出動你的乞丐，搜索聖馬丁巷到聖保羅教堂之間的區域——所有旅館老闆都要查問，找找酒館，密切注意所有乞丐。理查，你負責搜查南岸，從黑修士橋到瓦平下方的穀倉。我則帶領碼頭區的子弟往東南，從聖保羅到克萊爾市場貧民區，以及倫敦塔、碼頭與白教堂區。老實說，我想他就在那一帶。他應該在北岸交上了朋友，而我們最後見到他，他正被帶往東邊，也就是遠離你的搜索區了，賀拉賓。」

天亮後兩個小時，該死的理查拖著沈重腳步爬上樓梯，但他盡量放輕聲，因爲他認爲口袋的木猴睡著了。當他疲憊地坐到窗口時，兩名巫師已經懸掛在繩子上，不過羅曼尼博士還在前後搖晃，似乎才剛吊上去不久。

「看來，」吉普賽首領抬起頭，一臉憔悴倦容望著他說：「你在薩里區沒有比我們在北區順利。」

「Kek，rya。」

「那是『沒有』的意思。」羅曼尼對賀拉賓說。

由於塔頂少了一塊大石頭，明亮日光照射的牆上，陰影一吋吋慢慢往下移，霍本街也隱約傳來小菜販自賣自誇的叫喊聲。此時，兩個巫師忙著商量對策，而該死的理查則把醒來的猴子藏到衣領內，小小聲和它說個不停。

第六章

那夜當我走上樓梯
與不存在的人相遇……

——古老民謠

兩天後的星期二上午烏雲密佈，眼看就要下雨——但皇家交易所附近的咖啡屋裡，掮客與拍賣者的交易情形仍同樣熱烈。因飢餓與睡眠不足而頭腦不清的道爾，正坐在牙買加咖啡屋的角落裡，看著十來名商家競標一船的菸草，這些貨是從泰晤士河一艘沈船搶救上來的。拍賣會是以燃燒蠟燭定時限，在一小截蠟燭熄滅前最後喊出的價碼便是得標價。蠟燭現在已經燒得很低，因此出價聲又快又響。道爾又啜了一口溫咖啡，他盡量只喝一小口，否則若是喝完了，還得買一杯才能繼續待在原位，而他在買了目前身上這套衣服——棕色長褲、外套、白襯衫和黑靴子，雖是二手貨卻也乾淨無破損——之後，身上只剩下一先令，等艾希布雷斯來了，他還想請他喝杯咖啡呢。

他的肩膀有灼熱疼痛之感，他擔心自己用來浸泡紗布的白蘭地並未遏止刀傷的感染。早知道就乾脆把酒喝了，他想。他的雙眼滿是淚水，鼻子痛癢難當，但身子卻似乎忘了怎麼打噴噴。快來啊，威廉，他心想。一百年後爲你寫傳記的人恐怕就快死了。他弓著背回頭瞄一眼牆上的鐘——十點二十。再過十分鐘，艾希布雷斯就要來了。

至少我撐到此時此刻了，他告訴自己。有幾次倒好像撐不過去。禮拜六傍晚被刺傷、遭槍擊、差點淹死，當天稍晚還被那個吉普賽人抓住。

他想起與他相遇的情形，有點迷惑地對著咖啡一笑。那晚他謝過小傑並道了晚安之後——他們說好禮拜五中午在倫敦橋中央碰面——庫西亞便帶他去見馬廄總管，這時候有個吉普賽人匆匆忙忙跑進來，要求換三匹馬。馬廄總管原本不答應，但吉普賽人不耐地從袋子裡掏出一把金鎊說要給他，他才重新考慮。道爾本來並未多加留意，但當他認出那人，不禁嚇得魂飛魄散——他就是一個星期前，冷酷地看著羅曼尼博士虐待道爾的那個吉普賽人。道爾於是悄悄退到燈光範圍外，轉身離去，不料他才走到邊門就被認出來了。道爾跑進巷子，然後沿著人行道往東朝倫敦橋衝去，然而吉普賽人速度更快，道爾身後的跑步聲愈來愈響，最後有隻手緊抓住他的衣領，將他甩倒在地。

「Beng（惡魔）的走狗，你要敢開口說一句咒語，我就馬上扭斷你的頭。」吉普賽人蹲下看著他，幾乎臉不紅氣不喘。

「動手啊。」道爾喘息道：「你們怎麼就不能放過我？」他氣漸漸順了，又說：「我要是懂咒語，你想我還需要跑嗎？不用！我只要變出一種……飛天馬車什麼的就好了。我也可以把你變成一堆馬糞，然後劏到糞肥車上去。」

出乎道爾意外的是，吉普賽人竟然笑了。「猴子，聽到了嗎？他說要把我們變成馬糞。

這些會巫術的chals（小伙子）多半都想把東西變成黃金，可是這個氣喘吁吁的老傢伙卻沒這種野心。」他把道爾拉到腳邊說：「來吧，bengo（魔鬼），有人想和你談談。」

道爾從後門逃出來以後，有幾個人探出來張望，其中一人還氣憤地質問，因此老吉普賽人便帶他走離河較遠的一條路，然後再右轉，朝庫西亞旅館的前門走去。道爾走在前面。與庫西亞旅館隔著兩棟建築有一家啤酒屋，他們經過啤酒屋敞開的門口時，道爾停下來。「如果你要帶我回去見上次想燒掉我眼睛的那個瘋子，」道爾說，腳步有點不穩：「我得先喝兩壺啤酒。至少兩壺。老兄，既然你有那麼多金子，你買得起的。」

吉普賽人在他身後沈默了一會才說：「這個主意很kushto（好）。我們adree（進去）。」

他們進門後穿過酒吧所在的挑高空間，多走兩步來到個小房間，木質地板上凌亂地擺了許多桌子。吉普賽人的黑眼珠往角落的桌子一轉，道爾點點頭便走過去，坐下之後伸手往桌上的蠟燭取暖。

有個女侍來到桌邊，他們各自點了酒——道爾啤酒，吉普賽人葡萄酒——道爾的擒獲者說：「他們都叫我該死的理查。」

「哦？很榮幸——不。呃，我叫布蘭登．道爾。」

「這是我的伙伴。」吉普賽人從口袋拿出一隻木雕猴子，說道。道爾記得上個星期六晚上，曾看到理查拿著它。「猴子，這是道爾。道爾是gorgio rya（非吉普賽先生）急著想抓到的人，現在落在我們手上，rya一定會很高興。」他十分愉快地對著道爾微笑：「這次我們會帶你去一個不管你怎麼叫也沒有prastamengros（保安官）會聽到的地方。」

「你聽我說，呃，該死的，」道爾急切地說：「如果你假裝沒有抓到我，我就讓你成爲有錢人。我向你保證──」話還沒說完，他已經整個人往後撞，因爲吉普賽人以迅雷不及掩耳的速度，一拳朝道爾的鼻梁揮過來。

「你們這些gorgios（非吉普賽人）都以爲吉普賽人是笨蛋。」理查說。

就在此時，酒送來了，道爾請女侍等一下，他灌了長長的兩大口，喉嚨熱辣辣的，啤酒也喝乾了，然後喘著氣又點一份。

理查瞪著他說：「我想，帶著喝醉的你去見他應該沒關係。」他意猶未盡地看著女孩的身影說：「跑了那麼一大段路，來點冰涼啤酒倒是不錯。」他興致缺缺地啜著他的葡萄酒。

「挺好喝的，來一點吧。」

「不──我的貝西最愛喝啤酒了，自從她muller（死）以後，我就一滴啤酒也不沾。」他一口氣把酒喝光，聳了聳肩。當女侍送來道爾的啤酒時，他也點了第二杯葡萄酒。

道爾又喝了些啤酒，並思索著這一點。「我的蕾貝佳，」他小心地說：「幾乎什麼酒都喜歡，自從她……muller以後，我就連她的份一塊兒喝。我是說至少。」

理查皺起眉頭想了一會，然後點點頭。「同樣的意思。」他說：「都是不想把她們忘記。」這回女孩來的時候，請他們先付點錢，拿了錢之後，才將一壺啤酒和一瓶葡萄酒放在桌上。兩個男人若有所思地將酒杯斟滿。「敬死去的女士們。」該死的理查說。

道爾舉起杯子。他們靜靜地喝了一會，「砰」一聲放回桌上的又是兩只空杯子。他們再次愼重地斟滿酒杯。

「多久了……貝西的死？」道爾問道。

理查喝了半杯，才以平靜的語氣回答：「十七年。她在克羅夫頓森林附近從馬上摔下來。她對馬向來很kushto（行），可是那天晚上我們在躲prastamengros（保安官），她的馬又踩到坑洞。跌下來……根本……頭都碎了。」

道爾替自己倒了啤酒，然後伸手去拿葡萄酒瓶替理查斟上。「敬死去的女士們。」道爾輕輕地說。他們又一次乾杯，並重新斟滿。

道爾發現只要慢慢地、謹慎地說，就像打高爾夫的人爲一記高難度的球愼選球桿一樣，他就還能說得清楚。「蕾貝佳也是頭骨碎裂死的。」他告訴理查：「雖然戴著安全帽——安全帽也碎裂了——她卻是頭先撞到高速公路的標示牌。我騎著車，她坐在後面。」吉普賽人同情地點著頭。「我們騎著一輛本田四五〇的老車，路上太濕了，不能載人。我當時也知道，但是我們在趕時間，她還戴上安全帽，而且我已經騎了好多年車。我想變換車道，因爲當你從海灘大道上了聖塔安那高速公路會跑到快車道，我想換到慢車道；當我把車向右傾斜，穿越突起的分隔線，我感覺到車子……斜著滑倒了。好可怕的感覺，像地震一樣，你懂嗎？一個……致命的意外動作。四五〇的老車本來就頭重腳輕，再加上頂置的凸輪軸，它就——就這麼——滑——倒了。」他吞下一大口啤酒：「蕾貝佳跌落在右側，我則直接往前衝。我的皮夾克在柏油路面上燒得跟紙一樣薄——路面要是乾的，恐怕就直接磨到肋骨了。所有的車都停下來沒有輾過我，我站起來，一跛一跛地——我的腳踝斷了，還有其他的傷——跳回她那兒去。她的……頭——」

啤酒壺嘴碰著他的杯緣叮噹一聲，把他從回憶中拉回現實。「不用說了。」理查再度將酒杯斟滿後拿開酒壺，說道：「我看見的情景和你一樣。」他舉起自己的酒杯：「敬蕾貝佳和貝西。」

「願她們安息。」道爾說。

當他們把酒杯放回桌上，該死的理查直瞪著道爾。「你不是巫師，對嗎？」

「我眞希望我是。」

「可是你的同伴當中有人是——我看見兩輛馬車從田野上消失，就好像跳蚤從你的手背上消失一樣。」

道爾沈著臉點點頭。「是啊，丟下我就走了。」

吉普賽人站起來，往桌上丟下一個金鎊。「拿去吧。」他說：「我會告訴他們我去追一個很像你的**chal**（小伙子），把他打倒在地，結果卻不是你，我只好請他喝一杯，以免他去找**prastamengros**（保安官）。」他說完轉身就走。

「你——」道爾衝口而出。理查停下來，以謎樣的眼神盯著他。「你要放我走？只因爲跟我喝了一杯？」他知道自己應該閉嘴，可是又忍不住想問個清楚。「你以爲我說要讓你變成有錢人是在吹牛嗎？」

「愚蠢的是你們這些**gorgios**。」該死的理查說完，笑了笑，轉身便走出房間。

搖曳的燭光在一灘融化的蠟中熄滅了——拍賣已經結束。得標者起身處理文件事宜，他對於自己最後一次喊價竟也是整場的最後一次，似乎是訝異多於欣喜。

道爾瞄一眼時鐘，胸口隱隱打了個寒顫——已經十點三十五分了。他很快掃視一圈，但並未見到任何高大的金髮男子——不管是否留著艾希布雷斯的招牌大鬍子。該死，道爾心想，這王八蛋遲到了。有可能是在剛才那幾分鐘內錯過了嗎？不，他應該不會一進來馬上又出去；他應該會坐下來，寫他那篇該死的〈黑夜十二小時〉。那篇有多長，幾百行吧？

他的臉發熱，嘴巴裡也覺得熱。他心想自己無論如何都不能昏倒在此，便又花了珍貴的兩便士點一壺黑啤酒。酒送來時，時鐘指在十點四十。雖然他想把它當成補藥慢慢喝，可是當十點四十五分的鐘聲敲響時，他的酒杯已經乾了，他可以感覺到酒精壓迫著顱骨的內壁——因爲他已經一整天沒吃東西——艾希布雷斯還是沒出現。

要控制一下，他心想。咖啡，不能再點啤酒。他只不過是遲到了一會兒。你所看到關於他抵達的資料已經有一百多年歷史——根據白禮在一八三〇年間的記載，這些都來自艾希布雷斯的回憶。些許誤差也不值得大驚小怪。事實上，很可能是十一點半。一定是十一點半。他安下心來繼續等。他小心翼翼、一點一滴喝完了三杯咖啡後，時鐘敲響十一點半，依然沒有艾希布雷斯的蹤影。

期貨與船運交易繼續熱烈進行著，有一度一位相貌堂堂的紳士賣掉巴哈馬的一座農場，獲利極豐，便請在場所有人士喝一杯蘭姆酒，道爾感激地將這杯酒倒入灼熱的喉嚨。

這時，他開始生氣了。他覺得這確實顯示出詩人粗心的一面，太不尊重讀者了。妄自尊大——說什麼他於十點半抵達此地，結果都已經……什麼時間了……都快中午了還沒出現。

他根本不在乎有人在等他，道爾茫然地想。他是個名詩人，是柯律治和拜倫的朋友。道爾在心裡想像他的模樣，渾身發熱與疲憊給予這個影像一種近似幻覺的清晰——寬闊的肩膀，粗獷的臉，濃密的頭髮還有一把大鬍子。以前，這張臉很像海明威，堅忍中不失幽默與親切，但如今看起來卻只有殘酷與冷漠。他很可能就在外面，道爾想，等著我死了才大駕光臨，寫他那首該死的詩。

他靈機一動，叫住一名侍者，向他討了鉛筆和幾張紙。送來之後，他開始默寫〈黑夜十二小時〉的整篇詩文。在撰寫最初刊登在PMLA上那篇關於艾希布雷斯的文章，以及後來的傳記期間，這首詩他已經讀了數百遍，儘管頭暈目眩，他仍能毫不費力地背出每一個字。十二點半時，他正好寫下有點怪異的最後八句詩文：

他低聲說：「有一條河流淌
在黃昏與黎明的天空之間，
時間就是距離，遼闊地
循行穿越黑夜的浪潮——
因宿命而無懼，無欲無求，
這些旅人迅速地退向黑暗
這裡的黑閃亮耀眼
貫徹黑夜十二小時。」

好了，他心想，手上的筆也喀喇一聲掉在桌上。等那個混蛋終於前來履行他的歷史之約，我就把這個交給他——我還會說，威廉混帳艾希布雷斯先生，如果你感到好奇的話，可以到南華克，菲克令巷的庫西亞旅館來找我。哈哈。

他折起紙張，沾沾自喜地靠著椅背，等待的心情變得甘心起來。

驚聲尖叫一爆發後，小傑馬上從一條小巷衝向凱尼恩巷，她肩膀暗袋裡的老式燧石槍撞得她左側肩胛骨疼痛不已。她咒罵一聲，因爲聽起來她肯定太遲了。就在她衝出巷道進入凌亂的院子時，便聽到一記槍聲在破敗的建築物間迴響。

「該死。」她氣喘如牛，一雙眼睛在參差不齊的瀏海底下東瞥西瞄，想找出誰——不論是小孩或是老婦人——離開了院子，尤其是特別顯得無動於衷的人。可是這一帶所有的人似乎都趕往發出槍聲的屋子，大聲詢問住在裡頭的人，還彎起手掌遮在眼睛上方，把臉貼到佈滿灰塵的窗子上。

小傑急速往前衝，敏捷地左閃右撞，穿過嘈雜的人群來到屋子前門，直接按下門鎖，推開門走進去。她隨手關起門並帶上門閂。

「你這混帳王八蛋是誰啊？」說話的聲音聽來相當歇斯底里。一個身材矮胖的人穿著釀酒的圍裙，就站在前廳另一端的樓梯最上頭。他似乎尚未注意到右手上那把冒著煙的槍，就好像沾在鬍鬚上的一點芥末，此時那只是個重物，讓他的右手不至於像左手一樣胡亂揮動。

「我知道你剛剛殺死了什麼。」小傑喘息的聲音顯得急迫：「我自己也殺過一個。不過現在先別管這個。你家裡的人都在嗎？剛才幾分鐘內有沒有人離開屋子？」

「什麼？樓上有一隻大猩猩啊！剛剛被我開槍射死了！我的天！謝天謝地，我的家人都不在！我老婆會瘋掉。我也可能會瘋掉。」

「那很好，那隻……猩猩剛才在做什麼？你開槍的時候。」

「是你養的嗎？你這王八蛋，竟然任由那畜生到處亂跑，我非讓你坐牢不可！」他開始重重地走下樓梯。

「不，不是我養的。」小傑大喊：「但我以前見過。牠剛才在做什麼？」

那人揮舞雙手，槍碰撞到牆壁磕隆作響。「牠──該死！──就像被火燒似的尖叫，嘴巴不停吐血，還企圖爬上我兒子肯尼的床。糟了，牠還在那裡──床墊恐怕──」

「肯尼人在哪裡？」小傑插嘴道。

「喔，他還要幾個小時才會回來。我得──」

「完了，肯尼在哪裡？」小傑吼道：「他現在非常危險！」

那人目瞪口呆地望著她。「有很多猩猩在追肯尼嗎？我就知道會發生這種事。」眼看著小傑又要張嘴怒吼，他才趕忙說：「在密諾里斯轉角的『咆哮亞哈』。」

小傑衝出門外朝著巷子往回跑時，心想：你這可憐的傢伙，求老天保佑吧，保佑那個被困在一個陌生、長滿了毛、中毒的軀體中，試圖爬上床去的時候被你射殺的，可千萬別是你兒子。

有一列運貨馬車正要將一包包衣服從刀匠街的舊衣舖送往倫敦碼頭，擋在密諾里斯前，小傑便跑到最近的一輛，爬上側廂板，居高臨下觀望著整條街。在那裡——一塊懸掛的招牌上畫著一個看似舊約中的人物，頭往後仰，嘴巴大張成O字形。就在後面的駕駛開始高喊捉賊時，她立刻跳下車，直奔「咆哮亞哈」。

雖然店門開著，被煙燻黃的窗簾在微風中啪啪響，裡頭卻仍瀰漫著濃濃的廉價杜松子酒和麥芽啤酒的味道。當小傑氣喘吁吁衝進店內，店主人從櫃臺後面忿忿地抬起頭來，但一見到這個雙眼圓瞪、上氣不接下氣的來者，往光亮的木台上丟下半克朗的金幣時，他的表情立即轉爲帶著疑問的微笑。

「有一個叫肯尼的年輕人在這裡喝酒嗎？」小傑喘著說：「他住在凱尼恩巷。」你要在啊，喬，她暗想。可別走了。

忽然從她身後傳來：「小子，你是『保仔』嗎？」

她轉過身，看到桌旁坐了四個衣著破舊的年輕人。「我看起來像個『保仔』嗎，老兄？跟保安官沒關係——他父親遇到了點麻煩，要我來找他。」

「喔，那肯尼可能聽說了。五分鐘前他忽然站起來就往外衝，好像想起爐火沒關似的。」

「是啊。」另一人說：「我剛好進來，他從我旁邊擦過去，看都沒看一眼，更別提打招呼了，虧我們還當了那麼久的兄弟。」

小傑不禁喪了氣。「五分鐘前？」他現在可能已經在半哩外了，她心想，而且是任何方向，我也不可能問清楚他的長相之後就能一眼認出他來。而就算我認出來了，也不能因爲我幾乎肯定肯尼已死在自己床上，如今他的身軀已被狗臉喬所佔據而射殺他。我得質問他，套他的話，讓他自己露出馬腳。也許以前我會憑著九成以上的自信殺死他，但現在不了——自從差點讓可憐的道爾頭上穿孔之後，就不了。

不過她還是仔細地問了肯尼的相貌——短小、肥胖、紅髮——才離開。總之，這是他接下來一兩個禮拜的長相，她心想。從「猩猩」經常出沒的地區看來，他偏愛東區——或許因為人口失蹤在這裡是家常便飯，貧民區裡的巷道、院落和屋頂天橋有如迷宮一般，也比較容易擺脫追捕，而且從這一帶傳出的瘋狂故事，也往往被視為酒醉、吸毒或精神異常的產物，不足為信——所以接下來的這幾個星期，我要在白教堂區、岸渠區和善人町附近的破舊公寓，找一個矮胖紅髮的年輕男子，他不會有親近的朋友，也可能有點傻氣，逢人便談永生，而且前額和手上的毛可能太長——因為他一旦進入軀體，全身就會開始長出濃密的毛。不知道他是什麼樣的動物？又從何而來？

她聳聳肩，垂頭喪氣地往東走，她知道十字會修士路上有家酒館，她可以在那兒點一杯雙份白蘭地，靜靜地喝上一會——因為這是她距離獵物最近的一次，而肯尼他可憐的父親的狂譫，更讓她清晰地回想起自己與狗臉喬遺棄的軀體之一相遇的情景。這次這個的嘴巴也流血，她注意到了，是否所有人都會如此？如果是的話，又為什麼？

她驀然停下腳步，臉色泛白。是啊，她告訴自己，老喬把人塞回他遺棄的軀體後，當然不希望那人在被毒死之前說出任何事情。在他……脫離軀體之前，他除了喝下致命毒藥之外，一定還會咬斷舌頭，好讓他的新宿主無法說話……

向來喜愛瑪麗・沃爾・斯考夫特的作品並十分欽仰她的小傑，總是很藐視女人慌亂無助的樣子，此刻對於自己竟然差點昏厥不禁頗感氣惱。

牙買加咖啡屋五點歇業，最後店家把道爾請了出去，而且不甚禮貌。他茫茫然拖著腳步走出巷子，在針線街的人行道上站了一會，心不在焉地注視著對街外觀宏偉的英格蘭銀行，街道上人潮依然擁擠，幾頁手稿在手中翻飛，他卻全然不覺。

艾希布雷斯沒有出現。

一整天下來，道爾把他確定艾希布雷斯會來的史料反覆回想了上百次：白禮的傳記清楚地記載著一八一〇年九月十一日星期二，上午十點半，在牙買加咖啡屋——當然了，白禮的傳記是根據艾希布雷斯多年後的回憶；可是艾希布雷斯於十月初將詩稿交給《信使報》，而那封附函道爾不僅讀了，還確實地探討過。「我於上月十一日星期二寫了〈黑夜十二小時〉，」艾希布雷斯寫道：「地點在交易所巷內的牙買加咖啡屋，靈感則來自我最近的一趟長程旅行……」該死，道爾心想，如果是十年、二十年後，他還可能把日期記錯，但還不到一個月的事怎麼可能弄錯！更何況他還把日期寫得這麼清楚。

在交易所的角落裡，有個矮矮壯壯、一頭紅髮的傢伙瞪著他看，由於道爾已經學會對陌生人的注視提高警覺，便故意往東朝恩寵教堂街走去，往前走可以到倫敦橋，過河就是庫西亞旅館。

艾希布雷斯有可能故意說謊嗎？但他又爲什麼要這麼做？道爾偷偷往後看，不過那個紅髮小伙子並未跟著他。你最好放輕鬆點，他告訴自己——每當有人看你，你就認定他是賀拉賓的乞丐密探。好了，他想，再來重新拼湊一下，在艾希布雷斯的大事紀中，我能確定的下個事件是本月二十二日星期六，有人在交易所巷內的某家咖啡屋看見他開槍射殺一隻舞猿。我可等不了一個半星期。到時候我的肺炎已經拖得太久，恐怕就連二十世紀的醫藥也罔效了。我只能——求上帝保佑！——去找羅曼尼博士。這個念頭令他感到毛骨悚然。也許我可以——怎麼做呢——在脖子上綁一把槍，手扣著扳機，然後告訴他：我們談判，否則我就轟掉自己的腦袋，到時你什麼也問不到……他敢冒險叫我亮底牌嗎？我又眞敢亮底牌嗎？

他經過一條和阿蓋特交叉的小街道時，剛好有個人從屋頂天橋上走過，嘴裡吹著口哨。道爾放慢腳步聽著，這曲調很熟悉，充滿憂鬱與鄉愁，彷彿是專為在黃昏時刻踽踽獨行的他所挑選的伴奏。叫什麼來著，他一面走一面茫然地想著。不是〈綠袖子〉，也不是〈倫敦德瑞小調〉……

他忽然整個人呆住，驚駭得雙眼圓瞪。是〈昨日〉，披頭四的歌，作者是約翰．藍儂和保羅．麥卡尼。

有好一會，他只是楞楞地站在原地，就像魯賓遜瞪著沙地上的腳印。

然後，他開始往回跑。「喂！」他跑到小天橋底下大喊，只不過現在橋上已經沒有人。「喂，回來！我也是二十世紀的人！」幾個路過的行人用一種看街頭瘋子鬧笑話的眼神瞅他，但沒有人從屋頂上往下看。「該死。」道爾拚命大喊：「可口可樂，克林．伊斯威特，凱迪拉克！」

他跑進屋裡，瞎闖亂撞地上樓，最後找到並打開屋頂的門，可是就是沒見到人。他穿越小天橋後，從另一棟建築下樓，雖然氣喘不已，卻仍盡可能大聲地唱著〈昨日〉，並且對著下方所有走道喊著歌詞。似乎沒有人知道這是什麼歌，反倒是惹來不少抱怨。「我會給你一個藏身的地方，老兄。」有個老人勃然大怒，似乎認爲道爾的行爲純粹是爲了惹惱他：「如果你不現在馬上離開的話！」他朝道爾揮舞著兩隻拳頭。

道爾衝下最後一階樓梯，打開靠街的門。這時候他開始懷疑自己是否眞的聽到那首歌。也許只是很相似吧，他隨手將門關上時，心想，我太想相信有其他人也找到返回一八一〇年的方法，所以才會說服自己說那是披頭四的曲子。

屋頂上方的天空依然灰灰亮亮的，但天色已經逐漸暗下來。他匆匆往南走，朝著倫敦橋而去。庫西亞的馬廄六點半換班，我不能遲到，他虛弱地想著——我需要那份工作。

星期四下午，布倫斯貝里廣場，樹上殘留的樹葉在陽光下閃耀著金黃火紅的顏色。印度乞丐阿莫走出派蒂寇文酒館後，帶著思鄉愁緒凝視樹木與草地片刻，才小心地揩去鬍子與鬍鬚上的啤酒沫，毅然決然向左轉，沿著巴克里治走向梅納街與鼠堡。風從前面的聖嘉爾斯貧民區中心吹來，陰溝、爐火以及爐上煮著早該扔掉的東西的氣味，卻將廣場上那一丁點的森林魅力破壞殆盡。

自從五天前那晚，小傑緊跟著羅曼尼博士從樓梯奔往地下碼頭，企圖殺死狗臉喬之後，她便沒有去過鼠堡；她現在想去查探一下，在尋找這個毛茸茸的換軀人方面，其他人有無進展。

她右轉入梅納街的幽暗裂罅，人行道很窄，上方更窄，轉角處有一間廢棄的倉庫。這時候忽然有個小男孩從倉庫三樓用木板隨便封釘起來的裝貨台探出頭來，過大的三角海盜帽底下，一雙空洞的魚眼直盯著印度乞丐阿莫踉蹌的身影，牙齒幾乎已經掉光的嘴咧開一絲微笑。「阿莫，」男孩低聲說：「你是我的了。」

三樓突出的屋頂底下的生鏽滑輪，還垂掛著一條繩子──只因爲離牆壁太遠，無論從哪一樓的貨台上伸手都抓不到，而末端又離人行道太遠，即使兩個人疊羅漢也搆不著──再加上賀拉賓鉅額賞金的誘惑，男孩跳上了他雙手按住的木板，然後騰空躍出兩碼抓住舊繩索。

滑輪幾乎已經鏽定住了，幸好繩索沒有完全卡進去，因此男孩往下墜時，雖然重重撞上磚牆，卻沒有在落到三樓下方的人行道時將腿摔斷。最後他跌坐在地，一圈圈僵硬、老舊的繩索啪啪地落在他身旁的圓石上，有的打下來壓住他的帽子，把眼睛都遮住了。男孩跳起來緊追阿莫而去，有三名老婦立刻從地下室的樓梯跑出來，開始爭奪繩索。阿莫走在一道矮牆邊，男孩便爬上牆頭奔過圍牆頂蓋，然後跳到印度乞丐的背上，像猴子似的吱吱尖叫：「偶抓到阿莫了！快去叫歐樂賓！」

有幾個人聽到吵鬧聲後，從鼠堡凹陷的前門走出來，只見一個腳步蹣跚的印度人揮手亂打，還有一個不停尖叫的小孩跨在他背上，掐著他的脖子。他們看了好一陣子才跳上前去，抓住印度人的手臂。「阿莫，」其中一人柔聲說道：「小丑從來沒有這麼急著想跟你談談。」

他們試著要把男孩拉開，但他卻更用力地掐住阿莫，指甲深陷，只要有人手一靠近，他張嘴就咬。「該死，山姆，」有一人終於說：「就這樣把他們帶進去吧。他不會把賞金給小鬼的。」

小傑極力保持鎮靜。她心想，如果我能摸到頭巾，我——也許——就能拔出手槍，殺死其中一人，也說不定能把這個可怕的小孩打下來。那一大群人離這棟建築只差幾步了，於是她把手伸到頭巾底下，摸到槍托便往下扯——同時把頭巾也扯掉了，纏在槍管上——她用槍抵住右手邊那人的肋骨，扣下扳機。

擊鐵打在布上，撞開了藥盤蓋，卻沒有產生火花。她在絕望之餘將布扭開，那人大喊：「天哪，有槍，抓住他！」時，她一手扳起擊鐵，再度扣下扳機。這次噴出一陣火花，但是火藥卻全部從打開的藥盤裡灑出來，沒有點燃。不一會，小傑的腹部被重重打了一拳，槍也被一隻穿著靴子、動作敏捷的腳從手中踢落。

手槍喀喇一聲掉在鋪石地上，騎在她背上的小孩顯然決定把握現有的收穫，放棄其餘一切，便跳到地面，一把抓起手槍落荒而逃。那兩人拎起彎著腰喘息的印度乞丐——「沒份量的娘兒們，哦？」——把她帶了進去。

他們把阿莫帶進廳內時，賀拉賓才剛回到鼠堡幾分鐘，剛剛安坐在鞦韆座上——丹吉也正要把折疊好的舞台運走。「啊！」小丑驚呼道：「小子們，幹得好！終於抓到這個逃跑的印度人了。」他們將小傑按倒在鞦韆座前，賀拉賓俯身笑著對她說：「禮拜六晚上，你帶那個美國人上哪兒去了？」

小傑還是只能痛苦地喘息。

「主人，他對我們開槍。」其中一人解釋道：「我只好踢他肚子。」

「知道了。好吧，我們就——丹吉！把我的高蹻拿來！——我們就把他鎖進地牢。羅曼尼博士會有更多問題要問他，而且，」小丑格格一笑：「博士問話的技巧也比較高明。」

這支怪異的小隊伍步下四級階梯，又沿著一條可能是前羅馬時代的地下通道走了一百碼——駝背的侏儒丹吉跛腳走在最前頭，頭上高舉著熊熊火炬，跟在後面的兩個人抬著穿著印花布長袍的阿莫，他那張藏在假鬍子、假髭鬚和胡桃色染料底下的臉已經驚嚇得面無人色，而賀拉賓則踩著高蹻殿後，他把身子彎低以免帽子碰到頭頂上的石頭。

最後他們經過拱門，進入一間寬敞的房間。丹吉的火炬照亮了天花板上古老潮濕的石頭和近處的牆壁，但遠處的牆壁——如果眞有的話——卻完全隱沒在黑暗中。從回音聽起來，房間相當地大。這隊伍走進房間幾步之後停下來，小傑可以聽到滴水聲以及——她很確定——微弱但興奮的低語。

「丹吉，」賀拉賓說，就連他的聲音也有點不安：「最近一間空的客房——蓋子抬起來。快點。」

侏儒跛腳前行，將其他人留在黑暗中。他走了二十呎停下來，從地板上抬起一塊小金屬板，然後趴下來，試著讓頭和火炬盡量靠近洞口，又不至於讓油膩的白髮著火。「沒人在家。」他把火炬直立插入石頭縫中，兩手手指鉤住地板上一支下凹的鐵條，愼重地站穩馬步，然後往上拉。只見他拉起一整塊顯然是上了鉸鍊的石板，接著露出一個直徑三呎的圓洞。丹吉將石板拉開到九十度多一點的地方停住，然後指著額頭往後退。

「你的房間準備好了，阿莫。」賀拉賓說：「如果你用手攀住邊緣往下掉，離地板只有六呎。你想這麼做還是想被推下去？」

抓住小傑的人將她帶上前去，等她站到洞口前，便鬆手後退。她強迫自己露出微笑：「什麼時候用餐？我需要盛裝出席嗎？」

「你想怎麼準備都行。」賀拉賓冷冷地說：「六點丹吉會把晚餐丟下去給你。好了，進去吧。」

小傑看看護送她進來的那兩個人，估算著自己有無機會從他們之間逃脫，但他們識破她的心思，立刻後退且雙手向兩旁微張。她絕望地將視線移回腳邊的洞口，幾乎就要掉淚，連自己都感到羞恥。「下……」她哽咽著說：「下面有……老鼠嗎？還是有蛇？」我只是個女孩！她很想這麼大喊出來，但她知道暴露身份只會讓她遭受更嚴酷的考驗。

「沒有，沒有。」賀拉賓安撫道：「爬到這下面來的老鼠和蛇，都被其他動物給吃了。山姆，他不想自己跳，推他下去。」

「等等。」小傑小心地蹲下，坐到洞口邊緣，穿著涼鞋的腳垂在黑暗中。她只希望其他人看不見她印花長袍底下的兩條腿抖得多麼厲害。「我跳，我不需要你……好心幫忙。」她身子往前傾，抓住另一端的邊緣。她停下來深吸一口氣，然後抬起臀部垂進洞裡，僅以兩手的力量懸吊著。她往下看，什麼也看不到，眼前只有一片前所未見的漆黑。地板距離她的腳趾可能只有三吋，也可能有三百呎。

「踢他的手。」賀拉賓說。她不等有人出腳便即鬆手。

墜落許久之後，她屈膝跪在泥濘的地上，翻身跌坐時還盡力不讓膝蓋骨磕到下巴。泥地板上不知是什麼東西，慌張地從她身邊逃開。她抬起頭看見石板底部被火炬的紅光照亮片刻，緊接著是一陣震耳欲聾的驚人撞擊聲，石板已經落回原位。有一會，她頭上還見得到小小一方黯淡紅光，但接著便有人將窺視孔的金屬板蓋上，她也置身於伸手不見五指、分不清東南西北的漆黑之中。

儘管全身緊繃得有如一只發條上得太緊的時鐘，她並沒有動，只是靜靜地張口呼吸，凝神傾聽。當她掉入時，身邊的回音讓她認爲這間地下室應該不超過十五呎寬，但經過千次靜默的呼吸後，她敢肯定這房間比她原先想的要寬得多，而且根本不是房間，而是一片遼闊的地下平原。她彷彿聽見風吹過遠方樹梢，偶爾還隱約從遠處傳來歌聲的回音，是一首飄盪在原野上悲傷的合唱曲……她開始對印象中頭頂上的石板感到懷疑——其實那只是永恆的黑暗天空，任何出現其上的星子都只是——或許向來如此——個人視網膜上毫無意義的閃光……

她正要開始懷疑耳邊的浪潮聲是否只是自己呼吸聲的輕聲轟鳴，卻被她投射成某種水力激盪——而她也知道還有更多基本的懷疑與困惑有待釐清——忽然間，有個眞實響聲將她從不斷旋轉下墜的自省當中拉出。那只是輕輕的一聲擦撞，但在這個安靜的深淵中卻格外響亮，也使得囚室恢復成她原先估計的十五呎左右的寬度。

聽起來像是有人移開窺視孔的蓋子，但是她抬頭卻什麼也看不見，甚至沒有減少一丁點黑暗。然而須臾過後，她卻聽到呼吸聲，接著便清楚聽到竊竊私語。

「是誰？」小傑小心地問。一定是丹吉送晚餐來了，她強迫自己這麼想。細語聲變成安靜的嘶嘶笑聲。「讓我們進來，親愛的。」聲音雖小卻很清楚：「讓我和我妹妹進來。」

小傑的淚水終於流下雙頰，她爬到一面牆邊，背緊緊貼住。「不要，」她啜泣道：「出去。」

「我們有禮物送妳，親愛的——很久以前，人們遺失在下水道的黃金和鑽石。全都給妳，只要交換兩件妳再也不需要的東西，例如妳變成小姐之後的玩具娃娃。」

「妳的眼睛！」另一個比較粗嘎的聲音說。

「是啊。」第一個聲音發著氣音說：「只要妳的眼睛就好，那麼我和妹妹各有一隻，就能爬上階梯，搭船到秣市，在太陽底下跳舞。」

「要快。」另一個聲音嘶啞地說。

「沒錯，要快，親愛的，因爲黑暗就像黏稠的泥巴愈來愈硬，我們要在它變得跟石頭一樣硬之前離開。」

「不要在裡面。」粗嘎的聲音插嘴道。

「對，不要在裡面，不能讓我和我美麗的妹妹，永遠關在硬得像石頭一樣的黑夜裡！開門。」

小傑蹲坐在她的角落裡幾近無聲地哭泣著，並暗自希望落回原位的石板卡得夠緊密，任誰也打不開。

這時候，遠遠傳來細微的腳步聲，那兩個聲音開始吱吱驚叫。「妳有個兄弟來了，」頭一個聲音說：「我們會再回來的……很快。」

「很快。」另一個沙啞的聲音附和道。接著一陣聲響有如樹葉掃過石板地，然後小傑便看到紅光從掀開的窺視孔透進來，愈來愈亮，她還聽到丹吉神經兮兮地吹著口哨，正是每次賀拉賓逼他唱的那首蠢歌。

片刻過後，小洞口出現了火炬與丹吉遭毀容的臉。「你怎麼把蓋子移開的？」侏儒問。

「啊，丹吉。」小傑連忙起身站在他正下方，此時此時，任何人類伙伴都是好的。「不是我，是兩個自稱姊妹的人，她們還說要用寶藏交換我的眼睛。」

她看到侏儒挺起身子，不安地盯著四面看；她想起上頭房間的大小，便知道如此查看根本沒有用。「沒錯，」丹吉終於說：「這底下的確有這種東西。賀拉賓實驗失敗的結果——唉，說不定還有一些是我的傑作。」他再次往洞裡看。「羅曼尼博士和賀拉賓認爲，你是某個專門和他們作對的組織的成員。是這樣嗎？」

「不是。」

「我想也不是。不過，賀拉賓這麼想就夠了。」侏儒遲疑了一下。「如果我……放你出來，你能幫我殺了他嗎？」

「我很樂意的，丹吉。」小傑說得很誠懇。

「你答應了？」

不管侏儒要求任何代價，小傑都會答應的。「是的，我答應你。」

「好。可是如果我們要合作，你就不能再叫我丹吉。我名叫提巴多，你可以叫我『泰』。」侏儒的臉忽然消失，小傑聽到他用力的聲音，隨後她頭上的石板便掀開了。他從較大的洞口往下看，小傑看到他拿著一根粗棍子，棍心綁著一條繩子，繩子末端卻不在視線內。「希望你會爬繩子。」提巴多說。

「當然會。」小傑說。我們馬上就能知道我會不會了，她心想。

侏儒把棍子橫放在洞口，將繩子丟入洞中，多餘的繩圈堆在小傑腳邊的泥地上。她深吸一口氣，走向垂下的繩索，盡量將手舉高纏住繩子，然後開始兩手交替著往上攀爬。不到兩秒鐘，她便有一隻手抓住棍子，不一會兩手都抓住了。

「抓住頂蓋，」提巴多說：「然後我把棍子移開，你就可以出來了。」

小傑發現儘管沒有立足點，自己竟也能直接引體向上跳出洞口。當她站穩之後，不由得陰沈地盯著她的救命恩人，因為她想起曾在哪兒聽過提巴多這個名字。「你曾經是這裡的主人。」她口氣平和地說。

老侏儒目光銳利地瞥她一眼，一面拉起繩索，迅速地用手掌和手肘把它纏起來。「沒錯。」

「可是我……聽說你很高。」

侏儒放下纏好的繩子，站到石板蓋對面的洞口邊緣。他彎起手臂，勉強說道：「把它推下來好嗎？我試著從這邊接著再輕輕放回原位。我是替你送晚餐來的，應該只要從窺視孔丟下去就可以，所以如果他們聽到石板落下的聲音，一定會全部趕來。」

小傑屏氣凝神抱住石板，穿著涼鞋的腳塞擠在一道石縫中，然後往上抬。

侏儒伸手接住後，整個人被壓得彎身蹲下。他作了幾次深呼吸後，將石板舉高了些，從底下鑽出來，並緊抓著不斷往下壓的邊緣。他齜牙咧嘴地顯然是用盡氣力，當他將石板慢慢放低時，小傑看到他額頭冒出汗水，雙手直發抖。最後他放開手往後一跳，石板落回原位的聲音就好像關上一扇重重的門。

泰坐在地板上喘息不已。「好……好了。他們……不會聽到的。」他費力地站起來。「我以前很高。」他拿起火把，看著石板另一邊的小傑，問道：「你會玩魔法嗎？」

「恐怕不會。」

「那麼我們就騙他。我現在上樓去告訴他，說你想談判──但不是和羅曼尼博士，他只會殺了你。我就說，你願意告訴賀拉賓該如何才能和羅曼尼平起平坐──不，說他該如何比羅曼尼更強，條件是讓你恢復自由。我會說你知道魔力咒語。賀拉賓已經是個不錯的巫師，這八年來他一直是羅曼尼的得力助手，但他總想從老博士那裡得到一兩句魔力咒語。羅曼尼始終不肯。我們就說你的組織知道羅曼尼在土耳其的一切計畫；這是另一件讓賀拉賓困擾的事，因爲除了他處理倫敦這邊的事務所需要知道的事情之外，羅曼尼什麼也不告訴他。對，」老人陰陰地說：「他會上這個當。他會問，如果你眞的這麼厲害，又怎麼會被抓。我就告訴他你說──說什麼呢？──說現在星宿的位置偏了不能施法。這樣說還好吧？」

「應該吧，但爲什麼要編這麼複雜的故事？」小傑緊張地問，她已經有點後悔答應幫他冒這個險了。

「爲了讓他單獨下來，」泰厲聲說道：「不帶護衛。他不會想讓他們聽到魔力咒語，或甚至發現他在跟羅曼尼博士的敵人進行交易。」

「他下來以後我們要怎麼做？直接殺了他嗎？」雖然很高興離開那個洞，小傑卻有緊張和作嘔的感覺。「你有槍嗎？」

「沒有，反正槍對他也沒用，羅曼尼博士教了他一句讓子彈偏離的咒語。我看過手槍對準他的胸口開火，但子彈根本沒碰到他，而是偏到一邊射穿窗玻璃。還有兩次是用刀子猛刺向他，就在離他身子幾吋的地方，刀子突然停住斷了，就好像他穿了一件厚厚的透明玻璃衣一樣。唯一一次我看見他受傷是在幾年前，他到漢普斯德石南地去向吉普賽人解釋城市人的習性——因爲當時他們認爲可以利用吉普賽人進行有組織的竊盜行爲——有個吉普賽人不喜歡這個想法，說賀拉賓是beng，他們說這是惡魔的意思，然後這個吉普賽人跳起來，從地上拔起帳棚的一根樁釘，猛然刺向小丑的大腿。這回釘子沒有偏離，也沒有在幾吋外停下來——它直接就刺穿了，小丑有如一只破裂的酒囊血流如注，還差點跌落高蹺，如果那個吉普賽人能再次出手，賀拉賓也就從此出局了。」

小傑半信半疑地點點頭。「那麼那根樁釘有什麼特別呢？」

「上頭的泥土啊，老兄！」泰不耐地說：「在羅曼尼博士把賀拉賓變成巫師之前，他不用成天踩著高蹺。可是一旦扯上巫術，你……就會失去，失去和大地的聯繫——泥土、土壤。對這些玩巫術的人而言，接觸土地是非常痛苦的，所以羅曼尼要穿著彈簧鞋而賀拉賓要踩高蹺。他們的法術對泥土無效，因此那根泥濘的木樁釘才能像戳破蜘蛛網一樣戳穿他的護身符。」侏儒從寬大的外衣底下抽出一把刀子，遞給小傑。「鋪地的石板之間有很多泥巴，拿去抹在刀刃上，然後蹲到陰暗的地方。他彎身看窺視孔的時候，我會把他擊倒，然後你立刻跑上來用力揮砍。那道拱門通往地下碼頭，我們便能順河水逃走。懂了嗎？」

「我們爲什麼不乾脆現在就逃跑？」小傑有氣無力地笑笑：「我是說，爲什麼還要冒險企圖去殺他？」

泰憤怒地皺起眉頭。「因爲你答應過我——但我會給你更好的理由。從地下水道到泰晤士河要整整二十分鐘，我若不趕快回去，他會派人下來查探情形，一旦發現我們跑了，他就會派人往南爬進下水道，趕在前面攔截我們——但如果我們殺了他，特別是如果他下令不許有人打擾，而我們又藏起屍體——那就有好幾個小時不會有人發現他失蹤。」

小傑鬱悶地點點頭，蹲下去挖起一坨泥巴塗在刀刃兩面。

「好。你去站在那邊。」小傑老大不願意地走過凹凸不平的石板地，來到距離侏儒二十碼處站定。「不行，我還是看得見你。遠一點！對，再遠一點。這樣應該可以了。」

小傑害怕得全身發抖，不斷瞄著漆黑的四周，當侏儒轉身走向拱門時，她幾乎尖叫著喊道：「等等！你不留下火把嗎？」

侏儒搖搖頭。「這樣會引起懷疑。對不起，不過只要幾分鐘，何況你還有那把刀。」

他從拱門走了出去。嚇得動彈不得的小傑，聽著他的腳步聲漸行漸遠，唯一閃著亮光的拱門也逐漸暗下來。室內再度全暗後的幾秒鐘，小傑聽到附近有沙啞的聲音低聲道：「趁她只有一個人。」接著，一陣沙沙聲向她靠近，就像漿硬的長裙拖過地板。

小傑抑制住尖叫的衝動，她憑著印象，往碼頭拱道的方向跑去。跑了十來步便被磚牆給彈回來，雖然先是撞上膝蓋與肩膀，緊接著馬上就撞到頭，最後她坐到地上幾乎痛暈過去。她搖搖頭，試圖讓自己清醒些並止住耳鳴。她知道自己判斷錯了碼頭拱道的方向——但那是在左邊還是右邊？她撞牆跌倒時是轉了半圈還是一圈？牆是在她前面、後面或旁邊的一碼或兩碼處？

這時突然有個東西戳進她的眼睛，小傑抽噎一聲拿起小刀往上猛刺，她感覺到刀尖劃過像氣球般的東西，砰然一聲響，她的手與手臂全沾滿了涼涼的液體。接著便聽到細而尖銳的叫聲，濕冷的空氣夾雜著嗡嗚聲震顫起來，好像一隻巨大的昆蟲鼓動翅鞘，這時小傑已經又起身跑開，差點被不平的地板絆倒，她一面無助地啜泣，一面持刀在黑暗中前後胡亂揮舞。此時她腳下的地板忽然往下傾斜，儘管她一忽兒歪斜，一忽兒墊起腳尖，力求平衡，最後卻還是絆了一跤跌倒，她連忙用破了皮的手心與膝蓋撐起身子，氣喘吁吁，但小刀仍緊握在手。好吧，你們上吧，她自暴自棄地想。至少我知道你們也會受傷。我想我已經跑出那個房間，進入一個永遠不可能有一絲光線的地道，但我還是要揮砍你們這群怪物直到我被殺死為止。

附近響起窸窣聲，這聲響聽來似乎有些顧忌。有個聲音低低地不知說了些什麼，小傑只聽到：「殺死她……」

另一個聲音輕輕說道：「它的眼睛還在——我可以感覺到眨眼的風。」

「取它的眼睛。」這像是一個老婦人的哀嚎：「但我的孩子們需要它的血。」

小傑瞬間發覺她聞到河水的味道，還隱約聽到河水拍擊石頭的聲音。好像在她背後，她於是轉過身去——沒想到她竟看得見了。

不，不是眞的看見，因爲視覺需要光線；在黑暗中她的眼睛發覺到一片更深的黑，這片黑在毫無光線之下反黑閃耀著，她還知道此刻順著河水慢慢接近的東西一旦升出地面，再耀眼的陽光也會被它的黑暗光芒所吞噬與遮掩。當它慢慢地愈靠愈近，她看出了那是一條船。

船的後面升起另一片純黑，使得前面的黑團更加清楚；看形狀好像是一條巨蟒，當它慢慢舒展開來，小傑聽見水道上迴響起一陣刺耳的金屬聲。

小傑身邊那些細微的聲音驚慌地嘰嘰喳喳。「巨蛇魔！」一個聲音驚叫道：「巨蛇魔上來了！」接著，小傑便聽到原先在追她的東西倉皇逃走。

小傑緊跟在後。

當地面恢復水平狀態直通主室時，小傑看見了光線——眞實的橘紅色光線——她還看見侏儒和踩著高蹺的小丑剛剛從一百呎外的拱門走進來。兩個身影——一個出奇地高，一個出奇地矮——停下來，雙雙望向小傑的方向。她趕緊彎下身子，不過她知道在黑暗中，而且距離這麼遠，他們看不到她。

「眞奇怪，他們在興奮些什麼？」賀拉賓說。

「都是你的錯。」泰不安地說：「那個印度人抱怨說他們會從窺視孔跟他說話。」

賀拉賓笑了，但他的笑聲聽起來有點勉強。「阿莫，你不想有伴嗎？我們沒有把你弄得毫無知覺，你應該感激才是。」

賀拉賓和泰走過凹凹凸凸的地板後停下腳步。小傑知道他們一定是到了先前監禁她的洞口。她握緊小刀，悄聲前進；剛才跌跤的時候涼鞋掉了，現在打赤腳走在石板上無聲無息。

推進五十呎後，她開始踩在映射著火炬紅光的圓石上，這時候賀拉賓俯身向前——這景象十分奇特，因爲他的高蹺得往後傾——說道：「阿莫，站到燈光底下來，說出你的條件吧。」

侏儒竟先畫了個十字，才以雙手抓住賀拉賓的高蹺，用力一推。

小丑在驚聲尖叫中，身子向前傾倒，他試著重新踩穩高蹺，卻還是跌倒在地。只差幾碼遠的小傑立刻一個箭步上來，小丑翻身仰躺，頭拼命往後頂，痛苦地齜著發黃的牙齒，小傑則跳上他弓起的腹部，舉起刀子便往自動獻上的粉白喉頭刺去。

不料刀刃卻「啪」一聲斷了，就好像她刺中鋪路石似的；當刀子鏗鏘掉到地板另一邊，小丑布滿血絲的眼睛往下一翻，越過白色的下巴看著她，儘管外露的牙齒血跡斑斑，彩妝的耳朵也流著血，翹起的嘴巴卻分明帶著笑意。

「閣下手上那是什麼呀？」賀拉賓小聲說。

小傑感覺到，依然緊握著的右拳中有東西在猛力蠕動著，她一個抽搐趕緊甩掉手上的東西，那本該是少了刀刃的刀柄，竟變成一團像棗子般又黑又肥的大黑蜂。有一隻在被甩落之前便叮了她的手，其餘的則環繞在她頭部四周嗡嗡飛舞，她急忙從小丑身上翻滾下來，爬過地板。

泰站在通往碼頭的拱道裡，手裡依舊舉著火把。「我們只能趕緊逃了！」他向小傑喊道：「趁他還無法起身，快走吧。」

小傑在群蜂追趕下急忙衝向拱門，當她和泰爬向碼頭末端時，聽見賀拉賓在身後大吼：「我會把你抓回來的，父親！我會讓你一輩子住在桶槽裡！」

他二人找到一片筏，爬上去之後解開繩索。「刀刃上的泥巴是怎麼回事？」泰問道，口氣似乎有點興味索然。

「底下那些東西有一個被我殺了。」小傑喘著氣說，同時伸手把一隻緊追不捨的蜜蜂打得稀巴爛。「它的血好像冷水一樣，大概把泥巴洗掉了。」

「是嘛？總之是盡力了。」侏儒打開腰間一只袋子，拿出一粒藥丸吞下，然後聳聳肩，也拿了一粒給小傑。

「這是什麼？」

「毒藥。」泰說：「吞了吧，這種死法可比被他活逮要快活多了。」

小傑驚愕不已。「不！你也不應該吞的！天哪，你能不能把它吐出來？我想——」

「不，不要。」泰將火把插進兩根圓木之間，平躺在船筏的粗糙表面上，盯著不斷後退的拱頂。「今天早上我就決定要死。他叫我準備今晚的一場盛裝表演——裙子、假髮、指甲油——我就決定……不，我再也辦不到。我決定試著殺死他，反正都是死路一條。四年前，他建立了一個——他怎麼說來著？——單向維續鏈。說得眞玄。意思就是他一死，我也得死。他認爲這樣就不必提防我。也許是吧，如果他沒有老逼我做那些該死的歌舞表演的話。啊，我睏了。」他面帶安詳的微笑：「我實在想不出……還有什麼比這個更美好的，能在臨終前和一位小姐一塊划船。」

小傑瞠目以對：「你……知道？」

「我一直都知道呀，小姑娘。妳也是那個小傑。貼了假鬍鬚。是啊。」他閉上眼睛。

小傑凝視著靜默的侏儒，又驚恐又迷惑。這時船筏轉向，顛簸著順水道往下流。她以爲他死了，便輕聲說：「你眞是他父親嗎？」

聽見他出聲回答，又讓她大吃一驚。「是的，姑娘。」他虛弱地說：「他這麼對我，也不能完全怪他，是我罪有應得。有誰會……改造自己的兒子，只爲了讓他變成更能博人同情的乞丐……唉，這一切都是我自作自受。」泰淡淡一笑：「那孩子也報答得很徹底啊！他接收我的乞丐部隊……然後把我送進地下室的醫院……許多許多次……沒錯，我以前是很高……」他嘆了一口氣後，左腳跟在木筏上蹬了幾下。至今小傑已經見到兩個人死去。

小傑想起泰曾預言小丑會派人趕在前面，進入下水道攔截他們，因此她不等到達下一個碼頭便潛入水中。水很冷，不過和她浸水的禮拜六晚上相比，地下河流不僅速度變慢、寬度變窄，就連刺骨的寒意也消失了。她抓著船筏飄了好一會。

「安息吧，提巴多。」她說完便離開了。

脫掉吸水過重的阿莫長袍之後，她很輕鬆地逆流游去，不久便將船筏——和火炬——拋到身後，在黑暗中游向上游。不過這裡的黑不具有威脅性，小傑直覺到更深處的河道，也就是她「看見」船隻的那條，並未連接這條水道——也許甚至沒有連接泰晤士河。

許多聲音的回聲沿著水道而下——「他到底說了是誰？」「老丹吉和那個印度人。」「那好，彼得的兄弟會在科芬園地下的碼頭攔住他們。」——水面上、潮濕的牆壁和她頭上的拱頂，都閃耀著黃光。接著她繞過一個彎，靜靜地以狗爬式踢水，她可以看見遙遠的前方正是他們上船的碼頭。那裡有好幾個人，個個手裡都拿著火把，但賀拉賓似乎並不在場。

「他們一定是瘋了。」有一人說，他的聲音很清楚地傳下地道：「或者他們可能覺得印度人的巫術比較高明。這一定很有趣，可以聽他們——哎呀！該死，怎麼會有蜜蜂跑下來？」

「天哪，又有一隻！走吧，這裡沒事了。我們上樓去，等著他們被帶回來的時候看好戲。一定很精彩——小丑已經命令醫院開門。」

那些人匆匆離開後，地道變暗，有一會兒，拱道裡還閃著橙光，後來當火把移往上層廳室，火光褪去後也變成同樣一片漆黑。小傑不斷踢水，往眼中遺留的殘像前進，小心翼翼不敢回頭，就連感覺到假鬍子剝落從肩膀飄過也一樣。過了片刻，她一隻手「砰」地撞到碼頭木板。她撐起身子坐上去，不停喘息。她身上除了一條短褲之外一絲不掛，她舉手將頭髮往後撥時，發現鬍鬚也連同鬍子一起掉了。

這種裝扮，她暗忖，想悄悄溜出鼠堡是不可能的。

她戰戰兢兢、躡手躡腳走過拱道，眞希望刀子還在。靜悄中，她聽得到有隻蜜蜂在某處嗡鳴。長長的通道顯然空蕩蕩的，她小心地走下去，不時停下來聽聽四面八方——尤其是後面——有無追兵。

她爬上幾級石階來到一個寬廣的平台，當她摸索著找尋下一段階梯時，手拂到一扇木門。但無論是門框周圍或木板之間都見不到一絲光線，因此若非門後的房間也和階梯一樣暗，便是這扇門異常堅固。

她按下門鎖——沒有上鎖！——將門慢慢推開。沒有光線滲到階梯上來，因此她很快閃了進去，並隨手關上門。

這時候，即使她敢點火也沒有火柴可點，因此她便靠著觸覺勘查房間。她沿著小房間的牆壁走一圈之後又回到門邊，然後小心地沿對角線走過去。中間有張窄床，收拾得很乾淨，梳妝台上擺了幾本書，在一張桌子上，小傑摸到一只瓶子和一個杯子——她聞聞杯子：辛辣的杜松子酒味——另外，在角落裡有把椅子，上頭披掛著一件短洋裝、一頂假髮、一個化妝箱和一雙古式的女用皮拖鞋——小傑摸索辨識出這些物事時，不禁要感謝上帝。

竟然會讓我找到這些東西，眞是奇蹟，她心想。後來她才想到老提巴多說過，小丑命他今晚要做一場盛裝表演，這一定是他的房間，這衣服也一定是在他——照他所說——決定赴死之前拿出來的。雖然她看不見，卻還是好奇地環視整個房間，甚至希望能知道梳妝台上擺的是什麼書。

藍．凱靈頓就坐在前廳裡，嘴湊在隨身攜帶的酒瓶上喝了好大一口，根本不在乎被誰看見。他很想知道爲什麼小丑忽然任命他爲副指揮官，同時還得安撫羅曼尼博士的憤怒情緒，還得評估追捕兩名逃犯的手下每隔幾分鐘就傳回來、令人不盡滿意的報告，還得向全身劇痛的賀拉賓——他現在躺在吊床上不停呻吟，顯然是全身灼燙難當——保證已經採取一切手段挽救局勢。凱靈頓甚至不知道現在是什麼局勢。他只聽說跳舞的侏儒企圖殺死小丑，後來還和一個印度人從地下河道逃跑，老天爺，但若果眞如此，爲什麼羅曼尼博士只想跟那個印度人說話？

有人從地下室快步走上階梯。凱靈頓考慮了一下，最後還是決定不站起來。結果沒想到來人竟是個女人。她的頭髮活像個鼠窩，那身衣服穿在她身上就像一頂水手帽綁在帽架上，不過她臉上雖然塗滿粉和胭脂，卻還是挺漂亮的。

「他們叫我到樓下找賀拉賓。」她說得很自然，就好像鼠堡裡出現女人並不像西敏寺裡出現馬那樣値得大驚小怪。「我沒看見他。」

「是啊。」凱靈頓連忙站起來，說道：「他……身體不舒服。妳在這裡做什麼？」

「是凱蒂．丹尼根叫我來的，皮卡迪利一帶的旅館都由她經營。她要我來安排會面──顯然是這個賀拉賓有意思投資吧。」

凱靈頓驚呆了。據他所知，小丑至今尙未擴展到娼妓業，不過這消息倒是很合他的口味。而且若不是爲了這種原因，一個年輕女孩怎麼可能到這裡來。他感到輕鬆了些──她肯定和那兩個逃犯無關。「妳現在恐怕不能見他。妳還是走吧──順便告訴那個叫丹尼根的女人，下次找個男人來！妳走出這棟建築之前，要是沒有被強暴個十幾次算妳好運！」

「那就借我一把刀。」

「什──憑什麼？」

小傑眨眨眼說：「你去過皮卡迪利嗎？」

凱靈頓臉上逐漸浮現笑容，跟著便伸手去摟她。

「不，不，我不行。」她趕緊說：「我，呃，有病。不過我們在皮卡迪利有乾淨的女孩。要不要我跟你說暗語，讓你免費享受一次？」

於是凱靈頓放開她，嘟嚷著伸手到外套裡面抽出一把套著皮鞘的刀子。「喏，」他說：「暗語是什麼？」

小傑說了一個她所聽說過最拗口的複合名詞。「我知道聽起來很不可思議，不過眞的是這樣。你隨便到哪一家，只要走到門口保鏢身邊，小聲說出來就行了。」

小傑不慌不忙地走出鼠堡，還一面誇耀似的用小刀修著指甲。

第七章

青春、自然與慈悲的朱比特
為延續我的燈火努力不懈，
但羅曼奈利卻是如此頑強
他擊敗三人——並將火吹滅——
——拜倫爵士，一八一〇年十月三日，寫於帕特拉斯的一封信

星期六早上，道爾在草褥上醒來，發覺自己已經作了決定。想到自己打算做的事，他不禁口乾舌燥，雙手發抖，儘管接下來的艱苦道路讓他神經緊繃，但經過一星期的渾沌不明，這又未嘗不是一種解脫。

他現在明白了，他不該把所有希望都寄託在艾希布雷斯身上。即便能找到這位詩人，又怎能異想天開地認爲他願意——或者能夠——伸出援手呢？這是他和羅曼尼博士之間的衝突，只有勇敢面對才是解決之道，而且愈早愈好——因爲他的健康確實是每下愈況。

他向庫西亞請了一天假，老店主很樂意地批准了，因爲道爾咳嗽愈來愈厲害，讓他身邊的顧客感到很不安，彷彿擔心他患有傳染病。道爾拿出他存下的一點點現金，買了他認爲有保障的東西：一把破舊生鏽的老式燧石槍，船具店老闆堅稱這把槍確實能擊發。如果羅曼尼

博士企圖抓他，他就以開槍自殺作爲威脅。昨天在倫敦橋上，小傑告訴他關於刺殺賀拉賓未遂的事，道爾眞希望他也能有侏儒給小傑的那種毒藥，吞藥比舉槍指著自己的頭要簡單多了。

他發覺若要長時間舉著重重的手槍，他的手會疲，於是他解下腰帶，將末端穿過手槍扳機的保險拴，然後把它纏在脖子上。他把外衣的扣子全部扣上好遮住槍身，再以圍巾蓬鬆地蓋住槍口，此時冷冷的槍口就抵在下巴後方的柔軟部分，如此一來，不僅可以避人耳目，而且只要拇指在外套的第二與第三顆鈕釦之間一使力，子彈就會往上貫穿他的嘴巴、上顎、鼻腔、大腦，然後從他額頭髮際的正後方衝入陽光底下。

他在主教門街遇到一個傑克船長手下的乞丐，兩人互相問好之後，那人告訴他，羅曼尼博士的吉普賽營區目前設在高斯維路北端的一片田野上，除了爲西區的貴族算命，也賣春藥和毒藥給黃金巷貧民區的居民。

道爾謝過他，並請他向大夥問好之後，便往東轉上倫敦牆街。正當他穿過柯曼街——他發現這裡距濟慈的出生地僅一街之隔——他聽到從北側傳來尖銳的口哨聲。

那是〈昨日〉前三個高——低——低的音調。

隨後，從柯爾街另一邊則傳出接下來高高低低的九個音符作爲回應。

這回絕對錯不了。他不是唯一來到一八一〇年的二十世紀的人。他砰然心跳，立刻跳過街道停在北側的人行道上，激動地四面張望。許多人都瞪著他看，他也認眞地看著每一張覺得有趣或是不以爲然的臉，希望從中認出一個不屬於此年代的人，但他們似乎都是土生土長的公民。

他遲疑地往上走了幾步，才留意到對街路邊有一輛四輪大馬車。馬車的邊窗開著，道爾隱約看見裡面有一名乘客。就在他沈重地踏出人行道那一刻，他看見馬車裡槍支一閃，但是他聽見的卻是他襯衫底下手槍的爆破聲，原來是子彈撞毀了藥盤和擊鐵並點燃火藥；由於他迅速轉頭，因此槍走火時，槍口已經歪到下巴旁邊，火熱的子彈只劃過他的臉頰、撕裂他的右耳，而沒有轟掉他的腦袋。

他蜷曲身子躺著，沒有注意到馬車轆轆離去，只是模糊知道有爆炸聲，自己受了傷，而且全身是血。他胸口疼得厲害，但當他以麻木的雙手撣落被火藥燒得破爛的襯衫，並將冒著煙、已裂開的槍撥到一旁，卻發現似乎並無致命傷口——只有許多燒傷與擦傷。他有耳鳴現象，右耳比左耳嚴重；事實上他整個右半邊頭部就像是注射了諾佛卡因一樣，毫無知覺。他伸手去摸，摸到熱熱的、汩汩流淌的血，以及裂傷的肌肉，但沒有摸到耳朵。這到底是怎麼回事？

他翻身試著要站起來，有幾個人跑過來，雖然是一片好心卻相當粗魯地將他拉起來。道爾在恍惚中聽到他們說：「你不會死吧，老兄？」「這還用問，你瞧，子彈直接穿過頭部。」「馬車裡的人開的槍。」「胡說，我都看到了——是他的胸口爆炸。他帶著炸彈。他是萊斯特廣場來的法國間諜。」

「你們看。」有一人驚叫道：「他脖子上綁著一把損毀的手槍。」他把道爾的臉抬高，面向自己：「你爲什麼把手槍放在那裡？」

道爾一心想離開，便喃喃說道：「我……剛買來，覺得這樣帶回家比較好。呃……我想應該是意外走火。」

「這人是白癡。」詢問的人說完，又轉向道爾：「這把槍根本沒用，你看它只射擊一次就四散紛飛。好了，跟我來吧，我們去找個醫生幫你把頭縫一縫。」

「不要！」道爾記不得一八一〇年是否已普遍使用消毒藥，雖然他知道自己意識不清，但他也知道他不想被骯髒的手和縫線導致感染。「只要……給我一點白蘭地就好。很烈的白蘭地，或者威士忌——只要酒精濃度高的都行。」

「我就知道！」有一個不太搞得清楚狀況的老人尖叫著說：「這是個詭計。他可能很多年前就沒了耳朵，卻不斷在倫敦到處假裝把耳朵轟掉，好騙人請他喝酒。」

「不是。」另一人反駁道：「瞧，他還有一部份耳朵掉在那裡。哇！小心！他快吐了！」

道爾的確是。過了好一會，他凝聚氣力才從這群對他愈來愈不關切的人群中擠出。他無視於四面八方投來的好奇眼光，脫掉外套，扯掉剩餘的襯衫緊緊纏在頭上，以止住滴滴答答落在人行道上，並弄得他雙手黏搭搭的血，再穿上外套，然後才頭暈目眩——因爲他失血過多、驚嚇過度——搖搖晃晃地走開想找一家酒店。儘管目前他幾乎什麼都不確定，但至少他知道買了現在還掛在脖子上的這把槍之後，他還有餘錢能買兩杯白蘭地：一杯可以用來浸泡繃帶，一杯可以很快地灌下喉嚨來止痛。

兩天後，他又聽到披頭四那首曲子了。

禮拜天下午，他回到庫西亞旅館，推開前門蹣跚走進前廳，正在作帳的老店主抬頭一看，他原先驚愕的表情很快就變成咬牙切齒的憤怒。他打斷道爾毫無條理的解釋，冷冷地命令下人將道爾帶到空房去躺下，好好看著「直到他的靈魂飛出天花板，或是他的腳能把他從後門帶出去為止。」他曲起手指，放到道爾的下巴，抬起那張蒼白的臉，說道：「道爾，我不管你用什麼方法，總之你越快離開越好——懂了嗎？」

道爾勉強站直身子，給了他一句很有尊嚴的答覆——這句話他後來怎麼也想不起來——接著，他忽然眼睛往上一翻，好像一棵被砍的樹往後倒下。他整個身體撞在地板上，轟隆一聲像在打鼓，而他的指甲抓過光亮木板的聲音則有如響板。

庫西亞鬆了一口氣，宣布他死了，並命人把他抬出去等候保安官傳喚，可是當一群廚房侍者拖著這具癱軟的軀體往後門去時，道爾卻坐了起來，緊急地四下張望說道：「八〇一班機往倫敦——應該有幫我保留機票。已經付過錢了——是DIRE的戴若。有什麼問題嗎？」說完，他又昏死過去。

庫西亞厭煩地咒罵著道爾和不在場的小傑，然後叫侍者把這個胡言亂語不受歡迎的客人送到最小的空房間，還不時去查看，直到他終於放過他們而死掉為止。

在這兩天當中，道爾就待在大廳樓梯底下，一個沒有窗子、形狀怪異的房間裡，躺在小床上忍受痛苦，除了喝庫西亞提供的美味魚湯與黑啤酒之外，多半都在睡覺。到了禮拜二傍晚，他起身走出大廳，穿著圍裙的庫西亞一看到他就說，既然他已經有體力離開房間，應該也恢復得差不多，可以離開客棧了。

道爾穿上外套，搖搖擺擺順著街道才走幾步，便聽到身後有東西掉在路面上。他轉頭去看，原來是庫西亞把他壞掉的手槍丟出來。他走回去拾起了槍，心想，拿到隨處可見的舊貨店也許能換幾個錢，而照目前的情形，多三個便士就等於多了一倍財富。

的確是壞了，他撿起槍時心想。擊鐵和藥盤都不見了，槍托裂開，還可以清楚地看到因撞擊進去而扭曲的子彈深深嵌在木頭內。道爾想起若非有這把槍擋著，子彈已經直穿過他的胸膛，不由得打了個寒顫。

他更仔細地檢視子彈，發現底是平的，不是球狀。

這就更確定了，他緊張地想。這種子彈是在一八五〇年左右才開始使用。這裡——我是說現在——還有其他二十世紀的人，而且不知道為什麼對我有敵意。他們到底對我有何不滿？

他又想，他們到底是誰？

他已經來到波洛大街。右手邊是陰森龐大的聖湯瑪斯醫院，左手邊倫敦橋橫跨廣闊的泰晤士河聳立在薄暮裡，銅灰色的洶湧河面也已在傍晚時分剛亮起的燈火中閃閃發光。對岸似乎比較有希望，他於是向左轉。

當他往河邊走去時自忖道：可是為什麼這些時光旅者要停留在一八一〇年的倫敦？又到底為什麼想殺我？為什麼不乾脆把我帶回去？難道他們以為我想留在這裡……留在現在？

他靈光一現，告訴自己：也許因為我在找艾希布雷斯。也許他本來會出現在牙買加，卻被他們綁架了。由於我本身來自未來，便會發現他缺席，因此他們得封我的口。

到達倫敦橋微微隆起的最高點時，他停下腳步，倚在仍留有餘溫的石欄上望向西方，上游半哩處黑修士橋的五座橋拱在逐漸暗去的夕陽襯托下，輪廓更加分明。我想我得再試著找羅曼尼博士談談，很可能還會失敗，但我總得嘗試回到一九八三年。他嘆著氣，自憐自艾了一會。如果只是這支氣管炎或肺炎或什麼的，我也許會留下來繼續努力，並在此時此地謀生，可是當有兩個顯然十分強大的組織同時在爭奪你，一個想殺死你，另一個則只想折磨你的時候，要找工作可不容易。

他兩手一推，繼續走下橋的北側斜坡。當然我也可以就這麼離開，他告訴自己。現在就到岸邊偷一艘船出航，隨波逐流到格雷夫森或其他地方，重新開始。

當他回過神時已經下了橋，正要走過泰晤士街。他來來回回看著街燈下的街道，回想起兩個半星期前的那一天，他差點就被那個假盲人乞丐帶到賀拉賓那兒去，後來是滑板班傑明救了他。

在這個禮拜二傍晚，街上人很少，恩寵教堂街上的酒館與餐廳雖然灑出光線照在石頭路上，卻少有喧鬧聲，因此口哨聲還離得老遠，道爾就聽到了。又是〈昨日〉。

乍聽到時莫名的驚恐消失後，道爾對於自己一聽到披頭四這首歌的反射動作不禁覺得好笑——他剛才立刻跳進一個凹入的大門，從外套口袋拽出壞掉的槍，當成棍子似的高舉過頭。此時他發現聲音至少還在一條街以外，才把槍放低喘喘氣，不過他心跳的速度卻未減慢。他從凹壁小心地探頭查看，還不敢走出去唯恐引起注意。過了一會，吹口哨的人從伊斯奇街轉過街角，沿著恩寵教堂街朝道爾的方向走來，但卻走在對街。

那人很高大，似乎喝醉了。他的寬邊帽拉得低低的遮住了臉，走起路來東倒西歪，有一兩次還跳起舞步拙劣的踢踏舞，一面加快口哨曲調作爲伴奏。眼看著他就要經過道爾的藏身處，卻忽然以誇張的動作扭過頭去，原來他發現右手邊有一家酒館，名叫「謹慎的羅士比」，裡頭狹小、燈光昏暗。那人不再吹口哨，他拍拍口袋，聽到銅板叮噹響，這才放心地推開嵌著圓窗的門走進去。

道爾見狀，連忙朝著河道與格雷夫森方向往南走，但才走出幾步便停下來，回頭瞥酒館一眼。

你能就這麼走開嗎？他自問。這傢伙應該確實是落單，而且暫時不太危險。別傻了，他另一半恐懼的心駁斥道，趕快離開吧！

他猶豫不決，最後還是躊躇地、幾乎躡著腳尖地穿過街道，來到「謹慎的羅士比」那扇厚重的木門前。當他試著鼓起勇氣握住S形的鐵製門把時，以鍊子懸掛的老舊招牌輕輕地在他頭上前後搖晃、吱嘎作響。

他還來不及下定決心，門已經從裡面拉開，一個高大魁梧的男人出現在人行道上，他幾乎像是被他周遭鼓脹的熱氣給轟出來，那氣味讓人想到牛肉、啤酒和製造蠟燭的動物脂肪。「怎麼啦，老兄？」那人大喊：「沒錢買啤酒嗎？拿去。只要晨星有酒喝，大家都有酒喝。」他說著便丟了一把銅板進道爾的口袋。「進去吧。」晨星一隻大手放在道爾的肩胛骨間，一把將他推進去。

道爾盡量不去面對多數的桌子與雅座，匆匆走到屋內另一頭的長吧台，向面無表情的老闆買一杯啤酒。道爾撥下頭髮遮住額頭，拿起重重的玻璃酒杯湊到面前，只露出一雙眼睛，然後轉身背向吧台，開始喝第一大口啤酒，並一面緩緩掃視四周。

掃視到一半時，他忽然愣住，還差點被啤酒嗆到。剛才吹口哨的人正坐在靠另一邊牆壁的高背椅雅座裡喝啤酒，他的帽子已脫下來放在酒杯旁邊，桌上的蠟燭把他遲滯惺忪的眼睛照得清清楚楚。是史帝佛斯．貝納。

當道爾確信自己沒有弄錯也沒有眼花之後，又喝了幾口啤酒。爲什麼貝納沒有和其他人回去？還有誰錯過了嗎？道爾帶著啤酒離開吧台，走向貝納的桌子。他另一隻空著的手伸入外套口袋，抓住已經損壞的手槍。

道爾站到這個高大金髮的人跟前，他沒有抬頭，於是道爾舉起外套內的手槍，直到口袋突出一個圓圓的槍口形狀，然後搖搖那人的肩膀。

貝納抬起頭來，那對金黃色眉毛因氣惱不解而高揚。「嗯？」他說，然後又小心地加一句：「什麼事？」

道爾感到不耐。這個人幹嘛要喝醉？「史帝佛斯，是我，道爾。」他在貝納對面坐下來，讓隱藏的槍管敲在木頭上發出聲響。「這裡有把手槍，」他說：「你看到了，它正對準你的胸口。現在我要你回答我幾個問題。」

貝納目瞪口呆地望著他。他說得很快，字句不斷從他口中湧出：「天哪布蘭登別折磨我你是眞的嗎，我是說你眞的在這裡嗎，老天爺你該不是鬼或是幻覺吧？你說句話呀，該道爾不屑地搖搖頭。「我應該假裝是鬼，看看你崩潰的樣子。稍微控制一下。我是眞實的。鬼會喝啤酒嗎？」道爾開著玩笑，眼睛卻始終沒有離開貝納。「我禮拜天被射殺的事，你顯然知情。告訴我是誰幹的，又爲什麼——另外還有誰到處吹著〈昨日〉的曲子？」

「全部的人，布蘭登。」貝納老實說：「戴若帶回來的所有的小伙子。這首曲子是他們之間的識別暗號，就像〈西城故事〉裡，火箭幫以三個音的口哨做暗號一樣。」

「戴若？他回來了？我還以爲返程很順利。」

「你是說你來的那趟？當然順利啊。除了你以外，大家都回去了。」貝納沈重地搖著頭：「我怎麼也想不通你爲什麼想留在這裡，布蘭登。」

「我才不想。我是被一個吉普賽瘋子給擄走了。那麼你說的意思是什麼？戴若又回來了？怎麼可能？他找到新的裂縫了嗎？」

「沒有。他哪裡需要呢？其實聽柯律治演講這整件事，只是爲了資助戴若的眞正目的——也就是回到這個該死的一八一〇年定居。他聘請思想開放、精通歷史的人充當貼身侍衛保鏢——那就是我當初不肯告訴你的工作，記得嗎？後來他發現老柯律治要在那個裂縫期間發表演說。他的財務狀況一直有問題，而這正是解決之道——找十個對文化狂熱的有錢人去聽柯律治演講，每人收一百萬。而且他發現他需要一個柯律治專家，所以就聘請了你。可是這一切主要的目的，就是重回這裡生活，只有他和他親自挑選的人。因此當柯律治團回到一九八三年以後，他馬上把他們趕上車，然後安排再次躍入九月一日那個裂縫，我們又跳了進來。不過這次我們到達了裂縫中央，也就是你們——我們——駕車出發去見柯律治大約一個小時之後，我們清除掉所有抵達的痕跡，等到那兩輛馬車回來——雖然少了一個柯律治專家——我們早已離開，並等著裂縫關閉。」貝納笑了笑：「如果能駕車到『王冠與鐵錨』去看我們自己，應該很有趣。兩個貝納和兩個戴若！戴若甚至真的想這麼做，順便看看你擅自脫隊，不過他認爲即使只是更改那麼一點點歷史還是太冒險。」

「那戴若爲什麼想要我死？」道爾不耐地問：「而且如果戴若眞的對於不能竄改歷史那麼在乎，他爲什麼要綁架艾希布雷斯？」

「艾希布雷斯？你在爲他寫傳記的那個笨蛋詩人？我們跟他沒瓜葛。怎麼了，他沒出現？」

貝納看起來很認眞。「沒有。」道爾說：「好了，別轉移話題。爲什麼戴若想要我死？」

「我想，到頭來他是希望我們全部都死。」貝納喝著啤酒喃喃地說：「他一直向工作人員保證，能從一八一四年的一道裂縫返回一九八三年，但我敢說，等到他不再需要我們，他就打算把我們一個個殺死。我們的活動鉤都在他手上，而且他已經殺了班恩和卡格——就是本應在一個禮拜前殺死你的那兩個人。結果今天早上，我無意中聽到他下令只要一見到我就殺，因此我想辦法偷了一大筆錢之後逃走，現在我根本不敢接近他。」貝納鬱鬱地抬起頭來：「布蘭登，在這裡他不希望有其他人知道二十世紀的事——收音機、盤尼西林、攝影這一類的。他擔心你會取得重於空氣的飛行器的專利，或是用你的名字發表〈多佛海岸〉這些的。他本來鬆了好大一口氣，因爲我……」

他沒有說下去，尷尬的沈默持續許久，道爾臉上那抹冷酷的笑容也愈來愈明顯。「因爲你向他報告說，你射穿了我的心臟。」

「天哪，」貝納閉上眼睛，小聲地說：「別射我，布蘭登。我爲了自衛，不得不如此，我若不照做，他會派人殺了我。反正你也沒死。」說完他睜開眼睛：「子彈打中你哪裡？我沒有打偏啊。」

「沒有，你打得很準，正中胸口。不過我外套底下有樣東西，剛好擋住了你的子彈。」

「眞的，那太好了。」貝納露出笑容，往椅背上一靠，又說：「你說不是你自願要脫隊的？那麼我們倆可以幫上彼此的大忙。」

「怎麼幫？」道爾懷疑地問。

「你想回去嗎？回到一九八三年？」

「這……想啊。」

「那好。我也想。唉，失去了才懂得珍惜哦？你知道我最懷念什麼嗎？我的音響。眞的，回家後只要我想，我就能在一天之內聽完貝多芬的九首交響曲，然後是柴可夫斯基。還有華格納！蓋希文！珍妮絲．賈普林！唉，以前覺得開車到『桃樂絲錢德勒』去聽音樂會挺有趣的，可是這如果是唯一聽音樂的方法，就很討厭了。」

「那麼你有什麼計畫呢，貝納？」

「這個嘛……來，布蘭登，抽根雪茄。」他朝一位酒吧女侍招招手：「我再點一份喝的，然後再告訴你。」

道爾拿過雪茄——這是邱吉爾尺寸的長雪茄，沒有紙環或玻璃紙包裝——在末端咬出一個切口，然後舉起蠟燭叭叭地將雪茄點燃，他的目光仍始終沒有離開對面的人。雪茄味道還不錯。

「好啦，」貝納說，待道爾放下蠟燭後，他自己也點了一根：「我要先說，那老人是個神經病。瘋子。當然也是聰明過人，但他現在已經不再那麼靈光了。自從我們來了以後，你知道他都要我們做些什麼嗎？說不定本來還可以訂船票去薩特斯米爾和克倫代克淘金的，結果他卻在雷登荷街買了一個店面，裝潢成除毛店——你知道嗎？就是專門替人刮除多餘毛髮的地方——還派了兩個人全天待在店裡，從早上九點到晚上九點半！」

道爾若有所思地皺起眉頭：「他有沒有說……爲什麼？」

「當然有。」這時啤酒來了，貝納痛快地喝了一大口：「他要我們仔細留意一個早上才刮過但下午又長出一身毛來要求做全身服務的人。戴若要我們替他打麻醉槍，把他綁起來帶到樓上，絕對不能傷害他，所以麻醉槍子彈最好不要打到他的臉或喉嚨。布蘭登，你聽聽這個：我問他，老闆，這傢伙長什麼樣子？我是說除了全身長滿了毛之外。你知道戴若怎麼說嗎？他說：我不知道，就算我知道，這長相恐怕也只能維持一個禮拜。你瞧——這是一個正常人的言行嗎？」

「也許是，也許不是。」道爾揚起眉頭，慢慢地說，心裡想著關於戴若的計畫，他可比貝納清楚得多：「這些對於你送我們回家的計畫有什麼幫助？」

「這個——對了，你的活動鉤還在嗎？很好——戴若知道所有裂縫的時間與地點，最近裂縫出現得相當頻繁，最靠近我們的不是一八一四年那道。所以我們要和他交易，讓他告訴我們下一道裂縫的地點，我們就能在它關閉之前進入，然後啪！就會回到現代倫敦那個空地了。」

道爾深深吸一口——他不得不承認爲頂級的——雪茄，隨即又啜一口啤酒：「那我們拿什麼去交易？」

「嗯？喔，我沒說嗎？我找到他那個長毛人了。昨天他進店裡來，就跟老頭說的一樣。一個矮胖紅髮的傢伙，全身都是剛長出來的毛。當我漸漸靠近麻醉槍時，他嚇得立刻往外跑，不過……」貝納驕傲地笑著：「我跟蹤他到他的住處。所以今天早上我到戴若房門外偷聽——想看看他心情如何，會不會接受『你把鉤子給我並說出裂縫地點，我就告訴你長毛人住在哪裡』的條件，結果竟然聽到戴若對克里希洛和所有人說，只要一見到貝納就殺！看來他並不信任我。所以我偷光一個錢櫃之後就閃人，自己去找那個長毛人，我幾個小時前才跟他吃過午飯。」

「眞的？」道爾心想，吃午飯他寧可找開膛手傑克也不找狗臉喬。

「是啊。這傢伙人還不錯，眞的——雖然目光兇暴，又老說一些永生、埃及神祇等等的話，不過很有教養。我跟他說，戴若的確有能力治好他的多毛症，不過也有些問題要問他。我暗示說那老頭打算折磨他——據我所知，他很可能這麼做——所以他需要一個中間人，一個代言人去和戴若交涉。我說我本來是戴若的手下，可是一聽說他打算對我這個混帳東西施展暴行，便退出了。你懂嗎？不過我還是顧忌戴若所下的『見貝納就殺』的命令。」貝納苦笑道：「所以，現在你就是我的同夥。你去找戴若談判，報酬你也有份——就是一趟返家之旅。我想你就這麼說吧。」貝納往後坐，斜睨著道爾又說：「戴若，我們會告訴大金剛，除非收到我們的信，否則不要來見你。而我們會把信交給一位朋友——我知道有個女孩可以信任——指示她在親眼見到我們從裂縫消失之後，才能將信寄出。所以你得給我們一個鉤子並說出裂縫地點，當我們找的女孩看見我們的衣服落地——你要知道，她可能遠在一百碼外的樹梢或窗內，所以你別想找到她——你的長毛人就會收到去見戴若的信息。」

道爾一直想插話，此刻見機說道：「可是貝納，你忘了戴若也下過殺死道爾的命令。我無法接近他。」

「現在沒有人在追殺你了，布蘭登。」貝納耐著性子說：「第一，大家都以為我已經殺了你。第二，他們記憶中的你是那個發表過關於柯律治的演說、外表微胖健康的人。你最近照過鏡子沒有？你眞是憔悴，而且蒼白得有如弗里茨・艾辛柏格雕版畫中的人物，你臉上大概多了一百多條皺紋——我可以繼續了嗎？好——現在你頭也禿了，最重要的是，你那隻耳朵似乎也不見了。你是怎麼辦到的？前幾天我還發現你走路姿勢很怪異。老實說，你簡直老了二十歲。不會有人看到你就說，啊哈，布蘭登・道爾。所以別擔心。你只要走進店裡說：『你好，我有個朋友全身長毛，我想跟老闆談談。』然後，當你見到戴若，就提出條件。到了這個時候，你便能坦承說你是道爾——他絕對不敢傷害他與巨猩喬揚之間的唯一聯繫。」

道爾邊想邊點頭。「這個主意不錯，貝納。很複雜，但還不錯。」道爾很確定自己知道戴若想做什麼……連帶地也知道他爲什麼會有羅布爵士的日記。是因爲他的癌症，道爾暗想，他無法治癒，但當他得以作時光之旅的同時，他也得以接近一個能夠與人掉換軀體的人。於是他找來羅布爵士的手稿，因爲只有這裡頭提到一八一一年處決狗臉喬的時間、地點與情形。知道這一點倒也有利於談判！

「該死，你有沒有在聽我說啊，布蘭登？」

「對不起，你說什麼？」

「你仔細聽，這很重要。今天是禮拜二，我們禮拜六碰面如何——你知道交易所巷子裡銀行旁邊那家『強納森』嗎？我們就中午在那兒見。到時候我會和我找的女孩以及長毛人談好信的事情，你就可以去找戴若了。好嗎？」

「我要怎麼活到禮拜六？你開那槍害我丟了工作。」

「抱歉。拿去吧。」貝納伸手到口袋裡掏出五張皺巴巴的五鎊鈔票，丟在桌上。「這樣夠嗎？」

「應該夠吧。」道爾把錢塞入自己的口袋之後，站起身來。貝納伸出手，道爾卻只是笑笑說：「不了，貝納。我可以和你合作，但我不會跟一個只爲求活命而不惜殺害老朋友的人握手。」

貝納輕輕拍了拍手，笑道：「等你身歷其境卻有不同反應的時候再來說我吧，老兄弟。那麼也許我會覺得慚愧。禮拜六見了。」

「好。」道爾動身離去，之後又轉身對貝納說：「這雪茄不錯，你從哪兒弄來的？我一直想知道一八一〇年的雪茄是什麼味道，現在我知道了。」

「抱歉，布蘭登。那是一九八三年製的赫門亞普曼。我走時從戴若那兒偷的。」

「喔。」道爾從前門離開，來到外頭的人行道。月亮已經升起，流雲的影子飄過街道與屋子正面，像一群偷偷奔往河邊的鬼魅。有個駝背老人沿著街道中央的排水溝走來，道爾目光所及，只見他彎下身子撿起一段壓扁的雪茄菸蒂。

道爾立刻走上前去。「拿去。」他遞出自己已經點燃的雪茄說：「那種垃圾就不要了。試試赫門亞普曼的菸屁股吧。」

老人忿忿然抬頭看著他說：「亞普什麼？」

道爾已經累得不想多作解釋，便匆匆離開。

如今有錢可以好好享受的道爾，在潘卡拉斯巷的「熱情仕紳」訂了一個房間，因爲所有的資料都顯示，艾希布雷斯抵達倫敦後的前幾個禮拜，就住在這裡。儘管當他聽老闆說從未聽過艾希布雷斯的名字，也從未有過高大魁梧的金髮男房客時，不管有沒有大鬍子，他感到十分驚訝，但如今對道爾而言，與貝納的合作遠比艾希布雷斯有沒有出現緊急多了。

接下來的三天，他完全地放鬆。他的咳嗽似乎沒有惡化，甚至有緩和之象，而纏了他兩個禮拜的高燒顯然也被庫西亞的香辣魚湯與啤酒給逼退了。由於怕被賀拉賓或戴若的人發現，他不敢離開旅館太遠，不過他的窗戶外面有個小陽台，他發現可以從陽台經由薄木板屋簷爬上屋頂。他在兩管煙囪之間的平台上找到一張椅子，木頭已經在倫敦天候的侵蝕下發白龜裂。黃昏時他便在這裡坐上許久，俯望下去，魚街與泰晤士街的排屋層層下降直到河邊，而船隻在朦朧的河面上搶風而行，有一種不慌不忙的閒適。他左手邊的煙囪圍著一圈寬寬的磚壁，他把菸草和火絨匣放在上頭，另外將一桶冰啤酒放在右手邊下方的屋頂上，一面抽菸斗，一面喝著陶杯裡的啤酒，然後放眼眺望那片可謂拜占庭式的凌亂屋頂、塔樓與煙囪，那風景中，又以聳立在右側另一頭的聖保羅大教堂最爲醒目。無須立即做出決定的他沈浸在舒適超然的感覺當中，考慮著乾脆不要去見貝納，這輩子就生活在這個以拿破崙、威靈頓、歌德和拜倫爲代表人物的半個世紀裡吧。

這三天的休息當中，只有一件事破壞了他的興致。星期四上午，道爾從奇普塞德一家書店回來的路上，有個可怕的畸形老人，佝僂著身子啪嗒啪嗒地靠上來，他彷彿手腳並用似的以游泳的姿勢往前推進。他那顆光頭從老舊的衣堆中探出來，好像從堆肥裡長出的香菇，看起來他曾經受過重創，因爲他的鼻子、左眼和左半邊的下巴都不見了，只剩下深深凹陷、糾結的傷疤組織。當老人停在道爾面前時，道爾已經伸手進口袋掏出一個先令。

可是那人並沒有討錢。「先生，你，」老人呵呵笑道：「好像很想回家。而且我覺得，」他眨眨眼睛說：「你的家位在一個我們指不出來的方向，哦？」

道爾驚恐地四下張望，但並未見到有任何人可能是這個畸形人的同謀。也許他只是個隨處可見的街頭瘋子，只不過他的胡言亂語恰巧與道爾的情形吻合。他指的很可能是天堂什麼的。「你是什麼意思？」道爾小心地問。

「嘿嘿！你以爲可能只有羅曼尼博士知道阿努比斯之門開啓的地點與時間嗎？錯了，

班！我也知道，而且我今天就能帶你去其中一扇，傑伊。」他格格地笑——很可怕的聲音，就像一堆石頭滾下金屬梯。「就在河的對岸。想看看嗎？」

道爾感到既慌又亂。這個人真的知道裂縫的位置嗎？至少他確實知道裂縫的存在。而且最近裂縫會出現得很頻繁，因此在薩里區開出一道也並非不可能。天哪，我要是今天就能回家該怎麼辦？這就代表我要背棄貝納……可是那個混蛋又有什麼權利要求我對他忠誠？如果這是賀拉賓或戴若的詭計，又何必如此拐彎抹角？「可是，」他說：「你是誰？指點我回家的路對你又有什麼好處？」

「我？我只是一個剛好懂點法術的老人。至於我爲什麼要幫你這個忙，」他又格格笑起來：「可能是因爲我不能算是羅曼尼博士的朋友，對吧？或許還有個原因：我得感謝羅曼尼賜給我這個。」他朝著自己被毀的半邊臉揚揚手：「好啦，有興趣嗎？想不想去看那扇將來——或是已經，或是馬上——能讓你回家的門？」

道爾輕飄飄地說：「想。」

「那麼就來吧。」道爾的嚮導活力十足地沿人行道走去，模樣仍是又像游泳又像走路，而道爾則跟在後面，但他忽然發現一件事便停下腳步。

此時，人行道上堆滿了一波波的枯葉，但老人踩在上頭卻沒有劈啪響。

當老人發現道爾停下來，也轉過那張可怕的臉說：「快呀，傑森。」

道爾聳聳肩，壓抑住突如其來想在胸前畫十字架的衝動，跟了上去。

他們從黑修士橋過河，兩人都沒有多說話，不過老人高興的神情就好像聖誕節早上，全家人從教堂回來以後，終於可以回房去看禮物的小孩。他帶領道爾走下大薩里街，然後左轉進入一條較狹窄的街道，最後來到一座很高的磚砌圍牆，密閉在圍牆內的空地十分寬廣。牆上有一扇看似堅固的門，老人露齒而笑，眉毛揚得老高，手裡舉起一把銅製鑰匙。

「通往王國的鑰匙。」他說。

道爾不禁退縮。「今天這道裂縫之門就在這扇門背後，而你又剛好擁有門的鑰匙嗎？」

「我……老早就知道了！……這裡有什麼，」老人幾乎是神情肅穆地說：「而我買下這塊地是因為我知道你會來。」

「那麼這裡有什麼？」道爾緊張地問：「一道長時間的裂縫，你說的是這個嗎？不過除非等到它關閉，否則對我沒有用。」

「你進去以後就會變成一道門了，道爾，這一點無庸置疑。」

「聽你說得好像我會死在裡頭似的。」

「你今天不會死。」老人說：「將來也不會。」

老人轉動插進鑰匙孔的鑰匙時，道爾後退了幾步，但還是不安地看著。「你想不會哦？」

「我知道不會。」門鎖開了，老人將門推開。

從門口望去，裡頭一片草地上，一塊塊早已破碎又經過風雨侵蝕而變得渾圓的石材，在九月溫吞的陽光下閃耀著，無論道爾原本預期看到什麼，總之絕不是這番景象。老人急急忙忙進入，小心地走過那些綠色小丘，道爾則鼓起勇氣、握緊拳頭，一下跳過門口。

這圍牆內的空地上，除了老人和他自己和豎立在草地上的古牆遺跡之外，空無一物。老人見道爾突然跳進來嚇了一跳，獨眼不停眨動。「把門關上。」過了好一會，他才說，又隨即專注地不知道在土裡挖些什麼。

道爾關上門但未鎖上，然後走到這位奇特的嚮導身邊。「門在哪裡？」他不耐地問。「你看看這些骨頭。」老人從一堆看起來很古老的骨頭堆裡拉開一塊帆布，其中有幾塊骨頭像是被火燒黑了。「這裡有個頭骨。」他說著拿起一個陳舊的象牙色球狀物，顴骨和顎骨還若即若離地黏附著。

「天哪。」道爾有點反感地說：「誰管這些？門到底在哪裡？」

「我多年前買下這塊地，」老人邊回憶邊對著頭骨說：「只爲了要讓你看看這些骨頭。」

道爾「咻」一聲吐出好長一口氣。「這裡沒有門，是吧？」他疲憊地說。

老人抬頭看他，即使他那張帶疤的臉有任何表情，也讓人難以捉摸。「你會在這裡找到門的。希望到時候，你也能像現在這般渴望通過它。你想帶著這個頭骨嗎？」

畢竟還是個街頭瘋子，道爾心想，只不過他對倫敦的巫術階級制度略有所知。「不了，謝謝。」他轉身吃力地穿越沒有割過的草地離去。

「在不同的情況下記得再來找我！」老人大叫道。

當星期六正午時分，貝納大步跨進「強納森」咖啡屋敞開的大門時，道爾見到他便即招手，並指指桌子對面的空座位，他已經等了半個小時。貝納走過來，靴子的跟踩在木板上咚咚響，他拉開椅子坐下。

他用一種交戰的目光瞪著道爾，似乎想掩飾內心的不安。「道爾，是你提早到還是我記錯了約定的時間？」

道爾舉手引起侍者注意後，指指他的咖啡杯又指指貝納，侍者點點頭，步上三層階梯來到主要樓面。「是我早到了，貝納。你的確是說中午。」他更仔細地看著同桌的同伴——貝納的眼睛似乎有點失焦。「你還好吧？你好像……宿醉還是怎麼了。」

貝納疑惑地看著他說：「你說宿醉？」

「是啊。你昨晚在外頭喝得很晚，是吧？」

「喔！是啊。」這時侍者端來了熱騰騰的咖啡，貝納連忙又點了兩份腰子餡餅。「吃點東西應該是治療過度放縱的妙方，是吧？」

「當然。」道爾意興闌珊地說：「你知道嗎？我們倆回去以後都得稍作調適——你不但有了口音，連用語也復古了。」

貝納笑起來，不過顯得有點勉強。「那是當然，在這古代時期，我一直想讓自己更像個……古代人。」

「我覺得你太過火了，算了，無所謂。你都準備好了嗎？」

「好了，當然好了，沒問題。」

道爾心想，貝納一定很餓，因為他不斷不耐地尋找侍者。「那個女孩答應了嗎？」道爾問。

「當然答應了，她會做得無懈可擊。那個人把我們的餡餅拿到哪兒去了？」

「去你的餡餅。」道爾不耐地說：「事情經過如何？有沒有什麼阻礙？你的舉止怎麼這麼奇怪？」

「沒有，沒有阻礙。」貝納說：「我只是餓了。」

「那麼我什麼時候去見戴若？」道爾問：「今天？還是明天？」

「不用這麼急，得再等幾天。啊，餡餅來了！謝謝。快用吧，道爾，冷了不好吃。」

「我這份給你。」道爾說，他一想到腰子餡餅總覺得反胃：「為什麼還要再等幾天？你把那個長毛人追丟了嗎？」

「你把這該死的餡餅給吃了，這是我替你點的。」

道爾不耐地轉了一下眼珠。「別企圖轉移話題。為什麼要等？」

「戴若要離開幾天，禮拜二晚上才回來。那你要不要來點湯？」

「什麼都不要，謝謝。」道爾說得很確定：「這麼說我就禮拜三早上去見他囉？」

「對。喔，還有件事讓我擔心，我似乎被跟蹤了。我想不出會是誰——一個留著黑鬍子的矮小男人。我來的時候應該已擺脫了他，但仍得確定一下。你能不能出去看看他是否還在附近？若是的話，我不希望他知道我已注意到他。」

道爾嘆了口氣，不過還是起身走向大門，到外面的人行道後，朝陽光燦爛的針線街前後看了看。街上人很多，道爾又是擠又是「借過」又是墊腳尖的，還是沒看到任何黑鬍子的矮男子。他右側路上傳出沙啞的尖叫聲，眾人都伸長脖子往那個方向看，不過道爾沒興趣知道騷動的原因。他又走進店內回到桌邊。

「沒看見人。」道爾坐下說道。貝納正在攪一杯茶，剛才道爾出去時還沒有這杯茶：「他跟蹤你多久了？你最初在哪兒發現他的？」

「這個……」貝納大聲地啜著茶：「哎呀，他們這裡的茶還眞好喝。你嚐嚐看。」他把杯子遞給道爾。

外頭叫喊的人愈來愈多，也愈來愈吵，道爾不得不往前傾說道：「不用，謝謝。你可以回答我嗎？」

「可以。不過你先嚐一口，眞的很好喝。我開始覺得你自視過高而不屑與我同食共飲。」

「拜託，貝納。」道爾於是不耐地拿起杯子斜湊到唇邊，正當他張開嘴巴要小啜一口，貝納突然伸手將杯底一掀，逼得道爾吞下滿滿一大口，還差點給嗆了。「該死。」他吞下茶後激動地說：「你瘋啦？」

「我只是希望你好好喝上一口。」貝納愉快地說：「很順口吧？」

道爾翹起嘴唇咂了咂嘴。這茶又苦又濃，好像加了許多丹寧的紅酒，牙齒澀得吱嘎響。「眞難喝。」他對貝納說完，忽然有種不安的感覺：「你這王八蛋，你喝一口給我看看。」

貝納用手拱在耳邊說：「你說什麼？這裡好像……」

「你現在馬上喝茶！」道爾爲了壓過此時正在門外的喧鬧聲，幾乎大吼起來。

「你以爲我下了毒嗎？哈！你看著。」看到貝納毫不猶豫將茶喝光，道爾放心許多。

「道爾，你顯然不是茶的行家。」

「大概吧。你看外面到底出了什麼事？跟我說說這個留鬍子的……」

道爾身後、前門旁邊的廳裡傳出幾聲驚恐的尖叫，他還沒來得及轉身，就聽到前窗向內爆破，響起嘩啦啦的碎裂聲和金屬撞擊聲。街上的吵鬧聲更響了。當道爾從椅子上跳起來的時候，他的眼角瞥見，貝納十分冷靜地起身，並從外套底下掏出一把小型的燧石槍。

「天哪，」有人喊道：「殺了牠，牠好像往廚房去了！」

道爾看見廳內靠街邊的顧客紛紛驚慌逃竄，還將損毀的椅子的木條當木棒揮舞，不過最初緊張的幾秒鐘，他卻看不見是誰或什麼東西被圍在中心。後來有個侍者被拋甩到半空中壓倒十來個人，道爾這才看見在混亂當中那個小空地裡，蹲著一隻紅毛猩猩。雖然身材比多數對手矮小，卻凶猛異常、咿咿啊啊地從侍者摔倒後留下的缺口衝出來，朝道爾與貝納的桌子這邊蹦了兩下，便已前進一半距離。就在貝納在他耳畔開槍之前，道爾留意到猩猩的毛上沾有多處血跡，從口中流出的血似乎更多。

道爾感覺到臉頰邊的空氣劇烈震動，並看見子彈將猩猩往後轟倒，血從牠的胸口噴出。牠倒退十呎回到剛才所在之處，肩膀撞到地板，而當牠全身癱軟，跌落在地之前的一剎那，猩猩幾乎是整個倒立的。

在接下來除了嗡鳴，什麼都聽不到的沈寂中，貝納攫住道爾的上臂，帶著他快步走向廚房，經由後門進入一條非常狹窄陰暗的巷道。

「走吧。」貝納說：「這條巷子通往康西爾。」

「等等！」地上有個破車輪也不曉得爲什麼沒被拾荒者撿走，差點絆了道爾一跤。「那是被狗——我是說被長毛人遺棄的軀體啊！爲什麼會來——」

「那無關緊要。現在你能不能——」

「可是這就表示他又找到新的軀體了！你不明白——」

「我比你更明白，道爾，相信我。一切都在我掌控之下，以後再跟你解釋。」

「可是——那好吧。喂，等等！我什麼時候再見你呢？你說禮拜二是嗎？」

「禮拜二可以。」貝納不耐地說。「快去吧！」

「禮拜二在哪裡？」

「別擔心那個，我會找你的。唉，眞要命。禮拜二早上十點在這裡見，這樣你放心些了嗎？」

「好。不過你能不能再借我一點錢？我沒有——」

「可以，可以，可不能讓你餓著了。拿去，不知道有多少，但也夠多了。你現在可以走了嗎？」

頭髮灰白的侍者掃了一畚箕的玻璃碎片，加上他把餐巾當綳帶纏在頭上，看起來就像某個伊斯蘭大臣想找一位蘇丹，獻上一堆胡亂切割的鑽石似的。「抱歉，小伙子，當時情勢實在太混亂，我根本沒反應過來，好嗎？」他將碎片倒入垃圾桶，又彎下腰掃另一堆。

「可是他當時是衝向兩個客人嗎？」

侍者嘆氣說：「也許是，但更可能只是往那個方向逃跑。」

「開槍打他的那個人，你還記得些什麼嗎？」

「我剛才說了，高大金髮。跟他在一起的人矮小、深色頭髮、很瘦，好像生病的樣子。好了，回家去吧。」

這裡似乎再也問不出個所以然，小傑謝過侍者後，便垂頭喪氣走到外頭的交易所巷子，有幾個人正小心翼翼地將肯尼的紅毛屍體搬上馬車——不管是不是叫肯尼，總之就是一星期前被肯尼拋棄，而今天又剛剛被狗臉喬拋棄的軀體。

該死，小傑心想。他又採取行動了，現在我根本不知道他可能在誰的身體裡面。

她兩手插入寬鬆外套的口袋內，小心地繞過馬車，穿過一群瞠目結舌的旁觀者，緩緩步下針線街。

道爾走到半路便開始發抖，當他回到屋頂，很快灌下第一口啤酒之後，將臉埋在手中作了幾個深呼吸，直到顫抖停止。天哪，他想，原來那鬼東西出現就是這種情形，難怪小傑殺了一個以後，會變得有點瘋狂，因爲他覺得他從那東西臨死前的雙眼，看見柯林·勒波弗的靈魂在凝視著他。也說不定，這是眞的。道爾不禁又倒了一杯啤酒喝乾。他想道，我眞的希望貝納知道自己在做什麼，希望他知道自己在玩什麼樣的火。

道爾放下杯子，視線向左游移。他現在在哪裡呢，道爾不安地想，新軀體是否已開始長出一點一點的毛？他是否已開始尋找另一個替代者？

在道爾屋頂的窩東南方大約兩千哩外，有間粉牆小屋，門前斑駁的石階上有個光頭老人呆坐著，他一邊抽著長長的陶土菸斗，一邊望著土黃草坡下方的卵石海灘與海水。溫暖乾燥的西風吹來，原本平靜的帕特拉斯灣湧起一波波長浪，偶爾風勢緩和下來，他還能聽到身後摩里亞的山腳下有羊鈴恬靜清脆的響聲。

在那漫長午後，男孩尼可羅已經是第三次跑出屋外，這次還踢了博士的手臂使他差點拿不住菸斗。男孩卻也不道歉。博士對著不快樂的男孩冷冷一笑，暗自發誓只要這個希臘的小混蛋再有任何不敬的舉動，就讓他心愛的padrone（主人）死得更難看、更痛苦，也拖得更久。

「博士，」尼可羅喘著氣說：「快來！padrone在床上滾來滾去，還跟很多不在房間裡的人說話！他好像快死了！」

我不讓他死，他是不會死的，博士心想。他望向天空——無雲的希臘天空裡，太陽已經西沈，他認爲現在應該可以採取行動。其實在哪個時辰動手倒也不是那麼要緊，但是他對古老過時的律法仍抱持迷信，就如同他絕不會在法穆提月二十四日提到塞特之名，也不會樂意在提比月十二日看見老鼠一樣，當太陽神拉還在頭頂上，還可能看見的時候，他就是無法施展巫術。

「好。」博士說著便將菸斗放到一旁，吃力地站起來：「我去看看他。」

「我也去。」尼可羅說。

「不行。我得和他獨處。」

「我也去。」

這可笑的男孩斜披著紅色肩帶，裡頭隨時放著一把彎刀，這時他將右手按在刀柄上，博士看了差點笑出來。「隨便你吧。不過我做治療的時候，你得離開。」

「爲什麼？」

「因爲，」博士知道這個理由能讓男孩信服——但裡頭那位英國紳士聽了，恐怕就要到處找槍了——「醫療就是法術，如果屋裡有第三個靈魂，可能會讓治療的巫術變成惡毒的巫術。」

男孩顯得很不高興，但仍低聲說：「好吧。」

「那就來吧。」

他們走進屋裡，經過走廊，來到盡頭一個沒有門的房間，雖然石牆讓房內保持涼爽，但躺在狹窄鐵床上的年輕人卻汗濕淋漓，捲曲的黑髮貼在額頭上。正如尼可羅所說，他正痛苦地翻來覆去，雙眼雖然緊閉，卻眉頭深鎖喃喃低語。

「你得離開了。」博士告訴男孩。

尼可羅走到門口又停下來，疑慮地看著床頭桌上那些奇怪的東西——一支刺胳針和一只碗，幾個小玻璃瓶裡裝著有色液體，一個中間繫著一顆木珠的金屬圈。「我走之前還有一件事，」他說：「很多得到這種熱病的人都被你醫死了。禮拜一，英國人喬治·瓦森就死在你手上。Padrone（主人）……」他比比床上的人說：「說你比熱病本身還危險。所以我要告訴你，萬一你治療他又失敗的話，你將會和他在同一天向死神報到。Capeesh（明白嗎）？」

博士凹凸不平的臉上神情複雜，似乎又好笑又氣惱。「出去吧，尼可羅。」

「當心點，羅曼奈利博士。」尼可羅說完，掉頭大步走出走廊。

博士往桌上的水盆裡舀一杯水，然後從腰帶的小包捏了幾把壓碎成粉狀的藥草篩入杯中，再以食指攪拌。接著他伸出一隻手臂到神智不清的病人肩膀底下，扶他半坐起來，把茶杯湊到他仍喃喃自語的嘴邊。

「喝了吧，爵士。」他輕輕說著，一面將茶杯傾斜。床上的人沒有多想就喝下去，但眉頭隨即皺起，當羅曼奈利博士拿走空茶杯後，那人開始咳嗽並猛搖頭，就像貓聞到什麼牠不喜歡的東西。「對，的確很苦是吧？八年前我自己也喝過一杯，我至今還記得那個味道。」

博士起身後，迅速走到桌邊，因爲現在時間寶貴。羅曼奈利利用碟子裡的一小推火絨打火，起火之後，他把特製的蠟燭伸進去直到燈芯亮起一圈火光，又重新插回燭台，並認眞地盯著它看。這火焰並不像一般蠟燭向上延伸，而是均衡地散開形成球狀，有如一個黃色的小太陽，它也同時往上下散發熱浪，使得燭台桿上的象形文字彷彿一隻隻在柵門內等著起跑的賽馬，焦躁不安動來動去。

現在只希望他在倫敦的「卡」表現稱職！

他對著火焰說：「羅曼尼？」

一個細細的聲音回答：「這裡準備好了。包特桶剛換水，而且已加熱到適當溫度。」

「希望如此。替他鋪好路了嗎？」

「好了。謁見喬治王的請求已經在這個星期稍早獲准。」

「很好。我們把頻道連上吧。」

羅曼奈利轉而向固定在一塊硬木上的金屬圈，然後拿了根小金屬棒敲擊。金屬圈發出一個又長又清脆的音，不一會兒，火焰裡也傳出一個音作爲回應。

回應的音比較高，於是他將金屬圈上的木珠往上移了一吋，再敲一次；聲音較爲相近了，有一度火球似乎消失不見，但當音符慢慢減弱，它便又亮起來。

「我想我們成功了。」他緊張地說：「再來一次。」

一個在倫敦、一個在希臘所敲出的兩個音再度響起，幾乎一模一樣——火焰變成一團模糊、劇烈轉動的灰色——當金屬圈仍持續發音之際，羅曼奈利謹慎地將木珠往上移動一毫釐。現在兩個音完全一樣了，原來的火焰如今在空中形成一個洞，從這個洞他看到一小塊泥土地板。當鳴響的雙音漸漸沈寂下來，奇特的火球又再次出現。

「成了。」羅曼奈利興奮地說：「我可以很清楚地看到。我叫你敲的時候再敲一次，然後我就把他送過去。」

他拿起刺胳針和一只碟子，轉向床上昏迷不醒的人，抬起他一隻癱軟的手，用刀片劃傷他一根指頭，並將很快流出的幾滴血用碟子接住。盛滿幾湯匙的血量後，他放下病人的手和小刀，然後又重新面向蠟燭。

「敲吧！」他說的同時，也以棒子敲擊金屬圈。回音再度傳來，當蠟燭火焰再次變成洞，他丟下棒子，以手指沾血，往洞裡彈出十幾滴。

「有了嗎？」他問道，手指則擺好姿勢準備再試一次。

內。」

「有了。」另一頭的聲音回答，此時鳴響的音漸弱，火焰也逐漸變亮。「四滴，正中桶

「好極了。一成功我就馬上讓他死。」羅曼奈利俯身吹滅蠟燭。

他靠在椅背上，盯著床上那個睡得極不安穩的人陷入沈思。找到這個年輕人是意外的好運。他完全符合他們的需求：一個英國的世襲貴族，生活在陰鬱甚至於貧困之中，而且——也許因為跛腳——害羞內向，朋友極少。他在哈羅公學那段時間，曾熱心地發表過一首諷刺詩，結果得罪不少英國有份量的人物，其中包括他的資助人卡萊爾爵士。一旦羅曼奈利和他在英國的「卡」製造出他犯下這樁駭人罪行的假象，這幫人想必都很樂意相信。

「羅曼尼博士和我將把你推出黑暗。」羅曼奈利輕聲道：「我們將使你成名，我的拜倫爵士。」

牆上高處一個壁龕裡安置著提巴多被割下的人頭，他的臉上帶著十分平靜的笑容。人頭下方，小丑賀拉賓和羅曼尼博士正盯著一個棺木大小的桶子看，桶內的包特隱隱發紅，而那幾滴血則已經變黑變硬，沈到中心，現在正開始長出細細的紅色網絡，相互連結。

「十二小時過後，就能長成人形了。」羅曼尼輕聲說，他定定地站著，完全沒有因為腳下的彈簧鞋而蹦跳。「二十四小時過後，他就能跟我們說話了。」

賀拉賓略微調整腳下的高蹻。「一個真正的英國爵士。」他若有所思地說：「鼠堡曾有過一些傑出的訪客，不過這位年輕的拜倫將是頭一個……」即使他臉上塗著厚厚的妝，羅曼

尼仍看得出他在冷笑：「英國貴族。」

羅曼尼博士笑道：「我把你引進上流圈子了。」

小丑沈默片刻後，唧唧哼哼地說：「明晚我們眞的要進行這個不眠不休的計畫嗎？我總得在吊床裡躺十個小時，否則背就痛得厲害，自從我那該死的父親……」他指指乾掉的人頭：「把我推到地上以後，更是加倍痛苦。」

「我們兩個輪流，每八小時睡四小時。」羅曼尼博士厭煩地提醒他：「這樣總該能讓你活下去了吧。他才可憐呢。」他對著包特桶點點頭說：「他得隨時醒著聽人大吼大叫。」

賀拉賓嘆氣道：「後天的某個時辰就能停手了？」

「應該是傍晚。明天一整晚和後天一整天我們都要輪流對他洗腦，到了傍晚，他就不再有自己的意志了，讓他露臉兩天後，就把指令和那把小型手槍給他，放他走。然後我的吉普賽人和你的乞丐都要上工，我安排在國庫的人會宣布國內有五分之一的金鎊都是僞造的消息，大約一個小時過後，我的手下就會到英國銀行擠兌。接著我們的拜倫再來那麼一下，這個國家也就差不多癱瘓了。如果耶誕節之前，拿破崙還沒有出現在倫敦，那就太叫人意外了。」他滿意地笑著。

賀拉賓踩著高蹺走來走去。「你……確定這樣會比較好嗎？我不在乎鞭笞這個國家一頓，可是徹底毀滅它眞的是明智的做法嗎？」

「法國人比較好控制。」羅曼尼說：「我很清楚——我在開羅和他們打過交道。」

「喔。」賀拉賓往門口走去，忽然又停住往桶子裡看，那些紅絲已經連成人體骨架的輪廓。「天哪，眞是噁心。」他說：「你想想，從一個黏滑的桶子裡誕生。」他搖了搖自己那有如嘉年華會帳棚般的頭，沈重地走出去。

羅曼尼博士也凝視著發紅的桶子。「啊，」他輕輕地說：「還有更慘的呢，賀拉賓。一個月後再來告訴我，你有沒有發現更慘的事吧。」

九月二十五日星期二上午，道爾直盯著瓦薩菸草店那整排菸草罐，想在尚未有保濕措施與拉塔基亞菸草的今日，找一種還不難抽的混合菸，而他卻逐漸留意到身邊的人的談話。

「當然了，他是眞的爵士。」一個站在旁邊的中年商人說：「他爛醉如泥，是吧？」另一人格格笑著，但卻若有所思地回答：「不知道。他看起來更病態——也許是發瘋，對，就是發瘋。」

「但他穿著的確很講究。」

「對，我就是這個意思，他好像一個打扮成勛爵在低級戲院裡面表演的演員。」他搖著頭說：「要不是他到處撒那些個金鎊，我眞的這麼覺得，好像想吸引人去看某個無聊表演的一個噱頭。你說你聽說這個什麼爵士……他叫什麼名字來著？布萊恩嗎？」

「拜倫。對，他寫了一本小書，嘲笑所有的現代詩人，就連我特別喜愛的李托也不例外。這個拜倫也是他們那些大學生之一。」

「傲慢無禮、裝腔作勢的一群小混蛋。」

「對極了。你有沒有看到他的鬍鬚？」

道爾感到十分困惑，便欠身問道：「請問一下，你們說你們見過拜倫爵士？最近嗎？」

「是啊，年輕人，不止我們，還有大半個商業區都看見了。他在倫巴街『吉姆里的窩』，醉得不像話——也可能是發瘋，」他對同伴點點頭，接著又說：「他一而再，再而三地請全酒館的客人喝酒。」

「我也許還有時間可以去分一杯。」道爾微笑道：「你們誰有錶嗎？」

其中一人從背心掏出一只懷錶，看了一眼說：「十點半。」

「謝謝。」道爾急忙走出店門。離我去見貝納還有一個半小時，他想，還有充裕的時間去看看這個冒充拜倫的騙子，想玩什麼把戲。冒牌藝術家假冒拜倫的身份倒是不錯的選擇，他思忖著，因為真正的拜倫在一八一〇年仍默默無聞——他是在距今兩年後，發表了〈恰爾德哈洛德遊記〉才成名的——所以街上那個人不會知道拜倫現在正在希臘和土耳其旅行。可是又有什麼重大詭計，竟需要撒金鎊來策劃？

他往南走向倫巴街，毫不費力就找到「吉姆里的窩」——這家酒館前面圍了一大堆人擋住街道。道爾跑過去，試圖想從人群的頭頂上看過去。

「別擠啊，小子。」他身邊一個胖子吼道：「你要跟大夥一樣排隊。」

道爾道了歉，側身繞到一扇窗邊，彎起手掌遮在眼睛上頭往裡瞧。

酒館裡人滿為患，道爾一時半刻只能看見喧鬧的酒客們不是忙著乾杯，就是朝著忙翻天的侍者與酒保晃動空酒杯。後來偶然間人群當中出現一個空隙，他看見一個黑色捲髮的年輕人跛著腳走向吧台，面帶微笑往光亮的台面丟下一堆硬幣。接著響起一陣歡呼，即使隔著厚玻璃也聽得見，而年輕人則沒入一隻隻揮舞的手臂之間看不見了。

道爾又往外擠回街上，倚在一根燈柱旁。儘管他的內心看似平靜，但他卻能感受到一股冷冰冰的壓力正往內心深處擴張，他知道當這壓力像潛水艇浮出水面般的進入他的意識後，就會成為恐懼，因此他試著想將它駁倒。拜倫正在土耳其或希臘某地，他堅定地告訴自己，這傢伙長得那麼像他——還眞像！——只是個巧合，也許這個冒牌貨剛好也是個跛足，也或是他對拜倫研究得非常透徹而注意到這個細節……儘管在一八一〇年幾乎沒有人知道這點。可是那撇小鬍子又該如何解釋？拜倫出國以後的確留了鬍子，從菲利普斯的肖像畫就能看出，但即使模仿的人果眞知道此事，也不太可能以此騙人，因為凡是看過拜倫本人的人都知道他沒有留鬍子。又如果模仿者並不知道拜倫最後出現在英國時並未留鬍子，以致於一時疏忽，那麼何以又知道跛腳這正確的細節？

不管是恐懼或其他感覺，都在繼續擴大。如果那眞是拜倫呢？他想，也許他根本不像史料記載那樣在希臘。這到底是怎麼回事？艾希布雷斯理應出現卻沒來，拜倫不應該在此卻來了。難道戴若把我們拋回另一個一八一〇年，歷史也將有不同發展嗎？

他感到一陣暈眩，幸好有燈柱支撐著，但他仍必須進入酒館探查那個年輕人究竟是不是眞的拜倫。他強迫自己跨出幾步後，才驀然發覺在他內心累積的恐懼是那麼原始、那麼強烈，並非身處於哪條時光河流這類抽象的問題所能解釋。他有了變化，這種變化他的意識感受不到，卻在下意識裡翻騰，就好像一顆炸彈在井底爆炸了。

他眼前的人群與建築頓時失去深度，也多半失去色彩與清晰焦點，他好像看著一幅只有黃褐色調的印象派畫作。而且有人「啪」一聲把聲音關掉了，他心想。

後來，光線與聲音完全消失，他毫無支撐地陷入昏迷，便有如刑台上活板門開啓後往下墜落的犯人。但就在此之前的一瞬間，他心想，這是否就是死亡的感覺。

道爾有時跳，但更多時候則像隻被踩扁的蟑螂，用一隻腳和兩隻手爬著，因爲他的左腳多了一個新關節，不斷發出刺耳的摩擦聲。他一邊乾嘔，一邊喘氣地奔過濕滑的柏油路，根本沒注意到一輛輛來車開始煞車，輪胎吱吱嘎嘎響，車頭也壓得低低的幾乎撞到路面。

他看見一個蜷曲的身影躺在碎石路肩上，好像被人隨意丟棄的東西，儘管他費盡氣力想去看看她還好嗎，心裡卻知道好不了，因爲他在眞實生活中已有過一次經驗，在睡夢中也經歷過無數次。雖然他心裡混雜著焦慮、恐懼與希望，卻也同時知道自己會看到什麼。

可是這次情況不一樣。沒有記憶中的血泊和骨頭，以及飛濺過路面與高速公路標示牌的鮮豔的安全帽碎片，那人的頭依然完整地連在脖子上，那也不是蕾貝佳的臉，而是乞丐男孩小傑的臉。

他吃驚地往後一坐，這才發現——卻又不太訝異——自己根本不在高速公路路肩，而在一個小房間裡，沒有玻璃窗的窗戶旁，幾片骯髒黏膩的窗簾在風中啪啪作響。窗戶的形狀不斷變化，有時候又圓又大，還像是某種建築括約肌似的收縮著，小時有如門上的鷹眼，大時又像夏爾特大教堂的玫瑰窗，有時候它又決定扭曲變形，變成各種可稱爲四方形的形狀。還有地板也變幻莫測，一下子膨脹到他必須蹲下來以免撞到天花板，一下子又像鬆垮垮的彈簧墊，讓他陷在洞裡抬頭望著窗戶跳肚皮舞。這肯定是個娛樂室。

他的嘴都麻了，雖然牙醫——他戴著兩層手術面罩，道爾只能看到他閃亮的眼睛——叫他不能碰，他還是偷偷用戴著毛皮手套的手抹一下嘴唇，不料竟看到金黃的毛上沾了鮮血。好個牙醫，他心想，雖然他強迫自己脫離那個幻境，回到小房間來，他卻仍戴著毛皮手套，嘴巴也依然不停湧出血來。當他彎腰抱住再次抽搐的胃時，血也隨即灑落在不知道是誰留在地板上的盤子與刀叉。

他一想到有人不收拾餐盤就生氣，但他馬上想到這些是他自己吃剩的餐點。是因爲這個而嘴巴發麻流血嗎？裡頭是不是有碎玻璃？他拿起叉子攪了攪盤中殘留的食物，緊張地留意有無發光的硬物。片刻過後，他確定裡頭沒有玻璃。

不過這又是什麼東西？聞起來有點像咖哩，但看起來又像冷掉的燉菜，裡頭有葉子和一種看似奇異果的東西，但較小、較硬也較多毛。他心裡不斷重複著咖哩、毛皮兩個押韻的名詞——這兩個明顯有關連的詞就像一個硬幣在吸塵器的吸入罩中跳來跳去砰砰亂響，吸引了他所有的注意力而無法思考其他——但他終於克服了障礙，歷經片刻的冷靜後，他認出了那個不尋常的水果。他以前在夏威夷奴安奴的佛斯特果園見過，長在高高的樹上，果樹的學名他至今還記得：Strychnos Nux Vomica（馬錢子），番木鱉鹼最豐富的來源。

他吃下了番木鱉鹼。

水的味道很恐怖，好像一灘死水中塞滿死去多日的魚屍和發臭的海藻，不過人行道上仍有許多人穿著彩色繽紛的泳衣，歡笑聲不斷，最令道爾開心的還是「喲嗬」點心攤前沒有大排長龍。他搖搖晃走到小窗前，往木板櫃臺丟了一個二角五分硬幣，想吸引老闆注意。老闆轉過身，道爾大吃一驚，沒想到竟是寇克藍・戴若穿著圍裙、戴著白色紙帽。他終於還是破產了，道爾難過地想，如今他只好經營一個香蕉冰攤。「我要一個——」道爾開口道。

「我們今天只賣活性炭奶昔，」戴若打斷他，斜偏著頭說：「我已經告訴過你了，道爾。」

「喔對，那我就來一份吧。」

「你得自己做。我還要去趕船，再十分鐘就要沈了。」戴若把手伸出窗戶，抓住道爾的衣領，猛力將他拉過去，直到他的肩膀卡在窗口。

裡頭沒有光，只有陣陣翻飛的灰燼嗆得道爾呼吸困難。他掙脫出來，往後跌落在地板上，卻發現他把自己的頭卡進房間的小壁爐裡。天哪，他心想，我一直在幻想，一下這個一下那個，番木鱉鹼會造成精神錯亂嗎？或者我吃了好幾種毒藥？

不過戴若說得沒錯，他想。我現在需要炭，大量的炭，而且要快。我記得看過報導說，有個人吃下十倍致命劑量的番木鱉鹼，用粉狀炭驅毒後完全沒有後遺症。他叫什麼來著？對了，就叫杜里。那麼我到哪兒去弄一些來呢？打電話叫服務生送一千五百盒左右加有活性炭濾嘴的香菸上來。

等一下，他想。現在我眼前就有不少啊。壁爐裡面燒過的這些木柴。這可能不是活性的，但還是有數十億的小細孔，用來吸收你更好呢，親愛的番木鱉鹼。

不一會，他找到一只碗和一個圓頭的小雕像，像是某個埃及的狗頭神或什麼的，便拿來當作缽和槌，將已經燒成鬆脆黑炭的木塊磨成粉。磨碳粉的時候他發現自己的手和手臂上，似乎長出一片亮亮的黃色短毛，他有些緊張，便將此現象歸咎於幻覺。

至於另一種解釋他還不急著去考慮，就先擱在一邊吧。

這段時間嘴裡的血始終滴個不停，還經常滴入帶有顆粒的黑色粉末堆中，不過流量愈來愈少，更何況他還有更要緊的事要煩心。這玩意該怎麼吃啊？他用長毛的手指將這有如黑沙般的東西篩一篩，心裡想道。

他開始拿起藥丸大小的炭塊直接往下吞，然後用角落一只水盆裡的水，把黑色粉末搓成小丸，又硬吞了好幾十顆。

這東西加一點水之後變得頗有可塑性，過一會他也不再吃黑色丸子，反而將其聚攏開始捏起小人像來。他簡直不敢相信自己的手藝，甚至還決定，以後有機會就弄點黏土來，以雕塑家的身份重新展開人生——因爲他只是搓了一下四肢的部分，尚未黏上驅幹，沒想到大腿與二頭肌的隆起，以及膝蓋與手肘的角度都已完美呈現，而他才用大拇指的指甲在人像額頭上隨便刮幾下，那張臉便有如米開朗基羅在西斯汀禮拜堂的天花板上所畫的亞當。他得把這個小雕像保存下來——將來可能會在羅浮宮或其他地方展示：道爾的第一件作品。

不對，他怎麼會覺得這張臉像亞當？那是一張又老又醜的臉，四肢皺縮扭曲，好像雨後出了太陽，你會在人行道上看到的那種蟲乾。他嚇得正想把它壓扁，卻見它睜開眼睛咧著嘴笑。「道爾啊，」它用沙啞刺耳的聲音大聲地耳語：「你和我可有得聊了！」

道爾放聲尖叫，急忙往後爬離那個笑嘻嘻的東西——但卻很費力，因爲地板又開始變起上下起伏的戲法。他聽到不知從哪傳來緩慢的、好似磨牙的鼓聲，後來牆上開始形成大滴大滴的酸液，接著打破表面張力滴下來，原來這整棟屋子是一個生物體，正要將他消化掉，但當他發現時，已經太遲。

他在地板上醒來，精疲力竭沮喪萬分，漠然地看著灑在眼前的幾滴血跡。他的舌頭痛得像裂開的牙齒，但他絲毫不覺得緊張。他知道自己已逃過中毒與幻覺的災難，他也知道自己終究會感到慶幸。

他臉上癢癢的，便抬起手想抓癢——卻忽然停住。雖然幻覺過去了，手上還是覆滿金色短毛。

瞬間，對這一切的解釋，被他暫時擱置的解釋回來了，而他知道這是眞的。他又更沮喪了些，因爲這表示他需要更多勇氣，才能站起來處理事情。爲了更加確定，他摸摸自己的臉。沒錯，正如他所想，臉上也長滿了毛。這可糟了，他覺得心煩。

他顯然就在狗臉喬最新遺棄的軀體內，而喬自己則已進入道爾的身體，不知跑哪兒去了。

我現在在誰的身體內呢？他想著。那還用想，當然是貝納。貝納說他一個禮拜前和老喬一起吃過飯，喬一定餵他吃了什麼能讓人靈魂出殼的魔法草藥，然後在禮拜六掉換過來。

這麼說來，道爾尋思，禮拜六在「強納森」和我碰面的，是盜取了貝納身體的狗臉喬。難怪……他有點不對勁，也難怪他一直逼我吃點或喝點什麼——這樣他才能給我服用那掉換靈魂的東西。因爲我什麼都不想吃，他只好支開我，要我去找一個無疑是他捏造出來的人，他才能幫我點杯茶，再把噁心的茶葉丟進去，逼我喝掉。

儘管感到疲憊麻木，但一想到那天自己目睹被殺的紅毛猩猩竟然就是貝納，道爾也不禁無奈地聳聳肩。這可憐的混蛋，一不小心就被塞進狗臉喬最後佔據的軀體。

現在，道爾想，既然他已進入我的身體，便能大搖大擺地去和戴若談判，根本無須把貝納和我考慮在內。

道爾坐起身來，忍不住大聲呻吟。他的嘴巴、鼻子和喉嚨都凝著血塊，有鐵鏽的味道，他發覺——這也讓他略感興味——那個猿人老喬在脫離軀體之前，一定把舌頭都嚼碎了，以免新宿主在毒發身亡之前，還有機會說出任何令人起疑的話。

他站起來，突然間站起身讓他有點暈眩，他四下看了看。他看見床邊的架子上擺著剪刀、刷子、折疊式剃刀和一塊灰色肥皀，對此他並不感到驚訝——狗臉喬很可能每星期都要買新剃刀。架上還有一面鏡子鏡面朝下，道爾拿起鏡子憂懼地往裡頭看。

天哪，他又驚又怕，我好像是狼人——或是秋巴卡——或是那部法國電影「美女與野獸」中的野獸——又或是，我知道了，《綠野仙蹤》裡那頭膽小的獅子。

他的下巴底下一捲捲濃密的金毛如波浪一般，進而擴散到兩邊臉頰形成誇張的鬢毛，然後沿著鼻梁往上爬，連上一大片倒轉的金毛瀑布，這片瀑布從眉稜骨開始，密密地向上橫掃整個頭頂，最後亂蓬蓬地垂落在他寬闊的肩膀上。就連他的脖子和下顎底下也是毛髮密佈。

好吧，他拿起剪刀，從前額抓起一綹頭髮，不必再拖延了。喀擦。一把毛沒了。希望我還記得怎麼使用折疊剃刀。

一小時後，他已經將前額、鼻子和兩頰修剪刮剃乾淨，並小心地留下眉毛。在進行剃手毛這項高難度的工作前，他決定看看自己的模樣。他把鏡子以不同角度靠在牆上，然後後退斜覷一眼。

他的胸腔倏地被掏空，愈來愈快的心跳在裡頭像擊鼓似的迴響著。最初的驚嚇過後，他開始推論出所以然來，而且一想到事實是如此簡單明瞭，幾幾乎就要笑出來。是啊，我的確在十一日星期二去了牙買加咖啡屋，他不覺感到驚異，而且我也在那裡寫了——或至少是默寫了——〈黑夜十二小時〉。我也確實住過潘卡拉斯巷的「熱情仕紳」。而這具軀體也確實於星期六在「強納森」槍殺了一隻舞猿。根本沒有什麼綁架也沒有另一個一八一〇年。

因爲道爾認出了鏡中的臉。是貝納沒錯，可是多了那頭濃密長髮與舊約先知般的鬍子，加上雙頰與額頭因憔悴而生出的皺紋，以及略帶牽掛的眼神，無疑的，這也是威廉·艾希布雷斯的臉。

第二部

黑夜十二小時

第八章

他對我說確於一八一〇年在聖詹姆斯街與我相遇，但我們擦肩而過未曾交談。——他如是說——我反駁道不可能——我當時人在土耳其——一兩日後，他指著對街某人道與其兄——「那……」——他說「便是我錯認為拜倫之人」——其兄立即答道「他正是拜倫啊。」——不僅如此——更有人見我參與連署探視國王——並抨擊我不似常人。——如今——此時此刻，就我所能確知——我在帕特拉斯罹患了嚴重熱病……

——拜倫爵士，一八二〇年十月六日，給約翰・莫瑞的信

想要找到所有的小馬達並準確地上緊發條，還要調整數十支隱藏蠟燭的通風口，實在不容易，不過半個人高的「巴伐利亞村」——狄德拉先生如此稱呼這個貴得驚人的玩具——卻也似乎已經做好表演的準備，如今只須點燃蠟燭，並將僞裝成小樹樁的總開關向右一開便成了。

羅曼尼博士靠坐在一旁，沈下臉盯著這奇妙的裝置。該死的理查想趁著雅格還沒到之前，開動機器讓他的猴子先瞧瞧，但羅曼尼擔心這麼複雜的玩意也許只能運作一次，便沒答應。這時候他伸出手，輕撫著一個小木人的頭，卻突然給嚇著了，因爲小人兒順著彩繪路徑走了幾英吋，一面揮動他那把以牙籤做柄的斧頭，一面發出像是時鐘在清嗓子的聲音。

巨蛇魔吃了我吧，他驚恐地想，可別被我弄壞了。話說回來，爲什麼我們就得這麼委屈？我還記得當初雅格要求以精美棋組、六分儀、望遠鏡作爲報酬，結果如今呢？無聊的玩具。

其實他們從未表現他們該有的禮貌，他想著覺得悲哀，而現在更是無禮到極點。

他站起來搖了搖頭。帳棚裡瀰漫著焚香的煙霧，他一跳一跳地走向帳棚入口，將門簾拉開鉤在旁邊，一時間被伊斯靈頓石南地的光線刺得直眨眼。

那也只是才不久前的事而已，他思忖著，八年前，可憐的老菲齊爲了狗頭門神而犧牲自己，喪失了大部分的心智與一切魔法——除了掉換軀體的該死咒語之外——逃走時肚子裡還留有一顆子彈，而且全身佈滿阿努比斯的印記……逃走之後成了狗臉喬這號可疑人物，倫敦的母親總會拿這個「狼人」來嚇唬不乖的小孩……最後由一個早該隱退的「卡」羅曼尼來代理菲齊的職務，負責整個大英王國。

其實，羅曼尼自得地想，主人創造這個卡顯然是對的，我認爲菲齊——或甚至羅曼奈利——都不可能將主人在英國的利益，維持並保護得這麼好。我想，等這星期的行動結束後，他就會讓我退下——讓我回到原始的包特。我不會感到遺憾。八年對一個卡來說已經夠長了。

不過，他瞇起有如猛禽般的眼睛想道，我倒眞希望能解開謎底，看看那群素養極高的巫師是怎麼利用菲齊那些隨機開啓的門來旅行。我抓到的那個，那個道爾，要是多給我一點時間，他可能就會乖乖地全盤托出。他們究竟從何而來？

他眉毛一揚隨即想到，這應該不難猜，只要算出有哪扇門和肯辛頓的門同時開啓就行了。這顯然是成雙成對的門之一，其中一道又大又長，另一道則只是大門敞開期間快速開關的小門。這種情形並不多，而且我也總是選擇監督大門，但畢竟是存在的，而這顯然便是一例。要計算出他們從何處出發應該不難，這也可能是個有用的資訊可以留給我的繼任者。

他轉身背向陽光坐到桌前，開始翻閱最近幾個出入門位置的計算資料。他找到九月一日那扇門的計算式，皺起眉頭仔細審視。

過了一會兒，他不耐地咬咬嘴唇，用筆沾上墨水，劃掉一大堆數字又費力地重新計算。「卡就是拿高階數學沒輒，」他喃喃自語：「難得我還能畫出肯辛頓這道門的正確位置，算我好運……」

然而當他算出答案時卻呆住了，因爲新的計算結果和他劃掉的相同。他沒有算錯——當天晚上眞的只有一道裂縫開啓。九月一日的裂縫並不是罕見的雙生裂縫。

那麼他們從哪裡來呢？他感到不解。但答案卻立刻浮現，使得他鄙視地嘲笑自己竟沒能早些想到。

沒錯，馬車裡的人的確是從一扇門跳到另一扇——但他憑什麼認爲這兩扇門同時存在？道爾他們那群巫師是從另一個時間的門，來到一八一〇年九月一日。

如果他們能玩這種把戲，我們也能啊，羅曼尼興奮地想。菲齊，你的犧牲也許並不全然白費！拉神與奧塞利斯神啊，有什麼是我們能——我們不能做的呢？跳回過去阻止英國人佔領開羅……或者到更久遠的過去，破壞英國的根基，使其無法在本世紀成為重要的國家！想想看，道爾他們利用這個力量，只為了來聽一位詩人演講。我們要把它用在……更有意義的地方，想到這裡他臉上緩緩露出難得一見的貪狠笑容。

但此事事關重大，我不能獨守秘密，於是他伸手取過隔空交談蠟燭。他用桌上的油燈點燃燭火，當神奇蠟燭的燭芯尖端冒出一團圓圓的小火，油燈那水滴狀的火焰也隨之閃爍不定，似乎顫縮了一下。

這位面帶微笑的年輕人以自己僅剩的、如昆蟲反射作用般的細微感覺，慶幸著羅曼尼博士控制住自己，這不僅消弭了令他頗感沈重的自由意志，也讓他肉體上的不適變得抽象。他隱約感到飢餓，感到雙腳抽痛，而更模糊的是在他最深處的心房裡，似乎有個聲音驚恐地哀嚎著。但是他的意識之火已經被澆了水，以便產生蒸汽來發動某種不可思議的引擎；少數幾塊炭火依舊赤紅卻毫無感覺，只有一種麻木的滿足，因為引擎似乎運作正常。

這微笑的年輕人就像不斷在某條街上轉圈的馬車伕，等著乘客終於準備好，從屋裡走出來招喚他。此時他又回到記憶的首頁：「早安，老兄！」他說：「我是拜倫爵士。我請你喝一壺酒好嗎？」這位隨時面帶笑容的年輕人沒有聽清楚那人的回答——就好像隔著一道牆說話似的，聲音傳不過來——不過他大腦某個部分，也許是引擎吧，辨識出了現在必須做三號回應：「我當然是了，朋友——洛赤達的拜倫男爵六世，我在一七九八年繼承爵位，當時我十歲。如果你覺得奇怪，為什麼一位世襲貴族會出現在這種地方，和一般勞工喝酒，那是因爲我覺得代表這個國家的不是皇室與貴族，而是一般勞工。我說——」他又照例插話做一號回應：「老闆！看這位先生想喝什麼，給他一壺！」年輕人的手有如一架精密機器，探進背心口袋，掏出一個硬幣丟到最近的平台上，然後他嘴裡又重拾三號話題，不偏不倚正是剛才落下的地方：「這些人只因爲剛好出自好的娘胎，就想來統治我們，讓他們下地獄去吧！其實無論國王、你或我，誰也不比誰強，偏偏有人生活奢靡，一輩子不用工作，而有些人卻得天天做牛做馬，還一個禮拜吃不了像樣的一餐，太不公平了！美國人已經摒棄這種虛假的社會，法國人也在努力，我說我們——」

他發現他背誦的對象已經走了。他什麼時候走的？無所謂——很快又會有人遞補上來。他往後一坐，那空洞的微笑又回到他臉上，就像某種東西死了浮上池塘水面。

過了一會，他注意到有另一個人坐到他身邊，於是他又開始了。「早安，老兄。我是拜倫爵士。我請你喝一壺酒好嗎？」

他得到的是他曾經被警告過的答案，因此他帶著一種模糊的焦慮做出第八號回應：「是的，朋友，我最近剛出國旅行，因爲生病，腦熱症，所以不得不回來，現在有時候腦筋還是不太清楚。請原諒我病後糊塗——我們認識嗎？」

對方沈默許久，仍帶著微笑的年輕人發現自己產生一種類似共鳴的憂慮，後來那人答說不認識，他才放下心，繼續又說：「如果你覺得奇怪，爲什麼一位世襲貴族會出現在這種地方，和一般勞工喝——」

新來的人打斷他的背誦，問了個問題，沒想到他竟然聽得一清二楚：「你的〈恰爾德哈洛德遊記〉進展得如何了？喔，對不起，目前應該叫做〈恰爾德畢倫遊記〉對吧？啊——『昔日不列顛島上有名青年，他不喜受道德規範約束……』接下來呢？」

不知爲什麼，這兩個句子彷彿冰水似的潑到年輕人身上，逼得他不僅恢復聽力也恢復視力；他周遭本來朦朦朧朧很舒服，如今卻清楚得嚇人，這也是他四天以來清楚看見的第一張臉。

和他說話的人長相很引人注目——肩膀出奇的寬厚，粗粗的脖子，臉的周圍還有一圈濃密的金色毛髮與鬍子，臉上憔悴、佈滿皺紋，眼神狂亂，好像藏著令人難以置信又苦惱的秘密。

不再微笑的年輕人知道自己曾接獲指示，遇到這種情形該怎麼辦——「如果影像變得清晰，聲音變大，」羅曼尼曾反覆對他說：「我的指引所賦予你的保護層也消失時，立刻回到營地這裡來，別讓街上的人把你當成掉入老鼠陷阱的跛腳狗給分屍了……」可是這個大鬍子的話觸動了另一樣東西，一樣比羅曼尼的命令更重要的東西。拜倫聽到自己正在說：「『成日耽溺於荒唐放蕩中，滿懷欣喜地擾亂清夜。』」一團束縮的回憶似乎被這幾個不知爲何十分熟悉的句子釋放了，他感到刺痛，彷彿四肢的血管突然間再度暢通。他記得自己和弗萊契和哈布豪斯在雙桅帆船「蜘蛛號」上……特帕林的阿爾巴尼亞人穿著白色格子褶裙和滾金邊的披風，腰帶上掛滿了裝飾用的手槍與短刃……摩里亞乾燥的黃色山丘與深藍色天空……還有跟熱病有關的事，和……一個博士？一想到這裡，他的大腦幾乎是轟一聲關閉起來，但他的聲音仍在繼續說：「『呵！其實他是無恥的作家，忘情於恣意的享樂與縱酒，他爲邪惡歡呼並使良善卻步……』」

好像有一隻手扼住他的喉嚨，他知道那是羅曼尼博士。他腦袋裡聽見了這個光頭博士的命令：「立刻回到營地這裡來。」

他連忙起身，慌張地瞥一眼坐在天花板較低的酒吧間的其他酒客，然後低低幾句抱歉便跛著腳走出了大門。

道爾心裡一急，也跳了起來，但忽然增高又讓他覺得暈眩，他不得不抓住桌子穩住。我的天，他邊想邊深吸一口氣，然後便搖搖擺擺地追那個年輕人去了，他眞的是拜倫——他知道〈哈洛德〉，這首詩得在兩年後才會在英國問世。可是他怎麼了？歷史出了什麼錯？他怎麼可能在這裡？

他蹣跚地走到門邊，扶著門的木框跨到人行道上。他看見拜倫的一頭捲髮在右手邊的人群中迅速地上下移動，他踩著不穩的腳步跟上去，暗自希望這具確實較爲優秀的軀體在他的操控下，也能和從前的貝納一樣優雅。

街上的人見到這個搖搖晃晃、眼神狂亂、滿頭獅毛的巨人，似乎都避之唯恐不及，因此他在下一間酒館便追上了拜倫。他抓住他的手肘，硬把他拖進店裡去。「我和我朋友都要啤酒。」他小心地對滿臉驚愕的酒保說。該死，這被嚼碎的舌頭，他想。他把無力抵抗的年輕人帶到一張桌旁讓他坐下，然後一隻手抓住椅背以防他逃走，俯身以模糊的咬字但嚴厲的口氣對他說：「好啦，你是怎麼回事？難道你不好奇我怎麼會知道這些詩句嗎？」

「我——我有病，腦熱症。」拜倫緊張地說，夾雜著焦慮的笑容顯得有些傻氣：「對不起，我……得走了，我……有病——」這些話彷彿一字字從他喉嚨擠出來，就好像串成一串被道爾給拉出來似的。

剎那間，道爾想起自己在哪裡見過這種失神的笑容——他以前常在機場和二十四小時餐廳門外，看到一些狂熱信徒在討錢，他們臉上就是這種笑容。該死，他想——拜倫像是被操控了。

「你覺得今天的天氣如何？」道爾問。

「對不起，我得走了。我的病——」

「今天星期幾？」

「——腦熱症，有時候腦筋還是不太清楚——」

「你叫什麼名字？」

年輕人眨眨眼說：「拜倫爵士，洛赤達的男爵六世。我請你喝一壺酒好嗎？」

道爾坐到另一張椅子上，說道：「好的，謝謝。女侍已經拿來了。」

拜倫從口袋拿出一個金幣付酒錢，但他沒有碰他的酒。「如果你覺得奇怪，為什麼一個世襲貴族——」

「『因他歷經長長的罪惡迷宮，』」道爾打斷他：「『即使犯錯也未曾彌補過——』這是誰寫的？」

拜倫的笑容再次消失，他把椅子往後一推，道爾也馬上站起來再度阻擋他的去路。

「那是誰寫的？」他再問一次。

「呃……」汗珠從拜倫蒼白的額頭滲出，最後他終於回答，卻細不可聞：「我……我寫的。」

「什麼時候？」

「去年，在特帕林。」

「你回英國多久了？」

「我不——四天吧？我想我是病……」

「你怎麼回來的？」

「我怎麼……」

道爾點點亂髮蓬鬆的頭。「回到這裡。搭船嗎？什麼船？還是走陸路？」

「喔！當然了，我是……」拜倫皺眉道：「我不記得了。」

「你不記得？你連這個都不知道，你不覺得奇怪嗎？而我知道你這些詩句，你又怎麼想？」要是泰德．派屈克在就好了，他心想。

「你讀過我的詩？」拜倫那怪異的笑容又出現了：「我很高興。但現在看來那些詩都太幼稚，現在我要追尋行動之詩，善用刀劍比善選字句更重要。我的目標是努力奮鬥以求斬斷——」

「別說了。」道爾說。

「——束縛我們的鐵鍊……」

「住嘴。你聽著，我的時間不多，我的心神也不是完全正常，但是你出現在這裡——我要知道你在這裡做什麼，我要知道……唉，太多了……」道爾的聲音漸漸變成心智渙散的呢喃，他拿起酒杯說：「不管這是眞的一八一〇年還是假的……」

拜倫看了他一會之後，遲疑地伸手去拿另一杯酒，正要往嘴邊送時卻說：「他叫我不能喝酒。」

「管他那個混蛋，」道爾抹掉濃密鬍鬚上的泡沫，喃喃地說：「你什麼時候喝酒還要聽他的？」

「管……他那個混蛋。」拜倫附和道，但說得不太順口。他喝了好大一口，放下酒杯時眼神似乎集中了些。「管他那個混蛋。」

「他是誰？」道爾問。

「誰？」

「該死，就是那個給你洗腦——對不起，給你束縛、給你枷鎖、給你重擔的人？」拜倫迷惑地皺起眉頭，眼中那一抹清亮又消失了，於是道爾連忙說：「早安，老兄。我是拜倫爵士，我請你喝一壺酒好嗎？如果你覺得好奇，爲什麼一個世襲貴族會出現在這種地方——這些話是誰說的？」

「我說的。」

「但是誰對你說的，是誰要你記住的？這不是你自己的話，對不對？努力想想看是誰對你說的。」

「我不——」

「閉上眼睛。現在聽聽這些話，但想著不同的聲音。那是什麼樣的聲音？」

拜倫順從地閉上眼睛，好一會過後才說：「比較深沈。一個老人。」

「他還說了什麼？」

「爵士，」拜倫引述時聲音也跟著低了八度：「這些陳述與回答應該足夠你度過這兩天。但如果影像變得清晰，聲音變大，我的指引所賦予你的保護層也消失時，立刻回到營地這裡來，別讓街上的人把你當成掉入老鼠陷阱的跛腳狗給分屍了。現在理查要用馬車載你進城，今天傍晚六點他會到魚街和麵包街路口去接你。喏，理查來了。進來吧。準備好了嗎？avo，rya（好的，先生）。rya，外國chal（小伙子）帶來的那個玩具——我們啓動吧，我的猴子想看看。這個稍後再說好嗎，理查？你現在就載爵士進城。」拜倫詫異地睜開眼睛，用自己的聲音又說了一句：「然後我就在一輛馬車上了。」

道爾臉上不動聲色，私下卻是心跳怦然。老天啊，又是羅曼尼，他知道了。這個人到底有何目的？他替拜倫洗腦，讓他神智不清地散播一些煽動性的言詞，對他有什麼好處？他一定是想讓拜倫露臉——今天我只是跟隨傳言，說有個不正常的爵士請大家喝酒，就找到他了。拜倫現在人在英國也是他的傑作嗎？無論如何，我得看緊這個可憐的傢伙。

「喂，」他說：「你要回想的這些記憶太寫實了，不能在這裡進行。過幾條街，我有個屋子——可以說是繼承的——裡頭住的人不太愛管閒事。我們到那兒去吧。」

拜倫還恍恍惚惚的，站起來以後說：「那好吧，請問你是……？」

道爾正要回答，卻又嘆息道：「唉，我想你就叫我威廉·艾希布雷斯吧。暫時。不過我絕對不會永遠叫這個名字，好嗎？」

拜倫迷惑地聳聳肩：「無所謂。」

臨走前，道爾還提醒他付酒錢。走到公寓的這一小段路上，拜倫不斷伸長脖子看著建築與匆忙的人群。「我眞的回到英國了。」他喃喃地說，深色眉毛微微皺起便始終未曾舒展。

他們來到一棟破舊的建築，走上樓梯，有幾家人似乎把這裡當成私人臥室，對著爬上樓去的兩個年輕人咒罵，還緊張地藏起一些恐怖的食物。他們走進狗臉喬昔日的房間，壁爐的炭火上還溫著一壺咖啡，倒了兩杯咖啡之後，拜倫用他今天第一個警醒的眼光盯著道爾。

「艾希布雷斯先生，今天幾號？」

「我想想……二十六。」見拜倫臉色未變，於是他小心地啜了口咖啡，並補上一句：「九月。」

「不可能。」拜倫說：「我在希臘……我記得禮拜六，呃，二十二日我還在希臘。」他在椅子上不舒服地動來動去，然後彎身把鞋子脫掉。「唉，穿著鞋子腳好痛。」他才說完，便拾起一隻鞋楞楞地瞧著：「我上哪弄來這種鞋子啊？不但太小，而且已經過時一百年。尤其是這紅色鞋跟，和這鞋扣——！還有我怎麼可能穿這種衣服？」他扔掉鞋子，說話的聲音顯得壓抑緊繃，道爾知道他害怕。「艾希布雷斯先生，請告訴我確切日期，並且盡可能地告訴我，我離開希臘以後發生了什麼事？我想我是病了，但為什麼我沒有和朋友或是和我母親在一起？」

「今天是九月二十六日，」道爾小心地說：「至於你最近的行爲，我只知道過去幾天當中，你請了倫敦半數的民眾喝酒。不過我知道誰能告訴你發生了什麼事。」

「那麼我們立刻去找他。我受不了這……」

「他在這裡，就是你。不，你聽我說——幾分鐘前你逐字逐句回想起了一些對話。現在再來一遍，仔細傾聽。我想想……就試試『avo，rya』。回想你聽到這句話，想著另一個的聲音。」

「avo，rya。」拜倫的神情再度變得空洞：「avo，rya。他對這個很kushto（行）。很顯然以前拿過槍。很好，威伯。雖然他的技巧不需要太好，因爲開槍時距離應該只有幾呎遠，不過他掏槍的速度夠快嗎？我想把槍就放在他口袋裡，卻又擔心即使身爲勛爵，晉見國王可能也要搜身。喔，avo，rya，他腋下的小手槍皮套不會有問題。你應該看看他——他要起來像蛇一樣靈巧。開槍也毫不遲疑嗎？一定要是下意識舉動。avo，木偶全都打得粉碎，他太習慣了——」

這時，拜倫從椅子上跳起來，用自己的聲音大喊：「天哪，我要去射殺喬治國王！這是什麼樣可怕的事？我竟像個玩偶在夢遊，聽從這些惡魔的命令……就像女僕聽命上菜一樣地順從！我對天發誓，受到這番……奇恥大辱，我一定要討回公道！馬修斯和戴維斯將會爲我送挑戰書給……給……」他右手握拳擊在左手心裡，然後指著道爾說：「我想你應該知道是誰。」

道爾點點頭：「我應該知道，但不能貿然行事，在你採取行動之前，最好把你知道的事嗎？」

都詳列出來。這麼吧——用剛才對話中問問題的聲音試試『是的，賀拉賓。』你能聽到什麼

雖然依舊皺著眉頭，拜倫還是坐下來。「是的，賀拉賓。」他臉上的表情又不見了：「是的，賀拉賓，我也會殺死那個人。這件事必須規律地進行，而當他知道得太多很可能會出面礙事。寧可錯殺一百，哦？對了，安泰兄弟會目前還存在嗎？我是說他們還集會嗎？如果是的話，恐怕連他們也得一起摧毀，畢竟他們曾經造成我們很大的困擾。一百年前也許是吧，閣下，但如今只不過是個老人俱樂部。我聽過一些傳說，聽起來他們的確一度風光過，但現在他們只剩一堆殘骸，若消滅他們恐怕會引起人們注意他們的歷史，反而有害無益。說得也是……很好，但還是要派手下到這些老人聚集的地方監視——在貝福街的巷子裡，閣下，一家糕餅店樓上……算了，我只是杞人憂天？你還是去把勛爵帶出來，讓他再背一次台詞吧。」說到這裡，拜倫的眼睛恢復了生氣，不再渙散，他不耐地咂一下舌頭說：「沒有用的，艾希布雷斯。全都是一些難以理解的對話，到現在還是得不到我如何從希臘來到這裡的細節。不過，我倒是記得他們教我回營地去的路線，我當然要回去，不過得帶上幾把決鬥用的手槍。」他彎身站起來，輕輕走到窗邊——道爾至今仍有點擔心窗子又會再次扭曲變形——他交叉著手臂，懷抱復仇之心越過屋頂望向遠方。

道爾憤怒地搖著頭說：「這人可不是正人君子，爵士。他可能會接受你的挑戰，卻暗中叫手下從背後轟掉你的腦袋。」

拜倫轉身斜睨著他：「他是誰？我不記得有人叫過他的名字。他長什麼樣子？」

道爾揚起濃眉說：「你何不再回想看看？聽那個聲音：『是的，賀拉賓，我也會殺死那個人。』但不要只是聽聲音——也用眼睛去看。」

拜倫閉上眼睛之後，竟幾乎同時便說了：「我在一個充滿埃及古物的帳棚裡，還有一個全世界最面目可憎的小丑坐在一個鳥籠上。他在和一個光頭老——我的天哪，是我的希臘醫生，羅曼奈利！」

「是羅曼尼。」道爾糾正他：「他是希臘人嗎？」

「他是羅曼奈利。不，我想他是義大利人，不過他就是在帕特拉斯為我作治療的醫生。我怎麼會到現在才認出他來？不知道我是不是和他一起回來的……可是羅曼奈利為什麼想殺死國王呢？又為什麼大老遠把我從帕特拉斯帶回來讓我下手？」他又重新坐下，狠狠地，甚至帶著挑戰意味地瞪著道爾。「別開玩笑了，老兄——我必須知道正確的日期。」

「我能確定的事不多，而這正是其中之一。」道爾淡淡地說：「今天是一八一〇年九月二十六日星期三。你說你四天前還在希臘？」

「該死，」拜倫往後一靠，低聲說：「看來你是認真的！你知道嗎，我印象中，在帕特拉斯病倒應該也還不到一個禮拜。沒錯，上個禮拜六我人在帕特拉斯，這個壞蛋羅曼奈利也是。」他苦笑道：「這其中有妖術啊，艾希布雷斯！即便是在陸地上以……大砲接力的方式，也不可能這麼快把我從那裡送到這裡，而且還在昨天請倫敦的人喝酒。拉丁作家歐布西昆斯在他的奇觀集錦中寫過這類東西。羅曼奈利顯然能支配幽靈！」

這事愈來愈詭異了，道爾想。「也許吧，」他謹慎地說：「不過如果羅曼奈利是你在希臘的醫生，那麼他——他很可能還在那裡。因爲這個羅曼尼博士——他們倆顯然是雙胞胎——他一直都在這裡。」

「雙胞胎嗎？好，我要仔細調查倫敦的雙胞胎——必要的話，就以槍威脅。」拜倫果決地站起身來，隨後瞥見身上的衣服和腳上的長襪，說道：「該死！我穿成這樣怎麼向人挑戰？我得先到男子服裝店一趟。」

「你打算用槍威脅巫師？」道爾語帶譏諷地說：「他的……幽靈會在你頭上丟一個桶子，讓你看不到他。我看我們先去造訪這個安泰兄弟會——如果他們曾經對羅曼尼和他的手下造成威脅，現在應該多少還知道一點有效的防衛方式吧？」

拜倫迫不及待地彈指說道：「我想你說得對。你剛剛說『我們』？你跟他之間也有問題要解決嗎？」

「有件事我得問他。」道爾說著便站起來：「他卻……不會樂意……告訴我。」

「那好。我的靴子和衣服還要訂做，我們就趁著這段時間去查查這個安泰兄弟會吧。安泰？我敢說他們全都打赤腳走在泥土地上。」

道爾好像想起什麼，但還沒來得及深入思索，拜倫已經把腳塞進他所蔑視的鞋子裡，打開房門了。

「你來不來？」

「當然。」道爾隨手拾起貝納的外套。不過得記得赤腳和泥土地的事，他告訴自己，這點彷彿關係重大。

汗珠有如一隻隻迷你的水晶蝸牛，爬下羅曼尼博士光溜溜的太陽穴，肉體的疲憊也使得他無法集中注意力，但他還是決定試著再聯絡開羅的主人一次。他知道這次的問題在於以太的感受度太強，他的訊息波束很可能在方圓十哩內，變成一個向外開展的圓錐體，使得能量往旁擴散而不是往主人房中持續燃燒的蠟燭前進。緊接著訊息抖著抖著便停下來，並回彈到羅曼尼的蠟燭，發出巨大扭曲的回音，讓羅曼尼憤怒不已，吉普賽人則驚恐萬分。

他再次拿油燈去點黑色捲曲的燭芯，由於這已經是第十二次的嘗試，當圓圓的火焰出現時，他可以感覺到體內能量的流失。

「主人，」他以尖銳的聲音說：「你聽得到嗎？我是羅曼奈利在英國的卡。情況緊急，我必須向你報告。我得到消息，我想你最好中止目前的計畫。我——」

「凝答摩？」他自己的聲音傳了回來，扭曲、緩慢卻震耳欲聾，把他嚇得跳到一旁。「喔拉沒里里英戈搭。機估機……」突然間，這白癡的回音消失了，只留下有如遠處的風聲忽大忽小，像是從飄動的窗簾傳進來一般。羅曼尼再度往前傾，這不是聯繫成功時的清晰聲音，但至少是不一樣。「主人？」他抱著希望說。

這遙遠的沙沙聲沒有變成人聲，也沒有變得更具體，卻開始傳出一個個字來，小小聲說著：「Kes ku sekher ser sat, tuk kemhu a pet……」

羅曼尼氣得一巴掌把蠟燭掃到帳棚的角落，奇特的火焰也隨之熄滅。他站起來，汗水淋漓、全身發抖、搖搖擺擺地大步走出帳棚。

「理查，」他怒吼道：「該死，你在哪裡？你給我……」

「**acai**（這裡），**rya**。」理查急忙跑來。

羅曼尼博士四下看了看。夕陽已經落得低低的，在逐漸變暗的石南地上投下長長黑影，無疑是因爲即將進入杜阿特，並展開黑夜十二小時的航行，因此無暇回顧這片原野上可能發生的事。草地上已經搭好木架，看起來像一段二十呎的橋，夜風中充滿白蘭地濃烈香辣的酒氣，他知道他的威脅奏效了，這些吉普賽人把整桶酒都拿去灑在木頭上而沒有偷喝。

「你什麼時候潑上去的？」他問道。

「就一兩分鐘前，**rya**。」理查回答：「我們正在抽籤決定，讓誰去找你。」

「很好。」羅曼尼揉揉眼睛，深深嘆了口氣，想把剛才聽到的話從心裡拽出來。好一會他才說：「去把炭盆和刺胳針給我拿來，我們要試著召喚這些火元素。」

「**avo**。」理查又匆匆走開，還能聽到他喃喃唸著「大蒜」，然後羅曼尼再次轉向此刻已來到黑暗入口邊緣的太陽，一放鬆警覺後，剛才聽到的話立刻洶湧而來：**Kes ku sekher ser sat, tuk kemhu a pet**（你的骨頭將會落在土地上，你將見不到天空。）

他聽到身後理查走過草叢的沙沙聲，最後還是宿命地聳聳肩，開始用右手那幾根爪子似的指頭戳著左臂，希望找到一條豐沛的血管。

但願卡的血也能行得通，他心想。

老人穿著一件毛絨已經磨光的家居長袍。當道爾冒昧地拿起劣質雪利酒的酒瓶要斟滿小酒杯時，他立刻垂下白眉毛、睜大眼睛露出訝異不滿的表情，簡直像隻猩猩。可是當拜倫第二次斟酒時，他卻只是點頭微笑，說道：「請用啊，爵士。」

「呃，我們剛才說到哪裡了……？」老人聲音打顫地說：「對了，除了……相互扶持，對，增進……志同道合的伙伴間平和的快樂之外，我們的主要目的在於防止……低等的族類……污染了英國悠久、正直、優良的血統。」他顫抖的手一不小心挖了一大坨鼻菸，放到另一隻手的某個關節上，然後把粉末吸進鼻孔，又打了個幾乎讓他送命的噴嚏，至少道爾這麼覺得。

拜倫做了一個無聲的憤怒表情，並一口把酒喝乾。

「啊呀！我——哈啾！——對不起，爵士。」老人用手巾輕輕擦著淚流不止的眼睛。

道爾欠身不耐地嘟噥著說：「摩斯先生，你們究竟如何防止你所謂的污染呢？」他瞄了瞄四周積滿灰塵的窗簾、布幔、畫作與書籍，這些東西將涼爽的秋風隔絕在安泰兄弟會聚會廳之外。燭蠟、蘇格蘭鼻菸，以及變質的書籍皮封面與皮椅墊的氣味混合在一起，已經開始讓他覺得反胃。

「嗯？喔，我們……寫信。寫給報社。抗議，呃，移民法過於寬鬆，建議立法……將吉普賽人、黑人和愛爾蘭人趕出較大的城鎮。我們還印發宣傳單，結果……」他對拜倫諂媚地笑了笑：「你應該想像得到，就把會中湊集的……資金給花光了。而且我們也贊助道德劇——」

「那為什麼叫安泰兄弟會？」道爾打斷他，最初聽到會名時他隱約抱著希望，如今看來竟似乎毫無根據，不由得叫他生氣。

「——這個……什麼？喔！那是因爲我們覺得英國的力量就像古希臘神話中的安泰，建立在……與土地、土壤的接觸……土生土長純正的英國人……呃……」

「土壤。」拜倫猛點頭，隨後將椅子往後推站了起來：「太好了。謝謝你，摩斯先生，你給了我很大的啓示。艾希布雷斯，你可以留下來蒐集更多的寶貴資訊，以備將來遭受野蠻的黑人或愛爾蘭人攻擊時能用得上。我寧可到服裝店去等。我在那裡頂多只會覺得無聊。」他轉過身，可能鞋子太緊而微微縮了一下，然後便跛著腳走到走廊。地毯已破爛不堪的樓梯傳來砰篤砰篤的不規則腳步聲，不一會便聽到大門轟地關上。

「很抱歉。」道爾對嚇呆了的摩斯說：「拜倫爵士是個性情剛烈急躁的人。」

「我……唉，年輕人。」摩斯喃喃地說。

「不過，」道爾把身子往前傾，摩斯立刻現出驚慌神色，但是他誠懇地說：「你們會中兄弟以前是否比較……好戰？我是說一百多年前——難道沒有比向泰晤士報投書更……怎麼說呢……能引起嚴重後果的事嗎？」

「唔，以前的確有一些……過當行爲，有暴力傾向的。」摩斯小心地坦誠：「當時兄弟會的據點在倫敦橋，南華克那一頭。我們的檔案裡提到過一些相當——」

「檔案？可以讓我看看嗎？拜倫爵士說他想在瞭解兄弟會的歷史之後，再決定要不要加入。」他看見摩斯又像猴子似的皺起眉頭，便趕緊說道：「當然了，在他把錢投入這樣的組織之前，總是要調查清楚。」

「哦？是啊，那是自然。你要知道，這其實不合規定，」摩斯顫巍巍地拄著枴杖站起來：「不過我們也許能破個例……」他終於站直了身子之後，踉踉蹌蹌走向身後的門。「請你拿著燈往這邊來，」他說，並看在一大筆錢的份上又勉強加了一句：「先生。」

門向內開啓時軋軋作響，道爾猜想門已經封閉許久，當他隨著摩斯進入，拿起油燈照亮門後的狹小房間時，便明白爲什麼了。

一疊疊以皮套封面、發霉的日誌從地板堆到天花板，有幾個地方塌下來，潮濕的地板上撒滿泛黃的紙張。其中有一疊高僅及胸，像石筍似的，道爾隨手拿起最上面一本，只是這些古老的裝訂本已被一度滲入的雨水融化或是因此發芽而結成硬硬的一塊。道爾的舉動驚動了一大群蜘蛛滿地狂奔，於是他便住手，將視線轉移到一個架子，只見架上擺著幾雙已經乾硬的靴子。其中有一隻靴子的跟隱隱一閃，他湊近細看，原來是一條三吋長的細金鍊從古老的皮革上垂下來。他發現所有的靴子都有金鍊，只不過多數早已變成銅綠色。

「爲什麼有鍊子？」

「哦？喔，這是……傳統，參加正式集會時，我們都得穿上右腳跟繫著鍊子的靴子。我不知道這個習俗是怎麼開始的，大概就像那些特殊裝飾吧，像是袖釦——」

「你對習俗的起源知道多少？」道爾吼道，因爲一如拜倫所提到的赤足與土地，這似乎也讓他想起些什麼。「仔細想想！」

「這位先生……不必要……如此憤怒吧……我想想，查理二世統治期間，會員好像隨時都會繫著鍊子……喔，對了，他們不只是把鍊子釘在鞋跟，而是從靴子的一個孔穿入，再穿過襪子然後在腳踝處打結。天曉得爲什麼。多年下來已經被簡化了……以避免擦傷……」

這時，道爾已經開始動手拆解一疊較乾且看似較老舊的書堆。他發現這些書大概都按照年代由下而上排列，像地層一樣，而十八世紀的日誌所記載的則不脫乏味的社會事件——諸如山繆·強森本應出席某場晚宴卻未到，抱怨葡萄酒不純，抗議男用帽邊緣使用金銀絲花邊，也不知道這是什麼東西——可是當他挖出十七世紀上層的資料，內容忽然變得比較稀疏也比較隱晦，而且多半是貼著或夾著的紙條而不是寫在書頁中。他完全抓不到這些古老資料中的重點，除了用某種密碼列表之外，就是用縮寫標示路名而令人摸不著頭緒的地圖。但最後他找到一冊似乎從頭到尾都在談論一六八四年二月四日那天晚上發生的事件。裡頭夾的字條大多字跡潦草，而且是白話英語，像是沒有時間改爲密碼。

不過書寫的人似乎認定所有看字條的人都很清楚狀況，因此只寫了細節。

「……隨後我們跟蹤他與其地獄隨從自豬排巷階梯通過冰層回到南華克區，」道爾讀著其中一張：「我們的人在B與不具名的密告者指揮下，靈巧地操縱一艘有輪的船，儘管我們盡量避免在水上發生正面衝突，只是盡力想將他們驅趕上岸……但在冰水上『接繫』自然無效……也因此有了麻煩。」另一張紙片寫著：「……全毀，他們的首領被子彈打中臉身亡……」在日誌最前頁上則是寫了：「當我們正準備享用肉腸與嫩牛肉排時，他忽然衝進來，傷心地叫我們離開，以致失去豐盛的一餐。」

這又是怎麼回事，幫派嗎？道爾心想。「地獄隨從」聽起來有點不祥……而「接繫」又代表了什麼？他絕望地翻到最後一頁，書頁上清楚地寫著很短的一行字，立刻吸引他的目光。

他讀了之後不由得懷疑自己到底是否正常，這是他經歷這一切奇遇與災難以來的頭一遭。

書頁上寫著：「IHAY, ENDANBRAY. ANCAY OUYAY IGITDAY?」——儘管這行字的墨水和書中其他記錄一樣，已因年久而褪色，但那分明就是他的筆跡。

他一時感到天旋地轉，跌坐到一疊書上，他的重量一壓，揚起一陣灰塵，還因重心不穩往後撞倒另一疊書，書倒下後將他埋在一堆潮濕、分解的羊皮紙與受到驚嚇而紛紛落下的蜘蛛與蠹魚裡頭。

當這個胡亂叫喊的巨人，頭頂著諸蟲與破爛紙張，從廢墟中起身時，簡直有如啓示錄中象徵滅亡的第五位騎士，飽受驚嚇的摩斯早已逃跑了。

這個人此時已經不知道自己是道爾或是艾希布雷斯，又或是已死亡多時的安泰兄弟會成員。他勉強站起來，一面叫喊一面拍掉頭上的蟲，然後跑出檔案室衝出客廳來到走廊。他見牆上掛著一個咕咕鐘，一陣沒來由的衝動迫使他抓住其中一條鐘鍊，一把扯掉末端那個松果狀的銅錘，然後將鍊子往上拉起脫離時鐘裝置。他跌跌撞撞跑下樓去，手裡緊抓著長鍊，身後留下一個再也不會走的時鐘。

燃燒的台上熱氣逼人，當羅曼尼博士轉身走開幾步後，晚風吹在他汗濕的臉上竟有寒意。他緊握拳頭然後鬆開，用刺胳針刺了幾次之後，從手臂流下的血黏黏的感覺讓他不覺皺起眉頭。他重重嘆一口氣，眞希望能到草地上坐下。爲了學習巫術，他不得不放棄無數的事，而此時此刻最令他惋惜的，卻是失去坐在地上的自由。

他依然面對著紅色火輪背後、與他長長的身影相連的那片黑暗，卻虛弱地從口袋拿出刺胳針和黏黏的碗，想再試一次。

在他還沒能再次將針刺進枯竭的血管之際，有個聲音像小提琴的琴弓拉過緊繃的E弦似的，在他身後響起：「我看到鞋子。」這個沒有人氣的聲音裡帶著愉快和野蠻。

「我也是。」另一個聲音回答。

羅曼尼謝天謝地地舒了一口氣，然後準備好面對雅格向來令人驚慌的面貌，轉過身去。復甦的火柱已經大概呈現出人形，因此乍看之下，他們就像是一群著火的巨人高高揮舞著雙手。

「現在鞋子面向我們了。」劈啪作響的火焰中傳出另一個聲音：「應該是我們模糊的召喚者的鞋吧。」

羅曼尼舔舔嘴唇，對於這些元素老是看不見他，還是覺得生氣，便冷冷地說：「這的確是你們的召喚者的鞋子。」

「我聽到狗叫。」一名火巨人說。

「啊，狗是嗎？」羅曼尼眞的生氣了：「很好。是狗的話就無法揭開我身後的布，讓你們瞧瞧美妙的玩具了，對吧？」

「你有玩具？什麼樣的玩具？」

「你何必問一隻狗呢?」羅曼尼說。

片刻之間，這些明亮的身形只是默默地揮動手臂，後來才有人說道：「請你原諒我們，巫師先生。讓我看看玩具吧。」

「我會讓你們看的。」羅曼尼說著，腳踩彈簧鞋一跳一跳地朝蓋著布的東西走去：「可是除非你們答應爲我做一點事，否則我不會啓動。」他拉下蓋住「巴伐利亞村」的布之後，見到迷你屋窗戶背後的蠟燭仍在原位上閃耀，十分高興。「你們瞧，」他盡量顯出對玩具的運作深具信心，那麼火元素雅格一旦許下承諾便一定會辦到：「這是個巴伐利亞村。它一動起來，這些小人兒就會四處走動，這些雪橇也會動，而且拉雪橇的馬腳還會彎起來！還有這些女孩會配合，呃，輕快的手風琴樂曲跳起舞來。」

高大的火焰彷彿受強風吹襲似的往前彎，外型也不再那麼像人，這表示他們愈來愈興奮。「七七七啓……動它。」一個聲音結巴地說。

羅曼尼小心翼翼地摸著按鈕，說道：「我只讓你們看一下子，然後就來談談我要你們做的事。」說完，他便將開關彈開。

機器深深吸氣之後，開始播放出優美的音樂，小人兒也隨著跳舞、行進、四處走動。他又把開關關上，緊張地覷了雅格一眼。

他們現在只是一根根狂亂的火柱，不停向四面八方噴火。「哇!」有幾個聲音吼道：「哇!哇!」

「關掉了!」羅曼尼大喊：「你們看，關掉了，停了!你們要我再把它打開嗎?」

火焰慢慢穩定下來，大致又恢復人形。「再把它打開。」有人說。

「只要你們完成我要求的事，」羅曼尼博士用袖子抹抹額頭說：「我就會打開。」

「你要什麼？」

「我要你們明天晚上全部出現在倫敦——我會準備好血和白蘭地的火焰爲你們引路——還有我要你們記住這個玩具，想想以後你們能隨心所欲觀賞的情景。」

「倫敦？你以前要求過我們一次了。」

「一六六六年那次，沒錯。」羅曼尼點點頭：「可是那次不是我要求的，那是阿美諾皮斯・菲——」

「反止都是一雙鞋子，我們怎麼知道？」

「我想這個不重要。」羅曼尼博士覺得有些沮喪，喃喃說道：「總之就是明天晚上，懂嗎？如果你們弄錯時間或地點，你們將得不到這個玩具，甚至再也見不到它。」

火焰開始劇烈搖擺，雅格並沒有時間觀念：「永——永遠見不到它？」有個聲音半懇求半威脅地說。

「永遠。」羅曼尼語氣堅定。

「我們要看玩具啓動。」

「很好。那麼當你們注意到引路的火時，趕快來讓它燒得更旺。到時候我要你們愈瘋狂愈好。」

羅曼尼讓肩膀輕鬆地垂下，因爲困難的部分已經結束。現在只須靜待雅格離去，之後火便只是火而已。此時只聽到火焰劈哩啪啦地響，偶爾有木板裂開爆出特別響的一聲，另外當北風吹來，還有樹蛙的低語。

突然間，從營區周圍的暗處發出叫喊聲：「不管你叫羅曼尼還是叫什麼，你躲在哪裡？站出來，你這個王八蛋，該不會是學巫術讓你變成孬種了！」

「哇！」有個雅格大叫，變亮的同時人形也模糊了：「鞋子是個孬種！」接著一陣火焰像浪濤般洶湧翻騰，似乎在狂笑。

「呵呵！」另一個叫道：「捲髮的年輕人想要解決我們的主人！你們體會不到他的憤怒嗎？」

「也許他會爲我們啓動玩具！」又有一個興奮到極點，已經毫無形體可言。

羅曼尼博士驚慌地瞄向身份不明的入侵者，更令他痛苦的是，他發現這些火元素正瀕臨完全失控的危險狀態。「理查！」他大喊：「威伯！該死，抓住營區南端那個人，把他關起來！」

「avo，rya。」暗處有個吉普賽人不情願地回答。

「如果你們全部冷靜下來，」羅曼尼對雅格吼道，此時四面八方已經迸出許多火紅的僞足：「我就再啓動一次玩具。」羅曼尼除了害怕也很生氣，不只因爲有人入侵，更因爲雅格能看得見入侵者，甚至能解讀他的部分心思。

「等等。」有個火柱向其他同伴命令道：「鞋子要再次啓動玩具。」於是眾火焰又慢慢地、不甘心地恢復人形。

營區邊緣不再聽到叫喊聲，羅曼尼安心了些，危機過後的餘波讓他有點暈眩。但當他再度轉向「巴伐利亞村」時，信心便差不多完全恢復了。

就在羅曼尼把手伸向總開關之際，理查匆忙趕來。由於離雅格太近，這位老吉普賽人恐懼得咧開了嘴，不過他直接走到羅曼尼博士身邊，附在他耳邊說道：「rya，剛——剛才亂喊亂叫的人是你那個gorgio（非吉普賽人）爵士，提早回來了。」

羅曼尼頓時洩了氣，他薄弱的信心就像剛寫到紙上的墨水，被忽然湧現的冰水給沖得一乾二淨。「拜倫？」他小聲地說，想百分之百確定自己的挫敗。

「avo，拜倫。」理查很快地低聲說：「他已經換上不同的衣服，而且帶著一個裝了兩把槍的盒子。他想和你決鬥，但我們把他綁起來了。」理查彎身行禮後，立刻狂奔向黑暗中的帳棚區。

好極了，羅曼尼楞楞地想，一面不自覺地繼續將手伸向總開關。他一定是遇到某個認識眞正拜倫的人，不管是誰喚醒了他，也同時破解了我的控制。

他把開關推到開的位置，當小木偶開始移動，樂聲在黑夜的田野間發出不協調的叮噹響聲，他的手始終按著開關，雅格開始奔竄吼叫，他卻又關上開關。

「我改變心意了。」他叫道：「我決定今晚就把玩具給你們——別管倫敦了。」他哀傷地想起主人曾經說過，倘若不連帶讓英國幣值一落千丈，讓弒君案動搖人心，那麼焚燒倫敦城便得不到實際效果，頂多只是浪費許多寶貴的準備工作。「等我的手下把它搬上車，然後通過石南地運到樹林邊緣，你們就可以有，呃，充分的空間可以好好欣賞了。」

羅曼尼的聲音平淡中帶著失望，然而雅格的熊熊火焰卻彷彿火藥桶爆炸一般。「別興奮過度了。」他告訴它們：「這裡還是營區，到達森林以前稍微控制一下。聽我的話，不然你們休想得到玩具！」

至少還有探索時空旅行的可能性，他回頭去找理查和威伯時心想。至少我還不是徹底失敗。

「他們晚上不營業的。」馬車駕駛已經說第三次：「我很確定。不過我知道在長巷有一個會看手相的小姐。」

「不用了，謝謝。」道爾說著，便推開馬車的小門。他高大的身軀探出車外，小心地把腳跨到地面上，因爲半醉半醒的駕駛沒有拉起煞車。空氣很涼，遠遠見到吉普賽營區裡頭火光閃耀，多少增添了進入營區的欲望。

「先生，我還是等等好了。」駕駛說：「回艦隊街有好長一段路，而且你在這裡是叫不到車的。」馬兒不耐地蹬了蹬腳。

「不，你走吧，我可以走路回去。」

「既然你堅持的話，那麼晚安了。」駕駛拿起長鞭一揮，馬車搖搖晃晃、轆轆轆轆地走了。幾秒鐘後，道爾聽到車輪輾過海克尼路的鋪石路面，返回光線微弱的西南方，也就是倫敦城。

他隱約聽到羅曼尼的營區方向傳出人聲。拜倫一定已經到了，他心想。服裝店老闆說，在道爾去之前，他已經走了大半個小時，而且拿了衣鞋之後沒有多停留，只是詢問附近哪裡有槍店；而當道爾找到槍店時，拜倫也又已經離開，他用羅曼尼給他的金鎊在這裡買了一組決鬥用手槍。後來道爾不得不攔下一位保安官，詢問羅曼尼博士的吉普賽營地目前的位置，至於拜倫本來就認得路了。

該死的笨蛋，道爾心想。我都說了，手槍是嚇不倒羅曼尼這種人的。

他往在火光中映出黑影的帳棚區走了兩步之後，停下腳步。你到這裡來究竟想做什麼？他問自己。如果拜倫還活著，救他出去嗎？這是保安官的責任。和羅曼尼博士做某種交易嗎？是啊。戴若的手下會從一八一四年的裂縫跳回一九八三年，如果能知道裂縫的位置，我就能趕到現場，趁裂縫關閉的前一剎那抓住其中一人的手——可是萬一羅曼尼認為我知道一些他想知道的事，他就會把我抓起來，而不會和我談條件。

道爾將兩隻肩膀一轉，雙手用力在身後交握，他可以感覺到肩關節的肌肉緊緊繃住襯衫。他略感自得地想，不過他也許會發覺現在的我並不那麼容易制服。不知道狗臉喬如何處置我原來的軀體？至少他不會擔心禿頭吧。

他感覺到自己又開始頭暈，便猛搖頭，同時深吸了幾口沁涼的空氣，然後大步走過草地。我先偷偷繞過去勘查一下，他告訴自己。只是窺探，我甚至不需要靠近營區。

這時他忽然升起一個念頭，不由得停住。隨後他自責地笑了笑，繼續往前走，可是不一會，他又停下來。有何不可呢？他自問。都已經有那麼多瘋狂的事成眞，倒是不妨一試。

他往草地一坐，脫下右腳的靴子，用狗臉喬的——也或許是貝納的——小刀在背後接縫處割一個洞。接著他脫掉襪子，從口袋拿出那條鐘鍊，將一端綁在腳踝上，再穿上靴子。他用小刀很輕易地將多餘的鍊子從小洞挑出，於是腳後跟便拖著這一呎半長的鍊子。他站起來繼續往帳棚區走去。

火元素雅格燒亮起來，往南側的帳棚區傾倒。「你們看那個困惑的人。」一個聲音說：「來到這裡卻不知道爲了什麼。」

「甚至不知道自己是誰。」另一人興致高昂地接著說。

羅曼尼博士看看南邊，只隱約看到威伯和理查正要把一匹馬套上馬車。火元素雅格說的不可能是他們其中一人，他心想。一定是拜倫的卡，他的腦袋裝滿矛盾的記憶和指令，困惑無比。如果他的情緒繼續鼓動雅格，我得讓威伯把他打昏，或甚至殺了他，反正他已經沒有用處了。

道爾忽然感覺到明亮閃爍的東西入侵自己的心，就好像一群調皮的孩子發現圖書室的門沒鎖，便溜進去用手摸摸書的封面，眼睛瞪著書的封套。

他又搖搖頭，想甩掉這個感覺。我在做什麼啊？他想。喔，對了——搜尋營地，看看那美妙的玩具在哪裡……不！拜倫和羅曼尼。奇怪，他不安地想，我剛才想到玩具嗎？一個奇妙而精緻的玩具，有靈巧的小人兒和小馬在小路上跑著……他的心興奮地怦怦跳，他好想在黑暗的田野上放射巨大的火球……

「哇！」他前面響起一聲怪異、巨大的吼叫，就在此時，營區那邊著火了。

他遠遠聽見一個比較正常的聲音喊著：「理查！動作快點！」

不管那邊發生什麼事，道爾心想，想必吸引了所有人的注意。他彎著身子往前急奔，靠著一座大帳棚把自己和火場隔開，片刻後他已經蹲在帳棚後方，發現自己絲毫不覺氣喘十分高興。

那種輕飄飄的怪異感覺再度掠過他的心，他聽到一個狂野怒吼的聲音說：「他新的軀體跑得比較快！」

天哪，道爾的手心開始冒汗，那邊有個東西能看穿我的心思！

「別管他了！」道爾發現這個聲音和怒吼聲不同，這是個人聲。「他被綁住了！如果你們想要玩具，就要冷靜下來！」

「鞋子一點都不好玩。」另一個不帶人氣的聲音幽忽地說。

我得離開這裡，道爾想著便站起身來，往馬路上走回去。

「理查！」道爾現在懷疑這個叫喊的人可能是羅曼尼博士。「叫威伯和——和拜倫待在一起，我一下令就殺了他。」

道爾遲疑了。轉而又想，我並不欠他什麼。可是，他畢竟請我吃了一頓飯，還給我幾個金鎊……去他的，那還是羅曼尼的錢……那他也沒有必要幫我啊……可是我鄭重警告過他不要回來……唉，他不會有事的——他直到一八二四年才死……我記得歷史是這麼記載的——當然在這段歷史中的一八一〇年，拜倫並不在倫敦……好吧，我想我至少能監視事情的發展。

他右手邊幾碼處有一株枝葉茂密的老七葉樹，上頭繫著許多帳棚的繩索，他墊著腳尖很快躲到樹後去。他抬起頭，看見有根樹枝似乎足以支撐他的重量，便跳上去抓住。

拖在他右腳跟後面的鍊子剎時間垂盪在空中，離開了土地。

「他不見了！」有個雅格驚訝地尖叫。

「威伯！」羅曼尼喊道：「拜倫還在嗎？意識清楚嗎？」

「avo，rya！」

那麼雅格說的是誰呢？羅曼尼不解地想。難道有陌生人在附近閒晃？若是如此，他應該已經走了。

理查畏畏縮縮地將馬車駛到「巴伐利亞村」旁邊，然後從駕駛座下來走向玩具。

「你能獨自把它搬上馬車嗎？」羅曼尼緊張地問。

「可——可能沒辦法，rya。」理查顫抖著聲音說，目光也始終不敢望向那些浮躁不安的火巨人。

「我們非得馬上把它弄出營區不可。威伯！殺了拜倫回這裡來！」

理查打了個寒顫。他這一生中殺過幾個人，但每一回都是絕望、激烈且大致上勢均力敵的性命相搏，光是想到假如自己不反擊就會被殺，就足以讓他接下來的幾個小時因驚恐而發抖作嘔。因此這種把人綁起來割斷喉嚨的冷血舉動，他不但做不出來，甚至無法袖手旁觀。

「等等，威伯！」他大叫，而當羅曼尼氣憤地轉身時，他故意伸手將「巴伐利亞村」的總開關推到開的位置，然後把它扯斷。

道爾一聽到羅曼尼博士命令威伯殺死拜倫，立刻沿著一根幾乎橫躺的樹枝爬去，希望能看見這個威伯，拿個什麼東西丟他，可是他尚未習慣這個比較重的新軀體——以他原來的體重，這根樹枝本來只會稍微彎曲，此時卻愈彎愈低，原來低低的咿呀聲逐漸升高變得刺耳，接著就像火焰爆裂般一陣劈哩啪啦，硬生生從樹幹上折斷。

重重的枝幹和跨在枝幹上的人一起跌落到下方的帳棚上，把吉普賽人的廚房給搗毀了，除了帆布撕裂聲和落地時的轟然巨響之外，水壺、湯匙、鍋盆也跟著匡啷匡啷地湊熱鬧，緊接著一度鼓脹後又慢慢攤平的帆布，竟從裡頭著火了。

道爾從倒塌的帳棚翻身爬到草地上。營區背後竄高的火焰翻騰怒吼著，當他還在樹上時，彷彿看到火焰化為人形，他覺得一定是自己眼花了。

他急忙跳起來，疲憊之餘已準備往任何方向逃生，然而當他綁著鍊子的腳一落地，內心卻又再度感覺到那種探索式的輕撫，他還聽到一個非人的聲音大喊：「他又回來了！」

「嗨！」另一個類似的聲音說：「布蘭登・道爾！來看我們的玩具！」

「道爾在這裡？」他聽到羅曼尼叫喊著。

「哇！」有個像是男低音的聲音大吼起來，接著一根橫躺的火柱「轟」一聲橫掃出三十碼外，其中有座帳棚立刻付之一炬。許多吉普賽人從裡頭連滾帶爬地逃出來，在他們的尖叫聲之外，道爾彷彿還聽到叮叮咚咚的鋼琴聲和手風琴的輕快樂聲。

踩著彈簧鞋的羅曼尼博士像昆蟲一樣輕巧地蹦跳著，他一面快速離開火場，一面東張西望，當他看見道爾站在著火的廚房帳棚旁邊時，猛然停了下來。「你是誰？」他喘著氣說，但隨即又吼道：「算了。」這個氣喘吁吁、滿頭大汗的巫師將一隻五指張開的手往大火的方向伸去，像是從中吸取能量，然後另一隻手伸出一根指頭指向道爾，命令道：「死吧。」

道爾身上忽然有種冷冷刺刺的感覺，心臟和胃也開始凍結，但不一會，便像一道冰流一樣衝下右腿，從右腳排到土地裡去。

羅曼尼驚訝地瞪著他，不由得倒退幾步，囁嚅道：「你到底是誰？」說完往腰帶一摸，掏出一把長筒燧石手槍。

道爾的身體似乎出於自然反應——他跳起來往前衝去，腿用力一伸，腳跟有如活塞一般反覆撞擊羅曼尼的胸口，只見這巫師向後飛了六呎才跌落在地。道爾在半空中不再使力，落地時屈身蹲下，伸出左手從空中接住手槍。

「rya?」他背後有人說道：「你要不要我殺了拜倫？」

道爾旋過身去，看見一個吉普賽人拿著一把出鞘的刀，站在附近一個帳棚入口左顧右盼。那人終於發現羅曼尼滾在地上站不起來，他立刻轉身重入帳棚。

道爾邁出兩大步便已來到帳棚前，他扯開門簾，正好瞧見吉普賽人對著拜倫的喉頭舉起刀來，而此時的拜倫則被塞住嘴巴、綁在帆布床上動彈不得。道爾都還沒決定要不要開槍，手臂便因受到槍的後座力而往上彈起，從煙霧中他看見那個吉普賽人朝帳棚後側轉了幾圈，太陽穴上被打了個洞，血汩汩留著。

道爾顧不得耳朵被槍聲震得轟鳴，趕緊衝上前去，奪下死者手中的刀子，挺起身子，割開拜倫腳踝與手腕上的繩索。

年輕爵士起身後，拿掉塞在嘴裡的布塊，說道：「艾希布雷斯，我欠你一條命——」

「拿去。」道爾將刀柄塞入拜倫手中：「小心點，今晚到處都不平靜。」道爾說完，衝出帳棚，想趁著羅曼尼還無助地在草地上打滾捉住他——可惜他已經不見了。

此刻多數的帳棚都已起火，道爾略一遲疑，不知道該往哪個方向逃才最安全。這時他忽然很用力地想看清楚眼前景象，因爲除非是他眼花，否則他剛剛像是瞥見兩個——現在又出現一個！——全身著火的人，每個都至少三十呎高，在營區與道路間的草地上，活力充沛甚至歡天喜地地又跑又跳。不一會又跑過兩個，速度快得讓道爾覺得有如彗星。

看來我們該從營地北端離開，而且要快，道爾想著，可是他才一轉身便看到火人把北邊也包圍住了。天哪，他心想，不管他們是什麼東西，他們已經把營區團團圍住了！

他旋風似的再度奔向南端，卻瞬間明白兩件事：他們人太多、速度太快，誰也不可能衝得出他們的圈子，而燃燒的火輪正一分一秒地逐漸縮小。

羅曼尼叫來這些東西，道爾絕望地想，結果卻送不回去，如今也用不著我來扭斷他的手臂——或脖子了。他一定就在某個帳棚裡面。

道爾向最近的一座衝去，影子凌亂地圍繞在他身旁。

第九章

……你若助一臂之力
大地之子便能征服；如今請你
將我們放下，置於被嚴寒
所冰封的科賽特斯河。

——但丁《神曲地獄篇》，維吉爾對安泰說

必要的能量沒有問題，羅曼尼博士心想，此時的他俯看著桌上一堆紙張，盡量不去聽沒有逃出去的吉普賽人的吶喊，也不去理會已將營區緊緊圍住且逐漸失控的火牆的怒吼。根據玻璃棒擺放的角度，我就能決定要跳多遠。但怎麼回來呢？我需要一個有靈氣的護身符與這個時代相連……一塊刻有這個時代的座標的綠色片岩，應該是最適合的……他略帶疑慮地瞥向那個作爲紙鎮的阿努比斯雕像，那正是以片岩雕刻而成。

他忽然聽見隔壁帳棚一聲轟然巨響，壓過外頭的悲慘叫聲，接著有個人大喊道：「羅曼尼在哪裡？你把他藏在這裡嗎？」

一定是那個全身毛茸茸又不怕我的冷咒的高個兒，羅曼尼想。他在找我，現在沒有時間刻石頭了。我只能把它畫在紙上，然後靠我的一點血——再一點——來賦予靈氣。

他一面草草在白紙上劃下古王國的象形文字，一面想著那個大鬍子會是誰？布蘭登・道爾又在哪裡？

這時，他的筆忽然停在半空中，因爲他想到一個可能的答案。我敢說一定是這樣，他幾近敬畏地想。雅格不也說了嗎？他的新軀體功能比較好。可是我抓到他的時候，他確實看似軟弱。那一切難道只是演戲？塞特啊，一定是這樣！能夠讓菲齊幫他換上更好的軀殼而沒有中毒，而且他不但不怕我最厲害的冷咒，還能在片刻間擊倒我，這樣的人……絕不軟弱。

羅曼尼繼續畫著古老圖象，並試著決定躍入哪個時代。未來嗎？不，如果是這樣的話，今晚的潰敗將成爲定局。還是躍入過去進行補救，那麼今晚企圖要彌補卻失敗的情況便根本不會發生。主人和英國的糾紛究竟起於何時？一定比一七九八年阿布基爾港的海戰早得多，這場戰役過後，任何人都看得出英國註定要統治埃及；即使戰爭結果不同，而法國的克萊柏將軍也沒有遭暗殺，現在也應該還是英國治理。不，既然他要回到過去，就要回到很早很早以前，回到英國人首度立足非洲大陸之初。那應該是在……一六六〇年左右，那時英王查理二世復位，並娶了葡萄牙公主柏拉岡沙的凱瑟琳，而公主的嫁妝中便包括了丹吉爾城。

於是羅曼尼很快地算了算……後來發現查理成親後的二十年間都沒有裂縫，不禁蹙眉。一六八四年倒是有一道，在——他飛快地塗寫著——在二月四日。那是查理去世的前一年，這一年間，開羅的主人首度嘗試扶持那個愚蠢聽話的皇家私生子蒙茅斯公爵詹姆斯，繼承頑強的查理的王位。一六六六年雅格施咒之後，菲齊將牛頓發現的反作用力壓制了將近二十年，後來才奉命讓平衡現象以酷寒的形式反彈，並同時配合多項行動：毒殺國王，僞造一張「新發現」的查理斯．圖亞特與露西．華特——蒙茅斯的母親——的婚姻證明，以及蒙茅斯親自由荷蘭秘密返國。

當羅曼尼匆忙拿出使用多次的刺胳針打算再扎一次血管時，忽然想起那個計畫出了什麼紕漏。致命的水銀毒劑最後進了查理一隻西班牙獵犬的腹中……那次大寒本應在蒙茅斯凱旋抵達福克斯頓時結束，不料卻比菲齊所預期還要猛烈，而一直持續到三月份……還有鎖在黑盒子裡的僞造的婚姻證明也不翼而飛。主人很不高興。

帳棚壁面被外頭瘋狂飛旋的雅格照得紅橙橙的，一滴滴汗水稀釋了濃稠的血液，他小心地將血塗在紙張邊緣。

好了，羅曼尼很快站起來，並移動桌上的玻璃棒，想著：這就是我要去的地方——抱歉，是年代。我要把菲齊和主人的未來告訴他們，要他們別再企圖控制英國，應該致力於將她毀滅：努力持續並增強嚴寒不要停止，挑撥天主教徒對抗基督徒對抗猶太人，並且趁未來的領導者尚未成人將其殺害……

他帶著微笑，將玻璃棒放到完美無瑕的角度，然後張開一隻手，伸向外頭火元素所形成的火圈，從它們身上汲取巨大能量，作爲他穿越時空所需的燃料與推力。

道爾「砰」地關上衣箱，也不管吉普賽人嚇得躺在地上頻頻喘息便跑了出去。圍繞營地的火輪白亮得有如太陽，無法直視，稀薄的空氣幾乎讓他透不過氣，他感覺到汗水蒸發和冒出來的速度一樣快。四周的帳棚都已經著火，就連較內側靠近他的這些也開始冒煙。天哪，他恐懼地想，他爲什麼不阻止他們？假如裡頭的溫度再上升幾度，我們全都會被烤焦的。

他跑到下一個帳棚，就在他拉開門簾踉蹌而入的時候，帳棚邊緣已經爆出一排整齊的藍火。羅曼尼博士站在裡面的桌子旁邊，一手伸向道爾，另一手抓著一張紙。道爾立刻撲上去——

——卻被一陣白熱的風給往上吹。有幾秒鐘他只是弓著身子，等著被炸成碎片，後來他開始自由落下一個安靜無光的虛空……最後，光和聲音突然毫無預警地又迸出來。

他很快卻又感到困惑地瞥見一個大房間，裡頭用原木吊燈點著蠟燭，然後他又繼續墜落，經過的空氣凍得可怕，剎那過後，他的靴子撞上一張桌子，一腳踩爛了水煮的塡塞鴨，另一腳幾乎把一整碗湯踢得水花四濺——他雙腳一滑，啪嗒一聲跌坐在一盤烤火腿上。

桌子兩旁的用餐者被濺了一身，驚叫著趕緊後仰起身，而道爾則看見羅曼尼博士全身趴在上頭那張桌子的盤碟當中。

「對不起……很抱歉。」道爾困惑地囁嚅道，一面爬下桌子。

「該死！」一名凸眼的老人拿餐巾擦著襯衫，同時驚叫道：「誰在搞這種該死的把戲？」大夥驚訝過後，似乎都變得生氣，道爾還聽到有人說：「可惡的妖術，把他們抓起來。」

羅曼尼也已經下到地面，以獨斷的姿態張開雙臂，站在他身旁的人全都順從地退開。「剛才發生爆炸。」他氣喘吁吁，卻仍極力裝出嚴厲的口氣：「讓開，我得——」這時候他看見了道爾。

他臉色倏地發白，然後一路打一路罵，旋風似的來到最近的一扇門後用力扭開，儘管道爾還弄不清楚狀況，但見他如此卻也是又驚又喜。就在他沒入外頭的黑夜之前，還用可怕的眼神瞪了道爾最後一眼。

「追上去，薩米，把他帶回來。」道爾聽見身後有人以平靜的聲音這麼說，便掉過頭去看了一眼，剛好與一道懷疑的目光相遇。那人身材矮胖，穿著圍裙，手中一把切肉刀似乎使得十分順手。有個魁梧的年輕人跟在羅曼尼後面追出去以後，他對道爾說：「我沒有聽到爆炸聲。你得留下來，至少等到我們決定這些被糟蹋的晚餐該由誰負責。」

「不，」道爾盡量想讓自己的新聲音聽起來不至於太離譜——但卻不容易，因爲他注意到有幾個人穿著大反摺的馬靴、及膝的外套並戴著短假髮，而且他幾乎聽不懂這些人的口音，他很確定自己已經知道發生了什麼事。「我要離開這裡，你懂嗎？你可以試著用那玩意阻止我，但我若驚嚇過度就會拚命把它奪過來，到時候我們倆可能都會受傷，在這個年代裡受傷似乎不是件好事。」

爲了加強語氣，他伸手拿起桌上一個空的白鑞大啤酒杯。貝納，他牢牢握住酒杯心裡想道，但願你辦得到。他使勁地捏著杯子，手指關節都發白了——嘈雜聲漸漸平息下來，每個人，包括店主人在內，都興致盎然地看著——接著他又加了把勁，杯子表面的坑坑洞洞似乎都嵌進他手指內側，手臂的疼痛一路傳到肩膀，整隻手抖個不停……但杯子仍完好如初。

他又堅持了好一會仍徒勞無功，只好鬆開手勁把杯子放回桌上。「非常堅固的手工製品。」他喃喃地說。

他身邊有幾個人只是咧著嘴笑，較遠的桌子卻傳來開懷笑聲。就連始終皺著眉頭的店主人也露出難得的微笑。道爾轉身要走的時候，所有人都笑了起來，就像是一大片冰層上出現點點裂縫，打破了緊張氣氛，於是他才得以紅著臉卻毫無阻礙地穿過歡笑聲走向大門。

他打開門一走到外頭，寒氣立刻把他的臉和手凍得毫無知覺。他才吸入第一口空氣，肺馬上收縮起來，他心想，光是走在這嚴寒的空氣裡鼻子一定馬上流血。天哪，當身後的門「砰」一聲關上時，他心裡吶喊著，這是怎麼回事？這不可能是英國──那個王八蛋一定是跳到火地島這類偏僻的殖民地來了。

若非客棧裡人人都在笑他，他眞想轉身再走進去，但事到如今他只好繼續前進，刺痛的雙手插在過於單薄的外套口袋裡，沿著狹窄黑暗的街道往前衝，暗自希望能追上羅曼尼，脅迫這個巫師找一個溫暖的地方讓他坐下來稍微休息一下。

他沒有找到羅曼尼，倒是找到了薩米，道爾走到距離客棧大約一條半街之處，發現薩米正蜷縮在一條窄巷口，在灰濛濛的月光下，道爾本來可能看不見他，但他聽到他絕望的啜泣。薩米的臉頰被結冰的淚珠貼在牆上，當道爾蹲下，輕輕抬起那個年輕人的臉時，響起喀喇一聲。

「薩米！」道爾大聲地叫，以便喚醒兀自沈溺於哀傷中的他：「他往哪兒去了？」薩米沒有答腔，道爾搖了搖他又問：「哪邊啊，老弟？」他的氣息向上飄升像煙一樣。

「他……」年輕人斷斷續續地說：「他讓我看……我身體裡面的蛇。他跟我說：『看看你自己。』我看了，結果我看到滿身的蛇。」薩米又開始啜泣起來：「我不能再回到那裡，也不能回家。蛇會跑到每個人身上。」

「蛇都走了。」道爾堅定地對他說：「你懂嗎？蛇都走了，牠們耐不住寒，我來的時候看見牠們一隻隻都爬走，死掉了。好啦，那個王八蛋到哪兒去了？」

薩米抽抽鼻子，驚恐地低頭看看自己身上，問道：「牠們走了？死了？當眞？」

「是眞的。你有沒有看見他往哪兒去了？」

薩米在身上拍拍揿揿之後，恐懼漸消，便開始冷得全身打顫。「我得回去了。」他僵硬地站起來，說道：「凍死人的天氣。喔，對了，你想知道他往哪兒去了。」

「是的。」道爾已經冷得幾乎在圓石路上跳起踢踏舞來。他的右腳踝已無知覺，他擔心那條鍊子會凍結在肌膚上。

薩米又抽一次鼻子。「他跳過那棟屋子到下一條街去了。」

道爾偏著頭想聽得清楚些。「你說什麼？」

「他跳過了那棟屋子，像蚱蜢一般。」抽鼻子聲。「他的鞋底盤了好多圈金屬。」薩米還作補充解釋。

「啊，好……謝謝你。」羅曼尼顯然把這個年輕人催眠了，道爾尋思道，而且就在短短幾秒鐘內！你可別因爲他現在好像很怕你，下次遇到他時便掉以輕心。「對了，」薩米正要緩緩離去時，他叫住他：「我們現在在哪裡？我迷路了。」

「南華克的波洛大街。」

道爾揚起眉毛說：「倫敦嗎？」

「當然是倫敦囉。」薩米開始不耐地在原地跑步。

「呃，那麼今年是哪一年？日期呢？」

「大爺閣下，我不知道。現在是冬天總錯不了。」他轉身便匆匆奔向客棧。

「是哪個國王？」道爾在背後喊道。

「查理！」薩米轉頭回答。

哪個查理，道爾心想，便又朝著即將消失的身影喊道：「他之前是哪個國王？」

薩米決定不理會他，不過上頭卻有一扇窗嘩一聲拉開。「聖主克倫威爾。」一個男人氣憤地喊著：「他統治時期，夜裡街道上可沒有這些個喧鬧聲。」

「很抱歉，先生。」道爾連忙說，被寒氣刺痛的眼睛同時往上看，想找出那十幾扇小格窗有哪扇開出細縫：「我得了……」他心想有何不可：「腦熱症，記憶力全喪失了。我沒有地方可去，你能不能借個廚房讓我睡一晚，或是丟一件較暖和的外衣給我？我——」

他還沒說完，就聽到窗子「砰」地關上，窗拴也緊緊扣上，但他還是沒看出到底是哪扇窗。典型克倫威爾時期的人，他忍不住重重歎了口氣，霧氣彷彿一小朵雲般飄離。他無精打采繼續往前走，心想：這麼說，現在的年代是介於一六六〇年和——哪一年之間？查理二世什麼時候死的？一六九〇年左右吧。這下更糟了。在一八一〇年，我至少還有機會找到戴若的人跟他們回家，否則也能接受命運的安排，以艾希布雷斯的身份安安穩穩度過餘生。（該死，眞冷。）你這笨蛋——你爲什麼不那麼做？就著記憶寫出艾希布雷斯的詩、造訪埃及，然後等著小小的名氣與財富——甚至嬌妻——滾滾而來。結果你非但沒有這麼做，反而去招惹巫師，使得歷史上少了威廉．艾希布雷斯這個人，你也被困在一個大家都不刷牙洗澡，而且一到三十歲便已步入中年的時代。

他偶一抬頭，剛好看見一個奇特的身影斜飛過突出的屋頂之間，那細細的一線天——有一剎那，黑影剛好映在圓圓的月亮上——雖然他知道自己置身在下方的陰影中，應該不會被看見，但他還是立刻跳離街道，緊貼在最近的石砌牆面上，因爲那個跳躍高度超乎尋常的人正是羅曼尼博士，儘管一瞬間他們又離遠了，但僅憑他的光頭、飄飄的長袍和他每隻鞋底整整彈開兩呎長的彈簧，就不可能錯認。

羅曼尼上升的衝力忽然消失，並感覺到重力的細絲網開始在引他下降，而且鄰近的屋頂也再次慢慢變高，遮住了倫敦橋旁那一排高大屋舍與橋下靜止不動的白河所呈現的冰封美景。他知道自己跳得已經沒有幾分鐘前那麼高，他的震動氣囊也逐漸萎縮，使得刺骨的寒意得以襲入。其實倒也不是他功力增強了，只不過他平日的法力在比較古老，也因此比較適合巫術的環境中，更得以伸展——不過這個效應已經逐漸淡去。他把腳彎靠在一面突出來的山形牆上，緩緩倒翻一個觔斗落到圓石路面上，同時心裡想道：這就像一個人拿了把很重的劍，舞上幾個鐘頭以後，就會發現平時拿的劍變輕了，其實劍的重量沒變，但這種新能力的幻覺很快便會消失。我功力明顯增進的現象很可能無法持續一整夜……而我們闖入的客棧內的那扇門將會在黎明時分關閉。

這時，他將手靠在一個黑人舞者形狀的客棧招牌上，以減緩自己下降的速度，一面又想：因此我必定要盡快傳話給菲齊和主人，告訴他們我的身份以及我來此的原因。

想必又是豐盛的一餐，伊茲拉．隆威爾心想，他一向很享受兄弟會為會員準備的美食佳餚。他拿起火爐邊的葡萄酒瓶又倒了一杯酒——在此嚴冬，就連香檳都得在火邊放上半個小時才能喝，至於波爾多葡萄酒和強化酒則得整整放上一個半小時。他一邊啜著依然冰涼的酒，一邊走到對面那扇都鐸王朝式樣的小窗前，由於有廚房的熱氣，小窗並未結霜。他用袖子擦去霧氣往外看。

橋的西側，霜節的攤位與帳棚綿延過從聖殿階梯到薩里河岸之間的冰封河面，燈火閃爍其中。許多人提著燈，快速而愉快地從冰上溜過，彷彿火箭或流星，但隆威爾卻很慶幸自己能在室內等待著一頓熱食。

他從窗戶邊走開，最後又熱切地看了那些熱氣蒸騰的鍋子一眼——「對待那些曼妙的肉腸要溫柔一點啊！」他對壯碩的廚娘說完，便經由廊道走進餐室，腳踝上的細鍊子拖在木頭地板上卡嗒卡嗒響。

隆威爾進入時，歐文．柏加抬起頭來笑了笑，說道：「伊茲拉，喝了那六八年的酒是否振作了些？」

隆威爾漲紅著臉走到他的固定座位，因為他發現其他會員都對他投以取笑的眼光。「還不錯，」他粗聲粗氣地說，椅子也被他壓得吱嘎作響：「只可惜太冷了。」

「正好可以緩緩你的急性子，伊茲拉。」柏加說著，便將注意力轉移到桌上的圖表。他用陶製菸斗的柄敲敲右手掌緣，以平實的態度說：「『各位，你們也看到了，這段日子以來，菲齊的吉普賽部眾行動日漸活絡——」

他才說到這裡，就被重重的敲門聲給打斷。

所有人立刻站起來，手分別握住劍柄與槍托，而且每個人起身前都自動將右靴上的鍊子彈開，就好像這條活動自如的鍊子也和武器一樣重要。

柏加走到門邊拉開門栓，倒退幾步以後說：「門沒關。」

門打開後，只見一個有如北歐神話中的巨人踉蹌而入，眾人無不驚訝地揚起眉毛。他高得驚人，甚至比身高整整兩碼高的國王還高，他身上那件剪裁奇特又薄得離奇的外套，也掩不住那對寬闊的肩膀和粗壯的手臂。結了冰的鬍子讓他看起來像個古人。「你們有火，」這個覆滿白霜的妖怪用一種野蠻的口音粗聲問道：「和什麼熱的可以喝嗎……」他晃了一下，隆威爾不免擔心，萬一這個怪物倒下來，恐怕會撞翻書架上的書。

接著，柏加突然瞪大眼睛，指著此人的右腳——靴子上有一條被冰凍住的鍊子垂到地上——並趕忙上前攙扶。「畢斯里！」他彈指喊道：「幫我一把。伊茲拉，咖啡加白蘭地。快！」於是柏加便和畢斯里將這個搖搖欲墜、半冰凍狀態的人，扶到餐室壁爐前的長凳上。當隆威爾拿來一大杯加了酒的咖啡，這巨人卻只是吸著氣味辛辣的蒸汽，好一會之後，他才開始啜飲。

「啊。」他終於吐了一口氣，將咖啡放到一旁，然後把手伸到火上烤。「我還以爲我會死在外頭。你們這裡的冬天一向這麼冷嗎？」

柏加皺起眉頭看看其他人，說道：「先生，你是誰？你怎麼會來到這裡？」

「我聽說你們以前——你們都在橋南側的一間屋子聚會。起初我敲門他們不開，卻指引我到這裡來。至於我是誰，你們可以叫我——唉，我也想不出一個適當的名字。不過我之所以來到這裡，」那憔悴的臉上咧出一絲笑容：「是因爲我知道我會來。我想你們就像一群獵犬，可以幫我逮到我的狐狸。有個巫師叫羅曼尼博士——」

「你是說羅曼奈利博士？」柏加問道：「我們聽說過他。」

「眞的？在這麼上游的地方？老天哪。是這樣的，羅曼奈利有個雙生兄弟叫羅曼尼，他——我可以說藉由巫術嗎？——跳到你們倫敦來。我必須抓到他，說服他回到——他所屬的地方。幸運的話，也許他能帶著我一起回去。」

「雙生兄弟？我敢說你指的是卡。」隆威爾用鉗子夾起一塊木炭，小心地放進剛剛塞好菸草的菸斗：「你想抽個菸嗎？」

「當然好了。」道爾從他手中接過一根脆弱的白色陶製菸斗和一袋菸草之後，問道：「你說的卡是什麼？」

柏加斜睨著道爾說：「先生，你既博學又無知，著實令人費解，哪一天我倒想聽聽你的故事。例如，你繫著一條接繫鍊，卻似乎對我們所知不多，而你聽說過羅曼奈利博士，卻不知道卡是什麼，也不知道爲何今年冬天如此嚴寒。」他面帶微笑，但刻意顯露溫柔的眼中仍帶有狡黠的目光。他用手撥撥已漸稀疏的短髮，接著又說：「總而言之，卡便是一個人的分身，只須將本尊的幾滴血滴入一大桶特殊的溶液中，便可生成。假如製造過程正確，分身不僅和本尊長得一模一樣，也會知曉本尊所知曉的一切。」

道爾已經將乾菸草塞入菸斗，並學著隆威爾的樣子將菸斗點燃。「對，我想羅曼尼應該就是這種東西。」他叭叭地抽著菸，讓火將鬍子上的冰溶解：「啊，我想還有另一個人也很可能是……卡。可憐的傢伙，他一定不知道。」

「你聽過阿美諾皮斯・菲齊嗎？」柏加問。

道爾環顧四周的人，心裡猶豫著自己能透露多少。「他現在、未來或是過去是一群吉普賽人的首領。」

「對，他現在就是。爲什麼還要說以前或未來呢？」

「無關緊要。總之呢，各位，羅曼奈利博士的這個卡今晚就在倫敦，他知道一些這裡的人所不該知道的事，所以我們必須找到他，把他趕回他所屬的地方。」

「而你想和他一起回去。」柏加說。

「是的。」

「如此的旅行方式儘管快速，但何苦冒這個險呢？」柏加問道：「搭船、騎馬或驢，到任何地方頂多只需六個月。」

道爾嘆氣道：「我想你們應該是一種……法術保安隊吧。」

柏加邊笑，邊眨眼地說：「先生，並不盡然。有一些富有而精明的老爺僱請我們，是爲了防止有人利用巫術叛變。我們使用的並非法術，而是反法術。」

「我懂了。」道爾將菸斗放到爐邊，小心翼翼地說：「如果我把來龍去脈告訴你，而你也認爲這個羅曼尼對倫敦與英國與全世界，都具有駭人聽聞的巨大威脅，你願意幫我抓到他，並且不阻礙我——如果可能的話——回到我所屬的地方嗎？」

「我以人格擔保。」柏加平靜地說。

道爾盯著此人看了許久，火焰在沈默的氣氛中劈啪響著。「好吧。」最後他低聲說：「我盡量長話短說，因爲我們必須馬上行動，而我應該也能猜到下個鐘頭他會在哪裡。他和我是藉由某種法術跳到這裡來的，但並非從土耳其這類的其他地方。我們來自……另一個時代。我最後見到的早晨是一八一〇年九月二十六日的早晨。」

隆威爾突然爆出一陣狂笑，但柏加舉起手制止他，說道：「說下去。」

「嗯，好像有個東西——」他忽然打住，因爲他看見桌上有一本皮面裝訂的書，雖然是新書，印在書脊上「一六八四」的燙金字樣也還閃閃發光，但他認出來了，於是起身走了過去。墨水池旁擺著一支筆，他笑了笑，拿起筆沾上墨水，把書翻到最後一頁草草寫下「IHAY, ENDANBRAY. ANCAY OUYAY IGITDAY?」

「你寫了什麼？」柏加問道。

道爾不耐地揮揮手打發他的問題，接著說：「各位，有個東西在時間的結構上戳了幾個洞……」

短短十五分鐘後，便有一隊十來個人裹著足以抵擋酷寒的衣物，魚貫地走出這棟老屋子靠街的大門，匆匆忙忙沿著橋邊狹窄的街道往南邊的薩里河岸走去。古老屋舍間可容兩人並肩同行，但他們卻只排成一列。道爾走在第二個，前面是穿著斗蓬的柏加，儘管有一把入鞘的劍在右大腿上撞來撞去讓他很不習慣，他仍輕輕鬆鬆的便趕上柏加的腳步。柏加手上那盞油燈所發出的黯淡黃光，是這條黑漆漆的小通道裡唯一的亮光，不過上方幾層樓高處，卻有月亮在參差不齊的屋頂撒上白霜，而搖搖欲墜的老建築則靠著交叉的堅固梁木支撐而不致倒下。橋上靜悄悄的，只偶爾聽到腳踝細鍊碰擊圓石路面的響聲，道爾還聽到右側遠方隱約傳來音樂與笑鬧聲。

「這裡。」柏加低聲說著，走進一條巷弄，並舉起燈火照亮一個木頭框架，道爾發現那是一道往下的樓梯。「不必要大張旗鼓地走南門。」

道爾跟著他走下黑暗階梯，曲曲折折爬了一大段，再經過由石橋挖出的一個井道之後，他們再次來到戶外，這回是在橋墩之間的寬闊橋面下方，而道爾這才發現遙望過去，木板階梯後方與橋拱之間竟是一條靜止不動、白色的月光冰河。

另外還有一群人正越過冰層往北岸走去，道爾不經意地瞄了他們一眼之後，目光被吸回到距離較遠的幾個身影。是什麼吸引他的注意呢？是因爲其中幾個人駝背的古怪相貌嗎？還是爲首的那人一蹦一跳的步伐？

道爾用戴著手套的大手按住柏加的肩膀低聲說：「你的望遠鏡。」這時隆威爾從後面撞上來，他雖然沒有受到驚嚇，說話口氣卻並不高興。

「好的。」柏加摸進外套底下，遞出一個折疊式的望遠鏡給道爾。

道爾卡嗒卡嗒把望遠鏡全部拉開後，瞄準最遠的一群人。他無法聚焦，但已經足以清楚地看出腳步輕盈的帶頭者正是羅曼尼博士；其他五個——不，六個——身影看起來像是穿著毛皮外衣的畸形人。

「那是我們要找的人。」道爾平靜地說，同時把望遠鏡還給柏加。

「喔。但只要他在冰上，我們便不敢對抗他。」

「爲什麼？」道爾問。

「因爲『接繫』呀，老兄，鍊子在水上無效。」柏加不耐地說。

「是啊，」隆威爾從道爾後上方的暗處小聲說道：「要是和他在冰上起衝突，他會立刻唆使地獄的惡魔來攻擊我們，我們的靈魂將會不保。」

一陣嚴寒的風猛烈颳過，老舊階梯搖晃得好似一艘被困的船上的船橋。

「話說回來，我們還是可以跟蹤他們到北岸，不是嗎？」柏加考慮後說：「然後在那頭將他們攔下。對，來吧。」

他們再次下行，又在狹窄通道上緩緩走了幾分鐘之後，來到一個已經龜裂、扭曲、被雪覆蓋的碼頭，再從這裡跨到冰上。

「他們往正北方走了一段以後，現在偏向西行了。」柏加輕輕地說，眼睛直盯著遠處冰原上的七個人影：「我們從西側的橋下出去以後轉向北，多繞一點路，最後在岸上與他們相會。」

當他們經過一道高高的拱門走到冰上時，道爾看見前面有燈火跳躍，且再次聽到更加響亮的笑聲與樂聲。河上有一些帳棚和攤位，以及兩旁插著火炬的巨大鞦韆，還有一艘大船底下裝了輪軸與輪子，在冰面上緩緩地來回移動，船帆與輪子以彩繪的臉作爲裝飾，繩索上則有綵帶與旗幟飄揚。安泰兄弟會這支安靜的隊伍繞過東邊的慶祝活動，向北跋涉。

當他們距離岸邊還有百來碼，羅曼尼博士的隊伍忽然從橋最北端拱門下方的暗處冒出來，朝泰晤士街底下的一段台階走去。他們步上階梯時，羅曼尼博士那高大敏捷的身影轉了過來，但就在他正要轉身，柏加忽然一個扭身，靈活地翻了個側空翻，最後握起雙拳往道爾的胸口推去；道爾重心不穩滑了出去，重重地跌坐在冰上，柏加見了放聲大笑。隆威爾也故作嬌態地跳起芭蕾舞的旋轉動作，有一度，道爾還認爲必定是羅曼尼給他們施了發狂咒，而他自己也隨時可能像狗一樣狂吠或咬帽子。

羅曼尼又轉回去繼續朝北前進，他與他那群出奇靈敏的隨從一塊跳著上階梯。這時候，一朵蓬鬆散亂的雲飄過來像薄紗似的遮住月亮，四下變得更暗。

柏加和隆威爾兩人都已恢復清醒，一同扶起道爾。「別見怪。」柏加說：「得讓他們以爲我們是喝酒鬧事的人。快來，我們追上去。」

冰上的十幾個人開始跑向岸邊——道爾很快便抓到半跑半滑、保持平衡的竅門——不到幾分鐘，他們已經來到一段梯子下方，有一艘沈船的桅杆從堅硬的冰上斜斜岔出，梯子就架在這上面。

他們循著一條窄巷往上走到較爲寬闊的泰晤士街，然後停下來左右張望，尋找著消失不見的獵物。

「在那邊。」柏加緊張地指著街心的一片白雪：「他們直接過街走進那條巷子去了。」

他們一行十二人跟了上去，不過道爾卻不知道柏加是怎麼推測出羅曼尼的路線，他經過雪地時只看見幾隻巨大的狗所留下的痕跡。

他們跑進巷子時，道爾尚未真正意識到有一個微弱、快速的扒抓聲，身體卻已做出反應——他左手方才將劍旋出劍鞘，直線刺出，便有不知何物撲上來，被他一劍刺穿。他受到重力衝擊晃退了幾步，接著聽到一聲低沈的咆哮與牙齒撞在鐵器上格格作響，他便用左腳把那垂死的怪物踢下劍鋒。

「小心妖怪！」他聽到柏加在他前面喊道，之後匡啷一聲燈掉在結冰的圓石上，活動嵌板應聲而開，把小小的巷道撒得滿地黃光。

道爾所面臨的景況就像是一幅連哥雅也未能揣摩出的瘋狂畫作：只見柏加和一種又像人又像狼的龐然巨物扭在一起，翻滾在地拼死相搏，另外還有幾隻類似的怪物蹲在一旁躍躍欲試；他們雙肩高聳，彷彿不太習慣以後腿站立，鼻子和狗一樣從高高的額頭延伸出來，而豎立在寬闊嘴巴裡的牙齒看在道爾眼中竟好似前端翹起的象牙短刀……不過，他們的小眼睛裡卻閃著智慧的光芒，當道爾一面盯著他們，一面把劍刺入正在他腳邊與柏加搏鬥的長毛怪物的軀體時，他們都警覺地向後退。

「Sorls, Rowary！」其中有一隻大喊。這時，柏加已將被殺害的敵人踢到一旁站起來，並用袖子揩去眼睛四周的血，右手將劍抽出，而左手則已緊握著沾滿血跡的短刀。兩具扭曲變形、毛茸茸的屍體已經不再抽搐，此刻動也不動地躺在兩隊人馬之間。

「隆威爾，泰森。」柏加冷靜地說：「繞過這些屋子，要快，截斷巷子另一端的出口。」

兩人奉命匆匆離開，隨之響起一陣叮叮噹噹。

此時羅曼尼已經轉身返回，撞開兩名似狼一般的隨從之後，與攻擊者正面交鋒。他那張瘦長的臉在黯淡的燈火下顯得十分怪異，此刻更因憤怒而扭曲變形，只見他口中唸唸有詞，四周的風開始扭曲捲縮——道爾感覺到腳踝上的鍊子震動起來，還逐漸變熱——隨後他發現道爾站在最前面，手上握著一把出了鞘且沾有血跡的劍，顯然對他的咒語毫不畏懼，甚至無意企圖加以阻止。念咒聲愈來愈慢，終至停止，但羅曼尼的嘴巴卻仍因驚愕過度而張得開開的。

道爾彎身拾起燈火，站定後對著羅曼尼微微一笑，用劍指著他說：「你恐怕得跟我們走了，羅曼尼博士。」

羅曼尼往後一縱，跳過狼人的頭頂，然後蹦跳著直下小巷，他的怪物部屬也跟著大步躍進，而道爾、柏加眾人則小心跟隨在後。

他們前方驟然傳來一記轟然巨響的槍聲，一會鄰近的石壁之間便迴響起尖銳的哀嚎，當哀嚎逐漸轉爲斷斷續續的喘息聲時，道爾聽見隆威爾喊道：「停下來，你們這幫妖怪——這裡裝了火藥的槍可多得足以把你們一個個送回老家去。」

道爾連忙跑到柏加前面，舉起燈來，剛好瞥見一個穿著長袍的身影直接往上飛去。「他跳上屋頂了，快捉住他！」他大吼道，只見前方槍口往上一揚，又發出兩記槍響，接著柏加在他耳邊開槍差點把他給震聾了。

「他們這些妖物爬起牆來和蜘蛛一樣！」隆威爾喊道：「把他們射下來！」

上頭不知哪一扇窗吱吱嘎嘎地打開後，裡頭的人很可能拿夜壺潑到對面牆上，淋了道爾一身。隨即有個婦人尖聲叫道：「滾開，你們這些小偷殺人犯！」

被槍打得鬆散的石頭碎屑劈哩啪啦落回到巷道路面。「別開槍！」柏加的口氣雖嚴厲卻難掩失望：「你會射中那該死的婦人。」

「他們走了，老大。」隆威爾趕到道爾、柏加與其他人前面說：「從屋頂逃走的，跟老鼠一樣快。」

「回泰晤士街。」柏加粗暴地說：「追不上羅曼尼了——他可能從任何方向穿越屋頂。」

「是啊，我們回去用餐吧。」隆威爾興奮地建議道，此時大夥已將劍入鞘，收起手槍，跨過那兩具長毛屍體，緩緩走回月光下的泰晤士街。

「我知道他上哪去了。」道爾平靜地說：「他要回到我最初說他會去的地方，也就是他最能施展法術的地方——裂縫區，波洛大街上那間客棧。」

「如今他已知道我們與他作對，此時打冰上穿過恐怕不是好主意。」一個瘦長、難看、捲髮的會員說了：「如果他在冰上突襲我們……」

「我們不一定會吃虧，」柏加繼續往前帶路，並說道：「不要太過倚賴你的護身之物。現在我們先行勘查，絕不輕舉妄動。」

他們匆忙沿著交叉的巷道，走回泰晤士街下方的階梯，到了階梯頂端，他們探身到欄杆外凝視著在冰上舉行的霜節的火炬與帳棚。

「太多人了，無法知道哪個是他們的人。」隆威爾嘟囔著說。

「也許吧。」柏加喃喃地說，但他已拿出望遠鏡，慢慢掃視每一吋冰河。「我看見他們了。」他終於低聲說：「他們就這麼直衝而過，根本不在乎會撞到人——嚇，你該看看其中有些人嚇成什麼模樣！」他轉身對身形巨大的道爾說：「他到了那家客棧後，功力會增強多少？」

「我不知道確切的數據之類的。」道爾說：「總之可以說是千百倍。他必然有十萬火急的事要辦，所以之前才會離開。」

「那麼我們可得跟緊他了。」柏加有點遲疑，但還是走下階梯：「走吧，機靈點——還得我們追趕呢。」

此時，有另一群人鬼鬼祟祟從恩寵教堂街轉進泰晤士街，被凍裂的圓石路上響起東方木屐的踩踏聲。穿著奇特的帶路人對著空空的街道仔細查看了好一會，才又再度跨出堅定的步伐。

「等一等，煉丹師。」他的一位同伴說道：「你若再不作解釋，我便不走了。我們剛才聽到的是槍聲，是吧？」

「是的。」帶路人不耐地說：「但目標不是你。」

「那麼目標是誰？我想方才那不是人的叫聲。」這人戴著一頂假髮，但掩不住長長的褐色捲髮，風一吹，頭髮全披散到他那張圓圓胖胖又任性的臉上。他把帽子壓得更緊些，接著又說：「儘管尚未正式認定，但這裡仍由我作主，誠如我父親在法國一般。依我說，我們唯一需要的就是你放在那只盒子裡的東西——何必再找什麼該死的巫師？」

阿美諾皮斯．菲齊往回走到那人站立的地方，由於踩著高蹺而能居高臨下地看著他，並嗤之以鼻地說：「你這裝腔作勢的小丑給我聽好了，如果你的屁股眞有一天能坐上王位，那得歸功於我，而不是你。難道你以爲去年你和羅素和席尼策劃了謀殺行動，很聰明嗎？哈！一群蠢蛋，妄想隔著窗玻璃偷糖吃！別說當國王了，就算你只想躲過劊子手的斷頭臺，也同樣需要我、法術，和一大把的運氣！而今晚與我聯繫的人是以古老的切口透過蠟燭找上我的，他是我這——嗯，許久以來——所見到法力最高強的巫師。你也看到了呀——我甚至不用點蠟燭去迎接他——蠟燭自動就點燃了！現在他遇上麻煩，很可能是詹姆斯的寶貝安泰兄弟會，他只好回到薩里區去，我曾經告訴過你有一種神秘的縱性氣圈，在裡頭能更自由地發揮巫術，而薩里區內就有一個。所以我們要到那裡與他相會。或者你寧可回到荷蘭，自己去爭取王位，不需要我幫助？」蒙茅斯公爵依然神情慍怒，於是菲齊便對他揮揮小黑盒說：「也不需要我這張僞造得無懈可擊的婚姻證明？」

蒙茅斯眉頭緊蹙，卻仍聳聳肩。「好吧，巫師。不過我們快走吧，免得託你的福，被這寒氣給凍僵了。」

於是一行人又再度往橋的方向走去。

船迎風行駛著，半醉的水手或多或少配合著歌唱節奏揮動著熊熊火炬，但由於掌舵者太貼近風側，以致於縱帆前緣抖動，船帆空空地飄盪著，於是船速漸慢，支撐船身的木架上有幾根貫穿的木軸，木軸上的圓盤也愈轉愈慢，因此彩繪在大木輪上的怪臉也逐漸清晰可辨。最後船晃了一下便停在冰上，一會過後，船帆往後鼓起，船便開始不由自主地後退了。

柏加領著道爾和十名安泰兄弟會的成員，一直以木輪船作掩護，全速衝過又長又曲折的冰道，如今船一停，他立刻跳上去抓住欄杆，越過舷緣翻入船去。醉酒的水手們已經爲了帆不受風力而生氣，見到這個貌不驚人的瘦弱漢子偷上船來更爲憤怒，可是當身材魁梧的道爾輕盈躍過欄杆，長髮、鬍鬚與披風齊飛，他們又驚慌地踉蹌後退。

「這艘船將由我們接管。」他壓抑住笑意喊道，因爲他知道自己幾個小時前才看到關於這趟歷險的故事：「柏加，你怎麼讓這玩意重新啓動？」

「史托爾，」首領對著欄杆外喊道：「把後輪整個轉過來，然後所有人都上船。大家都常看到這玩意在河上斜來斜去地行進——我們的目標不會注意到船在跟蹤他。」

「可這是我的船啊，老兄。」船尾有個矮矮胖胖的人反駁道，一面趕緊站起來，因爲舵柄正慢慢掉轉過來。

柏加於是給了他一些錢幣。「拿去，我們不會摧殘它，我們會把它停放在南岸。喔，還有——」他又多數了一些錢：「——如果能把你們的面具和火炬給我們，這些錢也歸你。」

船主掂掂錢幣，再看看這群人顯然奪意甚堅，最後聳聳肩對著同伴說：「伙計們，下船吧。順便把面具和火把留下——這些夠我們喝一大桶白葡萄酒了。」

遭到驅逐的水手們爬過舷緣，歡喜地跳到冰上，當柏加的人全都盪上船之後，再度滿帆的船也開始搖搖晃晃地往前行。

柏加戴了一種藍色與紅色夾雜的巨嘴鳥面具，小心地操縱舵柄與帆腳索，以便能跟蹤羅曼尼又不超越他，他們幾乎就快到達對岸，就在距離吉特巷階梯不到三十碼處，羅曼尼第三度往後瞥，之後又看了一眼，接著便滑到一旁停下，他終於發現自己被跟蹤了。

「他發現我們了！」道爾大喊，不過柏加已經將舵柄一路扭向左，船身驚險地斜向左舷，同側的兩個木輪一刮濺起些許冰屑，接著船猛然回穩後，舵又急轉向右，船不再朝著階梯方向前進，轉而直奔一道長長的碼頭。

道爾起身拔出劍來，卻又立刻拋開，因爲那已經不是一把劍，而是一條長長的銀蛇正旋過身要咬他。不一會，他的匕首也開始在刀鞘裡劇烈扭動，他連忙用雙手將它按住。他的衣服發狂似的蠕動，面具也在臉上翻飛，而他腳下的船身更有如一隻巨大動物喘息時的肋骨，上下起伏著。他驚恐之餘知道自己正置身於某種可怕的法術當中，便趁著船板再次上升以爲助力，一躍而過正不斷扭動快衝的船身側面；他雙手先著地，身子一縮翻了幾個觔斗，向外滾出幾碼後慢慢停下，而木輪船則在一兩秒鐘前撞上碼頭，轟然巨響中，船身與桅杆全都撞得粉碎，安泰兄弟會的成員也像保齡球的木瓶一樣四散開來。

道爾坐起身來，扯下啪啪打在臉上的貓面具把它丟得老遠，接著他發現，匕首已經脫離刀鞘，像隻大尺蠖似的向他爬來。他一腳把它踢開，卻頓時興起一種迷惘的無力感，因爲儘管短刀有如橡皮管似的彈開，但每次落在冰上卻又發出金屬的碰撞聲。

柏加墜落到冰上不一會便又重新站起，雖然臉上明顯忍著痛，他還是粗聲吼道：「上岸去！」他自己也勉強跛足前進。

四散紛飛的船身已經燃起大火。有一個木輪從輪軸上鬆脫，緩緩地在冰上滾來滾去，彩繪的嘴巴一忽兒張一忽兒閉，彩繪的眼睛帶著惡意四下掃視。當火焰一觸及帆的邊緣立刻迫不及待往上攀升，畫在帆上的臉也開始翻轉眼睛、皺縮帆布並喃喃說一些難以理解的話語。

史托爾面紅耳赤地用力想扯下圍巾，不讓它勒死自己，一面往碼頭走去。在途中他撞上道爾，道爾抖抖身子，深吸了一口氣之後跟在他後面。空氣開始變得奇怪——味道很難聞，而且道爾的眼睛、鼻子和肺部都有灼熱感，他可以感覺到能量逐漸流失。

此時，最近的碼頭木梯前已聚集一大堆扭來扭去、狂飛亂舞的碎木塊，凡是有人企圖靠近，木片便會攻擊他的膝蓋、纏住他的腳——有個人就是這麼跌倒還差點被打死，幸好柏加及時將他拉開——因此道爾直接抓起搖搖擺擺的史托爾的腰帶和衣領，前後晃兩下以增強勢頭，然後用他僅剩的力道將他往上拋去。人脫手後，道爾跪倒在地，以逐漸模糊的眼睛看著他飛出去，手揮腳踢的，最後輕輕「砰」一聲掉在碼頭上面。

空氣中瀰漫著硫磺氯氣之類的煙霧，道爾知道即使沒有那些跳動的木板，他也沒有力氣爬到木梯邊攀爬上去。他整個人往旁倒下，翻了個身仰躺著，意興闌珊地看著史托爾探身到碼頭邊緣，往下伸長了劍，愈燒愈烈的火焰照亮他的臉。道爾看見史托爾的劍又直又堅固，再想到自己的劍已變成一條躍動的鰻魚，不覺有些嫉妒。隨後他便不再想這件事或其他任何事情。

柏加還勉強站立著，他拖著蹣跚步伐走到紛亂的木棍中間，木棍猛烈敲擊他的膝蓋，還像車輪似的往上轉圈打在他的跨下與腹部，眼看他就要倒下了，絕望地伸手向上抓，剛好抓到往下伸的前半段鋒銳劍身。

那些木棍隨即從他身邊退去，由於無功而返，而一陣胡敲亂打。

柏加終於能夠站立，已被割得血肉模糊的手也終於得以鬆開，他渾身戰慄地吸氣。「安泰兄弟，到我這兒來！」他幾乎聲嘶力竭。

隆威爾於是向前爬行，一手抱頭以阻擋猛烈撞擊的木塊，另一手伸出去抓住柏加靴子上垂下的鍊子。

他身旁的木棍與木板也立刻撤開。

另外三人都一一跋涉過去與鍊子接連。受挫的木塊——隨時都有新的木板從燃燒的船身蹦離加入攻擊行列，有些還著了火——開始朝尚未連結的道爾滑行飛旋而去。小木塊移動得更快，一來到他跟前便往他臉上砸，柏加見狀大喊：「你們當中哪個去抓住他，快！」

接連在最後一個的人伸長了手，卻始終搆不著道爾。那人往後一瞥，看見幾碼外有幾塊足以打碎腦袋的大木板正快速逼近，他粗粗咒了一聲，連忙解開皮束帶，拔出匕首伸出去，利用刀尖把道爾的腳勾過來，然後一刀刺穿，讓刀鋒緊緊插在底下的冰層上。

接著，熱氣開始從道爾的腳往上傳，鬆弛了他幾近麻痺的肌肉，最後到達頭部，驅散那些不斷增加的巨大鑽石的幻覺，他僅剩的一絲意識也隨之恢復過來。他從冰上坐起，當警覺的熱流流過全身之後，他才發現小刀刺穿他的腳，凌亂的木塊則紛紛從他身邊撤走，前去攻擊幾個躺在地上動也不動的人形，因爲他們離得太遠無法接上安泰之鍊。

「你呀！」柏加叫道：「大鬍子！還沒抓到弗瑞曼的手之前，腳先別動！」

道爾點點頭，慢慢地靠向那個握著小刀的人。「放心，」他對柏加喊道：「我不會讓接繫斷掉的。」他觸到弗瑞曼空出來的手之後緊緊握住，弗瑞曼才將匕首撼鬆，從道爾的腳拔出。他將匕首入鞘後，又轉身去和身後抓住他靴鍊的人拉手。

等到柏加說：「起身」，他們五人才顫巍巍地站起來。道爾覺得刀子好像還插在腳上，當他們幾個人排成一列，跛足蹣跚、小心翼翼地沿著碼頭基樁往梯子走去時，他回頭看見自己在冰上留下一片冒著熱氣的污漬，就在他的腳被刀刺穿釘在地上之處，有一大塊不規則的污痕，此刻已經結了冰。

「緊抓你上頭的人，只要把腳放在梯子上就行了，我們會拉你上來。」柏加喊道。他現在站在碼頭上，儘管有橙黃色的火光照耀，臉色仍十分蒼白。

幾分鐘後，道爾和安泰兄弟會的五位成員已經到了碼頭上，或坐或站都是搖晃不定，一個個只顧著喘息，一面藉著船的燃燒取暖，一面讓治療的力量從靴鍊往上傳輸，就好像喝了幾杯有助於恢復體力的白蘭地一樣。

「他……重創我們之後又繼續前進了。」柏加邊用手帕纏住割傷的手邊喘著氣說：「幸好他……低估了他能利用的時間，所以只是很快地對我們施以靈動毒咒。假如他多耽擱一會，馬上念起奪命魔氣咒……」

這時忽然有個人從冰上朝他們衝來。「你們這群龜兒子！」被毀的那艘船的肥胖船主嚷道，手還不停對著慘遭不幸的船比劃著：「我要把你們全拉去見官！」

柏加用那隻沒有受傷但不慣用的手伸進口袋，彆扭地摸索一陣之後，拉出一只錢袋拋出去。「實在很抱歉，」他大喊著，那人也將袋子接住了：「裡頭的錢夠你買一艘新船，還能彌補你找船浪費的時間。」

他說完轉向道爾與其他人，口氣鎮定地說：「我們失去了六名弟兄，而你們當中有些人也受了傷，須得立刻治療——像先生你的腳便是了——還有我們第二重要的武器——現金也花光了。此時此刻，我們只能回到聚會廳……包紮傷口、吃點東西睡一覺，明天再繼續行動，這算不得懦弱。」

道爾剛才脫下靴子，用部分圍巾纏住腳泡在白蘭地中，現在他咬著牙忍痛重新穿上靴子，然後抬頭看著柏加，粗聲道：「如果我想回家，我就得繼續。不過你說得沒錯，你們做的已經……遠超過我所能要求的了。關於你們的六名弟兄，我眞的很抱歉。」

他站起來之後，頓時對嚴寒的天氣感到慶幸，因爲溫度冷到就像在他腳上打了麻醉藥似的。

隆威爾難過地搖搖頭說：「不，倘若還在北岸，我會很樂意放棄追捕回去用餐。但如今麥修和齊克漢和其他人被殺，而兇手仍逍遙法外……而且很可能還在自鳴得意，我無心品嚐美酒。」

「對。」史托爾仍心有餘悸地翻弄著圍巾，他也說：「等我們把這傢伙送下地獄，有的是時間吃喝。」

柏加的臉在橙黃燈光下有如久經海水浸泡的浮木，此時露出一絲苦笑。「那好吧。」接著他轉向道爾說：「先生，你千萬別誤以爲這些人是爲了幫助你而喪命，並因而感到自責或得意，這是我們的工作，正因爲風險高所以酬勞也高。況且若不是你將史托爾拋到安全之處，我們一個也活不了。你走得動嗎？」

「我可以。」

「很好。」柏加上前跨到碼頭邊緣，對著正蹲在冰上觀看船燃燒的船主高喊：「那些錢夠嗎？」

「喔，夠了，夠了。」船主點點頭，高興地直揮手：「以後隨時歡迎你們來借船。」

「今晚至少有個人獲利了。」柏加苦澀地低聲說。

已陷入一片火海的船翻了過去，並慢慢地從破裂融化的冰層往下沈，從瀰漫的熱氣中望去，可以看到著火的橫樑一根根倒下，像屈起指頭數數似的。

一見到道爾穿過客棧的門楣走進來，店主人立刻煩惱地瞇起眼睛，但見他身後跟著柏加與其他人，卻又驚訝地瞪大眼睛。

「這傢伙跟你一起嗎，歐文？」店主人懷疑地問。

「是的，波茲。」柏加厲聲說：「他所造成的損失一概由兄弟會負責。你有沒有看到——」

「和我一起跌在桌上的那個人。」道爾打岔道：「他在哪裡？」

「那個人？有啊，該死，他——」

這時屋子震動起來，好像有個重低音風琴開始奏起輓歌，只是旋律太低沈聽不到，但卻能隱約聽到高音單調的歌聲，彷彿來自很遠的地方。道爾腳踝上的鍊子也開始劇烈顫動，搔得他好癢。

「他在哪裡？」柏加大喊。

突然間，許多事都在同一時間發生。木質吊燈上的蠟燭燃燒起來，並像國慶日的煙火一般射出，明亮的紫色火球撞上天花板，臭氣沖天的煙霧密佈，接著一陣撕扯與碰撞，桌子忽然裂成碎片，把食物、盤子、水壺與客人往四方拋出。正當道爾瞪目結舌地瞪著這突如其來的混亂場面，他發現店主人波茲頭上出現一個像龍捲風一樣，長形扭曲的白色漏斗狀物。道爾看看驚慌的客人，他們每個人頭上都有一個類似的漏斗在扭曲、膨脹。他大吃一驚連忙往上看，但自己頭上並沒有任何靈媒的心靈體在蠕動，片刻過後，他更確定同伴頭上也都沒有。

他心想，一定是這些鍊子，保護我們不受這魔鬼的惡靈降臨所影響。他低頭一看，發現他的鍊子正吱吱地閃著金色火光，而他的同伴也彷彿每個人都在右靴上綁了一整袋點燃的煙火似的。

原本炸開的桌子此時急速重整，變成猩猩的模樣，臉上七橫八豎的木片有如吸在磁鐵上的鐵銼屑，只見它們開始搖搖晃晃穿過紫色煙霧，木手臂朝著人群、牆壁與彼此砰砰亂揮，好像北歐傳說中作戰前先使自己瘋狂的無敵戰士，只不過眼前的這些是瞎了眼的。

「圍圈！」柏加大喊，道爾發覺自己被推到隆威爾與史托爾中間，而安泰兄弟會的其他成員也移動位置圍起一個圓圈。其他人都拔出了劍與刀，雖然道爾認爲這種俗世武器對這樣的敵人無法造成多大傷害，但他還是往前一彎身，從一個想奪門而出卻中途跌倒的客人身上，猛扯下劍來。

這時白色漏斗迅速上升，全部貼在天花板的某一點上，開始形成一大團。原本有十來人自從頭上連上這個像蜘蛛一樣討人厭的東西之後全都靜止不動，但是他們發覺到大門旁邊有一群武裝的人圍成圓圈，便全部將呆滯的目光轉移過去。至於那群笨拙的木頭人也停下來，彷彿在傾聽什麼，然後忽然眼睛一亮，全部轉向兄弟會成員，謹愼小心地朝他們走去。

其中一人來到柏加面前停下，從桌腳變成的手臂往後縮準備猛力出擊，但它拳頭尚未揮出，柏加便已衝上前去，一劍刺進它的肩關節，於是它手臂那塊木頭立刻脫離由桌面所形成的胸部，「砰」一聲掉在地板上。

道爾想也不想便往前躍進，劍鋒直接刺入另一個木頭人的肚子——他卻也因爲腳痛得流出淚來——那東西馬上有如抱滿懷的木柴散落在地。

在緊接下來的混戰中，這確實是對付這些怪物的好方法，雖然史托爾被其中一人擊中而昏迷，道爾也被擊中肩膀前端而右臂差點痲痺，不過經過幾分鐘的跳躍、彎身、衝刺，他們便把所有敵人變成了不會動的木頭——其中只有一個例外，因爲當它發現獨自面對四把劍時，竟然像人一樣驚慌失措，從敞開的前門逃走了。

雖然紫色火球在這些四散紛飛的木頭上引發了一兩處小火，但吊燈終於恢復正常光線，嗆人的煙也已多半散去。「他就在客棧內的某個地方。」柏加喘息道：「我們去搜搜廚房——別走散了。」他走在最前面。

「等等。」眾人聲音平平地齊聲說，接著便聽到一陣腳步聲與敲擊聲，只見波茲與十來名不幸的顧客頭上被心靈體的臍眼貼上而直立起來。有幾個人拔出劍與匕首，其他人——包括幾位儀態端莊的女士——則掄起重重的木棒。

道爾抬頭望向所有白色漏斗的聚集點，發現剛才在天花板形成的那一團東西已經變成一個巨大的、沒有眼睛的臉，所有傀儡線般的觸手全都從它張開著、嘴唇不停振動的嘴裡垂掛下來。

「道爾，」所有的人竟異口同聲地說：「集合你的殘餘部眾，趕緊找一個偏僻的地方躲起來，別讓我的怒火給燒著了。」

「對，柏加，」道爾盡量壓抑住不讓聲音過於歇斯底里：「一個匆匆忙忙的巫師必定會到廚房去——那裡有火和熱水等等東西準備好在等著他。」

道爾、柏加、隆威爾與另一名會員，一個短小結實的漢子，連忙衝向廚房，卻立刻被店主與用餐者給擋住。

有一位胖婦人揮動棒子，道爾彎身躲過，並以劍欛敲擊她的手使得木棒脫手後，隨即又避開朝他胸口刺來的劍鋒。他的身體不由自主地向前長刺反擊，直到最後一刻他才克制住反射動作，反轉劍身，以護手而非致命的劍尖刺入傀儡攻擊者的小腹。

那個老婦人舞至他身後，伸出小而有力的拳頭重重打在道爾的後腰部。他痛得大吼一聲，旋而回身去踢她的下盤，趁她摔倒之際，把劍橫向畫出一道弧形，直接切過貼在她頭上那條如蛇一般的白線——線的兩端捲縮起來，較長那端往上彈打在天花板上，接著便像是噁心的義大利麵被正在微笑的嘴給吸了進去。

先前用餐的客人雖然技巧高超、全神貫注地進行攻擊，卻又像夢遊者一樣喃喃自語；有個男人以一連串快速得令人眼花撩亂的進攻，將道爾逼退到角落裡——道爾本能地閃避之後，不禁深深感謝貝納曾經學習過擊劍——同時以最平常的交談口吻說：「……丟棄之前大可以問一聲，我要求就這麼多，而且我覺得如果我們倆都有權利被激怒……」

他說被激怒，道爾絕望地想，此時他終於厭煩了被一把靈動的劍追擊，便伸手把它從這個昏昏沈沈的男人手中奪下。

「……爲什麼是我，親愛的。」那人繼續以平穩的口氣說著，一面朝道爾來一記迴旋踢卻被他躲過：「因爲這是我最寶貴的背心啊……」

又有兩個口中唸唸有詞、神情漠然的男人，手持出鞘的劍向道爾急奔而來，道爾不希望腹背受敵，便反手攻擊那個覺得自己有權利被激怒的男人的空中繩索；這一擊力道並不大，還從白繩反彈回來，但那人卻發出尖叫，像隻受了傷的兔子似的跳起來，然後跌落到地板。就在兩名攻擊者最後躍起，劍尖朝上刺向道爾胸口之際，道爾立刻回身將劍調回攻擊線。

接著，道爾急忙向右一閃，以低低的五分位撥擋來劍，他讓身子繼續向前彎低成三點式的蹲伏姿勢，右手張開以手指摁地穩住，劍藉勢回彈重回攻擊線，劍尖過頂；他才剛剛將劍尖挑起，另一人便自行撲了上來，而他的劍往道爾胸口原來所在之處刺過去，結果卻撲了個空。

最初那人已經重新站起，後退幾步，正準備將劍往道爾的臉上送——「要是那隻該死的貓能下定決心，看牠想到裡面來，」他不慌不忙地說——道爾用力將劍往旁斜拉，卻使得那臨死之人搖搖晃晃地闖入劍刺來的路線。「……或是到外面去。」最初那人繼續在說，劍也「噗」一聲直入他同伴的背部。

該死的羅曼尼，道爾原本的憂懼已化爲滿腔怒火，他心想，你竟讓我殺了一個人。他把劍拉出後，以劍面拍擊那個希望貓下定決心的人的太陽穴，趁他跌倒時，道爾連忙從地上搶過一個已經熄滅但未受損的油燈，把它當橄欖球一般拋過明亮的餐廳投向廚房的門；油燈撞得粉碎但門也開了，道爾很快爬到最近的起火點——火已經迅速往牆上爬升蔓延到天花板——抓起一根一端著火的長木棍，當成標槍往廚房裡面用力投擲。

他聽到木棍喀嗒一聲掉在石板地上……他正想著行動可能失敗的時候，忽然從廚房傳來低沈的嘶嘶聲和一道橙色火焰，那些傀儡人異口同聲地大聲尖叫，就好像十幾支無線電話都調到同一個信號，然後他們紛紛丟下武器，驚恐地四下張望，其中就只有店主人波茲朝廚房的門奔去。

心靈體觸手軟綿綿地懸空垂掛著，片刻過後，巨大的白臉發出一聲響亮的吸吮聲，接著便從天花板剝離，穿過瀰漫的煙霧轟然掉落在地板上。道爾從上頭跳過，衝向起火的廚房，柏加和隆威爾緊跟在後，隆威爾跛著腳，還一邊咒罵。波茲跑到一個架子前，一手掃落所有的玻璃杯，然後從架子背後取出一個布包，顫抖著雙手將布包解開，也急忙隨後跟上。

道爾跳過廚房門口，拿劍在身前猛畫「8」字——但羅曼尼博士已經走了。道爾在泥土地板上往旁滑了一下站定後，小心地四處看了看，後來愈看愈驚訝——因爲儘管廚房裡濺滿了燃燒冒煙的油，他仍看得出裡頭的架子、凳子、桌子甚至石砌壁爐全都扭曲變形，被移到廚房中央來，彷彿這些物體原本是畫在一面緊繃的橡膠布上，此時被人從兩端推到中間來似的。

柏加從道爾身後擠上來，接著是隆威爾和憤怒的店主撞上柏加，店主人手上多了一把他從布包取出的鐘形口燧石槍，他一個沒拿穩，槍口向下掉在一個泥濘的角落。

「葛雷死了。」柏加氣呼呼地說：「我非抓到這個羅曼尼博士不可。」

店主已經撿起槍，用塞滿泥巴的槍口四面揮舞，一面問說約克公爵會不會賠償他店裡的損失。

「唉，會的。」柏加厲聲說道：「他會買個全新的店面給你，地點任你挑。把槍給我，免得你誤殺人。」他把槍奪過去之後，又問：「那扇門通往哪裡？」

「一條廊道。」波茲不情願地說：「直接通往房間，後面馬廄的左側。」

「那好，我們搜吧——」

此時火勢忽然變大，裡頭不再是飄搖不定的火焰，而是靜止不動的光芒，火光從橙黃逐漸轉白，這是今晚道爾第二度被灼熱缺氧的空氣嗆得幾乎窒息。

「他在外頭搞鬼！」柏加也感到呼吸困難：「快走！」

柏加和隆威爾踉蹌著跑進走廊。道爾跟著進去，又忽然想起昏迷不醒的史托爾，便趕緊跑回餐廳，此時餐廳的火也已加速蔓延。

史托爾坐起來，望著白光瞠目結舌，道爾衝上前去一把將他拉起，想把他推往敞開的前門。

可是史托爾還搖晃不定之際，燃燒的門楣竟化成一陣白色火花坍塌下來，約半噸重的磚瓦也隨之崩落在門階上。

「出不去！」道爾大喊：「回廚房去！」他抓住嚇呆了的史托爾的肩膀，一路拖著他走。「小心點，這裡頭像火爐一樣。」他說著，並鼓起勇氣準備進入發白發熱的廚房。接下來他們搖搖晃晃、跌跌撞撞跑過去，一面忙著將濺到衣服上與道爾鬍子上的火星拍滅，最後終於衝進門後比較涼爽的走道。「這裡應該有扇門才對。」道爾聲音沙啞地說——隨後他便發現走廊左端有一堆正在悶燒的瓦礫。「天哪。」他絕望地低聲喊道。

「噓！」

道爾把頭轉向聲音來處，驀然看見壯碩的店主人的頭在地板上對著他眨眼，但此時見了卻並不怎麼吃驚。之後他才領悟原來店主是從一個洞裡探出頭來。

「這邊，你們兩個蠢蛋！」波茲喊道：「到地窖來！從這裡可以通到下一條街的下水道——其實我何必救這天殺的安泰兄弟會這些王八蛋呢……」

道爾從茫然中驚醒過來，連忙推著半癡呆狀態的史托爾趕向活板門。波茲已經爬下樓梯，一面爬一面性急地把史托爾的腳放到梯子橫桿上，道爾將頭頂上的活板門拉下，緊跟在後。不一會，他們三人踏上石板地面，仔細環顧四周，在兩條閃耀的靴鍊照亮下，隱約可見許多木桶與箱子。

「我本想搶救法國葡萄酒。」店主人朝一堆木板箱呶呶嘴，簡短說道。然後他嘆了口氣說：「往洋蔥這邊來。」

當他們離開地窖走下一條狹窄的石廊，道爾本能地壓低聲音問道：「你爲什麼會準備這個避難所？」

「這用不著你操心——唉，也罷。再過去的下水道很寬，可以從河上划船過來。有時候要課稅的貨物最好還是不要驚動海關……還有些客人不想從人人都看得見的大門離開。」

我又再次從另一扇看不見的門離開了，道爾心想。

他們沿著地道走了四十來步，靴鍊的光芒逐漸減弱終至熄滅。「我們已經離開法術的範圍。」史托爾小聲說。

「依我看，就是這些該死的鍊子讓客棧著火的。」波茲忿忿地說：「不過我們已經到了——你們可以從鐵格子看到月光。」

地道的地面不斷往上爬升，直到貼住下水道的鐵格子蓋，道爾彎起膝蓋，用一邊肩膀撐住鐵蓋。他別過臉對波茲一笑，說道：「但願我挖通下水道的功夫比捏扁白鑞酒杯的功夫好。」說完，他馬上集中精神，用盡所有力氣將身子打直。

蒙茅斯公爵走近那間燒得正是時候的客棧時，全身發抖地想著，其實我並不眞的需要這些巫師，或是他們僞造的那張婚姻證明。我告訴過菲齊，我絕對相信我母親是在列日的林肯主教見證之下，正式嫁給國王理查的。爲什麼他不試著去找眞正的婚姻證明呢？

他不由得噘起嘴來——令他難過的是，他的嘴唇乾裂得十分難看——因爲他知道答案，而且答案他並不喜歡。很顯然菲齊並不相信蒙茅斯是合法的王位繼承人，因此他的努力也不單純是為了愛國。這個鬼祟的巫師必定是指望在我正式登基後，從我這裡獲得好處與影響力，他心想。我想最主要的好處應該就是他汲汲營營多年的目的：讓英國從此不再打丹吉爾的主意。蒙茅斯又想，不知道菲齊為什麼處心積慮不讓歐洲勢力涉足非洲？

他望向因踩著高蹺而顯得高大的菲齊，只見他站在幾呎外，手持裝有偽造文書的黑盒子。「巫師，我們在等什麼？」

「你就不能閉嘴嗎？」菲齊厲聲說道，眼睛仍盯著燃燒的建築不放。突然間他指著說：「啊！那邊！」

他手指的方向有一個著火的人從屋子角落裡跳出來，每跨一步都是驚人的三碼長，另外有兩個人緊追在後，身上似乎也有部分地方著火——至少他們的靴子周圍有許多火花。

當一名追趕者飛身躍上前去，將全身燃燒的人撲倒，滾入雪地時，菲齊立刻趕過去。

英勇的援救行動，蒙茅斯想。這時候，肥胖的漢子很快爬到那個昏昏沈沈、仍有一部分著火的人身邊，但接下來的景象卻讓蒙茅斯大吃一驚：他拔出匕首刺向那人的胸膛，不料刀子竟然應聲斷裂，兩人便在雪地上激烈扭打起來。

再幾步我就能趕到了，菲齊一面以怪異的姿勢跑向伏在地上的兩人一面想著。我們應該仍處於上風，雖然巫師躺在他所放棄的土地上一定痛苦萬分，但這些管閒事的人卻肯定殺不了他，不管是用火、用鐵——或用鉛，他又加了一樣，因為他剛剛看到落在後面的追趕者，正從斗篷底下拔出一支寬口徑手槍。

柏加知道手槍殺不了巫師——尤其是在法術範圍內——這和隆威爾用匕首刺殺的方法一樣蠢，但他剛剛看見羅曼尼博士伸手抓住隆威爾的靴鍊，猛然將它扭扯下來，只聽得那隻手滋滋作響，巫師也痛得大聲哀嚎。柏加只有一剎那的時間能夠轉移羅曼尼博士的注意力，以免他毀了無力抵抗的隆威爾，於是他快步上前，也不管羅曼尼正要開口念咒，便將槍口抵在他臉上扣下扳機。

羅曼尼博士的臉頓時像被踢散的砂堡一樣瓦解了，整個人往後倒在濺滿血跡的雪地當中。

柏加和菲齊兩人都當場呆住，驚訝地瞪著那具趴在地上不動的身形，這時候蒙茅斯公爵卻因擔心捲入謀殺案件，加上他的父王曾禁止他踏入英國一步，因此轉身就跑。

柏加慢慢伸出手，將菲齊手上的黑盒子打落。

道爾暗中算著秒數，他預計自己只能撐上三十秒，當他算到二十八秒時，嵌入他肩膀的鐵架忽然匡噹一聲迸起來，同時還伴隨著上方鋪石路面的灰泥鬆動碎裂的聲音。道爾將鐵格子蓋拋到一旁，跳出了下水道，然後轉身抓住店主人的手腕，把他拉到人行道上來，接著也幫了史托爾一把。

「我用力撐鐵架的時候，你有沒有聽到什麼聲響？」他問史托爾：「我好像聽到了。」

「有啊。」史托爾揉著肩膀喘息道：「有一聲尖叫和一記槍響。」

「我們回店裡去。」

他們於是循原路返回，只不過這回從路面上走，走了幾步之後，道爾感覺到腳踝的鍊子再次發熱，便小心地從腰間拔出劍來。

然而他們繞過燃燒的建築物轉角後，映入眼簾的卻是曲終人散的一幕。柏加和隆威爾坐在街道中央觀望著火場。柏加意興闌珊地拋接著一個小黑盒，可是他一看到這三個被煙燻得黝黑的人朝他走來，便立刻跳起來，任由盒子掉落在地上。「你們是怎麼逃出來的？」他嚷著：「我們才出來不到一秒鐘，你那個巫師就截斷所有通道了。」

「從地窖走下水道出來的。」道爾聲音沙啞地說，伴隨夜晚而來的疲憊已經開始侵襲他，因此走起路來搖搖晃晃：「羅曼尼呢？」

「我不知怎麼就殺死他了。」柏加說：「他好像有幾個同黨在這前面等他，但見我殺了他便逃走了。我們將他拖到對街離開這個法術圈——」

「你搜過他的身嗎？」道爾焦急地打斷他，他只想知道這個裂縫還會持續多久，如果它尚未關閉的話。

「他身上只有這張紙——」

道爾一把從柏加手上搶過那張潮濕且沾有污漬的紙張，迅速看了一眼，然後又抬起頭問道：「你把他的身體拖到哪兒去了？」

「在那邊的——」柏加手才指過去，立刻驚恐地睜大眼睛：「天啊，他不見了！我明明把他整張臉都轟掉了！」

道爾頹然坐倒在地。「他一定是假裝的。我想用槍殺不了他們。」

「我起初也這麼想。」柏加說：「可是當我用波茲的槍射他，眞的看到他的臉炸成碎片！該死，我可不是什麼無中生有自吹自擂的小伙子！隆威爾，你也看到——」

「等一等。」道爾說：「你是說掉到泥巴裡的那把槍？」

「是啊，就是那把。槍管裡塞滿了泥巴，幸好沒在我手中爆炸。」

道爾點點頭，心想：雖然子彈傷不了羅曼尼，一槍管的泥巴卻的確可能重創他。這必然和他們不願接觸土地有關。

他張嘴正想對柏加解釋，卻突然眼前一黑，人就不見了，他覺得自己好像直接穿過土地，來到另一頭沒有星星的太空。

就在「砰」一聲內爆之後，柏加盯著道爾剛才站的地方，以及啪嗒啪嗒掉落在雪地上那堆空空的衣服看了好一會。然後四處張望。

隆威爾走到他旁邊，伸長了脖子東張西望。「你有沒有聽到『砰』一聲，不是從火堆裡發出來的？」他問道：「還有我們那位神秘的嚮導哪兒去了？」

「顯然是回到他的來處。」柏加說：「但願那裡會暖和些。」他斜覷著隆威爾說：「你有沒有認出在這裡等羅曼尼那個人？」

「老實說，歐文，看起來好像是吉普賽首領菲齊。」

「嗯？喔，當然是菲齊沒錯——但我說的是另外一個。」

「沒有，我沒看到他。怎麼了，他是誰？」

「這個嘛，他看起來好像——可是他現在人應該在荷蘭。」他對隆威爾笑了笑，但那笑容裡只有疲憊，毫無欣喜：「我們很可能永遠不會知道，今晚究竟發生了什麼事情。」

他彎身拾起那個黑色木盒。這時史托爾拖著沈重的腳步走來，靴子在雪中發出沙沙聲。

「布萊恩，我不應該把你留在裡頭的。」柏加對他說：「我很對不起——也很慶幸那個大鬍子回去救你。」

「我不怪你。」史托爾說：「我也以爲自己沒救了。」他用指關節揉揉眼睛：「好可怕的速度。你那個盒子裡裝了什麼？」

柏加把盒子往上一拋又接住，說道：「法術的玩意吧，我想。」

他振作起精神，將盒子從一扇被熱氣爆破的窗子丟進了火光熊熊的廢墟。

羅曼尼博士沿著小巷弄，一跛一跛地走，試著用僅剩的一隻眼睛看路，卻又因憤怒與失望而流淚。他不記得是誰傷害他，又是爲了什麼，但他知道如今自己已是孤立無援。他必須傳遞一個訊息給某人——很緊急——但是在他甦醒過來，在雪地上匆匆寫下幾個基本的續命咒語之前，他流了好多血，而那個訊息的內容似乎也跟著血液流出他的腦袋。如果他能唸咒，也許便能讓自己恢復，但他的下巴被炸碎了一半，而手寫的符咒也僅能讓他繼續存活、保持清醒。

然而，有一件事他很清楚而且深感慶幸：那個叫道爾的人死了。他被困在那間客棧內，他們以爲他死了便丟下他，而羅曼尼逃離之際還曾經回頭，眼看著無路可逃的客棧燒得精光，他確信裡頭的人絕不可能生還。

他失去了平衡感，踩著彈簧鞋走路倍感艱辛。其實，他心想，我已經是個年老的卡——經過幾十年退化，我已經輕得幾乎不受重力牽引，所以應該不再需要這雙該死的鞋子。還有手寫的咒語將會讓我的生命延續到我的臉復原並能再次說話。若是夠幸運，也許我還能活著回到一八一〇年。

到時候，他心想，等到一八一〇年終於循環回來，我會去找布蘭登．道爾先生。事實上，我還要買下客棧廢墟那塊土地，到了一八一〇年，我就帶著道爾先生上那兒去，讓他瞧瞧他自己從前被燒焦的骨骸。

他遭毀的臉下半邊發出咕嚕咕嚕的聲音，應該是扭曲了的笑聲。

走了幾步之後，他又失去平衡，身體一歪撞上了牆，接著開始滑向人行道——這時候有一隻手拉住他，扶著他站起來再往前走一步。他轉過頭用那隻完好的眼睛想看看幫助他的人，奇怪的是，眼前的景象卻不令他驚訝，因爲他發現那並不是一個人，而是一堆略呈人形、會動的木頭，顯然是從桌子拆解下來的。羅曼尼感激地伸手摟住那玩意充當肩膀的一塊結實木板，然後不發一語地——因爲他們倆都無法說話——繼續沿著巷子走下去。

第十章

礦物質為植物之糧，植物為動物之糧，動物為人類之糧；人類也將成為其他生物之糧，但非諸神，因其本性早已自人類身上移除；因而必是魔鬼。

——卡當（Cardan）的《Hyperchen》

道爾在墜落極短的時間後，赤腳撞上一張桌子，他幾乎得彎曲雙膝才能保持直立。他在一座帳棚內，就好像一個剛從惡夢中驚醒的人，總是在慢慢認出自己房中的一切後才逐漸感到安心，道爾也回想起自己在哪裡看過這張桌子，以及這些紙、蠟燭和雕像——他就在羅曼尼博士的吉普賽帳棚中。當他從桌上跳下來，才注意到自己全身赤裸，謝天謝地這裡熱得很。他顯然已回到一八一〇年。

但這怎麼可能呢？他感到不解。我又沒有活動鉤。

他走到帳棚門簾邊微微拉開一角，剛好看見幾個巨大的骷髏人慢動作似的從燃燒的帳棚後面跑過，他們隱隱發亮有如視網膜的殘像，但因轉瞬間便消失無蹤，他也不敢肯定是否眞看見了。除了餘火發出細碎的爆裂聲之外，只聽得見營區北端傳來不協調的、輕快的鋼琴與手風琴樂聲。

他放下門簾，開始在雜物堆中翻找，最後找到一件繫腰帶的長袍和一些高跟涼鞋，他穿上之後，又找到一條乾淨的圍巾，好包紮仍流血不止的腳，以及一把入鞘的劍。覺得裝備較爲齊全後，他走出帳棚。

他的左側有腳步聲接近。他拔劍轉過身去，卻發現那個老吉普賽人該死的理查正驚愕地瞪著他，接著往後一跳，猛然拔出鞘中的匕首。

道爾放下劍尖抵在地上，平靜地說：「理查，我不會傷害你。我還欠你一條命……和幾杯酒。你的猴子還好嗎？」

理查的眉毛簡直揚得不能再高了。他拿著短刀的手遲疑地晃了幾下，終於還是垂放下來。「它呀……很kushto（好），謝謝，有你的關心就更好了。」他不太確定地說：「呃……羅曼尼博士呢？」

夜裡的涼風吹來，北側的音樂漸漸變慢，多了一股憂鬱的氣氛。「他走了。」道爾說：「我想你永遠不會再見到他。」

理查完全瞭解地點點頭，然後收起短刀，從口袋掏出猴子，小聲地告訴它這個消息。最後他又抬頭看著道爾說：「謝謝你，現在我得去把我那些四散奔逃的可憐族人找回來。」他動身才走幾步又停下來，轉過頭咧嘴笑笑，在帳棚燃燒的火光中道爾看見他的牙齒閃了一下。「我想你們gorgios（非吉普賽人）也不一定很笨。」說完後，再次起步離開。

道爾剛剛離開的帳棚，此刻已完全著火，一片片火紅耀眼的帳棚帆布被捲上清朗的夜空。道爾想起那個潑了他滿頭的夜壺，便小心地聞聞頭髮——好像還算乾淨，他才突然想到那身污穢想必也和借來的衣物一起留在一六八四年了。

「艾希布雷斯！」右側遠處有人大叫著，過了一會道爾才想起自己是艾希布雷斯。一定是拜倫，他心想，接著又自我修正：或者應該說是拜倫的卡。

「在這裡，爵士。」他喊道。

拜倫跛著腳從暗影中走出來，憤怒地環顧四周，手裡則拿著匕首做好準備。「終於找到你了。」他說著，又更靠近些看他：「你為什麼穿這件長袍和這雙怪鞋？」

「這……說來話長。」道爾將劍納入鞘中，說道：「我們走吧——我需要一件長褲和一大杯烈酒。」

「哦？」拜倫吃驚地說：「可是那些火巨人怎麼辦？他們走了嗎？」

「是的。羅曼尼已經耗盡他們的能量，來增加他避難咒的功力。」

「咒語？」拜倫不屑地呸一聲：「那麼他現在在哪裡？」

「走了。」道爾說：「現在應該是死了，鐵定錯不了。」

「該死，我真希望能親手殺死他。」他懷疑地看著道爾：「你好像對這整件事十分瞭解。而且我幾分鐘前才看到你，怎麼這麼快你的褲子就不見了？」

「我們走吧。」道爾又說一遍，身子也開始打顫。

他們於是走了開來，經過一座燃燒的帳棚，帳棚旁邊便是被道爾壓斷一根粗枝的樹——他驚覺到依當地時間計算，這只不過是幾分鐘前的事——接著他們穿越帳棚後面的草地，當他們離火場愈來愈遠，原本映在前面的長長身影也逐漸沒入黑暗。

在黑暗草叢中之物發現，爬過田野比走路容易，因爲它可以抓著草桿拉扯前進，只須偶爾往地面踢一下便不至於全身落地。此時若有人看見，此物便如一隻甲殼動物靈活地掠過海底。

好啦，這曾一度與正常人無異之物想道，最後一筆帳已經清了，長期的循環也將結束，毀掉我的人已經步上被我殺害之路。我看見雅格熄滅，因此我知道他走了。此物格格笑起來，彷彿風中枯葉的窸窣聲。半個小時前，它想，我還擔心他可能會逃過一死，如今他卻已經死了一百二十六年。

這時，它聽見右後方有人聲和腳走過草地的沙沙聲，於是它立刻停止前進，轉了幾圈之後速度漸慢，最後終於撞到矮樹叢停下來，手腳朝天。

「你擔心我的友人不願收留我們？」一人不耐地說：「我再告訴你一次，他們會很樂意的，爲什麼不呢？」

啊，這應該是那個年輕爵士，草叢內之物心想，我們本打算讓他爲我們做點事情。對了，他是個卡——本尊在希臘。他叫什麼名字來著？他本該殺死國王的。陰謀詭計，愚蠢的夢。

「可是，」另一人猶豫地說：「他們以爲你出國去了。你如何解釋你出現在此的原因？」

這第二個聲音讓爬行物深感氣惱，它迅速坐起，騰空盤旋片刻像一個洩了氣的氣球，再次落地時，它使勁一踢飛升到二十呎高的半空，以便看個清楚。

有兩個人正穿越田野離開燃燒的營區，此物緩緩下降之際，驚恐地瞪著其中較高那人。的確，非常高，它想，還有——伊西絲神啊！——看似金黃色的濃密長髮和鬍子！他究竟得了什麼神助能逃出那間客棧？還回到這裡來？這個道爾究竟是何方神聖？

此物開始亂揮亂游以便趕緊回到地面，因爲它得跟蹤他。這個曾經是羅曼尼博士，如今卻已損毀的卡，若說還有絲毫目的，那便是親眼看見道爾死。

因施法所引起的熱病已漸漸緩和，羅曼奈利博士生氣地瞪著安穩熟睡的病人。該死的羅曼尼，他心想，快告訴我進展如何呀。這發熱的藉口就快撐不下去了，我非得做出選擇，要不殺了他，要不讓他康復。

博士摸摸拜倫的額頭，輕輕詛咒一聲，因爲不覺得熱。拜倫翻了個身，羅曼奈利趕緊躡手躡腳走出房間。繼續睡吧，爵士，他心想，再多睡一會——至少等我那個無能的分身有消息再說。他走進他用來作爲工作室的凌亂房間，抱著一絲希望看向已經點燃卻無動靜的隔空交談蠟燭，他嘆嘆氣，轉而將視線移向窗外，看著太陽逐漸沈下米索隆吉彼端的山丘群中。遼闊的帕特拉斯灣已經蒙上黑影，幾艘漁船正要返航，三角形的船帆被晚風吹得鼓鼓的。

桌上忽然「噗」地一聲，他旋即轉身瞪視蠟燭，只見燭光開始變亮。「羅曼尼！」他對著火光喊道：「你成功了嗎？」

燭火沒有出聲，雖然它繼續不斷變亮，卻沒有形成圓形。

「羅曼尼！」博士叫得更大聲，也不管是否會吵醒沈睡中的拜倫：「我現在能殺他了嗎？」

仍然沒有回應。突然間，那根亮得刺眼的蠟燭竟從中折斷，彷彿屈指招呼似的——吃驚的羅曼奈利博士低低哼一聲——接著，蠟燭輕輕從中間裂開，一大片熱蠟從裡頭湧到桌面上。當蠟燭融成一堆滋滋作響的蠟泥時，羅曼奈利看見整根曲折的燭芯發出黃白色的光。

該死，他心想，這表示此刻羅曼尼的蠟燭燒起來了。他的帳棚一定失火了。難道雅格失控？沒錯，一定是這樣——它們太過興奮以致燒了他的營區。那麼明天是不可能火燒倫敦了，因爲它們會有好幾個星期感到煩膩怠惰。羅曼尼，你這個蠢笨的、該死的……冒牌貨！

他等到燭芯不再發光，蠟泥也開始冷卻起泡之後，走道櫥櫃前解開一只皮箱的環扣，小心地從箱內拿出另一根蠟燭。他打開蠟燭包裝，掀開房中油燈的霧面玻璃罩，將蠟燭插上點燃，不一會，新蠟燭的燭芯便環繞著神秘的圓形火焰。

「主人！」羅曼奈利對著燭火大吼。

「什麼事，羅曼尼。」主人立刻以有氣無力的聲音回答：「雅格還配合吧？那個玩具夠不夠——」

「該死，我是羅曼奈利。倫敦那邊出差錯了。我剛才試著聯繫他，蠟燭卻融化了——你明白嗎？他的蠟燭不知怎麼搞的燒掉了。我猜一定是他控制不住雅格。我不知道究竟該不該殺死拜倫。」

「羅曼——羅曼奈利？燒掉了？殺死？什麼？」

羅曼奈利重複說了好幾次，主人才終於瞭解情勢。

「不，」主人說：「不要殺拜倫。計畫也許還有挽救的餘地。你到倫敦去看看發生了什麼事。」

「可是我得花上一個月才到得了英國。」羅曼奈利抗議道：「到那時候——」

「不，」主人打斷他：「不用旅行——要馬上過去。今晚就要到。」

太陽最後一絲銀色光澤在帕特拉斯群山背後閃逝，海灣上已經沒有船隻。羅曼奈利頓了一下，才粗著嗓子低聲重複：「今晚？我……我無法負荷這種事。這樣的法術……如果我到了之後還得發揮最大功力的話……」

「你會死嗎？」火焰中傳來主人刺耳的聲音。

羅曼奈利的額頭上沁出汗來，說道：「你知道不會的，還不致於。」

「那就別再浪費時間。」

有一個矮個兒沿著雷登荷街走，驕傲自得的模樣和他的外表極不相稱，因爲每當他從一扇窗或一道門前經過，從照射在他身上的亮光可以看出，他身上彷彿穿著睡衣，而他雖然眼睛炯炯有神並帶著僵硬的笑容，臉上卻是滿佈皺紋憔悴不已，還有一隻耳朵不見了。

夜裡有許多商店不營業，但是新開張的除毛店卻仍開著大門，光線撒到門外的圓石路面上，面帶笑容的矮個兒進入後，大喇喇地走向長櫃台。櫃台上有個服務鈴，他一聲急似一聲地揿著，簡直就好像他在被制止之前，每按一聲就能得到一個先令。

有位店員急忙從櫃台另一端趕來，謹愼地打量這個矮客人，然後大聲地說：「能不能請你不要再按了？」

鈴聲嘎然而止，只聽得矮個兒說道：「我想和你的老闆談談。帶我去見他。」

「如果你是來剃毛的，不需要找老闆。我可以——」

「小伙子，我說要找老闆，我也只跟老闆談。你要知道，這和我一位朋友有關——其實是他叫我來的。他無法到處跑，因為他——」那人忽然打住，對著店員用力眨了一下眼睛：「——長毛，非常濃密的毛長滿全身。嗯？你懂嗎？小伙子，最好別想拿你的麻醉槍。帶我去見老闆。」

店員楞在當下，舔舔嘴唇說：「呃……該死……好吧。請你等一下，我——不。先生，這邊請！」他掀起櫃台的一塊活動木板讓矮個兒能夠進去，接著說：「從這裡進來。請你不要……在這裡頭做任何瘋狂的舉動好嗎？」

「我不會的，小伙子。」那人說，顯然對這樣的想法感到驚訝、傷心。

他二人穿越後門，沿著一條陰暗廊道走到盡頭，他們才剛接近，便有一人從凳子上站起來將他們攔下。「怎麼了？」那人問的同時，手很快伸向拉鈴：「彼得，你明知道顧客是不准進來的。」

「這個人剛剛進來，」彼得急忙說：「他說——」

「我有個朋友全身長滿了毛，」矮個兒不耐地打岔：「趕快帶我去見你們老闆，好嗎？」

走廊上的警衛以譴責的目光看看彼得。

彼得無能為力地聳聳肩說：「他……也不曉得是怎麼知道的，還叫我別拿槍。」

警衛考慮了一會，鬆開鈴索說：「好吧，在這裡等一下，我去通報。」他打開身後的門走進去，又小心地關上，不過直到他再度開門時，繩索始終沒有停止晃動。「彼得，」他說：「回店裡去。這位先生請跟我來。」

「好的，隊長。」不修邊幅的矮個兒笑了笑，身手敏捷地走進去。

門後有一道鋪著地毯的狹窄樓梯，頂端接著一條走廊，走廊上有幾扇門。從樓梯口算去的第二扇門開著，警衛指著門說：「這是他的辦公室。」然後便退下。矮個兒既可笑又講究地將很短的假髮往後一梳，才走進房中。

裡頭有一個眼神冷酷機靈的老人，從凌亂的桌子後面起身，指著一張椅子，用令人印象深刻的低沈聲音說：「先生，請坐。我們就假設我是全副武裝，好嗎？我知道你——」

他忽然打住，更仔細地看著來者的臉。「道——道爾？」他詫異極了，並立刻伸手打亮桌上的燈。「我的天哪，」他深吸一口氣：「是你！可是……我明白了——我想必是高估了貝納的冷酷自私。他說他殺了你原來是說謊。」他又漸漸恢復自信，但有一度臉上確實出現懼色。

那人往後一靠，愉快地笑著說：「喔，是啊，他是說謊沒錯。不過我現在也可以說是死了。」他吐出舌頭做鬥雞眼說：「被毒死的。」

老人的眼中又再次出現些許恐懼，為了掩飾便厲聲說道：「別打啞謎了。你是什麼意思？」

矮個兒收起笑臉說：「我的意思是如果我把剃刀扔了，就再也不會禿頭。」他舉起一隻長了許多腫塊的手：「你有沒有看見指頭中間的短毛？已經開始了。」他的臉頰往後拉，露出一排牙齒和一個野蠻的笑容。「我們……就這麼假設吧，先生，假設我隨時都能離開這裡。如果我非逃不可，這個身體會留下來，而且裡面會忽然多出一個非常恐懼、非常困惑的靈魂——而我早已遠在數哩之外。」

戴若不覺臉色發白。他狠很盯著那對曾經屬於道爾的眼睛說：「天哪，是你。很好，不，不要逃，我並不想傷害你。你把道爾怎麼了？」

「我本來是在史帝佛斯．貝納身上，因爲時間太長，所以毛長得像頭熊。我吃了許多番木鱉鹼，和一種會讓人產生幻覺、舉止瘋狂的藥，然後我把舌頭嚼得碎爛——那麼他便沒有機會告訴任何人——然後就直接和他對調了。」

「我的老天，」戴若低聲驚呼道：「那……可憐的王八蛋……」他搖了搖頭：「算了，逝者已矣。我大老遠跑來就是爲了找你——爲了和你談一筆交易。該死，這段對話我已經反覆練習上百遍了，到頭來竟不知如何啓口。我想想——第一，我可以隨時治療你的多毛症，治療你全身的毛，多少次都行，因此從現在起你可以自由地更換新軀體，這將是你隨心所欲的選擇而非必要。不過這不是我的主要交易條件。」他打開抽屜拿出一張紙說：「這是我從一本書上摘錄的，你聽聽看。『另一桌，』」他大聲唸出來：『似乎有人——我後來聽說——對於陌生人所提之異教觀點甚感不服，便抓住發言者前襟，以表達強烈不滿；那人襯衫被扯破，露出胸部，眾人這才發現衣服底下的肌膚佈滿新生的短毛，就如同男人數日未刮鬍子留下的鬍渣。這位——』」戴若抬起頭笑笑說：「我還不能讓你知道他的眞實姓名，暫且稱他爲無名氏吧。『無名氏先生，』」他又繼續唸道：「『對眾人高喊：「我猜他是狗臉喬！抓住他，脫下他的手套。」儘管此人奮力掙扎，仍很快被脫去手套，手上果然也長滿短毛。無名氏先生平息騷動後，宣稱若要讓此惡名昭彰之殺人犯接受正法，必須馬上行動，訴諸法律未免緩不濟急，於是眾人將他拖至酒館後院，並利用繫於倉庫活動吊鉤上之繩索將他吊死。』」戴若唸到這裡將紙放下，微笑看著另一人。

「很有趣的故事。」借用道爾身體的人說。

「是啊，」戴若附和道：「這現在是個故事，但幾個月後便會成爲眞的——歷史。」他微笑道：「這說來話長啊，喬。你想不想喝點白蘭地？」

道爾的臉再次笑了。「不必在意我。」阿美諾皮斯．菲齊說。

在突如其來的靜默中，賀拉賓的鞦韆座仍因片刻前的劇烈動作而晃動不已，他瞪著桌旁石板地上血肉模糊的屍體，心裡明白這名乞丐爵士的墜落已經讓他重新控制了局面。他愉快地笑了，並且拍著彩繪的手掌大喊：「他差一點就落在桌上了哦？」小丑知道自己再度吸引了眾人的注意，於是不慌不忙地將一大塊肉放進盤中，若有所思地咬了幾口，便將肉往大廳後方一丟，那些殘廢者紛紛踉蹌著腳步撲上去，又爭又吼的聲音讓小丑很是滿意，他語氣平靜地說：「除非是我給的，否則你們誰也別想從我這兒拿到什麼。」

他抬頭看著剩下的乞丐爵士。雖然此時他們已經不再叫囂揮手，而只是警覺地往下看，他們的蜘蛛網吊床卻仍在高空中前後擺盪，他們的眼睛也在油燈發出的迷濛紅光中閃爍不定。賀拉賓的目光往下移到屍體身上，接著又轉向坐在長桌邊的小偷爵士。剛才鼓譟得最大聲的米勒則避開他的目光。

「凱靈頓。」賀拉賓輕聲叫道。

「是。」他的副官一邊答應一邊站出來。他在秣市的一家妓院裡與人鬥毆，腳至今還是跛的，不過繃帶已經取下，他受挫的怒氣今晚尤爲強烈。

「替我殺了米勒。」

就在米勒聽了臉色發白、驚慌失措地將椅子往後踢，並急忙起身之際，凱靈頓已從腰間掏出手槍，漫不經心地對著米勒的方向開槍。子彈從米勒喉嚨的後側穿過張開的嘴巴，並在他衣領上打了個洞。

屍體倒在石板地上時，賀拉賓雙手一攤。「你們瞧，」他趁著眾人再次騷動之前大喊一聲，接著又以較平靜的語氣說：「不管用什麼方法……我總會餵飽你們。」

小丑露出微笑。這是場好戲，但羅曼尼博士呢？難道他所有的承諾眞如米勒所說，都只是爲了操縱倫敦小偷以便謀求他自身私利所說的謊言嗎？賀拉賓比其他人都更清楚可能發生了什麼事，他內心裡其實比米勒更不安。國王被殺害了嗎？倘若是的話，怎麼沒有任何地面探子來報？或者消息被壓住了？羅曼尼到底在哪裡？

在靜默中，走廊傳來的不穩定而刺耳的腳步聲特別響亮。賀拉賓抬起頭來，但由於那不是羅曼尼的鏗鏘步伐而有點興致缺缺，不料當來者步入大廳，卻讓他驚訝得瞪大眼睛，因爲來的人竟然就是羅曼尼，只不過他腳下穿的不是彈簧鞋而是厚底靴。

小丑不禁得意地環顧一周，然後以古怪姿態向來者行禮。「閣下啊，」他尖聲道：「我們一直帶著致命的不安——在剛剛經過的幾個事件中——」他朝著兩具屍體揮揮手說：「等候著你的來臨。」

話才說完，賀拉賓的臉色就變了，他更仔細地瞧著來者，因爲他臉色蒼白、身子搖搖晃晃，鼻子和耳朵還有血滲出來。「你是……賀拉賓？」那人聲音嘶啞地說：「帶我……到羅曼尼博士的營區去……馬上就去。」

小丑正感到驚愕茫然，殘廢者的角落裡忽然有人尖聲叫道：「去了也沒用啊，皮耶！那整個計畫跟拉美西斯一樣死定了！不過我可以帶你去找那個破壞的人——如果你能打敗他，扭斷他的脖子，那比起光是讓英國滅亡的收穫更大呢，弗瑞德！」原本有些激動不安的群眾裡，有些人已經恢復冷靜，一聽到這些話立刻給予掌聲與口哨聲。

「凱靈頓，」賀拉賓又氣惱又尷尬，小聲說道：「把那傢伙弄出去，乾脆殺了他。」他緊張地對著羅曼奈利微笑道：「呃，這位先生，實在抱歉。我們的……民主政策有時候實在太——」

但羅曼奈利卻彷彿驚嚇過度地盯著那個輕飄飄的殘廢。「閉嘴！」他粗聲吼道。

「沒錯，凱靈頓，讓他閉嘴。」賀拉賓說。

「我是說你，小丑。」羅曼奈利說：「你要是不閉嘴就給我滾出去。你——」他接著對凱靈頓說：「留在原地別動。」然後，他幾乎是十分勉強地再次轉向毀容的殘廢：「過來。」他說。

那東西啪嗒啪嗒晃過地面，像是跳踢踏舞似的舞到他面前停住。

「你是他，」羅曼奈利驚異地說：「你是主人在八年前製造的卡。可是……臉上的傷看樣子像是有……幾十年了。而且你的重量——你已經幾乎就要瓦解。在八年內，不，應該說自從我上次和你談話到現在這短短的時間內，你怎麼可能變成這種模樣？」

「因爲菲齊打開的那些門。」那東西尖聲說：「我走進其中一道門，花了很長時間才回來。不過我們路上再討論吧，克萊德——知道這一切的人現在住在拉德巷的『雙頭天鵝』，如果你能帶他到開羅進行徹底調查，那麼這八年的功夫就沒有白費了。」那東西轉過去看著賀拉賓說：「我們需要你派六個——不，十個——最高大、最冷酷又機靈的小伙子，要能夠抓住一個高大的人將他綁起來，又不能殺害他或損壞他寶貴的大腦。喔，還要幾輛馬車和幾匹駿馬。」

群眾當中有人暗自竊笑，而賀拉賓則是虛張聲勢又有點心虛地說：「我才不想聽命於一張該死的……沒用的活蛇皮。」

羅曼奈利正要開口反駁，站在地板中央那個衣衫襤褸之物卻揮手阻止他，並說道：「小丑，你的確得聽命於這張蛇皮。你以前就曾經受我指揮，只不過我已幾乎記不得當初並肩懸掛在鐘樓廢墟裡，計畫謀略的那些夜晚了。我記得比較清楚的是等待你的出生。你父親身高還不到那張桌子高的時候，我就認識他了，他成爲這個小偷幫會的高大首領時我也認識他，後來你爲了想要一個弄臣而再度讓他變矮以後，我們也偶爾會偷一瓶酒對飲閒聊。」此物說到激動處，有幾顆牙從它嘴裡噴出向上飛旋，好像油裡面升起的氣泡。「當你知道自己的愚蠢言論完全錯誤，卻又不得不等著時間再次來臨，重新再聽一遍，這眞是可怕的經驗，但我辦到了。我是這世上唯一知道整個來龍去脈的人，也是唯一値得你聽命的人。」

「照他說的去做。」羅曼奈利博士咆哮道。

「對。」這不斷跳動的東西說：「你抓到他之後，我會和你一起到開羅，等主人將他處理完，不管他剩下什麼，我都會殺死他。」

道爾憑著記憶寫下《信使報》的附函之後，隨手往書桌上那堆手稿一丟，旁邊就躺著羅曼尼博士那把入鞘的劍。有件事他並不十分驚訝，那就是在寫下〈黑夜十二小時〉前幾行後，他發現，雖然潦草書寫時仍隱約看得出他原來的筆跡，但如今已成爲左撇子的他正楷字跡已然不同——但卻絲毫不陌生，因爲那正是艾希布雷斯的筆跡。如今整首詩已經寫完，他可以肯定，若將這篇稿子的幻燈片置於一九八三年收藏於大英博物館的手稿幻燈片之上，必定完全吻合，無論是逗點或是「i」上面的小點，都會和原稿一模一樣。

原稿？他內心交雜著畏懼與不安。這裡的這疊紙是原稿……但此時此刻，它卻比我一九七六年所見的還新。哈！當時我若知道這些字跡是自己以前所寫或未來即將要寫的，就不會那麼感動了。記得在前幾頁有一些油漬，不知道是何時、何地又是如何沾上的？

他忽然想到一件事。天哪，他心想，如果我留下來當一輩子的艾希布雷斯——世界歷史很顯然是如此安排的——那麼根本沒有人寫艾希布雷斯的詩。我會將我在《一九三二年詩選》中所讀到的詩默寫下來，而我的稿子會印上雜誌，他們再從雜誌撕下詩稿編成《詩選》！這是個閉合迴路，無所謂創造！我只是個……使者兼管理人。

他把這個叫人頭暈的念頭拋到一邊，站起來走到窗邊。他掀開窗簾，看著底下「雙頭天鵝」的大院子裡，擠滿了載運郵件與乘客的馬車。拜倫跑哪兒去了？他心想。這個時候總該已經找到幾瓶紅葡萄酒了吧。我不介意隨便喝幾杯，好讓我晚一點再去想一些問題……例如這個拜倫的卡會有何下場——他非消失不可，因爲我知道後世的歷史記錄上沒有他，可是他又說，明天要去找幾個老朋友。那麼他會如何消失呢？卡會老化嗎？他會死嗎？

正當他放下窗簾時，有人敲門。他走到門邊，謹愼地問：「哪位？」

「我是拜倫，帶點心來了。」門外傳來愉快的回答：「你以爲會是誰？」

道爾打開門鍊讓他進來。「你跑了好遠去買的吧？」

「我的確跑到奇普塞德去了，」拜倫坦承，一面踱著腳走到桌旁，將一個油紙包往上一放：「不過成果豐碩。」他將紙撕開：「喏！熱羊肉、龍蝦沙拉和一瓶波爾多紅酒，我覺得不可能，酒販卻堅稱如假包換。」他忽然一呆。「杯子，」他抬頭看著道爾說：「我們沒有杯子。」

「就連頭蓋骨也沒有。」道爾點頭道。

拜倫笑笑說：「你讀過我的《閒散時光》！」

「讀過很多次！」道爾老實地說。

「眞想不到。算了，反正可以輪流就著瓶子喝。」

拜倫往房中掃視一圈，發現桌上的那疊詩文。他一手抓起，大叫道：「啊哈！是詩！是你寫的就承認吧。」

道爾微微一笑，帶點責備的神情聳聳肩說：「正是我寫的。」

「可以看嗎？」

道爾尷尬地揮揮手說：「請便。」

拜倫讀了幾頁之後——這時，道爾發現他剛才解開羊肉紙包時所沾的油漬，已經留在稿紙上——將稿子放下，不太確定地看著道爾問說：「這是你第一次嘗試寫詩嗎？」這時他已經把鬆脫的木塞拔出，並喝了一大口。

「呃，是的。」道爾從他手中接過酒瓶，也喝了一些。

「看來閣下還算頗具才氣——雖然裡頭有不少既晦暗又錯綜複雜的東西——只可惜這年頭的詩人實在是沒價值。我倒寧可擁有動態才華——五月裡，我從塞斯托斯通過赫勒斯龐特海峽（即達達尼爾海峽）游到阿拜多斯，這項功績比任何文學成就都更令我自豪。」

道爾笑笑說：「老實說我也同意。如果我能做出一張四腳能同時著地、正正方方的椅子，會比寫出這首詩更讓我自滿。」他將手稿折起，以附函包起來，寫上郵寄地址，然後在上頭滴上熱蠟做封印。

拜倫頗有同感地點點頭，一度欲言又止，接著很快問道：「對了，你究竟是誰？我不是非要你回答不可，無論如何自從你殺死那個兇惡的吉普賽人救我一命之後，我已經把你當成一輩子的朋友，可是我眞的很好奇。」他不好意思地笑了笑，這也是他第一次顯露出符合他眞正年紀二十三歲的模樣。

道爾又灌了一大口酒，然後將酒瓶放到桌上。「其實我是美國人，聽我的口音你大概也猜到了，我來……這裡……是為了聽柯律治演說，卻和這個羅曼尼博士發生衝突——」他忽然打住，因為他好像聽到窗外有敲擊聲，後來想起他們在四樓，便不予理會繼續說下去：「結果我和一起旅行的同伴失散了——」他又停下來，開始覺得酒氣上衝：「算了，拜倫，我還是老實告訴你吧。先讓我再喝一點酒。」道爾喝了很長的一口之後，格外小心地放下酒瓶。「我生於——」

這時候，兩邊同時響起玻璃碎裂與木板破裂的聲音，兩名彪形大漢分別從窗戶與房門衝入，在地板上翻滾幾圈後站起。桌子翻覆了，食物撒了一地，桌子和油燈摔得粉碎——瞬間變暗後有更多人從門口湧入，有人踩著破裂的門進來，有人一躍而入，而遭破壞的門如今只剩一角還掛在扭曲的鉸鍊上。潑濺的燈油上開始出現藍色火焰搖曳晃動。

道爾抓住其中一人的圍巾結，拖了兩步，把他從窗戶甩出去；那人撞到窗框，有一會，他似乎拉到第一個人拋上來的繩索，但他的手腳很快便消失不見，同時傳出愈來愈遠的驚恐叫聲。

拜倫迅速地拔出羅曼尼的劍來，此時有兩人舉起短棍，走向仍重心不穩的道爾——外頭下方也傳來數聲破裂聲和驚慌的喊叫——只見拜倫一劍刺出便已來不及收手，直接往最靠近道爾那人的胸口刺入三吋深。「小心，艾希布雷斯！」他大叫一聲，同時將劍拔出，試著直起身子。

另一人看見突然出現這樣致命武器，驚駭地舉起短棍，使盡全力往拜倫頭上砸。一聲悶響後，拜倫便即倒地昏迷不醒，劍也摔到一旁。

道爾為了平衡重心，連忙蹲下抓住書桌的一腳，卻剛好看見拜倫動也不動地躺著。「你這王八——」他氣得大吼，起身之際將書桌高舉過頭——桌上所有東西都掉了下來，要寄給《信使報》的信封也從窗口飛出去——「——蛋！」他說完最後一個字，便將桌子砸向打昏拜倫那人的頭和他高舉的手臂。

那人倒下後，由於有幾名入侵者忙著滅火，道爾便趁機衝向門口；其中兩人跳出來擋住他的去路，卻被他揮出的重拳給擊倒。就在他踉踉蹌蹌跑上走廊的時候，有人仔細瞄準他的右耳後方，擲來一隻裝滿細沙的襪子，原本向前衝的他頓時「砰」一聲倒在地板上。

羅曼奈利博士對著這具不動的軀體看了幾秒鐘，手一揮，將跟著道爾跑出來的人遣退，然後將裝沙的襪子甩進口袋。「用氯仿處理過的布蒙在他臉上，把他抬走，」他用粗嘎的聲音說：「聽到沒有，你們這群沒用的小丑。」

「唉呀，閣下，」抬起道爾腳踝的人抱怨道：「他們可是有所準備！除非諾曼沒有摔死，否則我們就死了三個人。」

「裡面另外一個呢？」

「死了，老闆。」最後走出房間的人說，一面穿上一件燒焦冒煙的外套。

「我們走吧。走後面樓梯。」羅曼奈利按了按眼睛說：「盡量不要散開，起碼能做到這點吧？」他小聲說：「你們把這裡搞得像座瘋魔殿，一定會引來追捕的人，我只好施個迷向咒混淆線索了。」他開始唸唸有詞，賀拉賓等人誰也聽不懂，念了十幾個音節之後，他的手指間開始湧出血來。前面樓梯方向傳來笨重的腳步聲，眾人不安地動來動去彼此互望，但片刻後，他們便聽到模糊的爭辯聲，腳步也愈離愈遠。羅曼奈利不再出聲，並且垂下雙手，發出粗粗的呼吸聲，幾個和他在一起的人看見血像淚水一樣從他眼中流出，無不臉色發白。

「快走，你們這些笨蟲。」羅曼奈利立刻擠到最前面去帶路。

「什麼是瘋魔殿？」殿後一人小聲地問。

「就是一種風琴。」其中一名同伴回答：「去年夏天，我到音樂節去看我外甥彈管風琴，就聽到有人彈奏這種樂器。」

「你外甥彈什麼？」

「彈管風琴。」

「天啊，會有人付錢去看這種玩意？」（管風琴原文organ，亦有器官之意。）

「住嘴！」羅曼奈利噓了一聲。接著便開始下樓梯，肩上這不省人事的負擔讓他們氣喘吁吁精疲力竭，也就根本不想說話了。

一陣尖銳而不協調的哨音齊鳴，終於把因爲被麻醉而半昏睡的道爾吵醒。他躺在一個棺材狀的箱子裡，蓋子已被掀開，裡頭的濕冷讓他全身發抖。他坐起來揉揉眼睛，深呼吸幾口之後，才發現這個空無一物的小房間確實在搖晃，他現在一定在船上。他把一條腿舉到箱子外，穿著涼鞋的腳後跟碰到地板後，用手按住箱子兩邊昏頭昏腦地撐著站起來。他的嘴巴裡仍全是氯仿的惡臭，搖搖晃晃走到門邊時，他一邊露出苦相一邊吐口水。

正如他所料，門從外頭鎖住了。門上在他脖子高處有一扇小窗，沒有玻璃窗而是嵌著一根根粗鐵條——難怪房裡這麼冷——他身子微蹲往外看，看見一塊濕濕的甲板只延伸幾碼遠便被一道灰濛濛的霧牆給擋住，在晦暗中還看到一條繩索高度及腰，與甲板平行，顯然就繫在他的艙房隔板外面。

刺耳的哨聲似乎來自前方十來碼處。道爾被刺激得神經緊繃，而且他相信捉他的人並不想殺他，便扯開喉嚨大喊：「別再吵啦！還有人想睡覺呢！」

有幾個哨聲果然立刻停住，其餘的則變得斷斷續續，不一會也安靜下來。這時，道爾不由自主地打了個冷顫，因爲他聽到簡直就像是羅曼尼博士的聲音說：「你——不，你留下；你——去叫他閉嘴。你們其餘的笨蛋繼續吹。如果一個普通人的叫聲就能讓你們分心，那麼席蘭吉來的時候，你們還怎麼吹得下去？」

那怪誕的哨聲又重新響起，不到一分鐘的時間，在窗前動也不動的道爾看見一個令人迷惘的東西——一個小老頭，裹著塗了焦油的帆布外套，戴著皮帽，拉著那條及腰的繩子朝著道爾而來，但他的雙腳卻是往上飄，看起來好像在水中前進似的。當這個毫無重量的爬行物撞上隔板，從小窗往內看時，道爾看見那半張臉與獨眼，便認出正是那天在街上遇見的瘋子，說要帶他去一道時間裂縫，結果只是把他帶到一塊空地讓他看一些多年前燒焦的骨頭。

「等這些……人結束以後，你愛……怎麼叫就怎麼叫，路，」爬行者說：「但是如果你現在再出聲，我就讓你整路上都餓肚子。你還是希望能保持力氣對吧，杜懷特？」此物說完話，便將可怕的臉用力貼在鐵杆上，低吼道：「我建議你還是吃東西——當主人處理完畢，把你交給我善後的時候，我希望你嘴裡還有牙齒。」

道爾剛才不得不放開被霧沾濕的鐵杆，但此時他卻被那隻眼睛所射出的恨意嚇得退了幾步。「喂，」他小聲說：「放輕鬆點。我到底對你做了——」他話說到一半，被一股恐怖的疑慮梗在喉頭，而這疑慮也隨即成爲確鑿的事實。「天啊，那塊空地就是薩里河岸邊的空地，對不對？」他低聲說：「你並不知道我從地窖逃出來……所以你以爲你指給我看的是我自己的頭骨，對嗎？老天爺。這麼說你逃過了柏加的泥土彈……但是我有那張紙充當活動鉤……天啊，你一定是從那時候一直活到現在囉！」

「沒錯。」這曾是羅曼尼博士的東西尖聲說：「而這也是我回家的旅程——卡從來無法活這麼久，我很快就要搭乘那最後一艘船，航行過黑夜十二小時——但在此之前，你終究而且肯定是要死了。」

不一定，除非你還能在一八四六年四月十二日在烏威治沼澤遇見我，道爾心想。「你說的黑夜十二小時是什麼意思？」他小心地問，懷疑此物是否讀了他昨晚寫的詩。

它吊在繩子上笑著說：「你會比我更早看見的，斯圖。這是通過冥府杜阿特的路程，死去的太陽神拉每晚都要走這趟黑暗旅程，從日落到日出。這裡的黑暗結結實實，時刻是測量距離的標準，就好像在一個開展的鐘面上航行。」此物忽然住口，然後打了個雷響般的嗝，簡直將它的體積噴掉一大半。

「下面安靜點！」從霧中傳來一聲怒吼，聲量大得足以蓋過尖銳哨聲。

「死者都聚集在冥河沿岸，」羅曼尼壓低聲音繼續說：「哀求搭上太陽神的船重返生界，如果他們能上船，便將得拉神之助恢復青春活力。有些人甚至游過來抓著船，但巨蛇魔會爬出來……喔，爬得很遠！……咬下他們並吞下肚去。」

「那麼，他——我——在詩中所提到的就是這個了。」道爾平靜地說。他抬起頭來，擠出一個自信的笑容，說道：「我已經在一條以時刻為里程碑的河流上航行過，事實上我還經歷過兩次很漫長的旅程，而且都活了下來。如果我真的到你所說的杜阿特河去，我敢打賭我會以嶄新面貌出現在黎明那端。」

這些話激怒了羅曼尼博士。「你這個笨蛋，沒有人——」

「我們現在正在前往埃及，對吧？」道爾打岔問道。

那隻獨眼驚訝地眨個不停。「你怎麼知道？」

道爾笑著說：「我什麼都知道。我們什麼時候抵達？」

羅曼尼這東西繼續皺了一會眉頭，接著它似乎忘了剛才的怒氣，幾乎不帶疑心地說：「再過一星期或十天，如果在艉艛甲板上那群人能成功地喚起席蘭吉——風元素的話，這就像風神埃俄羅斯給奧德修斯的東西。」

「喔。」道爾往船尾方向看去企圖看透霧氣，卻未成功：「類似那些在羅——我是說你的營區裡失控的那些火巨人嗎？」

「對了，對了！」此物拍著赤裸的腳掌高喊：「很好。沒錯，這兩個族類是近親，其他還有水和土。你應該看看土元素，巨大的活動懸崖——」

忽然一聲震耳欲聾的哨音——或者應該說是尖叫，但並非出自人類——劈空響起，對船造成明顯震撼，所有鬆動的木板都震脫了。道爾急忙從窗邊跳開，想也不想就認定有一架巨型噴射客機，像是七四七什麼的，不明原因地企圖在附近海面上全速降落，說不定就在他們正上方。後來他又被拋回來撞在門上，因爲有一道風牆從船尾掃來，把所有船帆繃得緊緊的，還有幾根桅杆像是被巨拳打中而折斷，船頭沈得很低，接著又再度拉高，整艘船就這麼充滿能量地衝向前去。

在船隻與船上所有物品經過移動而適應新速度前的短短幾秒鐘內，道爾背貼著的船尾艙板彷彿已不像牆面而像是地板，當他的棺材箱喀喇喀喇滑過甲板朝他撞來時，他趕緊抬起雙腳——而且根本無須跳躍——讓它一頭撞在他剛才腳踝所在之處。接下來重心又晃回正常位置，他往前一栽，手和膝蓋就趴在箱子上。風聲呼號之外，他聽到第一波高高激起的船頭浪轟隆嘩啦地沖過甲板。

他很快爬起來抓住窗格，在不斷吹來的冷冽風中瞇起眼睛尋找羅曼尼的殘餘物，但它已經走了。希望他直接掉到船外去了，他心想——不過我想他是不會沈的，他只會像隻大甲蟲游水跟在我們後面。船轟隆隆地直往前衝，好像巴士全速駛過一片耕地，但道爾抓著窗格許久，終於瞥見幾個人影擠在艉艛甲板上，顯然試著想要下來。至少霧被吹散了，他頭暈地想著，然後放開鐵杆，身子往下滑成坐姿，被風刺痛而淚水直流的眼睛仍是眨個不停。

時間一分一秒過去，嘈雜聲、寒意和持續的蹦跳卻沒有減緩的跡象，道爾很慶幸自己現在擁有的是貝納的軀體，因爲道爾自己的身體會暈船。但即使如此，他依然慶幸自己終究沒有吃下拜倫買回來的龍蝦沙拉。

大約到了中午時分，窗格間丟進了幾樣東西：一個紙包裹「噗」一聲掉在地板上，打開一看，裡頭有鹹豬肉和硬梆梆的黑麵包，另外有一個有蓋的罐頭掉了幾吋下來，然後被一個小鉤鍊鉤住晃來晃去，罐頭裡裝的是淡啤酒。自從在「天鵝」被剝奪了餐點之後，道爾從昨天中午開始就什麼也沒吃，對他來說，時間好像已經過了不只二十四小時了，因此他大口大口吃得津津有味，吃完後甚至還舔了舔包裝紙。

約莫過了六個小時，同樣的過程又重複一次，他還是吃得精光。不久，天開始黑了——不過風與船的全速前進卻絲毫未曾鬆懈——他正想到今晚該怎麼睡的時候，窗口又丟進幾條毯子。

「謝啦！」他大喊：「能不能再給我一罐啤酒？」

房裡並未全暗，道爾便在棺材箱裡臨時鋪了一張尚稱舒適的床；他正要爬進去，卻竟然聽到啤酒罐的鍊子匡啷匡啷往上拉——風呼嘯地吹過船上索具，因此聽不見倒啤酒的聲音——然後又磕隆一聲落回原位，是滿的。

他趕緊站起來跑過去，當他緊貼著牆壁喝啤酒，盡量不浪費一點一滴之際，忽然覺得奇怪：他如今被抓，而且即將面對折磨與死亡，但爲何他並不十分緊張？一部分原因當然是他那不假思索的自信，自從他擁有一個比以前好得多的軀體之後，這份自信始終沒有完全消失過；至於剩下的樂觀則是基於——他現在已樂於承認——艾希布雷斯在四六年之前是不會死的。你小心一點，老兄，他心想。你也許可以確定你不會死，但不見得艾希布雷斯就不會被嚴刑拷打個一兩次。

儘管身陷困境，他還是微笑著翻來覆去想找個舒服的姿勢，因為他想到了伊莉莎白・傑克琳・逖奇，他明年就會娶她——他一直想著她的肖像很美。

這趟行程持續了十五天，這段期間風的怒號未曾稍停，因此幾天過後，道爾從窗口看見的那些踉踉蹌蹌的水手似乎也都習慣了，此外道爾也始終沒有見到羅曼奈利和退化後輕如無物的羅曼尼博士。第四天，天花板上有一根受力過重的老舊橫樑裂出長長一道裂縫；在此之前道爾所做的不外乎吃、睡、注視窗外，以及試著回想艾希布雷斯那段鮮為人知的埃及之旅，但裂縫出現後，他便開始忙碌，他先順著木紋扯下一條三呎長的裂片，然後試著用牙齒和指甲把其中一呎長的一段修成類似小刀的東西。他本想將鐵杆上的啤酒罐扭扯下來，壓平了當作工具，但心想這樣不只會讓他在接下來的旅程中喝不到啤酒，這麼明顯的意圖還可能招來搜身的命運。

旅程中，只有一件事幾乎和席蘭吉的降臨同樣令人不安。在第十一天星期六的夜裡，將近午夜時分，他好像聽到一聲淒厲的吟嘯壓過了不斷呼號的風聲，他試圖往外看，但這就和沒有戴擋風眼鏡，騎在時速七十哩的摩托車上看東西一樣困難。他覺得自己看到一艘黑船，因為船比浪更黑更亮所以才看得到，不過十分鐘過後，他上了床，多半已經相信是自己勉強在強風中視物，而造成視網膜失去功能。說到底，無緣無故怎麼會有艘船在那裡呢？

第十一章

……再沒有比這個更恐怖的了：它的頭和肩膀露在外面，以嚴肅而可怕的動作先轉到一邊，接著轉到另一邊，彷彿在它潮濕的墳墓深處聽到什麼可怕的秘密，特意上來披露。這般景象後來愈來愈頻繁，幾乎每一天都會接引死者前來凝視生者，直到死者終於不發一語地離去。

——柯拉克

十月十日早上當道爾迷迷糊糊醒來，發現自己躺在外頭的甲板上……貼在他長滿鬍鬚的臉頰底下的木板很燙，而當他睜開雙眼，耀眼的陽光刺得他又再度緊閉上眼睛……接著他忽然注意到自己能聽見說話聲、繩索咿咿呀呀聲，和海水打在輕輕搖晃的船身的聲音——風停了。

「——某個地方的乾船塢，」有個沙啞的聲音說：「不過可不是在這個鳥不生蛋的殖民地。」

接著又傳來另一個聲音不知說希臘如何的。

「當然，如果到得了希臘的話。每個接縫都在漏水，差不多每張帆都破了，連該死的桅杆——」

第二個聲音嚴厲地插了一句話，另一人頓時住嘴，而道爾也聽出第二個說話的便是和羅曼尼博士幾乎一模一樣的那個人。

道爾想坐起來，結果卻只翻了個身，因爲他身上緊緊綁著有焦油味的粗繩。他們絲毫不讓我有機可趁，他心想；接著他笑了，因爲他發覺有個尖尖的東西刺著他的膝蓋，正是他暫時湊合著用的木刀，綑綁的人沒有發現。

「早一點把他綁起來果然沒錯。」較嚴厲的聲音說：「他身體太好了——我本以爲迷藥至少會讓他昏睡到今天下午。」

道爾抬起頭來，眨著眼睛環顧四周，但這卻讓他的太陽穴怦怦跳得更厲害。有兩個人站在船的扶欄邊看著他，其中一人似乎是躍入時間裂縫前的羅曼尼博士——那應該就是本尊羅曼奈利吧，他心想——而另一人顯然是船長。

羅曼奈利打著赤腳，輕輕地走到道爾身旁蹲下，說道：「早啊，我有問題要問你，而且這裡很可能沒有人會說英語，所以我打算把塞住你嘴巴的布拿掉。不過，如果你企圖喊叫引起騷動，我們還是可以塞住你的嘴，再用連帽的外套掩飾。」

道爾讓頭重重摔倒在甲板上，然後閉上眼睛等著太陽穴的跳動稍微緩和。「好吧。」他說著又重新睜開眼睛，一眨一眨地望著錯綜糾結的帆桁、索具與捲疊起來的船帆背後，那一片空蕩蕩的藍天。「我們到埃及了？」

「亞歷山大城。」羅曼奈利點點頭說：「我們會把你送上岸，經由陸路到尼羅河的支流羅瑟塔河，然後再搭帆船前往開羅。好好欣賞風景吧。」這位巫師站起時，膝蓋發出很大的聲響，儘管他想掩飾，卻仍看得出他痛縮了一下。「喂，」他氣惱地大喊：「船準備好了嗎？那麼把他弄上船去。」

於是道爾被抬起來扛到扶欄邊，他們用鉤子鉤住壓在他手臂底下的繩索後，他就像一捲毯子般被慢慢往下放入一艘小船，小船位於大船下方二十呎的碧波中，上下波動並不斷撞擊大船船身。小船上有一名水手抓住他綁住的腳踝，並幫助他坐到一塊橫座板上，這時候羅曼奈利也爬下繩梯，他在末端晃了大約一分鐘，才伸出一隻腳來，邊咒罵邊滑進船內。水手扶著他坐上另一塊橫座板，接著最後一名乘客也來到梯子末端開始劇烈搖晃——那正是薩里區的乞丐福星，遭時間摧殘的羅曼尼博士，他的鞋子上綁著兩根大大的金屬釘以增加重量。這個一直咧著嘴、眨著眼的怪物被安置到狹窄的船頭，有如一隻受過訓練的鵜鶘，接著水手搓搓手，面無表情地面對羅曼奈利和道爾坐下，拿起船槳便划了起來。

船一動，道爾馬上倒在右舷緣上，並且保持這個姿勢看著大船的船身從旁掠過，最後當他們繞過高大的拱形船首時，終於見到半哩外隔著波光粼粼的亞歷山大城。

他覺得很失望——他原以爲會看到勞倫斯．達雷爾所描述的宛如迷宮般的東方城市，結果呢？他只見到一小群破敗的白色建築曝曬在陽光下。港口沒有其他大船，只有幾艘小船停泊在飽受風雨侵蝕的碼頭邊。

「那是亞歷山大城？」他問道。

「不是以前那座城了。」羅曼奈利帶著怒氣說，彷彿不想多說些什麼。他縮成一團靠著另一邊的舷緣，呼吸時發出長長的咻咻聲。羅曼尼的殘餘物則在船頭格格輕笑。

划槳的人任由港口的水流將他們送往左側的城東，在一座沙丘上，道爾終於看到一些人；三、四個穿著阿拉伯長袍的人影站在一棵滿是灰塵的棕櫚樹下，還有幾隻駱駝或站或坐地圍繞著附近的一面斷垣殘壁。當水手傾側船身，讓船頭朝向棕櫚樹時，道爾並不感到驚訝，只見羅曼奈利揮手高喊：「Ya Abbas, sabah ixler!」

其中一人走下斜坡來到岸邊。他也揮手喊道：「Saghida, ya 羅曼奈利！」

道爾看著那人尖而瘦削的臉，緊張地試圖想像他做一些居家的溫柔動作，例如拍拍小貓等。但他想像不出來。

船離岸還有幾碼，船脊骨便擦撞到河底沙地，小船頓時停下來，將道爾拋向前去。

「啊呀，」他喃喃叫了一聲，他的嘴唇擦過橫座板，那上頭有船槳濺起的水因而又冷又鹹。過一會，羅曼奈利一把將他拉起。

「痛不痛？」睜著大眼睛蹲坐在船頭之物，假裝驚慌地問：「說啊——痛不痛，柏特？」

羅曼奈利已經站起來，用阿拉伯語吼著下令，棕櫚樹下又有兩人匆匆往水邊趕來，至於剛才那人則已經涉水走向小船。羅曼奈利用手指著道爾。「Taghala maghaya nisilu。」那人說著，細瘦的褐色手臂隨即伸進舷緣，將道爾抬出小船。

道爾被綁在一隻駱駝上面，雖然中途停了幾次休息、給水，但當他們傍晚抵達尼羅河畔的小鎮哈美德時，他的雙腿已經毫無知覺，彷彿兩根不相干的圓柱似的，但偶爾會有一陣切膚之痛，他的脊椎就好像以前小孩子玩吹箭遊戲時，拿來當標靶的大型向日葵花莖一樣，這時候他便又感覺到腳的存在了。當阿拉伯人爲他鬆綁，將他抬到一艘「dahabeeyeh」——一種低低的單帆船，船尾有個小船艙——他已經陷入半昏迷，嘴裡喃喃說著：「啤酒……啤酒……」幸虧他們似乎聽得懂這個名詞，便替他拿來一個水罐，謝天謝地，裡頭果然就是啤酒。道爾大大灌了幾口便把酒喝光，然後往甲板上一倒，馬上就睡著了。

他醒來時四下漆黑，這時候船輕輕地撞在木頭上，搖著搖著便停了下來，有人把他拉起來坐在甲板上，面向陸地，他看到左手邊僅僅幾百碼外有火光。

有個人手提燈火步上船來。「Is salam ghalekum, ya 羅曼奈利。」他輕輕地說。

「Wi ghalekum is salam。」羅曼奈利回答。

道爾很害怕又要再騎一回駱駝，因此當他發現那人背後的路上有一輛英國馬車的影子，不由得大大鬆了口氣。「我們到開羅了嗎？」他問道。

「剛過。」羅曼奈利簡短地說：「我們要到內地的喀拉斐，護城堡底下的大公墓。」他對阿拉伯人吼了一聲，他們便順從地舉起道爾的腳踝和肩膀，將他抬上一段古老的石階來到馬路邊，然後推他上馬車。

不一會，羅曼奈利、羅曼尼殘餘物、一名阿拉伯人和前來接他們的人也都上了車。馬鞭咻咻幾聲，馬車開始轆轆行進。

大公墓，道爾悶悶不樂地想，好極了。他屈膝坐在馬車的地板上，將兩個膝蓋靠攏，現在只有感覺到他手製的木刀才能讓他稍感安心。他一直沒有注意到河流的熱帶氣味，直到氣味消失，他才發覺有一種沙漠中風乾石頭的氣息已經取而代之，這種氣息更淡、更令人不舒服。

馬車在仍堪使用的碎石路上緩緩走了大約兩哩路之後，停了下來，道爾被抬出來直立靠在馬車旁邊，他緊盯著眼前這棟黑漆漆、孤立在沙漠荒地中的建築。從火光中可以看見一道拱門，兩旁有寬大柱子，牆面幾乎毫無特色，只有幾個小洞應該是做為窗戶之用，只是洞口小得連頭也探不進去。上方隱約可見一個大圓頂的黑影映在星空上。

羅曼奈利點了點頭，那個從船上一路陪他們過來的阿拉伯人，便從長袍底下抽出一把光亮如鏡的彎刀，割斷綁在道爾腳上的三圈繩子。所有的繩子都從他的腰間掉落在塵土上，道爾隨即一腳踢開。

「別逃跑，」羅曼奈利疲憊地說：「否則阿巴斯一定會追上你，到時候我也只好命令他挑斷你一條腳筋了。」

道爾點點頭，心想自己現在也許連走也走不動。

那個萎縮了的卡脫掉它加重的鞋子，然後用手握住鞋子扣環，倒立著走路，它雙腳飄在空中，好像在地板的熱氣出風口綁了兩條絲帶似的。他頭下腳上對著道爾笑說：「該去見月亮人了，史坦。」

「閉嘴，」羅曼奈利對它說，接著對道爾說：「這邊，來吧。」

道爾跛著腳跟隨他走向門邊，卡陪在一旁。到前門有二十呎的距離，他們走到一半，忽然有個劈啪聲在空中迴響，接著大門往內旋開，出現一個戴著兜帽、提著燈的人朝他們招手。羅曼奈利不耐地做出手勢，讓道爾和卡先走到寬闊的石廊去，然後他問了個問題，這回用的似乎不是阿拉伯語，而戴兜帽的人則將大門關上後再度拴起。

那人聳聳肩，簡單答了一句，羅曼奈利對他的答覆似乎並不驚訝也不滿意。

「他還是老樣子。」他走在前面帶路，同時對卡說。提燈的人跟在後面，晃動的黑影使得牆上那些古王國的淺浮雕，甚至一行行的象形文字都像是在動。道爾發現前方十來碼處廊道的盡頭，有一面小心搭砌的磚牆，下半部向外突出，上半部朝著他們陡斜過來，因此地板比天花板長了許多；他心想，這倒像是另一邊有個地上游泳池。

「難道你還希望他已經開始翻觔斗了？」仍然倒立的卡反問道。

羅曼奈利不理他，轉入左側牆壁的一道拱門，開始上階梯。上頭某個角落射出光線，落在每個階梯邊緣凹陷的部位，於是提燈的人便留在底下——道爾覺得他似乎很慶幸。他們三人爬上另一個走廊，這回距離比樓下短得多，盡頭處有個陽台，正對著發出亮光的圓頂內部。三人往前走向陽台欄杆。

來到欄杆旁，道爾發現眼前是一個巨大圓球的內部，寬約七十五呎，照明用的燈就掛在正中央，高度與陽台一樣，吊掛的長鍊則固定在圓頂最高點。他探身到欄杆外往下看，不料竟看見在這球形室最下方一個圓形的石圍欄裡，有四個人動也不動。

「小朋友們，你們好。」從球形室另一頭傳來粗嘎的低語聲，道爾這才注意到有一個人——一個很老、皺巴巴又扭曲變形的人——躺在一張長椅上，椅子貼在另一頭的牆壁，低於水平黑線——這似乎是房中的赤道——僅一兩呎。那人躺在椅子上，椅子貼在幾近垂直的牆上，自然得實在不像是沒有受到重力作用，因此道爾不由自主便東張西望尋找鏡子內嵌的蹤跡……可是圓頂內面卻毫無裂縫；長椅和人確實就這麼騰空掛著，有如一件不討喜的牆壁吊飾。就在道爾開始思索老人如何能面不改色地待在那張顯然是釘掛在牆上的椅子，而他又是怎麼架起梯子爬上去的時候，椅子的腳輪突然吱嘎作響，椅子也往上挪了一些。

長椅上的人發出一聲呻吟，然後撐起身子盯著「地板」看；椅子這時已豎立在赤道線上。「月升。」他懶懶地說完又躺回去，眼睛瞪著球形室外的陽台。「我看見羅曼奈利博士和羅曼尼，後者顯然證明了我無法製造出優質的卡。我本以爲你將能持續一個世紀也不致於退化至此地步。不過我們這位高大的訪客是誰呢？」

「他的名字應該是布蘭登・道爾。」羅曼奈利說。

「你好，布蘭登・道爾。」牆上的人說：「我……很抱歉無法下去和你握手，然而放棄目前這片土地後，我反而被吸引向……另一個地方。這個姿勢並不舒服，我們希望不久便能矯正。還有，」他接著又說：「道爾先生和這次的失敗有何關連呢？」

「是他造成的，主人！」卡尖聲地說：「他破除了我們對拜倫所施的服從咒，他讓雅格失控，後來我跳回一六八四年，他又跟著過去警告安泰兄弟會的人——」他爲了比手勢便放開手中的鞋子，於是頭下腳上地往上飄，撞到從陽台延伸出去的磚砌圓形通風蓋，從蓋子上滾過去以後，開始往圓頂的頂端飄升：「——他們不曉得是從何得知，把土塞在武器裡能使我受傷，反正他們就拿塞泥巴的槍射我的臉——」

「腰刀以有敗斯尼？」主人急促地說。

羅曼奈利、道爾和卡——他這時候正倒轉蹲在固定於天花板上的燈鍊旁邊——全都瞪大了眼睛看他。

主人用力閉上眼睛和嘴巴，然後又重新張開。「跳——」他小心地一個字一個字說：「——到一六八四年？」

「我相信他辦到了，主人。」羅曼奈利連忙說：「他們利用菲齊所做的門——在一扇又一扇的時間之門當中穿梭，你明白嗎？這個卡，」他的手往上一揚：「顯然不可能只經過八年便衰退至此，而且他說的故事拼湊起來並無矛盾之處。」

主人緩緩點頭。「我們一六八四年的蒙茅斯計畫失敗，確實有些古怪。」長椅又往上挪了幾吋，儘管主人咬著牙忍受痛楚，下方圍欄內卻有個不動的人附和似的發出呻吟。道爾嚇一跳又看了他們一眼，發現他們全是蠟像，不由得感到一陣不安。這時主人的眼睛睜開了，他小聲地說：「穿梭時間，那麼道爾先生從哪裡來？」

「另一個時代。」卡說：「他和一大群人從其中一扇門出現，我好不容易抓到他，不過他的同伴卻從原路回去了。我問了他幾個問題，而且——你相信嗎——他知道圖坦卡蒙的墓在哪裡。他知道許多事情。」

主人點點頭，並露出恐怖的微笑。「在這脆弱的晚年，我們可能已經無意中發現前所未有的強大工具。羅曼奈利，替我們的客人抽一點血來製造卡——而且得要製造出非常成熟的卡，要知道他所知道的一切。我們不能讓他的腦子冒任何風險——他可能會自殺也可能感染熱病。現在立刻動手，然後將他鎖上一夜。明天再進行審問。」

爲了讓羅曼尼的卡從天花板上下來，浪費了十分鐘——它無法往下爬到陽台，就如同老鼠無法爬出浴缸——但最後它終於靠著一條繩子辦到了，然後羅曼奈利便帶著道爾走下樓梯。

到了一樓後，他們走進一個房間，在一盞燈的幽暗燈光下，可以看到門房正小心地往一個長形大桶裡，攪動一些氣味古怪的液體。

「杯子在——」羅曼奈利才剛開口，門房便指了指牆邊的桌子。「啊。」羅曼奈利走過去，小心地拿起一個銅杯。「這個，」他轉向道爾說：「喝下去，省得我們還要把你綁起來，再從斷裂的齒縫灌下去。」

道爾接過杯子，猶豫地嗅嗅裡頭的東西。那玩意有一種刺鼻的化學臭味。他提醒自己，反正他的預定死期是一八四六年，便將杯子舉到長了水泡的唇邊，一大口灌下去差點給嗆著了。

「天啊，」他舒了一口氣，遞回杯子後，試著想把眼中的霧氣眨掉。

「現在我們得從你身上取一點血。」羅曼奈利說著，從他長袍底下拿出一把刀來。

「直接刺進血管去就行了，贊恩。」羅曼尼博士的卡欣然同意。這個卡現在又握住加重鞋的扣環，倒立著走路。

「血？」道爾問：「爲什麼？」

「你也聽到主人要我們製造你的卡。」羅曼奈利回答：「現在我要放開你的手，但你可別做什麼蠢事。」

我不會，道爾心想。史書上說我會在四個月後，完好無恙地離開埃及。我何必故意惹事引起腦震盪或是手臂脫臼呢？

羅曼奈利切斷道爾手腕上的繩子，說道：「到桶子這邊來，我只是在你的手指上割一小刀。」

道爾走上前去，伸出手指，並好奇地看著珍珠似的液體。原來，他心想，他們就是從這裡培養出和我一模一樣的分身……

我的天哪，萬一從這裡逃出去返回英國，最後死於四六年的是那個分身怎麼辦？那麼我死在這裡對歷史將毫無影響。

道爾原本薄弱的樂觀頓時消失無蹤，他於是抓住羅曼奈利正要伸過來的手腕，雖然他一隻手掌下方被刀子割出很深的傷口，另一隻手卻仍緊抓著羅曼奈利的前臂不放，他在絕望中生出一股力量將巫師往前一扯，使他失去重心往桶子倒落；可是道爾卻驚見有幾滴血從自己受傷的手滴入珍珠般的液體內。

看起來羅曼奈利是非栽進桶子裡不可，道爾立刻轉身蹲下，拔出藏在褲管裡的臨時匕首，猛然衝向倒立的卡。它驚慌地尖叫著，並趕緊放開扣環，但還來不及往上飄，道爾的木刀已經插入它脆弱的胸腔。

剎時間，一陣又冷又臭的氣體朝道爾臉上撲來，卡從刀尖向後飛去，當所有有毒的氣體從體內散光，它明顯地皺縮起來，飄過房間，撞到牆壁彈起，開始往天花板直飛而上，然後速度漸慢，直到最後靜止不動。

羅曼奈利剛才在危急之下跳起來，滾過桶子沒有碰到液體，此時卻在桶子後面的地板上痛苦地翻滾。「抓住他。」他終於吼了出來。

門房立刻擋在道爾和走廊門口之間，道爾揮舞著小刀，拚盡全力大吼著直衝上去。

那人急忙跳開，但仍不夠快；道爾以武器末端用力一擊，他便倒在地上不省人事，道爾奔過走廊的腳步聲也愈來愈遠。

羅曼奈利仍努力地想將保護鞋隔在他自己與折磨他的地板之間，而這時候輕輕一聲，就像是枯葉落在池塘裡，那張空空的皮和羅曼尼博士的衣服已經落在地上，不再動彈。

微涼的薄暮中，有個矮個兒沿路走來，泰晤士街的乞丐卻沒有靠上去，因爲他那不合身的衣服、咧著嘴笑又蒼白的臉，以及一頭亂糟糟的花白頭髮，都顯示出他不但無錢可施捨，甚至可能是瘋子。但是有個失去雙腿、坐在滑板車上的乞丐，起初楞了一下，後來彷彿想起什麼，連忙跟在後面追了幾步，隨後又停下來，不確定地搖搖頭，然後掉轉滑板車回到他的崗位上。

那人走在比林斯門的露天人行道上，繞過潘趣與茱蒂的小舞台時，他聽到潘趣像小鳥似的尖叫著：「啊，這不是我們苦難的兄弟之一嗎，我眞——」聲音忽然中斷，那人不禁瞥了木偶一眼。

他停下來笑笑問道：「有什麼需要我幫忙的嗎，潘趣？」

木偶瞪了他片刻之後，才說：「呃，沒有，我剛才以爲我——沒事。」

那人聳聳肩繼續往空空的碼頭走去。不久他破損的鞋跟已經敲打在飽受風雨侵襲的碼頭木板上，他一直走到碼頭龜裂的邊緣才停下來。

他的視線越過寬闊、逐漸變暗的大河，盯著對岸薩里區最前頭的幾盞燈，靜靜地笑著並小聲說道：「我們來試試你的……耐力，欽尼。」他說完便蹲下來，身子前傾，手高舉過頭，雙腳一蹬跳下水去，跳得很遠也很淺。他入水時噗通一聲濺起水花，但聲音不人，附近也沒有人。

漣漪才逐漸平息，他的頭便從二十呎外的水面上冒出。他將濕濕的頭髮往後甩，在水中踢踩片刻，呼吸時發出快速、低聲的呼呼聲。「水冷得就像流過第七個小時一樣。」他喃喃自語道：「無所謂——再過幾分鐘就有雪利酒和乾衣服了。」他悠哉地爬游著，中途幾次休息，便翻轉過來躺在水上看星星，就這樣一直游到河中央。當天晚上，河上只有寥寥幾艘小船與駁船，此時都已離得他好遠。

接著他把頭潛入水中，慢慢地吐盡肺部空氣，吐出的氣體隨即成爲氣泡。

幾乎整整一分鐘，氣泡不停往上冒出無人的河心，「啵」一聲破掉。然後便再也沒有氣泡了，河水也恢復無波無瀾的平靜。

這個回合一直都是難分高下，但到了最後，坐在窗邊觀賽的老哈利．安哲羅終於看見自己的首席弟子，利用他教給他對付左撇子的刺法，將對手逼入險境。

這個回合已經持續五分鐘以上，雙方都沒有被點中。理查．雪利敦端著一杯白蘭地走到觀眾群中，輕輕地對拳師「紳士」傑克森說，這是安哲羅在秣市的歌劇院開設擊劍廳以來，最精彩的一場比賽。

安哲羅的弟子，人稱「神乎其技」的欽尼不斷地由六分位虛攻，將劍調至對手劍的另一邊，轉為四分位直刺，雖然對手每次都能輕易化解，卻也始終無法反擊刺中欽尼。

年屆四十五歲的哈利．安哲羅，自從二十五年前他那具傳奇色彩的父親退休後，他便是英國公認的擊劍大師，此時他能明白地揣測弟子的心意，就如同欽尼親口所說一般：再一個六分位虛攻，接著還是轉位攻擊——但這回卻不是一圈繞過對手的護手進入四分位攻擊線，而是繞半圈改攻對手露出破綻的下半身。

安哲羅見到六分位的虛攻刺出時，臉上露出微笑——但隨即便皺起眉頭，因為傾斜的劍尖竟然就定住了。對手正要開始展開制式的四分位撥擋，忽然發現欽尼的劍不動了，立刻以迅雷不及掩耳的速度提劍轉壓，劍尖也順勢旋捲而入，「噗」一聲刺在欽尼腹部的帆布護套上。

安哲羅吐出屏住的氣息並低低咒罵一聲；接著「神乎其技」欽尼踉蹌倒退幾步幾乎跌倒，幾名觀眾連忙跑上去攙扶他。欽尼的對手也扯下面罩，連同鈍劍一塊丟在硬木地板上，驚叫道：「天啊，我沒傷著你吧，欽尼？」

欽尼拿下面罩，挺直腰桿，搖搖頭以示無礙。「沒有，沒有。」他粗聲地說：「剛才只是一時喘不過氣來。一瞬間的事。特殊姿勢造成的壓力。」

安哲羅聽了不禁揚起眉毛。三年的密集訓練期間，這是他頭一次聽到欽尼以「特殊」來形容防禦姿勢。

「你一時疏忽讓我得分，當然不算數。」欽尼的對手說：「等你做好準備，我們再從頭戰一回合。」

欽尼雖然高興地笑著，卻仍搖搖頭說：「不了，晚一點再說，現在，我需要新鮮空氣。」

老雪利敦扶著他走到門邊，安哲羅也跟在一旁，其他人則無奈地聳聳肩，各自拾起鈍劍和面罩，兩組人分別站在擊劍場地畫了線的地板的兩邊。「我敢說他沒事。」有人小聲地說。

到了外面的走廊上，廳內又再次傳出擊劍的聲音，欽尼揮揮手遣開兩人說：「我一會兒就回來。」但是當他二人遲疑地進去之後，欽尼卻匆匆奔下樓梯，撞開大門，直衝下龐德街的人行道。

來到皮卡迪利之後，他放慢腳步，深深吸了幾口秋天冷冽的空氣。到了河濱大道上，他望向右側河面，低聲說：「你還好嗎，欽尼小伙子？很冷，是嗎？」步道上有另一個人似乎認得他，正要走過來，不料欽尼卻忽然發瘋似的格格狂笑，還在人行道上跳起快速但不甚純熟的舞步，那人不禁有點狼狽地退開來。

他沿著艦隊街走到奇普塞德，一路上不停地喃喃自語。「哈！」有一回則跳到半空中大叫道：「這個跟貝納的一樣好。甚至更好！以前怎麼從沒想到找這類西區的貨色呢。」

夢的前半段並不恐怖，戴若總是醒來之後才會想起這個夢已經做過許多次。

霧好濃，只能看得見前方幾碼遠，而他之所以能看見兩側潮濕的黑磚牆，只因爲牆面靠近得足以引起幽閉恐懼症。巷子裡靜悄悄的，只聽見頭頂上的霧裡傳來不規則的敲擊聲，像是有扇窗板沒關緊，在風中開開關關。

他抄捷徑，理應會走到雷登荷街，可是他似乎已經在這迷宮般的中庭、巷道和曲曲折折的街道當中，繞了好幾個小時。他一個人也沒碰到，但這時他忽然停下，因為他聽到前方朦朧處有低低的咳嗽聲。

「嗨！」他說完，立即對自己怯懦的聲音感到羞恥。「喂！」他更大聲地說：「我迷路了，你能不能幫幫我？」

他聽到緩慢的腳步聲走來，接著看到一個黑黑的身影從霧牆中冒出來，身影愈走愈近，最後他看清了那張臉——是布蘭登·道爾。

這時，有一隻手抓住戴若的肩膀，接下來他就意識到自己直挺挺地坐在床上，咬緊牙根不願發出夢裡那聲絕望的呼號，那聲音從他嘴裡迸出來，又在濃霧阻隔的空氣中單調迴響的呼號：「對不起，道爾！眞的對不起！」

「哎呀，主人，」喚醒他的年輕人說：「不是故意嚇你的。但你要我六點半叫醒你。」

「沒錯，彼得。」戴若聲音沙啞，他接著轉身把腳垂到地上，揉揉眼睛說：「我馬上進辦公室。我形容的那個人要是來了，就叫他進來，知道嗎？」

「知道了。」

戴若站起來，用手梳了梳白髮之後，便從走廊走向辦公室。他頭一件事就是倒一杯白蘭地，一口氣乾了。他放下杯子，彎身坐到書桌後面的椅子上，等著酒將他腦袋裡的夢中影像沖走。

「讓這些該死的夢跟著軀體走了吧。」他小聲地說，一面從菸盒裡摸出一根菸來，藉燈火點著。他把菸深深吸進肺裡，往後靠到椅背上，然後朝著書桌旁書架上整齊排列的帳本吐煙。他想著為已經十分複雜的投資網絡再做點什麼，但隨即又放棄這個念頭。此時的他已再度迅速致富，但是工作時少了電腦和計算機實在令人厭煩。

不久，他聽到兩雙靴子走上樓梯的聲音，不一會便有人敲辦公室的門。

「進來，」戴若極力讓聲音顯得輕鬆、自信。

門開了，一個高大的年輕人走進來，英俊、乾淨的臉上帶著傻笑。「先生，你瞧。」他說著，便在房間中央作了一個帶諷刺意味的趾尖旋轉。

「好，別動。醫生馬上會為你檢查，不過我想先親眼瞧瞧。走路感覺如何？」

「跟新的法國鋼鐵一樣彈性絕佳。你知道我最驚訝的是什麼嗎？前來這裡那一路上的氣味！而且我沒想到自己竟能看得這麼清楚。」

「嗯，我們也會給你一個很好的。不會頭痛、胃痛吧？他做為職業劍師已經好多年了。」

「完全不會。」年輕人為自己倒了一杯白蘭地，一口喝光又要再倒。

「黃湯少喝點。」戴若說。

「什麼？」

「黃湯，酒——白蘭地。想讓我胃潰瘍嗎？」

年輕人露出受傷的神情放下酒杯，將手拿到嘴邊。

「拜託，不要咬指甲。」戴若又說：「對了，舊宿主被驅逐之後，你有沒有……產生過任何遺留在他腦袋裡的念頭？呃，像夢這種東西會不會跟著舊的軀體？」

「avo——我是說會的，主人——我是這麼想。我沒有留意這種事情，不過有時候我會夢見一些我從未見過的地方，我想這應該是被我借用軀體的小伙子們的生活片段。但也沒法證實。而且，」他頓了一下，眉頭皺起：「有時候我正要從清醒狀態進入睡眠狀態，我會聽到……呃，你想像一下，站在一艘移民船的艙艛，大半夜的，一張張的床釘在牆上像書架一樣……再想像一下每個人都在說夢話……」

戴若突然伸手拿起斟滿的酒杯，把酒喝光。「這個胃不要緊。」他說著把椅子往後一推，站起來：「走吧，我們去找醫生。」

少年范納瑞．克萊爾在執法船塢旁，金屬板工廠下方的熱水池裡站了好一會，赤裸的雙腳仍隱隱刺痛，隨後他從碼頭區涉水走出去，繞過石灰屋洞，試著重組他今天早上默記的地標。可是天色愈來愈暗，河對岸那兩管煙囪已經完全看不見，而從他所在之處往下游算去第三個碼頭上的吊車，好像也不在原來的位置。儘管此時又要開始退潮，水卻已經到達他的腰間，而他就和多數在泥巴地裡幹活的流浪兒一樣不會游泳。

都是那幫可惡的愛爾蘭小孩，他心想。如果今天早上他們不在這個洞附近閒晃，我就能直接把袋子撿起來拿出去，要是當地的小孩我才不怕，可是那些愛爾蘭小子一定會把我的袋子搶走，而這樣的好運氣一生可能只有一次：一個布包耶，一定是上星期在這裡替那艘大船重新包覆的工人丟下的，裡頭一定裝滿了銅釘！

一想到能在破銅爛鐵店裡撈到一筆——至少有八便士，可能還超過一個先令——男孩便口水直流，於是他決定如果找到袋子，卻無法用腳把它踢上斜坡，他就要冒著被水沖走的危險彎下身去撿。冒這個險値得，因爲有了一先令，他就能過上幾天安逸奢侈的日子，之後他也準備好要重施故技：每年一到初冬，他都會到瓦平的一艘駁船上偷煤炭，故意被捉然後送進感化院，在那裡他能分得一件外套和鞋襪，還有幾個月的正常供餐，而無須在冬天清晨衣著單薄地涉入寒冷的泥巴。

他緊張了一下，接著嘴角微笑上揚，因爲他左腳踢過上層的淤泥時，腳趾碰到了布。他轉身，試著在不失去重心的情形下把另一隻腳伸過來。

「誰……」幾碼外的水裡有個沙啞的聲音喊道：「誰……來救救我？」

男孩嚇了一跳之後，很快又恢復平衡，他直到此刻才發現，由於自己過於專注而忽略的河水聲，其實是有人有氣無力地在划水。

有一顆濕淋淋的頭頻頻晃動而水花四濺。「喂……孩子！那邊是不是有個孩子？快救我！」

「我不會游泳。」范納瑞說。

「你是站著嗎？河岸就這麼近？」

「是啊，就在我後面。」

「那麼我可以……自己游過去。這是哪裡？」

「如果你幫我撿這袋釘子，我就告訴你。」

水裡的人轉個方向朝男孩游過來，不久游到水底的泥濘斜坡便能站起來。有好一會，他就站在那裡，整個人痛苦地喘息、咳嗽、嘔吐。范納瑞很慶幸自己位在他的上游。

「天啊，」那人終於喘著氣說話了。他用水漱漱口然後吐掉。「我恐怕……喝掉了半條泰晤士河。剛才你有沒有聽到爆炸聲？」

「沒有。」范納瑞說：「什麼東西爆炸了？」

「我想是龐德街的一棟建築。我本來在——」他話沒說完，隨即又嘔出一大口河水。

「呸，老天保佑。我在安哲羅那裡擊劍，不一會卻已經肺部空空地沈到泰晤士河底。我大概花了五分鐘才浮上來——我想若非訓練有素的運動家絕對辦不到——儘管我咬緊牙根，抱著……堅毅的決心，我還是試著在河裡喘口氣。我甚至不記得有沒有冒出水面——我想我是昏過去了，後來受到寒冷空氣刺激才又醒過來。」

男孩點點頭說：「你能不能下去幫我撿袋子？」

那人昏沈沈地，還是彎下身子，把頭埋進水裡，一陣摸索之後摸到袋子口，將它拽出泥巴堆。「拿去吧，孩子。」他起身後說：「天啊，我好虛弱！幾乎拿不動這袋子。我想我大概把耳朵弄壞了——聲音聽起來怪怪的。這是什麼地方？」

「石灰屋，先生。」范納瑞興高采烈地說，一面涉水走回階梯。

「石灰屋？這麼說，我比我想像中漂得還遠。」

這時候水位只到范納瑞的膝蓋，因此他既能拿著袋子又能攙著全身髒污的游水者，此人頭暈目眩走起路來搖搖晃晃。「你是個運動家嗎，先生？」男孩懷疑地問，因爲他攙扶的肩膀似乎很瘦弱單薄。

「是啊，我是亞德柏．欽尼。」

「什麼？該不是木劍擊劍冠軍的『神乎其技』欽尼吧？」

「正是我。」

「眞的，我在科芬園看過你和『恐怖大師』托雷斯比劍。」他們已經來到階梯，開始慢慢往上爬。

「那是前年夏天。他還差點打敗我呢。」

他們費勁地爬到街道高度之後，沿著一道磚牆底下的煤渣小路走了十來步，接著繞過磚牆，準備穿越一個凌亂的、看似工業用的院子，那裡有間倉庫的牆壁上掛著幾盞燈，照亮了院子。

范納瑞很高興在這一帶能有這號人物陪著他，因爲這是倫敦最危險的地區。他抬起頭看看他的同伴——卻立即停住腳步。

「你這個大騙子！」他大聲尖叫，突然又心生畏懼而不敢出聲。

那人似乎連走路都很困難。「什麼？」他漫不經心地問。

「你根本不是『神乎其技』欽尼！」

「我當然是。不過，你說我到底是怎麼了？我整個身體都怪怪的，就好像——」

「欽尼比你還高，還年輕，還健壯。你根本是個沒人要的流浪漢。」

那人虛弱地一笑。「你這個小鬼。如果我眞有機會能像個沒人要的流浪漢，那就是現在。你以爲屏著氣從河底游上來以後會是什麼樣子？而且我的確會比較高——穿上鞋子以後。」

男孩不肯相信地搖搖頭。「那年夏天過後，你的情況肯定是糟透了。喏，我就住在那邊，我要先走了，如果你沿著那條路走去，就能走到拉特克利夫大路，在那裡應該能叫到車。」

「謝謝你，孩子。」那人說完，便踩著不穩的腳步朝男孩指的方向走去。

「你自己多保重囉。」男孩喊道：「也謝謝你幫我撿這個袋子！」他打著赤腳啪啦啪啦地沒入黑暗之中。

「不客氣。」那人喃喃說道。他到底是怎麼了？究竟發生了什麼事？如今他終於能夠喘喘氣順便思考這個問題，才發覺爆炸這個想法說不通。他是在回家途中遭到伏擊被丟入河裡，後來驚嚇過度，以致於把在安哲羅那裡比賽以後發生的事全忘得一乾二淨嗎？不，他從未在十點以前離開擊劍廳，而西方的天空此時仍尚未全黑呢。

他正要繞過倉庫轉角時，發現燈下方的磚牆上嵌了一扇窗，他經過窗前瞄了一眼……隨即停住，走回來，再往窗玻璃看。

他抬起手摸臉，見到倒影也做出同樣動作不禁嚇壞了，因爲那不是他。那不是他的臉。

他從玻璃前面跳開，看看身上的衣服——不，他一直沒有注意到，在黑夜裡，每套濕濕的衣服看起來都差不多，可是這身上衣與褲子絕非亞德柏．欽尼所有。

有一瞬間，他瘋狂地想以手指插入臉皮將它剝下，後來他又想到也許他從來就不是「神乎其技」欽尼，而只是——天曉得是什麼，顯然是乞丐吧——做了一場夢。

他強迫自己走回窗前再看一次。窗玻璃內用可怕眼神看著他的那張臉，瘦長、鬆垮、皺紋深刻，他把頭略往後仰時，發現眼睛四周佈滿亂七八糟的紋路，儘管濃密的頭髮濕答答的，依然看得出有不少已經花白。而當他將頭髮往後一撥，更是差點哭出來，因爲他右耳不見了。

「算了，我不在乎。」他以異常緊繃的聲音說。他身上好濕，身體的感覺又是如此陌生，以致於他實在無法確知眼睛周圍那濕濕的東西是不是淚水。「我不在乎。」他又說一遍：「我就是欽尼。」

他試著露出一個勇敢的微笑，只是很快又放棄，但無論如何他仍挺起窄窄的肩膀，邁開堅定的腳步往拉特克利夫大路走去。

第十二章

死亡啊，你得勝的權勢在哪裡？

——哥林多前書

英法戰爭開打後，隨之而來的通商禁令、黑市以及拿破崙即將侵略英國的謠言，使得針線街的金融與貨品交易局勢混亂不堪。一個人只要天時地利人和就可能在幾個小時內致富，而平常可能需要數十年才能花光的財富，如今在皇家交易所卻可能短短一個上午便化為泡影。然而只有特別嚴密監看市場的人才會發現，有一位投機商人幾乎涉足所有的買賣領域，而且在每次的意外、不幸與逆勢中，他總能穩佔贏面。

雅各·克里斯多弗·丹帝，這是寇克藍·戴若的新名字，他從十月二十二日才剛開始他的投資生涯，但這一個月來，藉由一連串福至心靈的貨物轉移、轉投資以及一些可能超出法律規範的外幣交易，已經使他原有的資產大幅增加。儘管來歷不明，這個年輕而英俊的丹帝依舊憑著無限魅力，在十二月五日的《倫敦泰晤士報》宣布他與「知名進口商約爾皮博迪之女克萊兒」訂婚的消息。

雅各·丹帝的辦公室在雷登荷街一家已經歇業的除毛店樓上。他此時在辦公室裡，年老的同伴在一旁抽著菸斗，他氣惱地揮去同伴吐出的煙霧之後又瞥一眼報上的啓事。「看來，他們至少把所有的名字都拼對了。」他說：「不過我應該刪去『倫敦市場界目光精準的新人』這句形容詞。做這種工作就得低調——何況已經有人注意到我，還搭上了順風車。」

老人好奇地瞄著報紙問道：「不錯的女孩？」

「對我達成目標有幫助。」丹帝不耐地說，同時揮走更多的煙。

「你的目標？請問閣下目標爲何？」

「生個兒子。」年輕人輕輕地說：「一個兒子，可以來繼承我的財產，並擁有穩固可靠的背景和絕對健康的體魄。我那些醫學小子說克萊兒的健康與聰明，是現今英國適婚女性當中的首選。」

老人笑笑說：「訂了親的年輕人多半都期望一些比較沒有哲理、但比較好玩的事情，哦？我聽說這個叫皮博迪的女人很漂亮。不過你想必已經試騎不少次，對這匹馬應該十分熟悉了吧？」

丹帝紅著臉說：「這，我——不，我沒有——該死，我已經不是小伙子——我是說我是，只不過那些事得——」他咳了幾聲：「該死，你非得抽那玩意不可嗎？你以爲你是怎麼得癌症的？如果你那麼需要尼古丁，那麼在我面前就嚼菸草，OK？」

「OK，」老人說：「OK，OK，OK。」他最近才學會這個詞，現在還在興頭上。「你又何必在乎呢？你隨時可以找個新的，這也是交易的一部份。」

「我知道。」丹帝揉揉眼睛，又用手撥撥捲曲的褐色頭髮。「只是這就像一輛新車嘛。」

他喃喃地說：「在還沒有任何碰撞之前，你什麼都擔心。」

「就一個這麼健康年輕的小伙子而言，你看起來太憔悴了。」老人一面說，一面把黑色陶製菸斗放到地上，然後伸手去抓白蘭地酒瓶。他咕嚕咕嚕灌下一大口。

「是啊，我睡得不太好。」丹帝坦承：「我一直作夢……」

「你得離那些夢遠一點，小伙子，要保持距離。我想我也一直在作夢，如果我去在意的話，老早就瘋了。我有點是……分出一點心來看這些夢，所以我不會受到困擾。」

「聽起來挺健康的。」丹帝沮喪地點點頭：「是啊，聽起來眞好。」

老人沒有聽出他的諷刺語氣，得意地點著頭。「OK，你會習慣的。等你再多跳幾次，那些夢對你來說，就好像車輪在你身後揚起的灰塵，你根本不會多留意。」

丹帝爲自己倒了一點白蘭地，又拿附近一個水瓶加了點水，然後小啜一口。「你決定要從哪裡去了嗎？」他對老人隨手揮了一下問道：「這裡嗎？」

「是的。我想我會去佔據馬度洛先生——也就是你那位無名氏先生。他常常到那兒去用餐，約莫一星期後，我找天晚上把發狂藥草篩進他的肉湯裡，並非難事。」

「馬度洛？吊死你那個人？根據羅布日記的記載，他好像是五十來歲的人。」

「他的確是，我不會在他身體裡頭待超過一星期的——但是在他踢開腳下的木桶之前，突然發現站在桶子上、頸上套著繩圈的人竟然是他自己，而我卻在他身體裡頭笑著看他，他臉上的表情一定有趣極了。」

丹帝打了個冷顫說：「諸位先生，願上帝賜你們安息。」

街道中央幾乎沒有積雪的排水溝旁，有個矮個兒男人正精力旺盛地在慢跑，他伸長一隻手臂端著一盒十磅重的葡萄乾，一面像個不斷運轉的蒸汽引擎似的吐著白煙。跑了二十步之後，他把盒子交到另一隻手上，然後開始旋轉活動空下來的手臂。從他那結實的肩膀和精神奕奕的步伐可以看出，他可不是今天下午一時興起才來運動的。

距離耶誕節只有五天了，儘管外頭積雪，仍有不少人包裹著大衣、帽子和手籠上街來，還有幾名小男孩乘著一隻狗拉的雪橇跑跳嬉鬧。偶爾一輛蔬果貨車叮叮噹噹、轣轣轆轆地駛過，駕駛的菸斗上冒著煙，馬的鼻孔也噴出霧氣，這時候慢跑者便不得不讓路。

當車輛從後面來，他好像總要在車子幾乎輾過他的時候才聽得見，由於被大吼大叫的次數多了，後來又聽到有個聲音在後面不斷呼喊，他頭也不回便讓到一旁。

可是叫聲不斷重複著：「喂，道爾！」

矮個兒轉頭去看，腳步也漸漸變慢直到最後完全停住，因爲他看到一個瘦小、留著八字鬍的街頭少年正朝著他揮手，並費力地穿過街邊雪堆向他走來。

「道爾！」那少年喊道：「我找到你的艾希布雷斯了！他在這一週的《信使報》發表了一首詩！」

那人等到少年追上來才說：「你恐怕認錯人了。我不叫道爾。」

少年吃驚地倒退一步。「喔，對不起，我——」他偏著頭看他：「是你沒錯。」

「我不會不知道吧？我不是。」

小傑皺起眉頭，懷疑地看了他好一會，然後說道：「如果是我弄錯我向你道歉——不過你的鎖骨底下是不是有一道刀疤橫過胸前？」

那人的反應讓小傑覺得很古怪。「等一下！」他兩手按在胸口，喘著氣說：「你認識這個人？」

「你是說……你？」小傑不確定地問：「是啊。怎麼，你喪失記憶了？」

「他是誰？」

「他是……你是布蘭登・道爾，一個……哥本哈根傑克乞丐幫會的前會員，要不你以為你是誰？」

那人小心地看著小傑說：「亞德柏・欽尼。」

「什麼，那個職業劍師？可是布蘭登，他要高得多、年輕得多了……」

「直到兩個月前，我的確比較高也比較年輕。」他嚴峻地揚起一邊的眉頭說：「你這位道爾朋友該不會是個巫師吧？」

小傑一直盯著那人的頭，終於有點顫抖地說：「看看你的鞋。」

那人看了，但當他再次抬頭時卻聽到一聲驚呼。那名少年已經臉色發白，而且不知為何似乎泫然欲泣。「我的天啊，」小傑低聲說：「你的頭不禿了。」

這回輪到那人迷惑了。「呃……是啊……」

「唉，布蘭登……」幾滴淚水從小傑被凍得發紅的臉頰流下：「你這可憐又無辜的混帳……你的朋友艾希布雷斯來得太遲了。」

「什麼？」

「我不是……」小傑抽著鼻子說：「在跟你說話。」她用圍巾末端擦擦臉，又說：「我想你眞的是『神乎其技』欽尼。」

「是的，我是——應該說曾經是。你覺得你……能相信嗎？」

「恐怕是的。你聽我說，我們得一塊比對一下訊息。你有空去喝一杯嗎？」

「我把這個送到老闆那兒去之後，有個吃晚飯的空檔。就在這個轉角，聖馬丁巷的莫克麵包店。來吧。」

欽尼說完又開始做運動，而小傑則快步跟上去。他們左轉入聖馬丁巷之後，不久便到了麵包店。欽尼讓小傑等他一下，然後推開一群被葡萄乾布丁熱騰騰的香氣吸引來而圍在櫥窗前的小男孩，走了進去。

片刻過後，他再次出現。「凱勒巷那邊有家酒館，我經常上那兒喝酒。那裡的人都還不錯，只不過他們以爲我有點傻楞。」

當他推開酒館大門，走進相當昏暗的店內，圍著圍裙的店主人愉快地說：「啊，『神乎其技』來了！看樣子，還帶了他的好友『紳士』傑克森。」

「山繆，給我幾品脫的黑啤酒。」欽尼說完，領著小傑走到後面的雅座。「我曾經在這兒醉過一回。」他小聲地說：「竟然就把我的秘密說出來了。」

黑啤酒送來之後，兩人各試了幾口，然後小傑問道：「你的身體被掉換是什麼時候的事，又是怎麼發生的？」

「時間是兩個月前一個禮拜天——十月十四日。至於如何發生的……」他又喝了幾大口啤酒：「當時我在安哲羅那兒擊劍，我正要做一個非常漂亮的轉位攻擊，結果突然卻——卻發現自己在泰晤士河河底，而且肺裡頭已經沒有空氣。」

小傑苦笑著點點頭說：「沒錯，這是他的做法。這樣處置你，我想他就不用在脫離軀體前把你的舌頭嚼爛了。」她略帶敬意地看著對方：「你一定就是欽尼——如果你有任何可能存活的機會，他絕不會把你留在那裡。」

欽尼將剩下的酒喝光之後，打個手勢再叫一杯。「我的確差點就活不成。有時候，夜裡醒著躺在麵包烤爐旁邊的床上，我還眞希望自己沒活下來。」他冷冷看了小傑一眼，說道：「現在你說，你指的『他』是誰？你這個叫道爾的朋友嗎？他現在就在我原來的身體裡面嗎？」

「不，道爾恐怕死了。他顯然也遭到和你同樣的命運，不過我無法想像他能從泰晤士河底游上來。不，那是一個……巫師吧……大家都叫他狗臉喬，他能隨意和人掉換軀體——而且必須常換，因爲不知爲何他一進入新的軀體，全身就會開始長出濃密的毛。」

「對！」欽尼興奮地說：「沒錯！我從河裡爬出來時確實全身是毛——甚至連手指與腳趾頭縫裡也有短毛。我頭一件事就是買一把剃刀，將全身刮乾淨。謝天謝地，好像沒有再長出來了。」

「我想，喬離開之後應該就不會再長了。我——」

「這麼說來，這個巫師還利用我的身體四處走動。我要找到他。」

小傑搖搖頭說：「兩個月後恐怕不可能了。我已經找了他很久，他從未在任何一個身體裡面待超過一兩個星期。」

「什麼意思？他會怎麼處置？」

「就像他處置道爾開始長毛的身體一樣——先找到一個距離死亡只有幾秒鐘的位置，然後和另一個或許遠在數哩外的人掉換過來，他大可帶著新軀體輕鬆走開，而被他逐出的人卻根本不知身在何處就已面臨死亡。被遺棄的軀體從來活不久，我想你很可能是唯一的生還者。」

店主人為欽尼送來一大杯新鮮的黑啤酒。「謝謝。」欽尼說，當店主回到吧台之後，他透過道爾的眼睛注視著小傑，堅定地說：「不，他不會就這麼丟棄我的身體。老實說，我從不是個自負的人，但那的確是個非常好的……運輸工具，就他的角度而言。」欽尼顯然盡極大的努力想要保持鎮定：「英俊，年輕、強健、敏捷……」

「——而且毛多得像隻猩猩——」

「那他就得剃毛，對不對？」欽尼喊得太大聲，酒館裡每個人都轉過來看他們。酒客們一發現是他，便開始暗自竊笑。

「對啦，神乎其技，」店主喊道：「全都剃得光溜溜的。不過別那麼大聲好嗎？」

「而且，」欽尼紅著臉，壓低聲音繼續說：「不是有一些專門替人除毛的地方嗎？你怎麼知道他不會去那種地方？」

「我認為那樣的地方並不——」

「你知道？你去過嗎？你應該去過，你知道，那撇鬍鬚就像——」他的聲音又拉高起來，但卻突然打住，然後他揉揉眼睛說：「對不起，老弟，我太激動了。」

「我知道。」

好一會兒，他們就只是默默坐著喝啤酒。

「你說你一直在找他？」欽尼說：「爲什麼？」

「他殺了我的訂親對象。」小傑口氣平淡地說。

「如果你找到他，你會怎麼做？」

「殺了他。」

「如果他在我原來的身體裡面呢？」

「我還是會殺了他。」小傑說：「面對現實吧，你不可能把身體換回來的。」

「我……不會死心。如果我找到他，並且告訴你他在哪裡，你願不願意幫我逼他……掉換回來？」

「我無法想像那種情景。」

「不用去想像。你願不願意？」

小傑嘆氣道：「如果你能找到他，引誘他入圈套——當然，我還得確定事後能殺死他。」

「那好。」欽尼伸出手去和小傑握手，並問道：「你叫什麼名字？」

「小傑・史納普，住派伊街一一二號，在西敏寺大教堂附近。你現在用什麼名字？」

「亨佛利・鮑嘉。我進入這個身體的第一個晚上，作夢夢見的。」

小傑聳聳肩說：「這個名字對道爾可能有某種意義吧。」

「無所謂！總之，你可以在聖馬丁巷的莫克麵包店找到我。如果你找到他，你會通知我嗎？」

小傑猶豫了。她何必找個合夥人？當然了，一個強壯的伙伴或許有用，而喬現在一定又換了新的軀體，那麼欽尼對自己原來軀體的顧慮將不會成爲阻礙……更何況再沒有人比他更有資格與她共同復仇了。「好吧。」她終於說：「我就讓你加入。」

「好兄弟！」他們又握握手之後，欽尼瞄瞄時鐘，便站起來往桌上丟了幾個硬幣，說道：「我該走了。麵粉已經在發酵，光陰和生麵團都是不等人的。」

小傑把酒乾了之後也站起來。

他們一同走出酒館，不過店主拍了欽尼的肩膀一下，待他停下後說道：「那個傑克森的鬍子，你說的沒錯。如果你沒法讓他剃掉，我建議你給他一根會爆炸的雪茄。」

他們一路走到街上時，酒客們的笑聲仍不絕於耳。

耶誕前夕到了下午三點半，十字會修士區的「金幣與小麵包」酒吧已經擠滿人。每個客人進到店內，撣去帽子上的雪，把披風或大衣掛到南側牆上的掛鉤之後，便趕緊打著哆嗦來到吧台邊，主人總會一一送上免費供應、香氣蒸騰的熱潘趣酒。

酒保是個頭頂微禿、十分親切的人，名叫鮑伯·柯朗克，他才替幾個剛到的客人倒完酒，靠在櫃台邊，捧著一大杯加酒的咖啡啜了一小口，一面環顧天花板較低的廳室。客人們似乎都很快活——果然有耶誕夜的氣氛——壁爐裡的柴火也燒得很旺，大概有一個小時不用去理會。廳內的人柯朗克幾乎全都認識，唯一一個讓他略感可疑的是獨自坐在最靠近壁爐那桌的老人——一個眼神癲狂，面露傻笑的老傢伙，儘管坐的位置很暖和，他的襯衫仍一路扣到底，握著杯子的手上還戴著手套。

這時候前門「呀」的開了，一陣雪捲進前廳。柯朗克沒有抬頭便倒了一杯潘趣酒，遞出去的時候才認出來客。「道格！」當身材魁梧滿頭灰髮的男子走到吧台前，鮑伯高喊道：「外頭冷吧？我來……」他同時放低嗓音和杯子：「加一點強心劑，哦？」他拔去白蘭地酒瓶的瓶塞，在吧台後頭偷偷將杯子斟滿。

「謝啦，老柯。」

他們倆相顧一笑，柯朗克首先斂起笑容，朝壁爐方向呶呶嘴說：「你的哥兒們在那頭。」

「啊，他們來了。」道格·馬度洛乾了潘趣酒之後，將酒杯放到吧台上，又說：「柯朗克，送一杯白蘭地過來好嗎？」

「好的。」

馬度洛踏著笨重的腳步走到鮑伯指的桌子坐下，以點頭、揮手回應朋友們酒醉後的招呼。

「你們這群懶鬼，」他隨手拿起一杯啤酒就喝，一面等著他的白蘭地：「誰在看店？」

「店會自己照顧自己的，道格先生。」同桌某人喃喃地說：「耶誕前夕誰也不想要囉唆的老闆。」

「對極了。」另一人附和道：「還有明天也是。敬耶誕節一杯！」

大夥全都舉起杯子，突然又都定住，因爲隔壁桌的老人清清楚楚說了一句：「蠢人才過耶誕節。」

馬度洛掉過頭去，見他手上戴著手套，毫無男子氣概，便不屑地揚起一邊眉毛。不過，這時候柯朗克剛好送來白蘭地，因此他聳聳肩又轉向同伴。他低聲不知說了什麼，把大家都給逗笑了，接著他暢飲一大口白蘭地，一時的緊張氣氛也隨之緩和。

「慶祝耶誕的，」老人繼續大聲地說：「全是該死的西方文化中最脆弱也最不切實際的人。你們讓我看看慶祝耶誕的人，我就讓你們瞧瞧每天晚上還淚眼汪汪，要媽媽哄著睡覺的娘娘腔。」

「把這些都寫下來，署名『破除迷信的人』去投稿《泰晤士報》吧，老兄。」馬度洛轉頭說道：「現在閉上你那滿口酒氣的嘴，免得有人動起粗來讓你閉嘴。」

老人建議馬度洛不妨用某種猥褻的方式來試試。

「我今天可不想受這種氣。」馬度洛嘆了口氣，把椅子往後一推站起來。他向老人走去，抓住他的前襟說：「仔細聽著，你這討人厭的老傢伙。你想找碴的話，這附近有很多酒館歡迎你去，所以你何不背著這把老骨頭過去呢，嗄？」

老人正打算站起來，但一個重心不穩又坐回去。他的襯衫扯破了，一顆鈕釦噗通掉進他面前的那杯潘趣酒裡。

「現在你大概又要我賠你的衣服對吧？」馬度洛憤怒地說：「那你就——」他突然住口，緊盯著老人裸露出來的胸部。「我的老天，這是什麼——」

老人趁馬度洛一時鬆手，便急忙往門外跑。

「攔住他！」馬度洛大吼，由於事出突然，柯朗克頓時忘記自己從不多管閒事的原則，將一大罐醃豬腳猛力往老人奔逃的路線丟出。罐子「砰」一聲碎了，灑得一地濕淋淋的，老人滑了一跤重重跌坐在地，還滾到吧台一張凳子底下，把凳子都撞翻了。馬度洛很快趕到，一把將氣喘吁吁的老頭抓起來。

「他做了什麼，道格？」柯朗克擔心地問。

馬度洛扭起老人的一隻手臂，強摁到吧台上。「你這混蛋，打開你的拳頭。」他叫嚣道。老人起初仍緊緊握住，不一會馬度洛開始更用力扭轉他的手肘，拳頭便倏地張開了。

「天哪，他手裡沒東西呀，道格！」柯朗克有些不安地喊道：「我們對他動粗，結果他什麼也沒——」

「脫下他的手套。」

「拜託，老兄，我們做的也夠——」

「脫下他的手套。」

柯朗克不高興地翻了個白眼，然後捏住大拇指和中指的末端，將手套扯下。

那隻蒼白皺縮的手上覆滿粗粗的短毛。

「他是狗臉喬。」馬度洛大聲宣布。

「什麼？」驚慌的柯朗克哭喪著聲音說：「小孩故事裡的狼人？」

「他不是狼人。他是這個城市裡最駭人的殺人犯。你去問問住在凱尼恩巷的布洛克，看他兒子肯尼出了什麼事。或者問問齊摩曼太太——」

「我哥哥也是他殺死的。」有個年輕人很快地從角落一張桌子站起來，說道：「法蘭克是個教士，有一天忽然逃離住處，我找到他的時候，他卻不認得我，我說出我是誰他還笑我。但我跟蹤到他住的地方，一星期後聽說有個像猩猩的東西從那裡的屋頂跳出去。倒在街上慘遭踩躪的屍體長滿了毛，但我檢查屍體的嘴巴，發現一顆斷了一截的牙齒，那是小時候法蘭克和我玩擊劍遊戲，被我打斷的。」

被抓住的老人在吧台邊笑著說：「我記得他。我在他身體頭裡過得還不錯——但只怕我已經破了他立下的貞節誓願。」

那年輕人口裡大嚷大叫，並揮舞著拳頭衝上來，但馬度洛用肩膀把他擋回去。「你想幹什麼？打他嗎？」馬度洛問：「他必須接受制裁。」

「對，叫保安官來！」有人喊道。

「那沒有用。」馬度洛說：「不必等到接受審判他早就逃之夭夭，還不知會把這副軀殼留給哪個可憐蟲。」他瞪著那個年輕人，然後環視現場每一個人。「他必須接受處決。」他小心地說：「就是現在。」

狗臉喬開始奮力掙扎，同時有幾個人跳起來，大聲抗議不願加入謀殺行列。柯朗克抓住馬度洛的袖子說：「別在這裡，道格。絕不能在這裡。」

「不會的，」馬度洛說：「但有誰站在我這邊？」

「約翰．卡羅爾算一份。」那個年輕人再次走上前來說道。

「還有我。」一個身材壯碩的中年婦人說：「他們在格雷夫森河段撈起一隻猩猩，猩猩手上戴著我的比利的戒指，指頭上太多毛了，所以戒指拔不下來——同樣地，長毛之後也不可能戴得上去。」

接著又有三個人一一走過來，站在約翰．卡羅爾和婦人旁邊。

「很好。」馬度洛說。他轉向自己剛才坐的桌子問道：「你們這些弟兄們呢？」

他那群頓時清醒過來的朋友全都搖搖頭。其中一個辯稱道：「道格，我們都不是怕惹麻煩的人，可是參與一樁冷血的謀殺……我們還有家人……」

「當然。」他轉移視線後說：「所有想走的人都走吧。如果有人覺得有必要找保安官，就去吧——不過請先想想你們可能放走什麼樣的東西。記住這一男一女剛才所說的故事，也回想一下你們聽說過的傳聞。」

廳內多數人都爭先恐後奔向大門，但又多了兩個人返回加入馬度洛的行列。「突然醒悟了，」其中一人說：「我本想清清白白離開，但又很高興有人願意做這種事，所以絕不能走。」

馬度洛一手摀住狗臉喬的嘴巴，然後出乎意外地對柯朗克說：「老柯啊，我改變主意了。我還是帶他去保安隊吧。你明白了嗎？你聽到我說的最後一句話就是我要活捉著他去見官。」

「懂了，」臉色發白的柯朗克說著，替自己倒了一大杯純白蘭地：「謝了，道格。」

馬度洛在同伴的協助下，將不斷掙扎的老人帶往後門。

「咦，道格？」柯朗克緊張地說：「你要……從後門走？」

「我們要越過圍牆。」

這九個仗義之人將俘虜半拖半拉進酒館的小後院，馬度洛環顧四面，看見較遠的角落裡，有個廢棄的啤酒貨車半埋在高高的雪堆裡。後院的圍牆有一部份已經傾倒，這個院子鄰接著一家鍛鐵廠的後院，無疑是廠內員工在操作吊車吊起鐵器時，不慎將圍牆打壞了。鍛鐵廠的院子裡一個人也沒有，空空的吊車的影子籠罩著酒館後門。

「你，」馬度洛指著其中一人說：「去看看那輛舊貨車附近有沒有繩子。還有——約翰．卡羅爾呢？喔，你在這兒——你想你能爬上那架吊車嗎？」

「如果能借我一雙手套的話，我可以。」

狗臉喬的另一隻手套隨即被扯下，兩隻手套丟到他面前不一會，他已經敏捷地爬上坍塌下來、蓋著白雪的圍牆缺口。

「這裡有一條繩子。」馬度洛差到貨車那兒去的人喊道：「綁在車軛上。繩子給凍住了，但我想我可以鬆開它。」

「等你鬆開以後，到鍛鐵廠的院子來找我們。」馬度洛喊道。他接著對婦人說：「看起來我們應該能照規矩來，而不只是把他的頭按進馬槽裡。」

不到幾分鐘，這九個人已經在一個四呎高、裝釘子的木桶前，圍成半圓形。狗臉喬就站在桶子上，頭抬得高高的，腳尖墊起，因爲繩子短了幾吋，如果他讓腳跟平放在木桶上，打在他脖子上的活結就會勒得很不舒服。

「如果你們讓我下來，」喬的目光越過他高起的顴骨往下看，聲音沙啞地說：「我會讓你們全部致富。我擁有每一位宿主的錢財！那可是一筆財富，我全都給你們！」他扭動著被圍巾綁住的手腕。

「這你已經說過了。」馬度洛對他說：「而我們也拒絕過了。祈禱吧，喬，你就要上路了。」馬度洛顯然對此情勢十分不安，他不停以懷疑的目光睨著他們的俘虜。

「我不需要祈禱。」喬說：「我的靈魂已經受到保護了。」他的自信必定只是虛張聲勢，不過片刻之後，他卻發出絕望的哀嚎與尖叫：「等等！我是道——」

這時候，收束的絞繩切斷了他底下的話，因爲馬度洛已經用力地將他腳下的木桶踢開，木桶直滾過積雪的鋪石地面，而老人也在突然收緊的繩索末端搖來晃去，在他逐漸轉黑的臉上，兩隻眼睛瞪得大大的彷彿極力哀求著，嘴巴也張開像是要把話說完，但卻已經斷了氣。

動作完成了，馬度洛的疑慮似乎也消除了，他帶著淡淡的微笑等著令人毛骨悚然的吊死者繞一圈，背對行刑的眾人，面朝向鍛鐵廠的院子、低低的太陽和依舊滾動不停的木桶，然後一躍而上他的雙肩彷彿想讓他背在背上似的。

死者的脖子立刻「啪」一聲斷了，在寒冷的靜謐中聲音尤其響亮，約翰·卡羅爾不由得轉身在雪地上嘔吐起來。

道格．馬度洛走進一間幽暗的辦公樓房，大門上仍能隱約看出幾個油漆的大字寫著「除毛店」。他將門反鎖之後，經過映著一道道灰色光線的地板——是從窗板隙縫透進來的光——和積滿灰塵的櫃台，走向漆黑的走廊和樓梯。爬樓梯爬到一半，他聽見樓上有說話的聲音，便接著躡手躡腳地上樓。

「……在聖詹姆斯廣場附近的哲敏街，」丹帝正說著：「他們要求的租金太離譜了，但你前幾天也看到了，我確實需要一個更好的處所。」

「這倒是事實，雅各。」一個低低的女聲回答道：「不過你會擔心租金，這點也挺有趣的！你說你每天賺多少？」

「現在平均是九百鎊，不過正以幾何級數往上升——我原有的越多，現在賺的就越多。到了一八一一年底，將會無可計量——因爲等你好不容易計算出來的時候，數字早已經又變了。」

「眞想不到我要嫁給一個巫師呢！」女孩尖叫的聲音中帶著笑意。之後安靜片刻又發出格格笑聲，接著她開玩笑地加了一句：「只可惜不怎麼熱情。」

丹帝的笑聲聽起來有些勉強——至少在漆黑走廊上暗笑的人這麼覺得——而且他接下來說的話也並無說服力，他說：「等我們結婚之後就會熱情得多了，克萊兒。如果我們……現在在此行爲不端，那將會——辜負妳父親對我們的信任。」

走廊上的人靜靜退到樓梯邊，在樓梯最上層重複跺了幾下，而且愈跺愈重，然後才腳步響亮地走到丹帝的門口敲門。

「呃……什麼事？」丹帝說：「是哪位？」

那人打開門走進去，對丹帝微一點頭，對著苗條的金髮女郎則露出大大的笑容。「是我，燙滋滋的不死人史坦。」他愉快地說。

丹帝冷眼看著這個高大、魁梧的闖入者。這張面色紅潤的臉，加上一對冷酷的眼睛和一頭鐵絲般的灰髮，他從未見過，但他知道他是誰。「喔，嗨。」他說：「看來一切……都很順利。」

「是啊，毫無問題——事實上，在來的路上我做了不少衝刺和跳躍動作，我發現這次這個有其優點——我想我會多待一陣子，如果你的電動毛髮殺手允許的話。請問這位美麗女郎是誰呀？」他戲劇性地揮動手臂彎身行禮。

「呃，喬，」丹帝從沙發上站起說：「這位是克萊兒．皮博迪，我的未婚妻，這位是……喬，生意伙伴。」

喬笑開了，露出一排整齊潔白的牙齒。「很高興認識妳，克萊兒小姐。」

克萊兒對於這個男人目不轉睛地看著自己，感到不太舒服，便皺著眉頭說：「很高興認識你，喬。」她忽然發現他正盯著自己的胸部，眉頭不禁皺得更緊，並向丹帝投以求助的眼神。

「喬，」丹帝說：「請你——」

「這真是太好了，」喬打斷他，也笑得更加開懷：「我們倆都……很高興。」

「喬，」丹帝又說一次：「請你到你的房裡等一下，我馬上過去。」

「沒問題，雅各。」喬說完便轉身走向門口。走到一半忽然又停住：「克萊兒小姐，耶誕快樂。」克萊兒沒有答腔，他關門時幾乎是無聲地竊笑著。

小傑在吧台付了錢排隊，一步步地朝後門靠近，還聽到門外的人不時喊著：「好啦，你看過了，把機會讓給別人吧。」幾分鐘後，輪到她走過後門加入後院的人潮。積雪已經被踩得泥濘不堪。

小傑只能看到前面男人厚實的背部，但隊伍不斷移動，不久她便和所有排隊的人穿過磚牆上參差不齊的缺口，進入一個比較大且鋪設過的院子。現在她能看見吊車和繩子了。下一條街上，有個醉漢以中音斷斷續續地唱著聖誕歌曲。

現在我該怎麼辦？她心想。回家嗎？回到隆福那個小屋子，回學校，然後找個老實的、有前途的銀行員嫁了嗎？應該是吧。否則呢？妳到倫敦來的目的已經達成——儘管是假手於他人。是否因為如此而讓妳覺得……很沒用，頓失依靠而且——對了，承認吧——很害怕？昨天妳還有個目標，一個過這種日子的理由，但今天沒有了。妳已經沒有理由再當小傑・史納普，但妳卻也不再是昔日的伊莉莎白・傑克琳・遜奇。妳會變成什麼樣呢，女孩？

她繞進隊伍的最後一圈，終於清楚看到現場。吊車的桿上繫著一條繩子，在寒冷的微風中，有個以布袋做頭的假人掛在繩子末端搖晃著，它的臉和手腳都縫上一片片破舊的毛皮。

「是的，各位。」招徠群眾的人以神秘的口吻說：「這裡就是可怕的狼人狗臉喬最後伏法之處。各位眼前的假人乃是經過仔細複製，完整重現了昨晚保安隊在此所見的景象。」

「我聽說，」小傑前面的人悄聲對同伴說：「他只是全身長滿短毛，像兩天沒刮鬍渣。」

「是嗎，爵士？」另一人恭敬地回答。

隊伍緩緩走過，假人晃著晃著已經把臉轉過去，只見褲子後襠破了個大洞，塞在裡頭的稻草都跑出來。有幾個人笑出聲來，小傑還聽到眾人竊竊私語討論著狗臉喬被抓的情形。

小傑感覺自己內心深處燃起一股歇斯底里的情緒。你看到了嗎，柯林？她心想。你能看到這個……鄉村市集的餘興展示嗎？你的仇終於得報了。這實在太好了，不是嗎？還有這許多人把這紀念事實的象徵掛在這裡，多好啊！這一切是多麼莊嚴、神聖，多麼叫人欣慰！

她不自覺地啜泣起來，前面那個壯碩的人攙著她的手肘，帶她走出隊伍來到出口，從這兒出去便是「金幣與小麵包」正對著的那條巷子。

他們到了外頭的人行道後，那人說：「帕克——我的隨身酒瓶。」

「是的，爵士。」溫順地跟著他們出來的那人說完，從他外套底下拿出一個白鑞酒瓶，旋開瓶蓋遞了上去。

「喏，小伙子。」較胖的那人說：「喝吧。那愚蠢的展示根本不值得你在如此美好的耶誕早晨掉淚。」

「謝謝。」小傑說。她遞回酒瓶之後，抽抽鼻子又用袖子抹了抹，說道：「我想你說得沒錯。這世上根本沒有什麼值得掉淚的。還是要再謝謝你。」

她碰一下帽沿，然後把手插入口袋，邁開堅定的步伐走下街去，因為回派伊街還有一大段路要走。

第十三章

當這齣偉大的悲劇結束，阿札門旁最後的呻吟漸漸消失，穆罕默德・阿里——帕夏的義大利籍博士向他道賀；但帕夏沒有回答，只是命人送酒來，喝了好大好大一口。

——艾伯茲

正午，明亮耀眼的尼羅河谷地外不下七哩處，成群金字塔清晰地矗立在地平線上，而兩行綠蔭的尼羅河，則有如一條發光的金屬帶由北向南延伸，看起來似乎只略微近了些，其實距離哨兵站崗的護城堡城牆卻只有兩哩遠。有幾縷細煙從據他所知名爲洛達的島上裊裊升起，不過距離這麼遠，看不出那是一塊分離的陸地，此外他還看到這側河岸邊開羅舊城的一棵棵棕櫚樹和寺院尖塔和建築物的窗子。他心想，我們的部分賓客，河上馬木祿克人，很可能正從那些街道趕來。那無疑是支聲勢浩大的隊伍——所有的小男孩都會停下手邊的工作來看，狗會汪汪叫，而二樓女眷閨房的窗格，也定然會有一雙雙畫著黑墨眼影的明亮眼睛，凝視著騎馬從底下經過、威風凜凜的將軍們。不久這支點綴著珠寶的隊伍便將離開舊城區，騎上橫切過開羅舊城與護城堡間這一大段沙漠的舊石路，朝這個方向而來。

儘管熱氣逼人，羅曼奈利博士仍微微打顫，接著他轉向北方，覷著新城區錯綜林立的粉牆與色彩鮮豔的彩釉圓頂，這一區就像一處茂密的河濱園林環繞在一條大路周圍，大路名叫瑪斯堤，連接護城堡與古老的布拉克港。今天下午的大隊賓客，現在恐怕正騎馬行經擁擠的瑪斯堤。

他覺得遠方似乎有光芒閃了一下，就像是太陽照在矛頭或發亮頭盔上的反光。兩百年前，他想著，以名為馬木祿克的奴隸組成軍隊有其目的，然而今天他們卻成爲扼殺埃及的一大亂源，將嚴苛的重稅強加在每一個看似有錢的人身上，還憑藉武力壯大自己，但強制執行的不是律法而是他們的喜好。我們不能讓他們保有這種力量，尤其是目前穆罕默德．阿里掌權，世界各國都睜大眼睛看著我們，看我們怎麼做才決定採取何種行動。數千年來，這是我們第一次再度有機會爭取獨立，絕不能讓一群本地土匪給破壞了。最幸運的是，阿里——透過我——已視主人爲最重要的策士！

他轉過身，看著揮汗如雨的奴隸裝塡信號砲，一面心裡想著，如果我返回英國，將會瓦解他們的歷史，那麼今日——一個新的今日——他們將無足輕重，很可能成爲法國的附庸，但這點我們也將盡力阻止。而我們唯一要做的，便是重新發掘隨著羅曼尼的卡一同消逝的秘密——而且不久就能辦到，或許是我們自行計算出來，也或許能從布蘭登．道爾那個蹩腳的卡——那可是我們趁著他逃脫前好不容易製造出來的——口中套出重要線索。

他走下石階，前往阿札門外那條充滿陽光的狹窄街道，途中想起昨晚的審問，不禁惱怒地想：可是那實在是非常漫長的考驗。

至少這一個月來，卡是第一次被拖出地下囚室，整整半個小時似乎連主人問的問題都聽不明白，只是坐在陽台上咬著髒兮兮的鬍鬚末梢，還不時為了躲避分明是他想像出來的蟲子，而小聲驚叫著跳開。最後它終於說話了，但並非回答任何問題。「我不斷試著要阻止他們，」它喃喃地說：「不要騎上摩托車，你知道嗎？但每次總是太遲，我還沒追趕上，他們就已經上了高速公路，我只好靠邊停車，因為我不想看……可是我聽到了……車子摔倒的撞擊聲，滑行的吱嘎聲……還有安全帽撞到標示牌碎裂的聲音……」

「你是怎麼離開時間河流的？」主人第四次問。

「小傑拉我上來的。」卡回答：「他丟出一張網網住那些小人兒，然後把我拉進他的獨木舟……」

「不，我是說時間河流。你怎麼離開的？」

「都是同一條，一張張月曆就是里程碑。只要腳步敏捷輕盈，便能乘著燭光到臨。事實上河上覆蓋著冰——戴若解釋的時候，你沒有仔細聽嗎？——可是有一艘船可以在冰上航行，輪子上還有彩繪的臉——船能復活，能殺死你……一艘黑船，比黑夜還黑……」

此刻主人已經怒不可遏，必須透過球形室底部圍欄內的一個烏沙布提蠟像說話。「把它帶走。」他聲音沙啞地說：「不用再送食物到它的囚室——我們不需要它了。」

是啊，漫長的考驗——但畢竟還有一絲希望；因為在他的胡言亂語中，有幾個思考模式的暗示十分有趣。

羅曼奈利打開一扇很快又會自動上鎖的門，同時想道：總之，也許我們根本不需要阿努比斯之門。將來還會有更多像今天下午即將發生的大膽的政治事變，加上穆罕默德・阿里如此強勢的領導人願意聽取主人的策略，我們也許根本無須改寫歷史便能重整埃及了。至於何時安排秘密謀殺，並以一個聽話的卡取而代之，這個問題至少可以再拖延個幾年。

他進入走廊之前，又前後看了看夾在高牆當中、空蕩蕩的狹窄街道。現在眞安靜，他心想。

午後一點鐘的瑪斯堤最是擁擠，滿載重物的駱駝笨重地擠過人潮，蒙著面紗的婦人高聲叫賣柳橙，夾雜著捕鼠人的歌聲尤其顯得刺耳不協調——後者寬闊的帽沿上還有六隻受過訓練的老鼠疊成金字塔，每隻老鼠頭上也都各戴著一頂小帽子——另外還有魚販和牛奶小販的叫聲與乞丐唱的乞食調。但是當行進隊伍以輕鬆但霸道的步伐，毫不留情地騎過街道中央，人群不由得紛紛走避。有個街童想在隊伍抵達後拿到一點賞賜，便自動擔任起不必要的「sais」角色，也就是報信人。「Riglak！」他會警告某個努比亞商人，但早在他大喊之前，商人的腳已經被一把抓開。他還向兩名女眷高喊：「Uxrug！」但她二人也已經被推擠到牆邊，並一面尖聲憤怒地抗議隊伍強佔街道。

不過每個人急著避開的同時，也爭相目睹行進隊伍，坐在札威雅咖啡屋前人行道上的英國紳士們，也將棕櫚枝葉編成的椅子掉轉過來，不安地看著隊伍之際，口中飲料也喝得更大口，因爲這是馬木祿克．貝伊們全副盛裝的正式遊行隊伍。熾陽照射在他們的劍柄與槍托鑲嵌的寶石上閃閃發亮，他們色彩繽紛的制服以及插有羽飾的頭巾與頭盔，使得街上其他人無不相形失色。但不管以珠寶裝飾的武器、五彩服飾與披在阿拉伯馬匹身上的馬衣，何其繽紛華麗，遊行隊伍中最醒目的卻是那一張張高高在上、尖削瘦長、膚色黝黑，有著鷹勾鼻與細長眼睛的臉。

這些臉孔當中最引人注目的是一個帶著頭盔、留著黑鬍子的冒名頂替者；這些慌慌張張退到路旁和從窗邊偷窺的人之中，雖有不少人認識補鞋匠艾希弗里斯——他就在兩條街外那間清真寺外牆的一處壁凹裡幫人補鞋——可是誰也沒有認出那個穿著鏤金甲冑的馬姆魯克·貝伊·阿敏就是他。

而且誰也不知道，儘管艾希弗里斯天天幫人補鞋，事實上他只是隱姓埋名——在他選擇這個名字且將頭髮與鬍鬚染黑之前，他叫做布蘭登·道爾。

過去幾個月來，道爾已經習慣當艾希弗里斯，他對今天所扮演的角色毫無信心，每當在人群中發現他的主顧便會立刻掉過頭去。今天早上他才興高采烈地答應扮演這個角色，現在卻開始緊張起來——假扮成貴賓參加帕夏的邀宴算不算犯罪？他心想。很可能。倘若不是他的友人阿敏對此有十足把握，道爾早就策馬脫隊，脫下刀劍和華服，偷偷溜回他的補鞋店去，保持安全距離欣賞遊行演出。

當隊伍通過他的店面時，他偷瞄了一眼，雖然他已經訂好船票，明天就要離開這個國家，但是看見另一名鞋匠坐在懸掛著的鞋堆當中，他仍感到訝異與氣憤，他難過地心想，才一個上午不在，競爭者就卑鄙進佔了。

前面就是他最初與阿敏相遇的廣場。那個炎熱的十月上午，自從哈山·貝伊與英國的總督會晤時，鞋扣忽然斷裂，事情就開始不對勁，道爾想起這件事不禁露出冷笑。

這丟人的意外事件使得會晤提早結束，哈山和他兩位妹婿阿敏與哈地隨即離開護城堡，策馬返回布拉克的船上，不料到了瑪斯堤旁邊這個廣場卻又出事了：有個名叫艾希弗里斯的粗壯乞丐，背著一塊大大的木板聲明自己是聾啞人士，他正要爬起來避開這幾名馬木祿克，但動作太慢，以致於木板的釘子勾住哈山繡袍的衣褶而撕裂一大塊，使得露出大腿來的哈山更是暴跳如雷。

他大罵一聲，反手往腰間抓住鑲有象牙的劍柄，以迅雷不及掩耳的速度拔出一碼長的耀眼金屬劍，一個迴旋便斜斜地往乞丐的胸口劈下。

但道爾反應更快，立刻跪趴在土地上，因此雖然劍削去他的行乞牌，但從他頭上幾吋之處掠過並未傷及他——而且趁著訝異的哈山還沒來得及再次舉劍，道爾便撲上去，抓住他的一把短刀用力奪下，然後以刀回擋長劍第二記較弱的攻勢。

這時候哈地行動了，他有點遲緩地將馬勒住，將帶著槍套的來福槍舉到臀部高度；阿敏知道哈地的企圖後，瞪大眼睛並吶喊一聲，策馬上前，但哈地還是開了槍。

「砰」的一聲巨響在廣場上迴盪，來福槍也因後座力彈出槍套外；哈地的戰馬訓練有素並未跳起，但冷不防冒出的煙仍讓牠連連搖頭噴氣。道爾最後向後翻了一個觔斗，臉朝下趴在鋪路石上，他背後的衣袍破了個洞紅紅亮亮的，但很快地當布被血浸濕後，洞就消失不見了。

「你們這些惡徒！」阿敏大嚷道：「他是個乞丐啊。」他的聲音暗示了乞丐不僅不值得拿劍對付，而且就回教徒而言，乞丐也是阿拉的象徵，每一位虔誠信徒都有施捨的義務。

此時街道向左急轉，從一處被陰影籠罩的屋肩望過去，道爾可以看見仍在一哩外的護城堡的尖塔與高聳石牆，立在險峻的木卡坦山頂的護城堡，彷彿聳立在雲端一般。雖然這回這些馬木祿克是以社交的名義前往堡壘——參加穆罕默德・阿里之子的帕夏任命典禮——可是見到這座建築的陰森外觀，道爾仍然慶幸自己與同伴們都有強力武裝。

雖然阿敏已經預期會有大規模逮捕行動，並且準備秘密逃離，但他今天上午向道爾保證，這番行動不會發生在宴會上。「放心吧，艾希弗里斯，」他將最後一只皮箱的皮帶束緊後，看著窗外下方街道上載滿行李的駱駝隊伍，對道爾說：「阿里可沒有發瘋。雖然他遲早——我想很快——會削減馬木祿克軍團不合理的勢力，但他絕不敢企圖將四百八十名武裝貝伊一網打盡。我想他舉辦這次宴會的眞正目的是要點敵人的人頭數，要確定他們都進城了，那麼今晚到黎明前，他就能羅織罪名將喝醉、無力抵抗的貝伊拖下床來。其實我們何嘗不是罪有應得，要不是你太客氣，憑著那個子彈傷痕，你大可以第一個跳出來指控。不過今天下午我要出發到敘利亞，而宴會過後你也能恢復艾希弗里斯的身份，並於明天早晨離開開羅，因此你我都能逃出羅網。」

阿敏說得似乎安全無虞……而且道爾欠他一條命，因爲當天是阿敏命人將流血不止的道爾抬到博士那兒接受治療，兩個月後他又要求哈山付道爾一百個金幣作爲修理鞋扣的費用，使他得以順利展開補鞋的工作。至於撕破的衣服始終沒有提及，哈山可能認爲補鞋匠身上的那兩個洞——一進一出——就算是賠償了吧。

道爾皺起眉頭，有一度還懷疑爲什麼在白禮寫的艾希布雷斯傳記中，完全沒有提到這些事情。畢竟，這些都是能讓一個詩人的傳記更精彩的插曲：短暫的乞丐生涯、遭一名馬木祿克軍官開槍射穿腹側、喬裝參加王室宴會等等——但他忽然微微一笑，他當然不可能告訴白禮這些事情，因爲道爾將來會讀到傳記。他自問，如果你早知道當天在那個廣場會遭槍擊，你還會到那附近去嗎？

不過，至少我知道艾希布雷斯確實會在明天上午，搭乘「獵鳥者」號離開埃及，前往英國，所以儘管我未能在一八一一年四處探訪開羅，但也應該已經沒有太多意外事故是我忘記告訴白禮的吧。例如，我想我應該不會再被羅曼奈利所擒，聽說他現在成了穆罕默德．阿里的私人博士。無論如何，我現在染了黑髮、膚色變黑，再加上養傷期間長時間沒有麻醉劑，使得臉上多出這許多深深淺淺的皺紋，我想他是認不出我的。幸好這身體的兩個耳朵都還在。

在護城堡前方的練兵場上，河上馬木祿克的貝伊加入了陸上馬木祿克軍隊的行列。熱炎炎的十五分鐘，艾希弗里斯把身上那件租金貴得離譜的袍子全汗濕了，也任由阿敏的馬跟著前頭的哈地往前走。這段時間裡，四百八十欠一名的馬木祿克軍團便以五彩繽紛又粗野的豪氣，在埃及空蕩蕩的藍天底下行進著，這支隊伍曾一度由低賤的奴隸攀升到極權掌控整個國家，但最近幾年卻從顛峰略往下滑。

阿敏那匹精力充沛又靈活的母馬梅爾布斯昂首闊步地前進，偶爾把頭往後一揚，多半會讓上頭的騎士給人一種錯覺，誤以爲他是個高明的騎士。這是一匹駿馬，也是阿敏最自豪的資產，但爲了冒名頂替也只好把牠留下。

道爾忽然想到將來他必然會想念阿敏，在開羅只有他知道艾希弗里斯不是眞的又聾又啞。這名在維也納受教育的年輕貝伊學習到了其他的目標與觀點，因此與一般重視戰爭與榮耀的馬木祿克不同。在許多長長的午後，阿敏總是站在補鞋店旁邊，以英語和他談論歷史、政治、宗教——不過一旦有顧客走近，可能聽到他們低聲交談，他們總會小心地閉口不語，因爲阿敏聽說帕夏在懸賞一名身材高大、會說英語的逃犯。

現在騎上前來的是帕夏的阿爾巴尼亞傭兵，他們高舉起長劍、鎚矛、手槍和比人還高的步槍，卻穿著白色褶裙、纏著超高的頭巾，看起來——至少在艾希弗里斯眼裡——實在荒謬。

阿爾巴尼亞士兵騎下幾級階梯後，進入一條通往護城堡陡坡的狹窄街道，馬木祿克的隊伍跟在後面，這時候位於凹陷街道另一端的阿札門也緩緩打開。

儘管此時已脫離圍觀群眾的視線，馬木祿克隊伍仍保持著威嚴的步伐，但阿爾巴尼亞傭兵卻呼嘯疾馳，直奔敞開的大門。

道爾好奇地張望著他們正要通過的這條二十呎深、往上爬升的壕溝；這肯定是護城堡的防禦工事之一，因爲兩邊都只在石牆上開了幾扇堅固的門，而窗口雖多，卻都是一些直立的裂縫，寬度只足以插入槍桿。

此時，前方五十碼處，疾馳的阿爾巴尼亞傭兵已經抵達阿札門……當他們全部進入護城堡之後，門又漸漸關上，道爾不禁驚訝地睜大雙眼。他從馬上弓著背往後看，發現另一端通往高牆夾起的街道的入口也被更多的傭兵給堵死。就在他注視的時候，前排傭兵跪了下來，個個舉起一支長槍，貼著槍管瞄準。

他喘口氣正打算大聲示警，便聽到一聲砲響，一杜灰煙衝上藍天，片刻後街上便爆發出持續不斷、震耳欲聾的槍聲，槍火來自前後與各個窗縫，每秒鐘有數十顆子彈咻咻地劃過空中，牆上迸出塵土與石屑，煙霧翻騰，燒灼著眼睛和喉嚨，也遮蔽了敵人的身影。

馬木祿克的行伍立刻四分五裂，就像一排日式燈籠被消防水管一沖而散。多數的貝伊在前幾秒鐘內便已被掃落馬下，即使還來得及拔出武器，卻也沒有明顯的攻擊目標，只有街道末端那一群阿爾巴尼亞人。有幾名馬木祿克——道爾彷彿看到其中也包括哈山——企圖衝上去，但走不到五步便已遭不斷掃射而來的鉛彈給擊倒。

雖然道爾感覺到衣袍被劇烈拉扯了幾下，不過整整四秒鐘過後，他仍未被擊中，梅爾布斯看來應該也無恙，因爲有一面牆在牠身側爆炸，牠還能向前飛躍過一堆屍體。道爾大喊：「該死，馬兒，跳過牆去！」但聲音淹沒在喧囂聲中，不過馬兒卻往前一縱，敏捷地躍過被子彈打得扭曲變形的一堆屍體。一顆已經彈跳過幾下的子彈，紮實地打中道爾左耳上方，正當他在急速往前衝的馬上搖搖欲墜之際，有三顆子彈幾乎同時擊中他——一顆傷及右臂二頭肌，一顆在左腿上切出一道深溝，另一顆則淺淺劃過肚皮，這使得他趴倒在馬的頸子上，卻也抓得更牢——接著梅爾布斯開始爬上最高的屍堆，從隊伍最前方也是最高處，朝仍舊有八呎之高的牆頭一躍而上。

道爾可以感覺到這一跳的衝力，從刺眼的煙霧中他看見牆頭愈來愈近，到了最高點毫無重力的那一刻，他甚至看見了牆外景致。他知道，轉眼間地心引力就會將他們拉回槍林彈雨中——不料馬兒卻有如貓一般靈活，前蹄踩上牆頭隨即換上後蹄，不一會他們果然開始往下墜落，但卻已身在牆外。

馬兒頭下腳上往下落，而道爾在瞥見下方五十呎處的一道壕溝後，也無助地往後一翻，毫無著力點地急速下墜，眼看壕溝以驚人的速度直衝上來，他簡直嚇呆了。

下墜的過程是一大折磨，道爾有兩度吐盡空氣，又吸進新鮮空氣憋住，可是最後的撞擊還是把他肺部的空氣全都逼了出來，他的手和膝蓋也重重撞到壕溝底部的石頭。他向上彈起時，雙腳迴旋到下方，他於是用力踢動，驅使自己從二十五呎深的濃密氣泡漩渦中浮上來。

他翻滾著浮上水面，就像從沸水的鍋底冒上來一樣，接著他開始虛弱無力地往高高的頂蓋游去，有個人原本顯然正往溝裡撒尿，忽然停住瞪著他看了一會，然後整好衣服連忙逃走。

「不衛生的王八蛋！」道爾在他身後嗚咽著。

道爾一將不停顫抖又鮮血淋漓的身子拖出已遭污染的壕溝之後，立刻脫下阿敏的衣服和武器，除了用已經散開的頭巾包起長劍配戴上之外，其餘都一律隨處亂扔，他相信一定會被街頭乞丐撿走。他發現附近有一塊被太陽曬乾成粉狀的泥土地，於是全身只留下一條纏腰布，打著赤膊，在上頭翻滾直到身子乾了爲止，當然也免不了弄得髒兮兮的。他心想，布包的劍可以當作病逝先人留下的枴杖。

「梅爾布斯！」有幾名看到整個過程的店家大喊著，道爾一時沒想到這個詞是「披覆神威」的意思——亦即感受到阿拉顯靈時會展現瘋狂行爲——因此便以爲他們知道馬的名字，至於馬兒則已經爬出壕溝，現在正有幾名ragharin（埃及的吉普賽人）虎視眈眈地盯著牠。

「好，牽走吧！」道爾沙啞地說：「avo，chals（小伙子）！」

雖然天氣很熱，他卻不停發抖。他跑過馬路轉進一條窄巷，頭頂上偶爾會有大大的布懸掛在建築物之間，使得巷道裡明暗交錯。最後他找到一個凹入的門口坐下，把臉埋進手裡，這才發現自己從壕溝爬上來之後一直在流淚。他舉起手試圖止住淚水。

此時，阿札門街上那十幾秒鐘的畫面，彷彿多重曝光的影像展陳在這個狹窄陰暗的街道螢幕上，幾乎還發出聲音來吸引他的注意。他首次看見——之前大腦只是存取下來未多加留意——一匹馬與騎士在異常激烈的交火中上下蹦跳，忽然間便被炸得血與土與布片橫飛，由於兩端的槍火不斷向上轟擊，因此即使人和馬都死了，卻仍直立跳動著……他驀然瞥見一根槍管從牆裡探出，後頭那張臉冷靜專注地想做好一件不怎麼困難的事……一個馬木祿克・貝伊，被一顆橫射的子彈貫穿太陽穴，眼睛瞎了，性命垂危，就在他的馬死後、他自己死前那短短數秒，他站在步道上，朝著空空的牆面憤怒地揮舞著劍……

道爾把額頭貼在門口滿是沙的石面上嚎啕大哭，剛好有個男孩提著一只水袋走來，不禁又驚呼一聲：「梅爾布斯！」

道爾因爲耳鳴聽不清楚，但他看見男孩大步跑出街心，整個人平貼在另一邊的牆上，不一會，便有十來個穿白裙的阿爾巴尼亞傭兵騎著馬過來，仔仔細細地打量所有人。他們每個人都緊緊盯著這個全身髒得嚇人的老乞丐，只見他手臂、腳和肚子上都有裹著乾泥巴的可怕傷口，還抱著一根枴杖在門口哭泣。有幾個傭兵笑了起來，甚至有一人丟給他一枚銅板，但誰也沒有停下。

士兵在下一個轉角轉彎後，道爾拾起銅板站起來，向水童招招手，男孩小跑步過去，並讓他喝了細長的山羊皮水袋裡的水。雖然水溫溫的、有臭味，但也沖淡了他腦子裡的煙硝味，讓那些可怕的新記憶逐漸遠去，他終於能想點其他的事。

唉，阿敏啊，他暈眩地想著，有兩件事你猜對了——阿里的的確確想大力削減馬木祿克過大的權勢，他也確實不打算逮捕四百八十名武裝的馬木祿克・貝伊——但你以爲這樣去參加宴會就安全無虞，那你可就錯了。

他還在發抖、流汗，手臂也依然血流如注。我需要衣服和醫療，他心想，或許還需要一點點報復。在尼羅河畔有個馬木祿克的據點，那是穆斯塔法・貝伊的避暑住處，白天裡他的妻妾兒子們都會在那兒消磨時間。道爾往那個方向走去。他有消息和建議要提供給他們。

儘管太陽剛剛已落到木卡坦山背後，而東方的地平線上，有如一枚灰濛濛銀幣的月亮也已掛上深藍色天鵝絨的天空，但整個谷地裡的金字塔卻仍在太陽直射下閃耀著金紅光芒。有一輛粗俗難看的篷車正要離開舊城區，掛在車邊的幾個彩色燈籠，至少在接下來一個鐘頭內，裝飾作用會大於實際用途。

篷車上六個人的表情與絲帶、鈴鐺等等華麗裝飾，顯得很不搭調，他們嘴唇緊閉的臉上，深深刻畫著疲憊、悲傷，最重要的還有一股無法以言語或手勢抒發的深沈憤怒。車子外觀雖然充滿喜氣，但眼尖的宮廷守衛也定會將他們攔下，因爲在車子前輪輕輕滑過的土地上，以無數花圈掩飾的後輪卻留下其深無比的車轍，而且從車尾露出、拖行在地的寬地毯似乎也隱藏了什麼。可是沒有守衛會看到這些，因爲拉車的六匹馬右轉上了前往喀拉斐大公墓的舊路，而不是左轉上前往護城堡的新路。

「Yeminak，」跨坐在用地毯掩飾的那團東西上頭的人說，控馬的人便順從地將馬車駛上右邊斜岔出去的小路。「慢一點。我看到就會認得出來。」他仔細地查看著凌亂散佈在小山丘上的墳墓與墓碑。「那邊，」他終於說：「有圓頂的那個地方。正如我所料，圖菲克，似乎一個守衛也沒有。他們一定等著馬木祿克殘餘部隊的報復，但他們想不到會在這裡。」

「我比較想進攻護城堡，教授。」控馬的人低聲咆哮道：「如果我能的話，要讓阿里的頭永遠放在公共馬桶裡。可是他的命令來自這個巫師，我知道。他，我們一定要殺。」

「但願你說的沒錯。」道爾說：「我希望羅曼奈利也在這裡。」

「對。」圖菲克看著一百碼外，蹲踞在昏暗中的建築說：「這裡嗎？」

「這些事你懂得比我多。我覺得我們應該靠近一點，這樣等門一炸開就能直接衝進去。」

「可是不能太近，他們會看到。」圖菲克果斷地點點頭說：「這裡。」

道爾聳聳肩，非常小心地爬下車來，因爲有一隻手還吊著腕帶。他瞄瞄斜坡上的建築，看見守門人——很可能就是四個月前被他打昏的那個——站出來看著他們，心下一凜。「快點，」他低聲說：「他們發現我們了。」

「沒有關係，距離很遠。」圖菲克一邊說，一邊從車內狹縫抽出一根長木棍。他很快地拆除綁在棍子上的絲帶，並扯下末端一個嬰孩臉的大面具，原來藏著一個厚厚的木盤。「已經裝好了，只要再壓緊就可以。」他將蓋住篷車中間突起物的地毯拉開一角，露出開開的砲口，然後他把木盤頂的棍子整個伸進砲管，用力往底部的砲彈撞兩下。「好了。」他快速抽了三下，把木棍拉出後丟在地上，然後轉身向其他四人用阿拉伯語不知喊些什麼。

其中一人利用在車後搖晃的燈籠點燃雪茄，然後吞雲吐霧地緩緩走開，看起來像是沈迷於北方一哩外護城堡的景色。另一名年輕的馬木祿克從大砲後膛處將地毯猛地拉開，並開始奮力旋轉一個棘齒輪裝置的手柄，緩緩使後膛升高、砲口降低。道爾又往斜坡上覷一眼，看看守門人這會在做什麼，正巧瞧見他匆匆跑進去將門關上。

「快點。」道爾又說。

站在大砲後膛旁邊的人停止動作，喊了抽雪茄的人一聲。

「天啊，快點！」道爾低聲尖叫著，因爲地面已經開始隆隆震動，彷彿地下有一架巨大的風琴彈出低得聽不見的音符，涼爽的晚風也忽然傳來垃圾般的刺鼻氣味。他連忙彎身去解開借來的鞋子的鞋扣。

抽雪茄的人正要往後衝向大砲，卻被圓頂射出的一道綠光擊中而跌倒在地。在此同時，地毯覆蓋的大砲的砲管竟然發出吱嘎巨響，並開始向上彎曲。

道爾將鞋脫下後丟到一邊，拔出匕首，就在光線掃過中間空地向大砲射來之際，他一刀將匕首刺進裸露的後腳跟，並用力踩著地面。

緊接著，他們全都籠罩在噁心的綠光中，一股植物腐爛的臭味幾乎讓人喘不過氣來，圖菲克和另外三名年輕的馬木祿克隨即癱瘓倒地。

道爾對抗著阻力伸出手去，一掌拍在炙熱的砲管上，這時砲管發出更刺耳的聲音，而且更加燙得難以忍受，但也開始慢慢伸直了。道爾踉踉蹌蹌拖著緩慢的腳步走向大砲後膛，快起水泡的手指沿著砲管劃過，並始終不忘讓流血的腳接觸土地——要保持接觸，他在恍惚中不斷提醒自己——到達之後，他取下一個彩色燈籠，塞到裝了火藥的砲口。

紙燈籠著了火，燃燒起來，熄滅後一小塊冒煙的燭芯掉進了砲口。

片刻過後，他瞪著逐漸變暗的天空，心想：我爲什麼仰躺著，臉上爲什麼如此刺痛？十幾具電話一齊響，怎麼就沒有人去接一下？他轉過頭看到一樣東西，那在幾秒鐘前還是圖菲克。只見不斷飄動的衣堆裡還有部分身軀，可是這些由圖菲克的肌肉所分解而成、閃閃發亮、像蟹肉般的碎屑，大多已經掙脫開來，漫無目的地爬過了塵土。道爾嚇得抽搐著身子，縮離最近的肉屑，最後勉強起身蹲著，一面啜泣一面驚狂地東張西望，尋找著他借來的劍。

砲口仍然在冒煙，但在篷車殘骸之間已經毫無遮蔽，而斜坡頂端那棟建築的身影也變了：圓弧形的圓頂已經像個巨大的蛋殼一樣破裂。道爾覺得好像聽到喊叫聲，但是對於這雙飽經蹂躪的耳朵，他沒有多大把握。

他拔出劍，以怪異的姿勢奔向建築的大門，門打開時，他僅距離十來碼，而且迅速接近。他和門口的人撞個正著，儘管他一直處於驚嚇狀態，但見到那人的頭和右臂突然斷落，卻又不怎麼吃驚；當兩人摔倒在地，他才發現他們全是蠟人。

有另外三個蠟人就站在門內，他們這個缺頭斷手的同伴一往後彈，其中兩人也跟著向後倒。道爾擋開了第三人的來劍，並以劍柄打在蠟人臉上作為反擊，結果打掉他的鼻子也撞凹了他的臉頰。他又發現這蠟人的頸部出現一條線，便又更用力打了他的臉一下，他的頭立刻斷落滾到一旁去。

兩名未受損的蠟人後退幾步舉起武器，而另外兩人則跪在地上找頭。樓上忽然發出一聲驚恐的叫聲，聲聲迴響而下，聽起來不像是阿拉伯語，那兩個完整的蠟人立刻轉身，笨重地沿著長廊跑向樓梯。

道爾跟了過去。這時候，又有另一人也在樓上大叫，這回肯定是阿拉伯語，而且他的聲音裡頭除了恐懼似乎有更多的焦慮與自衛。道爾隱約聽懂了「我不知道」和「不怕」和「巫術」等字眼。

到了樓梯底端，他踢掉另一隻鞋後悄悄上樓，並將阿敏的劍直直擋在身前。他可以聽到費力的喘息與抱怨聲，還有腳步聲在彷彿鋪滿碎石的地板上奔來跑去，他這才漸漸明白發生了什麼緊急狀況。

他瞇起眼睛微微一笑，兩頰的皺紋更深了。好，他心想，就來瞧瞧我們能否辦得到——直接把阿姆斯壯的功績給搶過來。

到了樓梯頂端，他在轉角處望過短短的走廊，看著面像內的陽台。正如他所預期，室內只有一絲昏暗的光線從裂開的洞口透射出來。滿頭大汗的守門人站在陽台右側——左側已被炸得鬆垮垮地搖來晃去——正忙著將一條繩子綁到欄杆上。走廊的左牆坍塌了，道爾看見那兩個蠟人蹲在一樓的屋頂上，從弧形的洞口邊緣探身往室內看，後來甚至俯身進入原來圓頂東半邊的裂縫，動手往下推，顯然有什麼東西想爬上來。

將繩子尾端固定好之後，守門人從左下方某處拉上更多繩索——而且看似阻力極大——拉起一大截之後便打個結，看樣子他是想縮短繩索。

道爾等他又拉上一碼繩索，趁著他尚未打結之前，從他背後跳出，彎身用他完好的手鉤住守門人的腰帶，將他提起來抓到陽台欄杆外。遭受突襲的守門人下墜之前，緊抓著繩索好一會，並同時響起一陣生鏽腳輪的吱吱嘎嘎聲。後來他鬆了手，掉落在室內地板的瓦礫堆中，繩索則「啪」一聲綳緊了。附近似乎有人想尖叫卻叫不出聲音，還有一張空的長輪椅沿著球形牆面滑落，轟然墜落在底部的殘破石堆裡。

道爾回身從走廊牆壁的破洞跑到屋頂上去，暫時不去理會那個吊掛在幾乎成水平直線的繩索末端、不停拉扯的東西，反而朝失去平衡的蠟人踢一腳、刺一劍，把他們兩人也都逼進球形室內。

道爾知道自己非殺此人不可，卻又遲遲不願去面對，便往下朝室內瞪了一會。守門人已經坐起來，抱著腳前後搖晃，腳顯然是摔斷了，而那兩個蠟人則茫然地爬過瓦礫，其中一人的頭還果眞不見了。道爾猜測底下應該有扇門，但說不定已經被崩塌的東半邊圓頂給掩埋。

「啊，道爾！」聲音從他身後傳來，那文雅的語調對說話者的自制功力想必是嚴厲的考驗：「我們可得好好談談！」

主人在二十呎外前後搖晃，藉由一條綁在他腋下的繩索支撐著，但由於繩索幾乎和屋頂平行，因此他是直直地朝外吊著。道爾可以看見他身後的月亮，還低低掛在東方的天空。主人得扭過頭來才能「仰」視道爾，看起來他就像是在強風中飛行的人形風箏，又像是他和道爾透過一面傾斜四十五度角的鏡子面對面。

「我們沒有什麼好談的。」道爾冷冷地說。他單手將阿敏的劍高舉過頭，看著緊繃的繩子的某一點。

「我可以替你找回蕾貝佳。」主人說得很平靜，但很清楚。

道爾彷彿肚子挨了一拳似的大吐一口氣，然後倒退幾步放下劍來：「你——你說什麼？」

主人的姿勢想必十分痛苦，但他仍露出微笑，並緩緩地繞著繩索末端旋轉。「我能拯救蕾貝佳——讓她不死。經由因我而開啓又被戴若發現的時間裂縫。而你可以幫忙。我們將能阻止他們騎上摩托車。」

劍身碰撞到屋瓦發出喀嗒響聲，道爾也跪了下去。現在他的臉與二十呎外主人的臉同一高度，他無助而出神地盯著老人的雙眼，那眼中彷彿閃耀著一種濃得可怕的黑。

「你……怎麼會知道……蕾貝佳？」他驚愕地問。

「你不記得我們從你身上取得的卡了嗎，孩子？你滴入桶子裡的血呢？我們利用它複製了一個你。它根本無法提供任何有系統而連貫的訊息——它像是瘋了，這並不一定意味著你有此傾向——但是在偶然中我們也一點一滴知道了許多關於你的事。」

「你在唬我。」道爾小心地說：「你無法改變歷史。我知道那是事實。蕾貝佳……死了。」

「死的是她的卡。從你車上跌落的不是眞正的蕾貝佳。我們可以進入未來，取得她的血，製造一個卡，然後在某個時間點將她們掉換，讓卡就你所記憶的死去，然後眞的蕾貝佳就能和你一塊回到這裡，而且……」主人再次微笑著說：「改名爲伊莉莎白・傑克琳・遜奇。」

艾希布雷斯深感不可思議，緩緩地搖頭。我眞的覺得我要這麼做，他心想。我想我眞的要把他拉進來，救他活命。天哪，我還以爲他只是要給我錢。「可是不曉得在哪兒已經有一個伊莉莎白・遜奇了。」

「她已經死了，並且由蕾貝佳所取代。」

「喔，是啊。」道爾抓起繩子。對不起，圖菲克，他心想。對不起，拜倫。對不起，遜奇小姐。對不起，艾希布雷斯，你的後半輩子似乎就成爲這傢伙的奴隸了。對不起，蕾貝佳——天曉得這根本不是你會選擇的路。

艾希布雷斯比守門人輕鬆許多地拉起一碼繩子。當他試著用單手打結時，又再次瞄向主人的臉，那張臉上的笑容不僅是得意、輕蔑與沾沾自喜，也顯得愚蠢。

在理應無所不知的主人臉上瞥見愚蠢的跡象，彷彿替熱昏頭的道爾潑了一盆冷水。天啊，他心想，我眞的要用遜奇的死來換回蕾貝佳嗎？這女孩我甚至見都沒見過呢。「不行。」他自問自答道。於是他手一放，繩子又彈回原位，主人的肩膀顯然被拉扯得痛苦不已。

「道爾，你將能拯救蕾貝佳的性命。」痛得退縮的主人嘶啞喊道：「和你自己的精神狀態——你快瘋了，你知道的——別忘了，這裡的瘋人院設備可不太好。」

艾希布雷斯轉身一把抓起劍來，就在他和主人同聲尖叫之際，他將劍高舉過頭猛力砍下，不僅砍斷緊綳的繩子，劍身與一塊屋瓦也應聲而碎。

主人還在尖叫，但很快地愈退愈遠，就好像躺在一輛企圖打破瞬間加速六十哩紀錄的隱形貨車上似的。接著他越過屋頂邊緣，以更快的速度從地面上空二十呎左右飛掠。他的身影映在月亮上頭，因此即使夜色漸深，艾希布雷斯仍能清楚地看到他。

「道爾，好好享受你的瘋人院吧！」艾希布雷斯腳下的洞中發出一聲怒吼：「小子，你就等著吃糞和被守衛雞姦吧！是眞的，羅曼奈利跳到未來去看過了！你聽著，我們已經救起蕾貝佳，她在羅曼奈利手上，但既然她已沒有利用價値，我就告訴你她會有什麼下場……」

由於聲音繼續不斷叫囂，艾希布雷斯才發現主人是透過唯一還有頭的蠟人在說話。至於他本人如今只是月亮表面的一個黑點，愈縮愈小。一兩分鐘過後，本來還在洞裡詳述著蕾貝佳將遭到何種侮辱，以及她最後會何等快活的聲音，突然哽住停了下來。若非蠟人的傳聲裝置壞了，便是主人已經超出掌控範圍。

艾希布雷斯蹣跚地從牆洞走回來，搖搖晃晃下樓。當他到達一樓的長廊時，看見有人正要從右手邊一扇暗暗的門裡走出來，聽到他的腳步聲又趕緊退回去。但是艾希布雷斯從門前走過，甚至沒有往裡頭看一眼。

他走到屋外，放眼四顧。所有的馬都和穆斯塔法的兒子們一樣遭遇被分解的命運，因此艾希布雷斯便打著赤腳，開始往五哩半外的布拉克港走去。他的船要到天亮才會開，因此走得慢無所謂，他還每走幾步便停下來，帶著疑懼仰頭看看上升的滿月。

艾希布雷斯拖著蹣跚步伐離開幾分鐘之後，一張眼神狂亂、骯髒且留著鬍子的臉從門口探出來，愕然望著逐漸變暗的平原墓地。

「戴若，瞧瞧你幹的好事！」那人喃喃說道：「你說絕對安全！我記得你是這麼說的——『絕對安全無虞，道爾。』該死，你應該讓崔弗也來的。他不可能把事情搞得更糟。我得回到河邊，看看能不能游回到這一切尚未發生之前。」

於是艾希布雷斯的卡躡手躡腳走到夜晚的戶外，不確定地東張西望，因爲它不太記得河流在哪裡，或是叫什麼名字，它只記得看過河的一些分枝。後來他想起無論從哪裡都能到得了，因此他隨便選了一個方向便大步離去，臉上帶著可笑但自信的笑容。

第十四章

姊妹們，織起死亡之網；
姊妹們，住手，工作已經完成。

——湯瑪斯・格雷

他又再次試圖走出霧氣瀰漫的巷弄迷宮。儘管戴若——在夢裡他始終記不得他的新名字——已經在這些曲折迂迴、不斷折返或者偶爾只是不通的巷道裡繞了好幾哩路，卻還是找不到一條寬度可供行車的街道，更不用說是寬廣、車水馬龍的雷登荷街了。最後他停下來，並且聽到——每回夢到這裡都是同樣情形——頭頂上的濃霧中傳來緩慢的、不規則的敲擊聲，接著過了一兩秒，附近便響起拖行的腳步聲。

「嗨！」他怯怯地說，然後更自信一點：「喂！我迷路了，你能不能幫幫我？」

腳步踩在霧濕的鋪路圓石上，沙沙響得刺耳，霧中迷濛的一團黑漸漸變成一個模糊的人形。

和平時一樣，當戴若認出是布蘭登・道爾，立刻畏懼退縮。「天啊，道爾。」他尖叫著：「對不起，別靠近我，天啊……」他很想轉頭就跑，但兩隻腳卻動不了。

道爾笑著指指上頭的霧。

戴若無助地往上看——接著用盡全部力量發出一聲尖叫，人也就醒了。

他動也不動地蹲坐在床上，直到認出昏暗房中的家具，發現自己原來在自己床上，才大大鬆了口氣。又是一場夢。他很快伸出手抓起床頭櫃上的白蘭地酒瓶，瓶口往下傾斜將玻璃瓶塞彈出，然後豎起瓶子湊到嘴邊。

克萊兒的房門「砰」一聲打開，她匆匆忙忙趕到丹帝床邊，頭髮凌亂、睡眼惺忪地皺著眉頭說：「到底是怎麼回事，雅各？」

「背部的……（咕嚕咕嚕）……肌肉抽筋。」他說完，將酒瓶重重放回櫃上。

「你還在肌肉抽筋！」她坐到床上來：「雅各，我是你的妻子呀，你不必對我說謊。我知道你作惡夢。每次你驚醒的時候，老是喊著『對不起，道爾！』來，跟我說說吧——誰是道爾？你變得如此富有和他有關嗎？」

丹帝吸進一口氣，又吐出來。「眞的只是肌肉抽筋，克萊兒。抱歉吵醒妳了。」

她嘟著嘴說：「現在抽筋好了嗎？」

丹帝摸索著瓶塞，找到後塞了回去。「是的，妳可以回去睡覺了。」

她欠身輕輕親了他一下說：「我想我還是留下來陪你一會。」

「我想不——」他急忙要說，卻被走廊上的敲門聲打斷。

有個聲音低低地問：「你還好吧，先生？」

「是的，喬，我沒事。」丹帝喊道：「只是睡不著。」

「先生，要不要我替你準備一杯蘭姆咖啡？」

「不用了，喬，謝謝你，我——」丹帝遲疑地覷了妻子一眼，改口說：「好的，喬，那也許會有幫助。」

鋪著地毯的走廊上，腳步聲逐漸遠離，克萊兒也站起來。

丹帝知道她現在不會接受，便揚起眉頭說：「妳不是說要在這裡待一會嗎？」

克萊兒的嘴巴一扁，說道：「你明知道我對喬沒好感。」她大步走回自己的房間，關上了門。

丹帝站起來，將額頭前的頭髮往後撥，走到窗邊。他拉開窗簾，看著下方聖詹姆斯街那寬闊的路彎，一整排整齊優雅的房屋正面，在搖曳的街燈下亮著淡淡的琥珀色。東方天空已經不那麼黑了——很快就要天亮，三月裡一個晴朗的週日。

是的，親愛的，他黯然地想，我確實知道妳對喬沒好感。但我無論如何不能告訴妳我為什麼要資助他、供他吃住。其實我巴不得他換一個新軀體，那麼我就能跟妳說我把他解雇，又請了個新人——但他偏偏喜歡馬度洛的身體，我又不敢逼他。畢竟，親愛的，即使在妳老死後很久很久，他仍會是我的合夥人……將來我會選擇我們最優秀的兒子，然後我們的孫子，然後是曾孫，我會一代接著一代停留在子孫的身體裡，並且愈來愈富有、愈買愈多，直到一九八三年再度來臨，我將成為全世界所有重要企業的秘密所有人。我將擁有所有的城市——所有的國家。等到一九八三年，老戴若消失之後，我就不必再隱藏，可以從公司的連鎖、重疊、傀儡領導人和掛名負責人的幕後站出來，到時候整個世界都將在我的掌控之下，這點絕不誇張。

只要我哄喬高興。

所以呢，我可憐的新婚妻子——這兩個月來我仍無法圓房，準備爲丹帝家族傳宗接代——妳是可以替換的。但喬不行。

這個全倫敦最富有的人嘆了口氣，放下窗簾，回到床邊坐下等著他的蘭姆咖啡。

在食品儲藏室裡，管家喬爬上長長的櫃台——因爲即使自從九年前他不再施行高等巫術以來，接觸地面已經不再會痛，但是在較高處，他的思緒似乎還是清晰些——他的手指緩緩撥動著一碗灰綠色的粉末。

我從神經緊張的年輕主人那兒學了不少，他心想。我現在知道有很多錢比沒有很多錢好玩，而且你一旦有了錢，它就會自己不斷增加，像火一樣。

他有很多錢。而且他有一個非常年輕貌美的妻子，她呢還不如當他妹妹，她又很討厭老喬看她的眼神……可是我覺得總該有人注意她，而且不只是注意而已。如果不喝她，她待在酒桶裡遲早會變成醋。

是啊，年輕的丹帝先生，喬心想，要不是我，你現在還是個垂死的老人——可是我幫助你又得到什麼好處了？被聘爲管家。這樣太不公平了。兩邊差距太大。不過我這碗東西可以解決大家的問題。克萊兒小姐的英俊丈夫會變得比較熱情，可憐的老管家喬也會自殺。皆大歡喜。

當然只有一人除外，那就是當喬墜落到人行道那一刻，在他身體裡的人。

他伸手到架子上取下一罐肉桂粉，撒了許多到裝著粉末的碗裡。他放下罐子，用手指攪一攪混合粉末，然後全部倒進一個大杯子，再加入大量蘭姆酒。接著他跳下櫃台，拿起已經準備好的咖啡壺，將熱騰騰的黑色飲料倒滿整個杯子。

他一面用湯匙攪動一面走過走廊，爬上樓去。他輕敲丹帝的房門，丹帝叫他進去，要他把咖啡放在桌上。喬照做之後，畢恭畢敬退到一旁。

丹帝似乎有心事，平整的眉毛微微皺起來。「喬，你有沒有注意到？」他無意識地舉起杯子，問道：「每回爲了得到某樣東西，總會付出比它實際價值更大的代價。」

喬想想說：「這總比付出很大代價卻毫無收獲的好。」

丹帝啜了一口咖啡。他似乎並未聽到喬說的話。「這一切實在令人既厭煩又疲憊。因爲每個舉動都會有對等的……錯愕。不，對等倒也罷了——錯愕總是更甚於舉動。這裡頭是什麼？」

「肉桂。如果你不喜歡，我可以再沖一杯。」

「不，沒關係。」丹帝用湯匙攪一下，又啜一口。

喬等了一會，但丹帝似乎沒有其他指示，他便離開房間並輕輕將門帶上。

「喂，史納普？是你嗎？」

小傑轉過頭去。一個短小結實的黑髮男子從對街輕盈地跳到她面前。

「你是誰？」小傑的口氣有點冷淡。

「亨佛利・鮑嘉，記得嗎？亞柏德・欽尼，道爾。」那人興奮地笑開嘴：「爲了找你，我已經在這條街上來回走了一小時。」

「做什麼？」

「我的身體——我眞的身體——我找到了！佔據它的傢伙留了一撇小鬍子，他的穿著和走路樣子不同，但那是我沒錯！」

小傑嘆氣道：「無所謂了，亨佛利。掉換身體的人已經在三個月前被抓而且處死了。所以，即使你找到的這個人眞的在你原來的身體內——這實在很不可能，因爲他絕不會連續兩次都沒有把宿主殺死——你也無法和他再掉換過來。現在已經沒有人知道該怎麼做。」她無力地搖搖頭說：「對不起，我要走了……」

欽尼臉上的笑容倏地消失。「他死了？你——是你殺了他嗎？該死，你答應過我——」

「不，不是我殺的，是東區某家酒館裡的一群人。我也是第二天才聽說。」她開始往前走。

「等一等。」欽尼絕望地說：「你說你是聽說的。有很多人都聽說了嗎？」

小傑停下來，用不耐的誇張語氣說：「對，大家都知道了——除了你之外。」

「那就對了！」欽尼又興奮起來：「我要是那個掉換身體的人，我也會這麼做。」

「什麼意思？」

「你聽我說，我去找了除毛店，我說過我會去找的，記得嗎？就是幫人剔除毛髮讓它不會再長的地方。我聽說雷登荷街上有一家，可以利用電流之類的替人除毛。那家店去年十月關了，但這並不代表方法已經失傳。說不定就是掉換身體的人買下那個地方。無論如何，我要是他，而現在又有機會能夠留在某個身體裡面不會變成大猩猩，我當然會故意被識破身份、被抓，然後在我要被吊死的那一刹那，趕緊換到另一個身體裡去。讓大家都以爲我死了，以後就不會再抓我。」

小傑慢慢又走回欽尼站的地方。「對。」她輕輕說：「到這裡都說得通。可是你原來的身體又是怎麼回事？他已經換過了，因爲他被吊死的時候是個骨瘦如柴的老人。」

「我不知道。也許他放了其他人在我身體裡面，等他被殺之後再換回來。或者——對了——也許他收取鉅額費用，把有錢的老人放到年輕的身體裡去。又或者是任何可能。他只要得到除毛的技巧就什麼都可能。」

「待在你原來身體裡的那個人，」小傑說：「他是做什麼的？他的境況如何？」

「他過得可奢侈了。哲敏街有多間辦公室，聖詹姆斯有一棟豪宅，還有僕人等等。」

小傑點點頭，昔日的衝勁又慢慢回來了。「這跟你想的正好吻合。可能是個老人付錢讓狗臉喬把他變得年輕、健康——或者也可能是喬本身。我們去瞧瞧聖詹姆斯那棟房子。」

「可是，這個，」慌張的門僮結結巴巴地說：「先生，你說至少還要一個小時才會需要馬車。尤斯登剛剛駕車吃飯去了。應該很快就會——」

「尤斯登不用再來了。」丹帝粗聲吼道，他的臉在燈火下扭曲憔悴得像個老人。他說完邁開大步就往人行道走，優雅靴子的鞋跟敲在圓石上有如一座舊鐘的滴答聲。

「先生！」門僮在後頭叫喊著：「這麼晚了一個人走路不好！你再等幾分鐘——」

「我不會有事。」丹帝回答時，沒有停下也沒有回頭。他把手伸進外套裡頭，摸摸兩把迷你手槍其中一把的槍托，這是他特地向秣市區的槍匠喬瑟夫艾格訂製的。雖然槍柄拉出來也不過和牛頭犬式菸斗一般大小，但是每把槍都能透過一種丹帝稱爲「火帽」的東西，發射出彈徑三十五的子彈，他拿出火帽的製圖時，槍匠簡直感到不可思議。

他忽然心血來潮比平常提早一條街左轉。我沿著這條街走到一半，他心想，然後從便巷穿過聖詹姆斯街。出去的地方剛好是我家的對街，如果那個流浪漢還在這附近閒晃，我非逼他做出解釋不可——如果他想輕舉妄動，那麼他將會是歷史上第一個被擊發式手槍擊斃的人。

在霧中，街燈變成一團團朦朧的黃色，小滴小滴的水氣也開始沾上丹帝的小鬍子。他氣惱地抓了抓。你這幾天的脾氣著實暴躁，他對自己說。在會議室裡被你大吼大叫的那個可憐蟲，很可能不會再和你做生意，而他打算賣出的專利和工廠，在一、二十年後將會非常有用。管他的——以後再從他子孫手上買回來吧。

他轉入便巷後停下來。他心想，既然是偷偷摸摸，就得做得周全。他脫下靴子拿在左手，然後靜悄悄沿著陰暗的巷子走去。他的右手則一直按著一把艾格手槍的圓柄。

丹帝忽然定住不動——他聽到上頭有私語聲。

他從小槍套拔出手槍，躡手躡腳前進，同時以兩吋長的槍管在霧中試探。

上方二樓處有人拉動窗栓，丹帝差點就開槍，也差點把槍給掉了，因爲他在毫無預警之下，突然完全想起他一再作的惡夢的後半部，這個部分，他醒來後始終想不起來。他清清楚楚地看見那樣東西了，那個在夢裡、在頭頂的霧中發出敲擊聲的東西，也是僵屍似的道爾指給他看的東西。

那是寇克藍・戴若。脖子上套著繩圈垂掛下來，穿著靴子的腳踢著牆，彷彿一串魔鬼的風鈴，而他的頭扭曲成吊死者特有的姿勢，正朝下盯著他開口獰笑，彷彿要把每一顆黃牙都露出來似的。

他握槍的手開始發抖，也忽然發現到空氣濕冷黏膩，就好像剛剛脫掉一件外套。他能看見前方黃黃亮亮的光，因爲他已經快走到聖詹姆斯的人行道，巷口那盞街燈也就在幾碼之外。

他聽到前面有更多低語聲，終於他看到兩個模糊的身影就站在巷子口。

他舉起槍，清楚地說：「你們兩個都不許動。」

那兩人驚叫一聲，連忙跳到外面的人行道。丹帝也走出巷子，槍仍瞄準二人，他讓靴子掉到地上，然後拔出另一把槍。「再像剛才那樣跳一次，我就把你們都殺了。」他冷靜地說：「好了，馬上給我解釋清楚，你們在這兒做什麼，爲什麼——」

他從剛才一直看著這兩個鬼鬼祟祟的流浪漢當中較年輕的那人，這時才瞄向另一人。他的臉頓時失去血色，冷汗直流，因爲他認出來了。那是布蘭登・道爾的臉。

同一時間，欽尼也認出了持槍的人。「終於面對面了。」他咬牙切齒低聲說道：「我們要掉換過來，你和我……」他朝著丹帝前進一步。

槍聲在濃霧裡有點走調，像是有人拿板子拍打磚牆一樣。看到欽尼倒退，丹帝哭了起來，並坐倒在人行道上。「天啊，對不起，道爾！」丹帝哭嚎著：「可是你不應該活起來的！」

接著，另一把槍搖搖晃晃地轉向小傑，但尚未瞄準，她便撲上來，以手做刀直劈丹帝的手腕。小槍喀喇一聲掉在地上，她立刻撲身去搶。

丹帝手腕吃痛，隨即從歇斯底里的狀態清醒過來，直接往她身上壓去。

小傑抓到槍時，丹帝也把她壓得跪下來，並用右前臂勾助她的下巴；他的另一隻手企圖抓住小傑的手腕，卻無甚力道——想必被她一個掌刀給砍麻了。這時對街傳來打破窗玻璃的聲音，但他二人正打得難分難捨無暇顧及；小傑掙扎著想站起來，想讓被緊勒的喉嚨吸進一點空氣，而丹帝則是更努力地想阻止她。小傑要想舉起槍，就只能把臉斜斜地貼在地面上。她腦袋裡的砰砰響聲，聽起來就像是拿十字鎬用力鏟著結冰的土壤表層。

「把死者帶回來好嗎，小伙子？」丹帝低低地厲聲說道：「我會把你也送到河對岸去。」

小傑在絕望中使出最後一著棋，她冷不防將手臂一彎，用力往左邊翻滾。她握槍的手一時恢復自由，立刻將槍管瞄向丹帝，而剛才往後跌的丹帝伸手去搶槍，沒搶著，便抓住她的衣領，使盡全力用膝蓋去撞她。他原以爲這一撞能使對手痛得忘記一切彎下身去，結果小傑卻只是猛晃一下，甚至仍有餘力以粗短的槍管抵住丹帝的鼻梁，扣下扳機。

這回的槍聲比前一回更小聲。丹帝鬆開小傑的衣領，顯然是爲了能全神貫注模仿響尾蛇那喀喇喀喇的響聲。片刻，他已全身癱軟，凸出的雙眼直瞪著小傑，兩眼之間打出一個很明顯的圓孔。圓孔下邊流出的血積成一個發亮的半月形，然後溢出來形成一條線流過額頭。

「你們這些自以爲是的混蛋！」對街有人大聲叫嚷。小傑坐起身來。「你們贏了，你們這些沒心肝的王八蛋。」聲音從霧裡傳來，在小傑聽來似乎來自比街道更高的地方。「你們把老喬逼到這一步，他是寧可死也不想再拍馬屁了。但願你們會有一點點良心不安——」

「喬！」一個冷靜的聲音喊道：「你喝醉了嗎？你到底在喊些什麼？你現在馬上住口！」

小傑知道她應該趁著這場騷動將保安官引來之前趕緊離開，但是除了全身發抖還站不穩之外，她對於對街那齣只聞聲不見影的戲碼也很好奇。

「克萊兒小姐，我打破這個窗戶了。」男人的聲音說道：「我想妳明天請人打掃前門的人行道，可能得花一點錢。全部都列在帳單上面，寄到地獄給我吧，妳這可惡的婊子！」

「喬，」女人提高了聲音說：「我命令你——我的天啊！」

小傑才想著：他跳了嗎？就聽到劈哩啪啦和砰一聲，像有什麼東西重重落在人行道上。

接著小傑的注意力馬上轉移到丹帝的屍體。

它竟然坐起來了。

失明的雙眼眨動著，血淋淋的臉上現出無比恐懼的神情。丹帝搖搖晃晃舉起一隻手，動作怪異得像是關節生鏽一般，然後摸索著他被轟了一個洞的臉。有一度它似乎想站起來，後來一陣顫抖又倒下去，它吐出的最後一口氣彷彿永不止息。

小傑起身拔腿就跑。

第十五章

他低聲說：「有一條河流
淌在黃昏與黎明的天空之間……」

——威廉・艾希布雷斯

雖然泰晤士河上的駁船船伕們，在這四月的陽光下還有半個小時的活兒要幹，但是聖嘉爾斯貧民區的居民卻早在一個小時前，就看到太陽落到高大而參差不齊的老舊建築背後——這是他們的地平線，灰暗單調又近得荒謬——而且鼠堡裡幾乎每扇不對稱的窗戶都已亮著光。

藍・凱靈頓站在巷內一道邊門旁，由於即將前往艦隊街的六個人再次提出抗議，他不耐地回答：「你們要去做，因爲這是你們最後一次替他們辦這種差事，也因爲如果你們不去，他們就會有所警覺，可是我們想攻他們一個措手不及。還有一個原因：你們一旦替他們抓到這個傢伙，他們就會把注意力全部集中在他身上，那麼我們就能簡簡單單殺死他們兩人了。」

「我們要去抓的這個小伙子，該不會就是在『雙頭天鵝』把諾曼丟出窗口那個吧？」其中一人問道。

凱靈頓噘起嘴來，他原希望他們不要有此聯想。「是的——但你們那次的綁架方法錯了——」

「他們窮追著他不放好像也錯了。」那人補了一句。

「——這回你們得輕一點，」凱靈頓堅定地說。接著又咧嘴笑道：「如果大夥都沒有搞砸，今晚在鼠堡就能大大慶祝一番了。」

「老天保佑。」另一人低聲說：「我們走吧——現在他已經到那個無聊的書會上了。」

六人輕輕走過小巷，凱靈頓也回到屋內。此時巨大的老舊廚房空無一人，只有壁爐裡還剩一點黯淡的紅光。他隨手將門拉上後，室內一片悄然，只隱隱聽到遠處的哀嚎與埋怨聲。他坐到一張凳子上，用手指從架上勾下一瓶冰涼啤酒。

他喝了一大口，又重新塞上瓶塞，放回酒瓶站起來。他還是趕緊回前廳去，萬一拖延太久讓小丑起疑就不好了。

他走向內廳的門途中經過下水道，哀嚎呻吟的聲音更大了。他停下來，嫌惡地往黑洞一探，看著底下深深的地窖和那條地下河流。奇怪，他心想，賀拉賓這些「失誤」今晚怎會如此騷動不安？也許老丹吉說得沒錯，這些東西懂得一點讀心術，因此感應到今晚即將發生暴動。他側耳傾聽有無咬人精的深沈低音，所有的「失誤」當中，它是唯一令人在意的，但沒有聽到。好孩子，凱靈頓緊張地想，要是你對我們的計畫有所感應，你那鐵閘般的可怕利牙可得閉緊一點。

他四處摸索著木塞，後來在一堆馬鈴薯皮底下找到，塞住地下水道的小洞，也阻隔了——

—至少到此爲止——地窖中的吵雜聲。

他正打開廊道的門，就聽到賀拉賓在前廳尖著嗓子喊道：「凱靈頓！你死到哪兒去了？」

「在這裡，主人。」凱靈頓大步上前，並盡量讓聲音放輕鬆：「在廚房裡停了一下，喝口啤酒。」他不慌不忙地走進廳中。

小丑活像隻麻花糖做成的變態巨型蜘蛛，正坐在鞦韆座裡快速地前後擺盪，而羅曼尼或羅曼奈利或這個禮拜所採用的新名，則是斜靠在高高的、像極了嬰兒車的輪車裡，聖愛摩之火在他受盡折磨的身軀四周劈哩啪啦放出電光，比五個月前更加閃亮。

「我想他們出發了吧？」賀拉賓問道。

「是的。」

「吩咐過這次別再搞砸了嗎？」羅曼奈利說。

凱靈頓冷冷地覷他一眼說：「上次他們幫你抓到人，這次也會幫你抓到。」

羅曼奈利蹙一下眉頭，隨即又舒展開，彷彿沒有多餘精力爲他的不服從而發火。「到樓下的舊醫院去，」他說：「看看一切都準備好沒有。」

「是，是。」凱靈頓匆匆離開，他的靴子卡嗒卡嗒踩過走廊，然後步下長長的石階，聲音清晰可聞。

「你怎麼不跟著去？」羅曼奈利用沙啞的聲音對小丑說。

「我才剛到！」小丑抗議：「而且有些事情我得跟你談清楚。我跟你的卡可是有協定的：我——」

「他已經死了，你跟我沒有什麼協定。去吧。」

賀拉賓略頓一下，還是伸手抓過高蹺，從鞦韆座跳上去，站在地板中央搖擺不定。「你眞的很確定——」

「去吧。」羅曼奈利又說一遍。此時他已閉上眼睛，他的臉就像一塊薄薄的破布，先前被人披在石頭上晾乾卻遺忘至今。

賀拉賓踩高蹺的篤篤聲漸行漸遠。

羅曼奈利無力地張著嘴，深深的嘆息在他胸腔一進一出地迴響著。

他的時間愈來愈短了——現在他體重只剩三十磅，而他也知道自己不像主人那般強壯，他無法靠著體內不自然維續的元素支撐下去，不用等到零重力點他早已瓦解或四散紛飛了。他沒有奔月的可能。

他不禁微微一顫。他想到正因爲主人夠強壯、夠反自然，所以才能聚積一種奇特的月亮引力，一旦面臨非常狀況便能成爲一股遠比月亮本身眞正重力更有力的強大吸引力。然而，要想同時具有強壯與反自然這兩項特質，何其困難，就好像想把兩塊磁石的正極貼在一起，歷來又有多少巫師能做到呢？他努力地回想。曾經有一位土耳其人伊布拉欣，最後將自己膝蓋以上的部位用堅固的石頭圍起，然後在大馬士革城外幾哩處一個高牆庭院中，以極高代價爲人占卜，但他只在月亮升到頭頂時才占卜，他的頭髮和手臂都會直豎向上，這個效果讓求卜者深感震撼。直到有一天，有個人不滿占卜結果，便抽出一把彎刀從伊布拉欣的膝蓋橫砍而過，被截去雙肢的軀體一面尖叫一面射上天去。另外在眞實性可疑的《聖克雷芒之書》系列已經亡佚的一冊中，也曾簡略提及一名很老的巫師，某天下午他從提亞納飛離地面，在空中飄了好幾天，又是揮舞手腳又是大聲喊叫，最後愈飄愈遠也就看不見了。根據一些非常古老的傳說，月亮上曾一度有人居住，由於被施以失傳已久的超凡妖術，而變成偶爾有生命跡象的荒涼遺跡，這種說法顯然並非空穴來風。

羅曼奈利想起，當天他正在阿札門下監督著清除街道的煩人工作，忽然聽到遠遠從南邊傳來空洞的砲聲。他心下一驚，以爲遭殺害的馬木祿克，貝伊的子弟們已經展開報復襲擊，便打算召喚阿爾巴尼亞傭兵出來迎戰，但接下來卻再無槍砲聲，他爬上城垛一瞧，逐漸變暗的平原上也沒有任何軍隊聚集。直到當天晚上，他聽一位工人說，有很多人看到一個老頭在天剛黑的時候，飛過開羅舊城區的上空……他連忙趕回主人那兒，才發現屋子毀了也空了，只剩下幾個殘缺的「烏沙布提」和受傷的守門人……

守門人告訴他，這一切都是十月間逃走的布蘭登・道爾所爲，第二天他便打聽到道爾已經搭著「獵鳥者」號離開埃及前往英國，並且是以威廉・艾希布雷斯之名訂的船票。羅曼奈利立刻向穆罕默德・阿里辭去博士之職，搭上下一班船前往英國。他在船尾不停吹著口哨，直到嘴唇都麻痺了，船長也命他不許再吹，不過有幾次倒是召來一些席蘭吉協助了幾個鐘頭——這趟行程完全不像上回搭乘「奇里科」號南行那麼快，不過羅曼奈利到底還是在前天禮拜天踏上了倫敦碼頭，而這個艾希布雷斯—道爾的船卻直到今天早上才抵達。

在他搶先的這四十八小時內，羅曼奈利博士可沒閒著。羅曼奈利獲知他的獵物將以艾希布雷斯的名義，前往約翰·莫瑞的出版社參加一個文學聚會，他便威嚇巫師小丑賀拉賓派他手下的幾名混混隨時監視艾希布雷斯，等他一離開莫瑞的出版社就把他捉回鼠堡來。

他們把他帶來以後，我非一手勒死他不可，羅曼奈利想著，氣若游絲般在他喉嚨裡上下跋涉。我會向他逼問出關於時空跳躍的足夠訊息，然後親自跳回我健康的時候，告訴年輕的我該做些什麼改變，好讓一八一一年四月二日星期一的我，不是這麼一個全身發抖、流著血又精力耗盡的廢物。

他睜開佈滿血絲的眼睛，往上瞥了一眼時鐘，時鐘放在一個擠滿玩偶的架子上，上方有個洞，洞裡就安置著丹吉的頭顱。八點四十五分。他對自己說，約莫再一個小時，賀拉賓的手下就會把艾希布雷斯帶來，我們也將轉往地下醫院。

出租馬車轆轆駛過聖保羅大教堂時，艾希布雷斯凝視著教堂西側的幽暗廣場，回想自己喬裝成啞巴湯姆在此行乞的情形。他心想，我始終不能發聲。啞巴湯姆不會說話，補鞋匠艾希弗里斯也不得不如此，而儘管艾希布雷斯是個口若懸河的詩人，卻也只能抄襲他許久以前所讀過並背誦下來的詩句。

他此時的心情夾雜著輕鬆、期待與些許失望。能重返英國當然值得高興，終於擺脫那些可怕的巫術，並得以期盼著與拜倫、柯律治、雪萊、濟慈、渥茲華斯等人會面——他知道他們會碰面的。但既然他已成爲艾希布雷斯，並繞回了白禮的傳記的範圍，從此便再也沒有什麼大驚奇了，因爲他已讀過自己一生的故事。

在「獵鳥者」號上的一個月期間，他想到一個測試的方法，而他依然有些希望得到負面的結果。他想到如果命運註定要他當艾希布雷斯，就得忙著去做兩件事。第一，他最後在「雙頸天鵝」的房間桌上看到的〈黑夜十二小時〉手稿，必須及時送到《信使報》的辦公室，讓他們能夠趕在十二月刊登。第二，「獵鳥者」號必須及時抵達倫敦，讓他能夠於四月二日參加約翰・莫瑞出版社的聚會，並再次遇見柯律治。根據他的研究，這兩件事都是艾希布雷斯一生中不可改變的事實，如果有一件事沒發生，那麼他仍可能做他自己，可以獨立選擇，也可以去感受希望與恐懼。

可是今天下午他去了「天鵝」，問他們有沒有艾希布雷斯的信，他們說他欠了三項郵資。一看之下，原來一是《信使報》的錄用函連同一張三鎊的支票，一是十二月十五日刊登詩文的報紙，最後則是約翰・莫瑞於三月二十五日所寫的信，邀請艾希布雷斯於一星期後參加出版社一個非正式餐會——也就是今晚。

確定了。他是艾希布雷斯。

應該不會太無趣——至少還有一些細節讓他很想一探究竟。例如，伊莉莎白・傑克琳・逖奇，我未來的妻子在哪裡？不久，我將會告訴白禮說我早在去年九月就遇見她。不曉得我爲什麼這麼說？而最後一個問題當然就是：一八四六年四月十二日在烏威治沼澤與我碰面，在我腹部捅一劍，又將我的屍體棄置，直到一個月後才被發現的這個人是誰？我又到底爲什麼會去赴那個約會？

這時馬車向右傾斜，通過白禮老街駛上艦隊街，然後在三十二號門前停下，這是一棟外觀宜人的狹窄建築，燈光從窗簾內透出。艾希布雷斯下車後付了車資，當馬車在達達聲與叮噹聲中沒入黑夜後，他深深吸一口氣，往街道前後看了看——發現有個小乞丐低著頭朝他走來——接著他便敲門了。

片刻後，他聽到門栓拉開的聲音，開門的是一個淡茶色頭髮的男人，手裡還端著酒杯。儘管艾希布雷斯幾乎花光三英鎊去剪了頭髮、修了鬍子又買了一套體面的衣服，那人看到這個巨大黝黑的來客還是遲疑地退後一步。

「呃……有什麼事嗎？」他說。

「我叫艾希布雷斯。你是約翰．莫瑞嗎？」

「喔！對了，快請進。是的，我是莫瑞。你嚇了我一跳呢——如果眞有所謂的典型詩人，先生，恕我直言，你可一點也不像。來一杯紅酒如何？」

「好啊。」艾希布雷斯進入玄關，等著莫瑞重新將門拴上。

「有個小乞丐在門前晃來晃去的。」莫瑞帶著歉意解釋：「稍早還想蒙混進來。」他挺起身子，喝了一口酒，然後小心地走到客人前頭。「請這邊走。很高興你能來——今晚我們運氣不錯，山繆．柯律治也來了。」

艾希布雷斯笑了笑，跟上去。「我知道。」

小傑一看到那個陌生人下車，便怯怯地走上前去，但她還沒想到該如何啓口，那人便已敲門，而且被脾氣暴躁的莫瑞給請了進去。她又走回那個沒有燈光、往內凹的門口，她已經在這裡蹲了一個小時。

他一定就是道爾形容的那個人，她心想。看來莫瑞對《泰晤士報》專欄作家所說的並非大話，他說他絕對相信這位引發爭議的新詩人威廉．艾希布雷斯，將會出席禮拜一的聚會。

那麼我該怎麼去和他說話呢？她納悶著。這是我欠可憐的老道爾的，我得把他的死訊通知他的朋友。我想我只能在這兒等著他出來，在他還沒上車前攔住他。

雖然小傑自從兩天前殺了丹帝——也連帶殺了狗臉喬——之後，便一直沒有睡覺，她卻開始產生幻覺，就好像她的夢迫不及待地想出現在她眼前。每次總像是有巨大的陰影向她衝來，但她一避開卻又什麼也沒有；而且她不停地聽到……不是聲音，也不是回音，而是一扇大鐵門「砰」一聲蓋住天空以後，在空氣中迴響的殘餘回聲。現在尚未開始，因爲時間還早，但她敢肯定再過幾個小時，自己就會開始懷疑爲什麼天還不亮……而且還不到五點，這不安的疑慮就會轉化成驚恐，因爲她確信眞有東西蓋住了天空，使她再也看不到太陽。

她曾經參觀過專門收容女瘋子的抹大拉瑪利亞病院——這一帶都稱之爲「抹德林」——她也發過誓萬一別無選擇的時候，她寧可自殺也不進那兒去。

她很確定今晚她將別無選擇。

她現在只想見到艾希布雷斯，向他傳達有關道爾的消息，然後以最美的姿勢往下一跳，游到泰晤士河中央，吐光肺中的空氣沈下河底。

她不禁打了個寒顫，因爲她忽然想到，這麼一來便驗證了她所擔心的事：她將再也見不到天明。

就這次聚會的專業目的而言，柯律治和艾希布雷斯都讓莫瑞十分失望。他二人在擺滿書籍的房間的角落裡說話，莫瑞晃過去之後，先是加入談話，然後便將話題帶到出書的提議，但兩人都顯得不甚熱中。這讓莫瑞百思不解，因爲柯律治此時財務極爲困難，一家人都得靠朋友資助度日，而艾希布雷斯則是個毫無經驗的新手，能這麼快便和如此知名的出版商合作，應該很高興才對。

「翻譯歌德的《浮士德》？」柯律治懷疑地問。他原本和艾希布雷斯正在討論的話題被轉移之後，他臉上的神采也隨即消失，再度顯出蒼老的病態。「我想不好吧。」他說：「雖然歌德是個天才，翻譯他的作品——尤其是這部作品——也將是一項榮耀與挑戰，但我和他的哲學太過於……衝突了，若由我來做這件事恐怕……對我們兩人都有損害。我倒是有不少論文……」

「是的。」莫瑞說：「關於你的論文，我們當然得找個時間來談談出版事宜。但是，艾希布雷斯先生，你對於出版你的詩集又怎麼想呢？」

「這個嘛，」艾希布雷斯頓了一下。不能是你，莫瑞，他無奈地心想，因爲艾希布雷斯的第一本書將會於五月由柯桑出版。抱歉——但這對你來說是歷史。「目前，」他說：「〈十二小時〉是我唯一的作品，再看看我是否能寫出其他的詩來好了。」

莫瑞勉強擠出一絲微笑。「好吧。不過等你準備好，我的出版計畫卻不一定能配合。失陪一下了！」他又回到桌邊那群人裡頭。

「我恐怕也得失陪了。」柯律治說著便放下幾乎沒有喝的酒杯，搓搓蒼白的額頭：「我覺得好像又要開始頭痛，這會讓旁人很掃興。走路回家也許就會好了。」

「怎麼不叫車呢？」艾希布雷斯陪他走到門口，問道。

「喔……我喜歡走路。」柯律治回答時有些窘迫，艾希布雷斯才明白原來他沒有錢搭車。

「我看這樣吧，」艾希布雷斯隨口便說：「我也喝得差不多了，而且我不怎麼喜歡走路。我就順路載你一程如何？」

柯律治面露喜色，但仍謹慎地問：「可是你往哪兒走呢？」

「喔，」艾希布雷斯隨意揮個手說：「從哪兒走都行。你住在哪裡？」

「科芬園，哈德遜旅館。如果不麻煩的話……」

「一點也不。我去跟莫瑞先生說一聲，順便拿我們的帽子和外套。」

幾分鐘後莫瑞送他們到門口，他探頭出來，看到那個年輕的流浪漢還在隔著幾扇門的地方晃蕩，皺著眉頭瞪了他幾眼。

「艾希布雷斯先生，謝謝你送我們的朋友回去。」

「舉手之勞——咦，我好像看到出租馬車了。喂，計程車！」

馬車伕聽不懂他在叫什麼，不過揮動手臂的含意也夠清楚的。他將馬車斜靠過來，莫瑞向他們道過晚安便關門上栓了。

馬車才剛停穩，就有人大聲叫道：「艾希布雷斯先生！等一等！」接著那個衣衫襤褸的小伙子便衝上來。

當街燈照到男孩的臉時，艾希布雷斯吃了一驚，我的天啊，是小傑。他好像變矮了，不，是我變高了。「什麼事？」

小傑停在他們面前。「對不起打擾了，」她喘著氣說：「但我有個壞消息，是關於一個我們共同的朋友。」

艾希布雷斯藉由背後窗簾透出來的光看著小傑。他這幾個月過得可不輕鬆，他心想。這孩子看起來又餓又倦……而且不曉得爲什麼，甚至比以前更柔弱了些。可憐的傢伙。

「我眞的覺得……」柯律治不太自然地說：「走點路有助於提振精神。我——」

「不，」艾希布雷斯反駁道：「這潮濕的霧氣對你沒有好處，而且我也想再聽聽你對神道的看法。我想這個小伙子——」

「到底還有沒有人要搭車啊？」車伕不耐地扭著馬鞭喊道。

「有，我們三個都上車吧。」艾希布雷斯打開車門說：「年輕人，等我們送柯律治先生回去之後，也許我可以請你吃頓飯。」

「我跟你們一起去，」小傑爬上車說道：「但我得……婉拒你的好意。我有個……約會，要趕到河岸邊去。」

「我們不都也是嗎？」艾希布雷斯笑了笑，先扶柯律治上車之後自己也爬了上去。「車伕！請到科芬園的哈德遜旅館！」他關上門，超載的馬車也搖搖晃晃回到車陣中。

小傑剛才看到停在出版社附近的大馬車也上路了，跟在出租馬車後面十來碼，不過就連馬車伕都沒察覺。

「好了，你說的是哪個朋友，又是什麼壞消息？」艾希布雷斯問道，他高大的身軀塞在左側窗邊的角落裡。

「你……應該認識一個叫做布蘭登·道爾的人吧。」小傑說。

艾希布雷斯揚起眉頭說：「是啊，我跟他熟得很，怎麼了？」

「他死了。很遺憾。簡單地說，我也認識他，而且很喜歡他。他死前一直試著想找你——他以爲你會幫他，你也的確和他說的一樣慷慨。只是你……來得太遲了。」小傑的聲音確實帶著悲傷。

馬車在法院巷的巷口停下，小傑伸手去握門把，說道：「我該走了。這種走法沒有離河邊更近一點。很高興認識你們二位。」

艾希布雷斯聽到小傑的聲音平板單調，有些吃驚，又突然猜出他打算到河邊赴何種約會，便伸手緊緊按住小傑的手，不讓他開門。「等等。」

車伕似乎費了好大功夫才讓馬車重新啓動——他好像跳到人行道上，用刺棒趕馬——但最後馬車還是動了，艾希布雷斯這才放開小傑的手。

「小傑，他沒死。」他輕輕地說：「以後我會告訴你，我是怎麼知道的，現在你相信我就是了。我不管你是否看到他的屍體。你也知道，」艾希布雷斯眨眨眼：「有些時候那並不是眞正的證據。」小傑領悟後睜大了眼睛，而艾希布雷斯則微笑著盡量又坐回去。「好啦！柯律治先生和我剛才正在討論神道觀點。你對這個主題有什麼想法？」

這回輪到柯律治驚訝地揚起眉毛，沒想到他會對一個髒兮兮的流浪兒問這種問題；而當他聽到小傑回答時，眉毛揚得更高。

「這個嘛，」小傑說，話鋒突然一轉似乎並未讓他手足無措：「我覺得聖若望所定義的神道，有一部份和柏拉圖對『絕對』的觀點是一致的：一種永恆不變的形式，實物可謂其不完美的複製品。其實，有幾位蘇格拉底之前的哲學家——」

她話說到一半就被打斷，因爲有一隻拳頭忽然從窗口伸入，用槍口抵住她的上唇。她透過假鬍子仍能感覺到那冷冷的金屬。同一時間，有另一隻手臂偷偷伸進另一扇窗，用槍抵住艾希布雷斯的眼睛。

「誰都不許動。」一個粗嘎的聲音說道，同時有一張瘦長、斜眼的臉從小傑那側的窗子對著他們哂笑。「哈囉，大爺。」他對擠在車裡動彈不得的艾希布雷斯說：「這下還能把誰丟出窗戶啊？抱歉啦，打斷你的精彩談話，不過我們得轉回去——回鼠堡去。」

艾希布雷斯自己也深感訝異的是，此時屏息的他不僅害怕，同時也興奮不已。天啊，他心想，你永遠不知道何時會出現白禮遺漏的一章。「我知道你們要的人是我。」他小心地說，被槍管抵住的眼皮眨了眨：「讓他們兩人走吧，我答應乖乖和你們走。」

「你這麼英勇眞讓我感動得想哭啊，老兄。」那人用槍輕敲幾下，敲得艾希布雷斯頻頻將頭向後移：「馬上給我閉嘴！」

馬車右轉上德瓦里巷，儘管新車伕在轉角急轉彎時，差點讓右輪飛到半空中空轉，但蹲在車外踏板上的兩人卻絲毫未曾將槍縮回或放低。

「我不太明白，」柯律治說話時已閉上眼睛，揉著太陽穴：「他們是打算搶我們，或殺我們？或兩者皆然？」

「很可能是兩者。」小傑口氣平淡地說：「不過我想他們的主子對你的靈魂會比對你的錢包更感興趣。」

「除非你已經失去了它，否則他們是偷不走的。」柯律治冷靜地說：「也許我們現在最應該做的是每個人……都守住他靈魂的所有權。」他說著隨即沈潛下來，胖胖的臉上平和木然，手也垂放在大腿上。

馬車在布羅德街口停下，然後很快穿越馬路。此時的車輪與鈴鐺聲愈發響亮，因爲布羅德街以北的巷道要窄得多。

一會過後，小傑用鼻子吸了幾下。「我們肯定已經到了聖嘉爾斯貧民區。」她小聲地說，彷彿呼吸困難似的說得斷斷續續：「我聞到了垃圾焚燒的味道。」

「他叫你們閉嘴。」監視她的人提醒她，同時戳戳她的鬍子。她乖乖地不再說話，擔心再這麼一下會把鬍子弄掉。

馬車終於停了，兩名武裝的搶匪跳下車打開車門。「出來。」其中一人說。

三名乘客從擁擠的車內探出身子爬下車來。柯律治立刻坐在踏板上，抱著頭呻吟，他的頭顯然愈來愈痛。艾希布雷斯黯然地仰頭看著眼前這巨大、破舊的建築。

這棟建築一半磚砌——有各種大小、顏色與新舊程度的磚塊——一半木造，與其他龐然的陰暗大樓之間，每層樓都有不甚牢固的天橋與梯索連接，開在外牆上的窗口亂七八糟，在他眼中根本看不出裡頭樓層的分佈。小傑卻只是低頭盯著兩腳之間的濕泥，大口大口地喘氣。

藍．凱靈頓急忙從燈火明亮、敞開著的大門跑出來，仔細打量著。「一切都順利嗎？」他問仍高坐在駕駛座上的車伕。

「是的。抱歉，我得把車駕回艦隊街，免得正牌車伕去通報失竊。」

「對，去吧。」

他一揮鞭，馬車向前駛去，因爲此處沒有迴轉空間。凱靈頓盯著俘虜們看，然後指著艾希布雷斯說：「這是我們要的人，那是……叫什麼名字來著，好一陣子沒見他了……小傑．史納普！——我倒想聽聽，他是怎麼捲進來的……但這個又老又病的混蛋是誰？」

搶匪們聳聳肩，艾希布雷斯於是鎭定地說：「他是山繆．柯律治，一個非常有名的作家，如果你們殺了他，恐怕會惹來你們意想不到的麻煩。」

「不用你來告訴我們——」一名搶匪話沒說完，凱靈頓手一揮便制止了他。

「把他們全押進去。」他說：「要快——據說保安隊已經深入貧民區往這兒來了。」

三名俘虜就這麼被槍抵著走進寬大的前廳，這是當晚艾希布雷斯首度眞正感到恐懼，感到一種冰冷的空虛和內心無助的哀嚎，因爲羅曼奈利博士也在，只見他靠在有如嬰兒床的輪車裡，瞪著他的眼神盡是憤懣。

「把他綁起來，」羅曼奈利用嘶啞的聲音說：「帶到樓下的醫院去。快點。」聖愛摩之火現在閃爍得更強烈，每當他發出硬音就會爆出火花。

此時，艾希布雷斯撲向右手邊的人，使出全身的重量與力道一拳揮向他的喉嚨，那人直接往後倒，反射動作所擊出的子彈打碎了牆上的鐘面。艾希布雷斯才剛站穩，正要轉身抓住小傑和柯律治，不料左腳猛然往外一扯，馬上以一種怪異的姿勢跌在地板上。

他眼前的景象已不再是一片混雜的活動影像，此時的他一次只能注意到一件事：他的新褲子在左膝處開了一個被血沾濕的大洞；他的耳朵被第二記槍響震得嗡嗡亂鳴；血以及沾血的布片與骨屑，飛濺在他面前的牆壁與地板上；他的左腳直伸在他前面，膝蓋以下則斜到一旁。

「我還是要你們把他綁起來。」羅曼奈利氣呼呼地說：「在他的大腿綁一條止血帶——我還要他多活一會。」

凱靈頓和開槍的人抓著艾希布雷斯的腋下，拉他起身時，他便昏過去了。

三分鐘後，廳內只剩下柯律治臉色蒼白、閉著雙眼坐在賀拉賓的鞦韆座上，還有一名凱靈頓的手下，這個獐頭鼠目的年輕人名叫詹肯，對於自己被派來看守這麼一個毫無傷害性的老頭，覺得很尷尬。詹肯好奇地四下觀望，發現那灘鮮紅的血跡和破碎的時鐘，不禁納悶凱靈頓喚他來之前，這裡發生了什麼事。他匆匆進廳時看到有三個人被帶出去，其中只有一人能自行走路，不過一切好像都在控制下。詹肯聽到那兩起槍聲，原以為行動開始了，但顯然還得再等等。

這時走廊忽然響起腳步聲，嚇了他一大跳，後來見凱靈頓走進來才舒了一口氣。

「廚房裡有熱茶嗎?」凱靈頓生氣地問。

「有的,首領。」詹肯回答,卻摸不著頭緒。

「拿一壺熱水和一個茶杯來——還有糖。」

詹肯翻翻白眼,但仍照做。他拿回熱水後,凱靈頓要他放到桌上,然後自己走到一個較高的架子前,取下一只棕色的玻璃瓶。他拔去瓶塞,往茶中倒了幾滴刺鼻的液體。「還要多加一點糖。」他小聲地對詹肯說。

詹肯加了糖之後,大拇指朝著柯律治搖晃一下,露出詢問的表情。

凱靈頓點點頭。

詹肯用大拇指劃過脖子,並揚起眉毛。

凱靈頓卻搖搖頭,小聲說:「不,這是鴉片酊。鴉片,你知道吧?只是要讓他睡著,然後你就把他藏到丹吉以前的房間。等解決了小丑和巫師,我們再從地下河道把他送出去,丟在艾德菲那一帶。他不會記得這裡的。眞是麻煩,不過自從禮拜六那個叫丹帝的被殺之後,新聞被報紙炒翻天了,我們可不敢再殺一個出名的爛作家。」他倒了一杯茶,端到柯律治面前,禮貌地說:「先生,請用。喝點熱茶會有幫助的。」

「藥。」柯律治氣喘咻咻:「我需要我的……」

「藥就在茶裡面。」凱靈頓哄著他說:「喝了吧。」

柯律治分四口便將茶喝光。「我還要……拜託……」

「現在喝這樣夠多了。」他將空茶杯放回桌上。「這個劑量足夠讓他睡到中午。」他告訴詹肯：「我去把茶倒了，免得被人發現。如果你不想用扛的，最好趁現在快點扶著我們這位朋友到丹吉的房間去。」

詹肯壓低聲音問道：「我們什麼時候……？」

「快了，可惜我們少了一個人——那個混蛋艾希布雷斯往莫菲的喉嚨打了一拳，從下巴到鎖骨全斷，還沒倒地就死了。」

「這個艾希布雷斯是誰啊？」

「不知道——不過他越強悍對我們越有利，主子們得多花點時間才能擺平他。可是他也撐不了太久，我們得趁他們忙著對付他的時候動手，所以呢趕快行動。」

詹肯走到鞦韆座前，將柯律治扶起，推著他走出大廳。

凱靈頓這時緊繃的臉看起來更加瘦長。他拿著茶壺到前門把水潑在階梯上，然後拴上大門，將茶壺扔在一張椅子上，四下看了看。絕對不能讓疑神疑鬼的保安官看到這種景象。於是他從走廊拖來幾張小地毯，蓋住那些碎玻璃和那灘血漬。

他想到艾希布雷斯擊中莫菲那一拳的神速，不由得挺起上身，難以置信地搖搖頭。那個人到底是誰？又為什麼會和身份如此懸殊的人一同乘車？一個顯然是十分知名的作家，另一個卻是小傑·史納普這種小乞丐。

忽然間，凱靈頓的臉色變得有些蒼白，他將小傑·史納普的影像喚出腦海……然後與他六個月前某天下午看過的一張臉比對，那天正是老丹吉和印度乞丐阿莫企圖殺死賀拉賓，從地下河道逃走的日子。

是兄妹？是男扮女裝？或者只是碰巧長得像？凱靈頓決定要找出答案。

他快步走向走廊，扭開階梯的門，急急忙忙跳下四段階梯的第一段，愈往下階梯愈老舊，最底層便是深地窖。

現在看來她肯定會在天亮前被殺，小傑覺得自己的自殺意圖似乎成了無聊而做作的瘋狂舉動。的確進了抹德林了！一整排低低的牢籠，她被關在最靠近階梯的一個，其他籠中囚犯發出的聲音讓她很慶幸廊道牆上最近的火炬只有十來碼遠，而且帶有霉味的冷風從地下水道吹來，火焰始終低低地搖晃著。否則，耳邊那許多雜音：怒吼、咆哮、哀嚎，在濕地上打滑的聲音，沈重的、有鱗的肢體移動時的沙沙聲，還有爪子刮過石板地喀嗒喀嗒響，眞會讓她以爲自己和一群外來種動物關在一起。此外她還聽到窸窸窣窣的低語聲和暗暗的笑聲，這顯然和前面那些聲音不無關連，較遠的某個籠子甚至有個低而單調的聲音唱著兒歌。

她在籠中坐了大約五分鐘，突然被一聲淒厲的尖叫聲嚇得整個人挺得筆直，當尖叫聲慢慢變成啜泣與咳嗽，她聽到艾希布雷斯的聲音。「好啦，你們這群混蛋。」她聽到他咬牙切齒地說：「你們想要，就得用買的。我會告訴你們——」他的聲音倏地中斷，轉而成爲尖叫。小傑覺得聲音似乎來自右方稍遠處，音量被一條條地道給放大了。

「你現在的處境，」一個刺耳的聲音說：「只能買個痛快的死。其他什麼也別想。趁我們還沒加稅之前快買吧。」

「去你們的。」艾希布雷斯喘息道：「我不會——」

扯開喉嚨的尖叫聲再次磨損著地道的石壁。

鄰近牢籠中之物顯然受到叫聲的影響，紛紛喃喃自語，不安地騷動著。

這時小傑聽到階梯上有腳步聲，抬頭看去，階梯門口出現一個高大的男人，迅速朝這個方向走來，當他經過插在牆上的火炬時，順手抓了下來腳步卻未曾稍停——小傑連忙縮到牢籠後側，因爲來人是藍．凱靈頓。

聽著凱靈頓的鞋跟聲愈來愈近，她緊緊弓著背，把臉埋在交叉的臂彎中。她告訴自己，他只是來看看艾希布雷斯怎麼樣了。頭別抬起來，他不會停下來的。

當腳步聲在她前面驀然打住，淚水便開始湧出她的眼眶，她也開始啜泣起來，很輕很輕地。

「嗨，小傑。」凱靈頓輕聲說道：「我有一兩個問題要問你。抬起頭來。」

她還是低著頭。

「你這該死的小笨蛋，我叫你抬起頭來！」凱靈頓一面吼，一面把火炬從欄杆縫塞進去，拿火焰尾端揮打著小傑的小腿外側。

滾燙的油噴到她的褲子上，逼得她只得跳起來將火拍熄。最後她跪趴在籠內的地上，剛好隔著欄杆與凱靈頓面對面。

這時，廊道裡再次響起艾希布雷斯尖叫的回音，聲音慢慢平息之後，凱靈頓格格一笑。「嗯，的確挺像的。」他說得很輕，但有一種滿意的冷酷。「小子，你聽我說——我要知道六個月前我在樓上遇見的那個女孩是誰，她把我騙到秣市去害得我差點送命。」

「我發誓，」小傑驚恐地說：「我不——」

凱靈頓不耐地大吼一聲，又把火炬伸進籠內，但他尚未來得及動手，便有一雙手指很長的綠手抓住小傑的牢籠和第二個籠子之間的欄杆，凱靈頓赫然發現眼前多了一張大嘴巴、大眼睛的爬蟲類的臉，那是賀拉賓的「失誤」之一。「別碰這女孩。」那東西說得非常清楚。

凱靈頓楞了一下，收回火炬。「女孩？」他仔細地盯著小傑，她卻已經很快退到籠子後方，再次哭泣起來。幾秒鐘後，「喔，原來如此。」他的聲音就好像吞了一湯匙蜂蜜卻給嗆著似的：「啊，沒錯，沒錯，沒錯。」他將手探進口袋，摸出一串鑰匙，將其中一把插進籠子的鎖孔，拉開插銷將門推開，由於推得太猛使得鑰匙環「砰」一聲撞在鐵門框上。

忽然間，賀拉賓尖銳的聲音從醫院方向傳上走廊：「閣下，他恐怕是死了。」

凱靈頓失望地皺起眉頭，動手便要關門。

「還有心跳。」羅曼奈利的聲音說：「把氨水拿來，他還有大半個小時可活，我需要一些答案。」

「撐著點，艾希布雷斯。」凱靈頓低聲說著，又把門拽開。他進入籠內抓住小傑的上臂，把她拖出去。她不斷掙扎，他便狠很甩她一個耳光，把她打得頭昏眼花。「來吧。」他押著暈頭轉向的小傑走下另一條廊道，通過拱門，前往向下傾斜的寬大地窖。

拱門另一邊有十幾個武裝的人等候著，其中一人見到凱靈頓立刻跳上前去，緊張地問：「現在嗎，頭兒？」

「什麼？」凱靈頓厲聲說道：「不，還沒——艾希布雷斯的沙漏裡還有不少沙呢。我馬上回來，我要帶這個小傑到最底層去算一筆老帳。」

那人驚愕地看著他。

凱靈頓笑了笑，捏著小傑的鬍鬚一把扯掉。「小傑老兄原來是個女的。」

「什——你是說你——現在？不要吧，頭兒！把她關回籠子裡，留著當點心吧！天啊，我們還有正事要做，你不能——」

「我馬上回來，時間還多著呢。」他推著小傑往前走，她踩到一間凹陷地牢的蓋子，一個不穩便跌倒了。

「拜託你，頭兒！」凱靈頓走過去拉她起身時，那人抓住他的手臂堅持道：「而且你也不能獨自到最底層去！所有『失誤』的逃犯都住在那裡——」

凱靈頓丟下火炬，轉身一拳往那人的肚子打去，那人重重跌坐在地後，痛得翻身側躺。

凱靈頓抬頭看著其他人說：「我馬上回來，時間還多著呢。懂了嗎？」

「懂了，頭兒。」有幾個人感到困窘，喃喃說道。

「很好。」他拾起火把，拉小傑站起來之後，從寬敞洞室明亮的一頭走出去，步下愈來愈陡的漆黑斜坡。底下吹來陣陣潮濕的微風，他的火把在風中明滅不定，只照亮他們周圍一小塊濕滑的石板古道，至於牆壁和天花板則都已淹沒在沈沈的黑暗之中。

他們沿著斜坡走了幾分鐘，兩人都曾經兩度在潮濕而且愈來愈陡的石板上滑倒，並坐著滑行一小段，現在望向身後上方高起的地板，已經見不到入口拱門旁火炬的絲毫火光。凱靈頓將小傑絆倒，在她身邊跪下，然後將火炬柄插進兩塊石板之間的泥巴中。

「乖一點，待會我會讓妳死個痛快。」他露出深情的笑容。

小傑縮起雙腳踢他——他輕易地便以前臂擋住，但是當她的腳跟彈回時卻把火炬踢倒了。火炬往下滾，愈滾愈快，像車輪一樣，滾得老遠之後，忽然「嘶」一聲遇水熄滅了。

「不想太亮哦？」凱靈頓在完全黑暗中說。他抓住她的肩膀，跪在她的膝蓋上壓住她。「很好——我喜歡害羞的女孩。」

當凱靈頓壓在她身上移動姿勢時，小傑無助地哭起來；他停了好幾秒鐘，然後抽搐了一下，開始發出一種奇怪的悶聲呻吟。接著他又再次動起來，手無力地在小傑臉上亂抓，不一會突然從她身上斜到一邊，她還聽到像是水從水壺慢慢倒出的聲音。當她聞到一股有如熱銅的氣味，她才明白那是血灑在石頭上。

因爲她剛才在哭，所以沒有聽到有東西靠近，但現在她聽到它們就在她身邊竊竊私語。「你這隻貪心的豬，」某物格格笑道：「全被你浪費掉了。」

「那就舔石頭啊。」另一物尖聲回答。

小傑試著要站起來，但有一隻彷彿握著活龍蝦的手將她推回去。「別緊張，」另一個聲音說：「妳得跟我們到更深的地方去——到底岸——我們會把妳放上船、推妳出去，妳就是我們獻給巨蛇魔的祭品。」

「把她的眼睛留下。」另一物小聲地說：「她答應過要給我和我妹妹的。」

直到小傑感覺到蜘蛛爪般的手指爬上她的臉，她才不禁尖叫起來。

柯律治在籠子裡發現的東西，更讓他堅信自己又在作另一個鴉片夢——儘管夢境是如此不可思議的眞實。

好一會之前，他的頭痛和胃痙攣舒緩了，他發現自己在一間黑暗的房中，卻不記得是怎麼來的，而當他從床上坐起來伸手去拿手錶，竟然連桌子也摸不到——同時發現房裡漆黑無比——他才發覺自己不在哈德遜旅館的房中。他站起來，像盲人一樣摸索房間四壁之後，發現他也不在約翰・摩根或巴瑟・蒙塔谷的家中，或是任何他曾經到過的地方。最後他找到房門，將門打開，就在門口站了好一陣子，上上下下看著微弱火光照亮的樓梯井，他看得出這是低格調的鄉下羅馬式建築，至於遠方傳來的哀嚎與吼叫，他卻完全辨識不出是何種叫聲。

這種佛謝利派的怪誕景象，再加上熟悉的——只不過這次特別強烈的——頭重腳輕和關節那暖暖鬆鬆的感覺，他很確定自己又吃了太多鴉片酊以致於產生幻覺。

他苦著臉想道，柯律治在仙納度，下詔建了座陰森地牢。

片刻後，他信步走到階梯的平台上。民間有個說法，在夢中探索一棟房屋便象徵探索自己的心，對此他總覺得不無可能，然而儘管他曾多次在夢中探索過自己心屋的上層樓面，卻從未見過下層的地窖。惡夢般的雜音來自下方，因此在好奇心驅使下，他鼓起勇氣小心地沿著古老台階而下，想看看自己內心深處住著什麼樣的怪物。

雖然有點害怕不知道會遇上什麼，但是他卻又很高興自己能產生如此具體而眞實的幻想。不僅是老舊石階明暗分明，鞋子摩擦地板時發出微弱回音，甚至連從底下湧上來的冷風也濕冷污濁，並帶有霉味、海草味和——對了，就是這個——動物園的氣味。

愈往下走光線愈暗，當他來到階梯底端四周已經全暗，只偶爾有一絲火光閃爍，可能是好幾個轉角外的火炬反射過來的光線，也可能只是眼睛疲憊而冒出的金星。

他慢慢穿過凹凸不平的地板，朝著似乎是呻吟與叫聲的來處走去，但就在他距離籠子還有幾碼之處，忽然聽到一聲既痛苦又疲憊又無助的尖叫聲不斷迴響，他不禁呆在原地。那是什麼？他心想。被我的怠惰所束縛甚至幾乎扼殺的雄心壯志嗎？不，這樣想就錯了；應該是我所忽略的責任——其中大多是才華——被囚禁在我內心最深處的暗牢裡。

接著他又繼續前進，不久他便摸到最近一個籠子冷冷的欄杆。籠裡有個東西重重地拍擊地板，接下來的聲音像是一根濕拖把拖過石地，這時柯律治才發覺手心裡一陣一陣的微風，其實是某個東西的氣息。

「嗨，老兄。」此物以低沈至極的聲音說

「嗨。」柯律治緊張地應道。他慌張地頓了一下才又說：「你被關起來了？」

「我們……全都被關著。」那隱形之物說道，而各邊的其他籠子也傳來嘈嘈雜雜的應和聲。

「那麼，」柯律治喃喃地說，主要是說給自己聽：「你們眞的是被我桎梏的聲音嗎？我眞料想不到。」

「放了我們。」一物說：「鑰匙在最後面籠子的鎖孔裡。」

「或者，」柯律治繼續說著：「這個可能性較大，你們會不會是我的力量與美德，由於我的疏懶，以致長期遭到忽略與禁錮而扭曲變形？」

「這些東西……我不知道。放了我們。」

「然而一股扭曲的力量難道不比萎縮的惡習更可怕嗎？不，朋友，我想還是讓你們繼續關著比較明智。我之所以建造如此堅固的欄杆必定有我的道理。」他說完轉身便要離去。

「你不能就這麼棄我們不顧。」

柯律治停下來，若有所思地說：「不能嗎？也許吧。畢竟一旦排除了問題的任何要素，便不可能獲得眞正的答案；這是清教徒犯的錯。但這些籠子必然是我——難得一見！——的意志與控制力的體現。我一定已經考慮過才會關住你們。」

「放了我們就知道了。」

柯律治站在黑暗中思索好一會。「我想不出不能這麼做的理由。」他小聲說完，便摸索著走到最後一個籠子，凱靈頓的鑰匙環還吊在打開的籠門上。

刺鼻的氨氣使艾希布雷斯恢復意識，也將他再次拉回這個火炬照亮、泥巴爲地的恐怖小室。

上一次藉由氨氣復甦之後，他發現自己竟能脫離綁在桌上受折磨的軀體，或說得更確切一點，應該是沈入發熱的腦袋幻夢般的深處，因此羅曼奈利拚命施加的酷刑只不過是遙遠的拉扯與刺激，就好像潛入水底的泳者幾乎感受不到水面上的波動。

有這樣的轉變自然很好，不過這回再次清醒過來，他知道自己就快死了。雖然羅曼奈利對他造成的傷害並無立即的生命危險，但他卻需要一九八三年的加護病房設施才能獲得基本的康復。

他眨著那隻完好的眼睛看向鄰近牆壁，看見抽水幫浦上方的架子上，擺了一排四吋高的玩偶，心裡卻絲毫不訝異。接著他轉過頭盯著羅曼奈利，他臉上的光線有些怪異。我想這終究還是另一個世界，他冷漠而超然地想著，艾希布雷斯於一八一一年死在這裡了。不過，他也會靜靜地死去。羅曼奈利，我並不認為你向我逼問出與從前裂縫有關訊息之後，就能推測出未來裂縫的位置——不過我還是不給你機會。你就跟我一塊死在這裡吧。

「你做得太過份了。」賀拉賓像米老鼠似的聲音在他身後響起：「這可不像打開竹簍那麼簡單或快速。你會害死他的。」

「他可能也是這麼想。」羅曼奈利喘息道。這名巫師站在一個迷你閃電光圈中，顯得十分痛苦。「可是你給我聽著，艾希布雷斯——我不讓你死你就死不了。我可以割下你的頭——我也可能這麼做——並施展巫術讓你繼續活著。你可能以為天亮以前你就會死。我向你保證，我可以把你死亡的痛苦延長數十年。」

兩個巫師正背對著門口，艾希布雷斯則極力不轉動眼睛或顯示任何反應，因為他看到門口出現許多恐怖的形體，正悄悄往這個幽暗的房間而來。他心想，不管這些是什麼，只希望他們是眞的，把我們全給殺了。

可是幫浦上方的架子卻微微一動——有一個小玩偶扭起小手臂，指著門口尖叫：「失誤跑出來了！」

賀拉賓像羅盤一樣以一根高蹺為支點旋過身去，舌頭伸得老長直到碰到鼻子，然後發出尖銳無比的雙聲哨音，艾希布雷斯受不了刺激，剩餘的牙齒格格打顫。同一時間，羅曼奈利也深深吸一口氣——聲音有如將一把大傘拉下煙囪——然後吼了三個字，沾滿血的雙手手心向前猛力一推。

「失誤」當中，有一個又長又軟、毛茸茸、有著巨大的耳朵與鼻孔但沒有眼睛的東西，像貓一般撲向賀拉賓，卻不知被什麼給擋住，噗地摔進地板的濕泥當中。

「把……把它們弄走。」羅曼奈利哭喪著聲音說。血開始從他的鼻子和耳朵不斷湧出。「我沒法……再做一次了。」

這時有六七個「失誤」敲擊、抓扒著障礙物，發出巨大聲響，其中包括一隻兩棲巨獸，它的下顎突出，還有好幾排楔狀利齒。

「打開地板上那些小洞。」賀拉賓緊張地說：「我的湯匙小子會讓它們乖乖回籠子裡去。」

「我……沒辦法。」羅曼奈利發出虛弱的哀泣：「我只要稍微一動……它就會……碎裂。」血已經開始像淚水一樣流出他的眼睛：「我……快要瓦解了。」

「你們看小丑的褲褲。」滿嘴利牙的怪物聲音低沈地說。

賀拉賓不由自主往下一瞥，在火光中看見自己寬大的白褲子，被那隻摔入泥坑的長毛怪物濺得滿是泥巴。

「泥巴穿過去了。」那怪物大吼一聲，便從地板挖起一塊拳頭大的石頭扔過來。

石頭打中賀拉賓的肚子，他在高蹺上搖搖晃晃嚇得差點喘不過氣來，後來又有兩塊石頭砸來，一塊打中他佈滿圓斑、皺巴巴的手腕，另一塊打中他蒼白的額頭，他整個人往前折成兩半，滿臉驚慌憤怒，啪啦一聲跌坐在泥巴裡。

湯匙小子像一隻隻大型蟋蟀，揮舞著迷你劍，從架子上跳下來，噗通掉進泥巴裡，然後彈跳過障礙物，刺向「失誤」們的腳踝並爬到腿上去。

羅曼奈利將艾希布雷斯殘廢的那條腿往後一折，把腳踝綁在大腿上，然後費盡九牛二虎之力，幾乎把牙齒都咬斷了，才扛起快死的詩人，踉踉蹌蹌走向另一頭的拱門。

羅曼奈利沿著走廊每往下走一步，就會引發體內更多劈哩啪啦的爆破聲，呼吸聲也咻咻響得刺耳，但他仍吃力地朝著通往傾斜地窖的拱門走去，這時他身後的醫院則爆發出無數撞擊與叫喊的聲音。

凱靈頓的手下擠在一把火炬底下的牆邊，對於首領遲遲不歸愈來愈感到不耐，還彼此低聲發誓，即使少了他，他們也會勇往直前。可是當羅曼奈利馱著人從拱門走進來，經過他們旁邊時，見到這恐怖的景象他們卻是個個臉色發白連忙後退。

「天啊，」其中一人摸著刀柄小聲地說：「我們要不要追上去殺了他？」

「你是怎麼了，瞎啦？」另一名同伴怒道：「他都已經快死了。我們去解決小丑。」

他們正起步往拱門走去，便有一群「失誤」邊跳邊滑地衝過來，還有一大群蹦跳的湯匙小子緊追在後。

儘管有一堆化學與巫術藥劑讓他保持清醒，艾希布雷斯仍然陷入半昏迷狀態，偶爾醒來也都只持續片刻。有一回他隱約覺得有人背著他走下一個陡坡；又有一回他發現背他的人正不自覺地用興奮的聲音唱著輕快的小曲；接下來情況就變得混亂了：他們後面有許多吶喊聲，藉由背負者本身發出的強烈電光，他看到一隻戴著三角帽的巨大蟾蜍從一邊跳過，還有一隻頂著人頭的六腳狗從另一邊急奔而過，接著空氣中便充滿跳躍的蟲子，但那又不是蟲子，而是憤怒揮舞著迷你劍的小人兒。

後來背他的人絆了一跤，每個人都摔倒在愈來愈陡的斜坡上，而艾希布雷斯再次失去知覺以前瞥見的最後一眼，讓身陷死亡迷霧中的他也不禁感到困惑：他看見小傑的臉，臉上一行行淚水，剃去了鬍子，驚詫地看著他滾過去。

那火花閃爍之物撞在小傑身上，也撞到了無眼兩姊妹，只聽得她們翻滾進黑暗之際失望地吱吱尖叫。小傑即時爬跪起來，才看清那團藍火原來是個人，而艾希布雷斯也隨後滑落斜坡，看樣子是死了。就在此時，小傑連忙將頭縮起，手和腳插入石縫中的泥巴，因爲黑暗中有一批不知何物急匆匆地從她身旁與頭上沈沈掠過，同時發出吠叫和啼哭的聲音，緊跟在後的則是一大群聽起來和感覺起來像是大蝗蟲的東西。不一會，這地獄來的馬戲團旋風在她底下愈離愈遠，她也開始往回爬上斜坡。

不過上頭也有不少聲音，微弱的尖叫、吶喊與狂笑在洞穴中怪異地迴響，她昏昏沈沈地想不透今晚的鼠堡中了什麼邪。

好幾分鐘過後，她感覺到地面變平了，抬起頭便看見遠處的火炬和拱門。凱靈頓的手下已經不再躲藏在那兒，無論行動爲何，總之是在別處發生，因此小傑立刻站起來，發狂似的奔向火光。

到達之後，她蹲在半圓形的美妙黃光底下喘息許久，享受著火光所給予的安全的錯覺，就好像她以前玩鬼捉人遊戲時說的那句「國王十字架」，那也才沒幾年前的事呀。後來她終於強迫自己站起來，穿過拱門再次走入黑暗。

她可以聽見碼頭方向有一些緊張的聲音，因此她靜悄悄地沿著走廊往上走，前往上升的階梯，但那裡也有聲音，她於是停下腳步。

是守衛，她心想——很可能是凱靈頓的手下，爲了確保誰也逃不出這個蟻窩。

她決定走回去躲起來，直到守衛回地面去之後，再順著水道游到泰晤士河。她正要轉身往回走，那持續不斷的吶喊忽然變得更大聲，廊道裡也迸出一團模糊反射的火光。火光很快地變亮，彷彿有人持著火把正要轉過前面的轉角。小傑驚恐地四下張望，想找個洞口躲進去，可惜沒有。她只得平貼在一面牆上。

叫喊聲依然愈益響亮，她聽到木頭急速的敲擊聲，接著便看見賀拉賓從較遠的一條地道竄出來，他踩著高蹺滿臉通紅，身旁身後跟著一大群看似老鼠的東西蹦蹦跳跳、吱吱喳喳。不久他的追趕者也滑轉過同一個角落隨後跳來，並一面扔擲石頭一面像獵犬般狂吠。

小傑回頭看看階梯，隱約看見兩個人就蹲在拱門外，用槍之類的瞄準逐漸靠近的混亂陣仗。那頭也不行，她心想。絕望之餘，她摔倒在牆邊用一隻手臂遮住臉，暗暗希望所有人都誤以爲她是一具屍體。

那兩把槍響了，長長的一聲轟鳴，火光更將地道照亮許久，石屑從牆壁與天花板飛落，著火的小丑搖搖晃晃地停下來，但穩住了腳步，顯然並未受傷。但他這一停，卻讓追趕的群獸趁機追上了他。

有一些湯匙小子和他們一呎高的同伴被槍彈餘威給震彈開來，存活者卻轉身撲到緊追不捨的「失誤」的臉上，而後者則已經將身上著火、尖叫不已的小丑打到牆邊，正用沾滿泥巴的爪子撕扯他的雙腳。這些迷你小人直接跳躍過「失誤」的爪子，揮劍砍向它們的眼睛、喉嚨和耳朵，完全不顧自己的死活。然而，「失誤」們也同樣置生死於度外，寧可冒著被湯匙小子劍鋒所傷以及燒焦的危險，也要奮力接近賀拉賓，用滿是泥巴的牙齒咬他一口，或是把他腳下的高蹺拉得遠遠的。

這瘋狂的一幕就在小傑跟前幾碼處上演，她忍不住略抬起頭來觀看。全身焦黑不停哀嚎的小丑已經沒有先前燒得厲害，但仍有足夠的火光可以看到零星的奮戰場面。小傑看到一個貴賓狗般大小的「失誤」，全身長滿觸手，兩隻眼睛已被小人兒的劍刺瞎，賀拉賓企圖伸出右手抓它，卻被它滿嘴的牙齒一咬，喀喇一聲巨響便咬下大半。另外還有幾樣像是無殼蝸牛的東西，在十來個小人兒猛烈攻擊下已難活命，但卻在臨死前進入牆壁與左邊高蹺之間，拼著最後一口氣將高蹺往外拉，使其失去平衡，小丑就這麼往它們身上壓下來。賀拉賓跌在地上之後，火多半都熄滅了，因此小傑只能看見一堆高高隆起、扭曲變形的垂死形體，她也只能聽見此起彼落的喘息聲、吱嘎聲、低嚎聲與長長的、喀喇喀喇響的吐氣聲，而且愈來愈微弱。頓時地道裡充滿一股焚燒垃圾似的噁心氣味。

小傑連忙起身穿過屍堆，往迷宮更深處跑去，在黑暗中跑了二十幾步之後，腳下沒踩穩跌倒了，她滑行一會茫茫然停下時，冷不防有一隻手伸出來緊抓住她的手腕。

她反手一扭，心裡正懷疑自己是否還有力氣勒死任何東西，忽然聽到她看不見的對方出聲說話，便即住手。「很抱歉，無論你是思想先生、任性先生或是瞬間美德先生，是否能請你指引我如何回到我心靈的清醒樓層呢？」

有好一會，艾希布雷斯隱約感覺到自己躺在一艘船上，而羅曼奈利博士正有氣無力地搖著槳，但後來當他再次完全清醒，卻發現他所躺的平面已經變了。剛才他感覺到的是硬硬的、有稜有角的木頭表面，但這回卻像是鋪在某種柔軟肋骨上的一層軟皮。他睜開眼睛後略感驚訝，雖然沒有光線自己竟能看得見。船正要通過一個寬廣的大廳廢墟，廳壁上一排豎立的石棺黑得發亮。

他聽到羅曼奈利在喘氣，便朝他看去。這個憔悴的巫師也在無光中閃耀著，只見他越過艾希布雷斯的肩膀驚愕地不知看著什麼。艾希布雷斯將手肘拖過來撐著身子，勉強轉過頭去，看見船尾有幾個高大模糊的直立身影，船中心有一條蛇，口尾相接地盤著一個小神龕，而神龕內則立著一個一人高、黑光閃爍的圓盤。艾希布雷斯被那黑色光芒刺痛雙眼，不得不轉移視線，不過他似乎隱約看到圓盤上刻了一個聖甲蟲的圖形。

當他能再次視物時，他發現羅曼奈利臉上露出安心的微笑，淚水滑下他凹陷的雙頰。「拉神的船，」他小聲地說：「塞克特之船，太陽就是乘著這艘船航行過黑夜十二小時，從日落到黎明！我上船了——到了黎明，當我們再次重返世界，我將乘上阿特船，清晨天空之船，我將得以重生！」

艾希布雷斯殘廢至此已經不在乎了，他重重往後倒在皮層上——竟聽到皮層底下有心跳聲。似乎徹夜不絕的哭嚎聲此時聽得更清楚，而且帶著哀求的聲調。他掉轉過頭，越過低低的舷緣望向河岸，看見模糊的身影朝著船伸出手臂，而當船經過後又聽見他們絕望地哭泣。河岸上每隔一段距離便有一根桿子——應該是時辰的標記吧，他心想——桿子頂端都安著蛇頭，每當船行經時，蛇頭就會暫時變成鞠躬的人頭。

艾希布雷斯坐了起來，這時他才發現這船原來是一條巨蛇，中間部分寬出來有如超大的眼鏡蛇傘狀頭，而船頭與船尾逐漸細成一條長長的脖子，末端則是一個活蟒蛇頭。

這就是詩了，他心想——黑夜十二小時。我寫的就是這個。我正在一艘只有死人才見得到的船上。

他覺得圓盤是有生命的——不，它當然是死的，但它能感知——只不過它對這兩名偷渡客並無興趣。船尾那幾個高大的形體似乎是頂著鳥獸頭的人，也同樣不理睬他們。艾希布雷斯再次砰地往後倒。

一段時間過後，船漂流過一扇模糊的門，門兩側各有一個高大如電線桿的石棺，另一邊岸上的人形則不斷沿著河岸尖叫、左右移動，而在他們驚恐的叫聲之外，他還聽到金屬緩緩滑行的聲音。「巨蛇魔！」眾鬼魂大喊著：「巨蛇魔！」隨後他看到一個黑色形體升起，後來才看出是一條蟒蛇的頭，其體積之龐大使他們這艘畸形船也相形見絀。蟒蛇的嘴邊吊著幾個像是人的形體，不過牠搖搖沈甸甸的頭，把那些人都甩開，並慢慢地成弧形越過河面。

「巨蛇魔，」羅曼奈利低聲說：「牠一直蜷伏在很深的凱古薩姆國度，那裡的黑暗純得凝結成無法穿透的固體。牠感應到這艘船上有個靈魂……沒有資格進入黎明。」羅曼奈利微笑著說：「反正我也不再需要你了。」

此時艾希布雷斯甚至連用手肘撐起的力量都沒有了，他只能眼睜睜看著那個黑黝黝的頭將他上方的一切全都抹去。當牠愈靠愈近，空氣也變得寒冷刺骨，那巨大的嘴巴一張開，他彷彿看見另類的星星在遙遠的地方閃耀著，就好像巨蛇魔的嘴巴是一道通往嚴寒與幽冥國度的大門。

艾希布雷斯閉上雙眼暗自祈禱，若仍存在有仁慈神明的話，請照護他的靈魂。

但他的注意力又被一聲薄弱的尖叫聲轉移開來，他抬頭看去，也希望這是最後一次……結果竟看到羅曼奈利博士分崩離析的身軀往上落入了巨大魔口。

爲了更加確定，小傑凝視著黑暗的西方，寬闊的泰晤士河在那兒蜿蜒向南，流經白廳之後又向西直行，然後她又看看東方。

她終於安心地笑了。沒錯，天空的確漸漸轉白。她看見黑修士橋的拱形橋影映在黎明前的熹微晨光中。

她鬆懈下來，坐回到矮石牆上，這才發覺艾德菲拱廊上方的泥岸上寒意逼人。她把外套衣領拉攏了些，並開始打顫。和昨晚的守夜一樣沒有希望，她心想，但我還是在這兒等到天亮吧，也許艾希布雷斯會從這裡漂出來——也許有那麼一點可能：他在深地窖裡從我身邊跌落時並沒有死，後來他落入地下河道，在可怕的……凝固開始之前，順利地順流而出。

她不停發抖，爲求安心又瞥了瞥漸白的東方，然後開始回憶她從深地窖爬上來的情形。她拉著柯律治的手，開始小心地沿著漆黑的廊道往上走，卻忽然注意到四下悄然。不僅遠處的哀嚎聲不見了，就連空氣中複雜微妙的共鳴，還有在他們底下方圓數哩的地下廊道與廳室內，那終年不息的微風所發出的回音，也全都停了。

她知道賀拉賓的屍體躺在哪裡，因此經過時特別緊貼著右邊牆壁，但她幾乎驚呼失聲，因爲黑暗中有個驚人的低沈聲音對他們說話。

「這不是人類該來的地方，朋友。」那聲音說。

「呃……是啊。」小傑尖聲說道：「我們就要離開了。」

她聽到有東西舉起又重重落下——還有幾聲金屬的鏗鏘——當那聲音再度響起，已經到了她頭頂上。「我護送你們出去。」它沈沈地說：「雖然被小丑的小人兒刺那麼多劍就快死了，不過有咬人精保護，相信沒有人敢阻撓。」

「你要……護送我們？」小傑不敢置信地問。

「是的。」此物沈重地嘆了口氣：「這是我欠你這位同伴的，他釋放了我和我的兄弟姊妹們，讓我們臨死前還有機會報仇。」小傑發現它的聲音沒有回音，就好像他們是在房間裡而非地道中。「動作快，」咬人精一面向前一面說：「黑暗愈來愈硬了。」

這奇特的三人組合走向階梯，並吃力地往上爬。到了第一個平台，柯律治想要休息，但咬人精告訴他已經沒有時間。怪物抱起柯律治，他們又繼續前進。

「別落在後頭了。」咬人精提醒小傑。

「我不會的。」小傑口氣相當堅定，因爲她現在明白爲什麼他們剛才離開的廊道，甚至他們剛剛爬上來的階梯完全沒有聲音或回音。半年前，那對無眼的姊妹是怎麼對她說的？「黑暗就像黏稠的泥巴愈來愈硬，我們要在它變得跟石頭一樣硬之前離開……不能讓我們永遠關在硬得像石頭一樣的黑夜裡！」小傑努力地跟上咬人精的腳步，也很慶幸它走得這麼快。

當他們終於來到最上層，走進鼠堡廚房那火光閃耀的走廊時，幾名凱靈頓的手下朝他們上前一步，後來見到以粗壯手臂抱著柯律治的怪物時，又不覺後退兩步。小傑抬頭看到咬人精，也不禁退縮。

原來護送他們的是一頭兩棲巨獸，臉上長滿鯰魚的黑長鬚，彷彿漫畫筆下的鬍鬚與頭髮，一雙眼睛有如玻璃紙鎮，還有一個豬鼻子，但最最令人吃驚的卻是它的嘴巴：只見它臉上裂開一道十二吋寬的縫，由於裡頭長著一排排巨牙而幾乎合不攏。它穿著一件古老的外套，前面已被撕得破碎且鮮紅的血跡斑斑。

「這些人渣不會阻攔你們的。」咬人精平靜地說：「來吧。」

他將柯律治放下，與他們一同走到前門。「走吧。」他說：「快走，我會看著你們離開，但我得在黑暗完全變硬之前回到下面去。」

「好的。」小傑感動地呼吸著巴克里治街上黎明前的清涼空氣，說道：「也謝謝你——」

「我是爲了你的朋友。」咬人精低聲隆隆：「快走。」

小傑點點頭，將柯律治推出去後，沿著黑暗的街道走去。

他們平安地回到哈德遜旅館，進入柯律治的房間之後，小傑一鬆手便將他摔在床上。小傑還沒走出走廊他就睡死了，於是她輕輕將門帶上。她看到床邊有一瓶鴉片酊，也大概明白了為什麼凱靈頓的控制手法對這位老詩人發揮不了作用。凱靈頓怎麼可能知道柯律治對鴉片已經產生如此大的耐受性！

接著她往泰晤士河走去，來到地下支流注入大河之處的艾德菲拱廊，心想艾希布雷斯或是他的殘肢也許會從地道漂流出來。

此時東方天空已呈現明亮的灰藍，地平線上的片片雲彩也開始蒸騰閃耀。太陽隨時都可能升起。

籠罩在拱廊深沈平靜的陰影底下的水面，突然一陣縠紋波動，小傑往下一瞄剛好瞧見一艘幽靈似的、半透明的船冒出來。船一進入微明的晨光中，立刻閃閃發光更為透明，並倏然消失在東方天際，那一剎那小傑眞以為是自己太累所生的幻覺。但就在轉瞬間，她開始注意到兩件事：旭日的第一道銀紅光芒已經出現在遠方的倫敦城上空，另外在距離河岸十來呎處有個人啪啪地在划水，他顯然是在幽靈船消失前從船上跌落的。

小傑急忙跳起來，因為她認出那個正有點恍惚地游向岸邊的人是誰了。

「艾希布雷斯先生！」她大喊道：「這邊！」

就在蛇船從最後一道拱門兩側的柱子之間穿過——柱子上各撐著一個蓄著法老鬍鬚的頭

像——艾希布雷斯感覺到體內湧起一股巨大的熱氣，猛烈衝擊著他如游絲般的意識，直到他噗通落入冰冷的泰晤士河，他更確定自己是死了而感到無比幸福。

他掙扎著浮上水面，甩開眼前的長髮時，才驀然想起自己又有頭髮了，還有兩隻眼睛。他先舉起一隻手到面前，接著另一隻，看到十指俱全、毫髮無傷，不禁露出微笑。

羅曼奈利博士所奢望的重生在他身上實現了——當太陽在黎明時完整地、活生生地復甦之際，艾希布雷斯也得以分享這個結果，天曉得爲什麼。

他正要往岸邊游去，便聽到一聲呼喊。他停下來，斜睨著陰影籠罩的河岸，之後認出坐在牆上揮手的人，才又開始往前游。

河水在艾德菲拱廊附近洶湧飛濺，當他游到淺水區站起來，涉水走到泥岸邊時才知道爲什麼：原來地下水道已經不再流入泰晤士河，就好像在某處放下一道巨型水閘似的，一時激盪的回流平息後，流過艾希布雷斯出水之處的河水也變得和河岸其他部分的水流一樣平緩。有幾隻水鳥看見河泥翻騰起來又被河水捲走，不禁好奇地俯衝而下想看個清楚。

艾希布雷斯仰頭看著牆上那個瘦小的身影，喊道：「嗨，小傑。柯律治應該也逃出來了吧。」

「是的，先生。」小傑說。

「而且，」艾希布雷斯邊爬上岸邊說：「我敢說他一定完全不記得昨晚看到的事情。」

「這個嘛，」當這個滴著水、滿臉鬍子的巨人爬上斜坡，跳上牆頭坐到自己身邊時，小傑困惑地說：「他的確可能記不得。」她細細盯著他看，又說：「你從我身邊滑過去的時候，我以爲你死了。你的……眼睛，還有……」

「是啊，」艾希布雷斯輕聲說：「我當時是快死了——但昨晚有巫術發威，巫術倒也不全然邪惡。」這時輪到他盯著她看：「你還有時間刮鬍子？」

「喔！」小傑摸摸光溜溜的上唇說：「這個……鬍子……被燒掉了。」

「天啊。不過你能逃出來，我還是很高興。」艾希布雷斯往後一靠，閉上眼睛，大大吸了一口氣說道：「我要坐在這裡，直到太陽升到中天把我曬乾爲止。」

小傑眉毛一揚。「你會冷死的——你好不容易度過……但丁作品的濃縮歷程，這樣豈不是浪費了？」

他笑著搖搖頭，眼睛仍未張開。「艾希布雷斯在死之前，還有很多事要做呢。」

「哦？比方說？」

艾希布雷斯聳聳肩說：「比方說……結婚啦。老實說，就在下個月五號。」

小傑不在意地把頭往後一仰。「那很好啊。對象是誰？」

「一個叫做伊莉莎白·傑克琳·遜奇的女孩。長得很美。我沒見過她，可是我看過她的畫像。」

小傑的兩隻眉毛揚得老高。「你說誰？」

艾希布雷斯把名字又說了一遍。

小傑又好氣又好笑，一張臉糾結著笑意與蹙眉。「你從未見過她？你就那麼肯定她會要你？」

「我知道她會的，小傑老弟。你也可以說她毫無選擇的餘地。」

「現在就這麼認定了？」小傑氣憤地說：「我想應該是你寬厚的肩膀和美麗的頭髮讓她……無法抗拒，哦？或者不是，你別說——是你的詩，對吧？當然了，你一定會拿出那首誰也看不懂的〈十二小時〉，為她念上幾段是吧，既然她無法瞭解，就會把它當成……藝術，是這樣嗎？你這個狂傲的王八蛋……」

艾希布雷斯詫異地睜開眼睛，坐了起來。「小傑，你這是怎麼回事？老天，我又沒說我要強暴她，我——」

「是啊，你沒有！你只是要給她一個千載難逢的機會，和一個眞正的詩人——怎麼說，交往嗎？她可眞是個幸運兒！」

「你到底在激動些什麼，小子？我只是說——」

小傑從牆頭上跳起來，雙手插腰說道：「見見伊莉莎白．遜奇吧！」

艾希布雷斯驚愕地瞪著她看：「什麼意思？你認識她嗎？哎呀，沒錯，你是認識她的呀！其實我不是——」

「該死的東西！」小傑把頭髮往外一撥說：「我就是伊莉莎白．傑克琳．遜奇！」

艾希布雷斯不自在地笑起來——接著卻是一愣。「我的老天。妳……眞的嗎？」

「有四件事我應該不會弄錯，這正是其中一件，艾希布雷斯。」

他驚慌地拍了一下手心。「我眞該死，對不起，小——遜奇小姐。我以為妳只是……小傑老弟，我以前在傑克船長那兒的老伙伴。我作夢也沒想到這一直以來妳——」

「你根本沒去過傑克船長那裡。」小傑說。接著又以幾近辯解的口吻加了一句：「我想，應該沒有吧？」

「就某個角度而言我是去過的。其實，我——」他頓了一下。「妳說我們邊吃早餐邊談好不好？」

小傑又皺起眉頭，但沈默片刻後她還是點點頭。「好吧，就看在可憐的道爾那麼重視你的份上。這可不代表我讓步了，懂嗎？」她微微一笑，但即時驚覺又連忙板起臉孔。「走吧，我知道聖馬丁巷有個地方，還能讓你挨火邊坐著。」

她跳下牆頭，艾希布雷斯也站起來，兩人在清朗的晨曦中朝北邊的河濱大道走去，卻兀自爭論不休。

尾聲：一八四六年四月十二日

此時尋找較新的世界猶未晚矣。
出航，穩穩端坐以便深深劃出轟然的水痕；
因為我追求著航向落日彼端，
和那一片溶溶的西方星辰，直到死去。

——但尼生

艾希布雷斯站在門口，望著陰霾的天空下綿延數哩長、灰灰暗暗、滿佈山丘的烏威治沼澤，約莫一刻鐘後，他幾乎就要脫掉外套走回屋內。畢竟爐火燒得正旺，他也尚未將昨晚那瓶Glenlivet威士忌喝光。但他隨即皺起眉頭，將帽沿拉低蓋住灰灰黃黃的頭髮，他今天特地準備的劍就掛在腰間，他一手撫著劍欛一手將身後的門帶上。不行，我必須對小傑有所交代，他拖著沈重腳步往下走時心裡想著。幾年前，她是何等……勇敢地赴了自己的死亡約會。

在過去這孤單的幾年當中，艾希布雷斯甚感苦悶，因爲他發現自己對小傑的長相已失去印象——那些該死的畫像剛開始看起來還好，加上她還活著可以彌補其不足，但最近他卻覺得這些畫從未捕捉到她眞正的笑容。然而今天他覺悟到自己其實清清楚楚地記得她，就好像當天早上她才搭車進倫敦城；她深情卻帶嘲弄的微笑，她偶爾發作的小性子，她那既調皮可愛又優雅端莊的美，始終存留在他心裡，直到她四十七歲染患熱症過世。他越過大路開始沿著沼澤小徑走——過去幾個春夏秋冬，他就這麼陰沈沈地看著這條小路出現——心裡一面想著，今天我腦海中的她特別清晰，很可能是因爲今天我就要再次和她見面了。

小路在山丘間起起落落，但健步如飛地走了十分鐘見到河流時，他的腳步卻依然輕盈，也絲毫不覺氣喘，因爲他已經習劍健身數年，並打定主意不管自己註定死在誰的手上，至少也得重創對方。

他站在一個低低隆起的坡地上，可以俯瞰五十碼外楊柳垂蔭的泰晤士河畔，當下決定：我就等在這裡，將來發現屍體的地方可能會比歷史記載更靠近河岸，但我想事先看清楚殺我的人。

究竟會是誰呢？他感到納悶。

他發覺自己在發抖，便坐下來做了幾個深呼吸。別緊張，老兄，他告訴自己。過去這漫長且多半快活的三十五年當中，你早知道會有這一天。

他靠著背，抬頭望著翻湧的灰雲。你的朋友大多都死了，他心想。二十多年前，拜倫在米索隆吉死了——也是死於熱病——柯律治則於一八三四年過世。艾希布雷斯微微一笑，心想——這已不是他第一次這麼想——柯律治晚期的部分詩作，尤其是〈地獄邊緣〉和〈除此無他〉兩首，有多少靈感是來自於他對一八一一年四月初那個晚上的模糊記憶呢？其中有幾行讓艾希布雷斯感到好奇：「地獄邊緣之窟亦無此可怕景致／四壁環繞，幽靈牢獄牢不可破／只因那空洞虛無令人恐懼……」以及「黑夜是唯一事實！／光線則令人憎惡！／……濃烈的黑與無底的風暴……」

他揉揉眼睛站起來——忽然整個人楞在當下，胸口感到一陣冰冷空洞，因爲在他轉移視線之際，一棵柳樹下竟已停泊了一艘小船，並且有個高大魁梧的男子正踩著堅定的步伐爬上斜坡，一把帶鞘的劍在他右臀邊搖晃著。有意思，艾希布雷斯緊張地想——跟我一樣是個左撇子。

好了，他告訴自己，鎮定一點。別忘了，他們只在你的肚子上發現傷口，所以不必撥擋來劍保護手、腳和頭——只要注意刺向軀幹的招式就行了……雖然總會有一劍是你擋不住的。

他用右手拍拍肚子，心裡納悶：不知道會是哪塊完好的肌膚，不久即將被冰冷的鐵器刺穿撕裂數吋？

再過一個小時就結束了，他心想。他試著要像小傑一樣勇敢度過這最後一個鐘頭。因爲她也知道自己的死期將至……自從一八一五年的某天晚上，你喝得爛醉而拗不過她的請求，說出了她死亡的日期與情況之後，她就知道了。

艾希布雷斯把胸膛一挺，步下坡頂，沿著小徑向河岸走去，打算與殺他的人在半途碰面。

那人抬起頭看見艾希布雷斯向他走來，似乎十分驚訝。不知道我們會因何爭執？艾希布雷斯心想。至少他並不年輕——他的鬍子看起來和我的一樣白。從他黝黑的膚色看來，他也到過國外。不過他的臉似乎有點眼熟。

當他們還距離十來碼時，艾希布雷斯停下來喊道：「早啊。」他對自己穩健的聲音相當自豪。

那人眨眨眼，露出狡猾的笑容，艾希布雷斯這才發現此人不太正常，不禁打了個寒顫。「你是他，」陌生人以沙啞的聲音說：「對吧？」

「我是誰？」

「道爾，布蘭登・道爾。」

艾希布雷斯壓抑住驚訝回答道：「是的……但是我早在三十五年前就不用這個名字了。怎麼？我們認識嗎？」

「我認識你，而且，」那人拔出劍來，說道：「我是來殺你的。」

「我猜也是。」艾希布雷斯冷靜地說，同時後退也拔劍出鞘。風在高高的草叢中窸窣低語。「能告訴我為什麼嗎？」

「你心裡有數。」那人說到「有數」二字時便如閃電般遞出一個長刺；艾希布雷斯以六分位防禦猛力將劍向外格開，卻忘了反擊。

「我眞的不明白。」他喘著氣說，並試著在泥地上踩穩腳步。

「那是因為……」那人說著一面展開快速的虛攻與轉位攻擊，艾希布雷斯以一記圓形撥擋驚險過關，交劍時發出刺耳的撞擊聲。「……你活著……」那人的劍迅速抽離，猛然朝艾希布雷斯的胸口刺來，艾希布雷斯只得向後躍出對方劍所及的範圍。「……我就活不成。」他收回弓步後，劍身一轉斜刺向艾希布雷斯的手臂，艾希布雷斯可以感覺到劍鋒劃破了外衣和襯衫擦過骨頭。

艾希布雷斯實在過於吃驚，差點就忘記要閃避下一個攻擊。這不對呀，他迷惑不已地想，我知道我屍體的手臂並沒有受傷！

他接著笑了，因爲他已經明白原因。

「馬上投降，否則就領死吧。」艾希布雷斯幾乎是愉快地向對手喊話。

「該死的人是你。」那人喃喃說完又是一劍刺來，但忽然中途打住，以便誘使艾希布雷斯過早防守；但艾希布雷斯沒有上當，並以劍的強部抵住對手的劍尖，使勁一個側壓後，劍尖旋捲朝對手的肚子刺去，然後深深刺入。他可以感覺到狹窄的劍刃刺中脊椎停住而後彎曲。

那人坐倒在濕濕的草地上，用已經沾滿鮮血的手抱住自己。「快，」他喘息著，黝黑的皮膚也發白：「讓我變成你。」

艾希布雷斯只是定定地看著他，心中的興奮頓時消失了。

「快呀，」那人將劍抵在地上發出刺耳的聲音，接著抛下劍開始爬過來。「玩那把戲。掉換。」

艾希布雷斯往後退。

他的對手爬了一兩碼遠之後，便往前撲倒在草堆裡。

艾希布雷斯有幾分鐘動也不動，後來地上的軀體停止呼吸了，他才走過去跪在旁邊，輕輕按著死者的肩膀。

他心想，如果像你這樣的東西死後會有任何好報，我想你已經得到了。天曉得你是怎麼從開羅回到英國，又是怎麼找到我的。也許有一股力量將你拉回我這兒來，就像鬼魂總會被牽引回到他們死亡之地。無論如何，你還是在我的傳記中佔有一席之地——至少是小小一席：屍體是你的。

最後艾希布雷斯用一簇連根拔起的草抹抹劍身，然後站起來將劍插入劍鞘，接著又從圍巾撕下一長條綁住受傷的前臂。春寒料峭，也將他腦中所有關於過去的思緒一掃而空，他帶著數十年未曾體驗過的冒險心情，沿小路走向泊在岸邊的船，留下了無數年前羅曼奈利博士利用他所製造的卡。

從現在起，一切將發生的事都是未知數，他解開船索時心中潛藏著一股興奮。我讀過的書都無法給我任何提示。我可能會翻船，五分鐘內便溺斃，但我也可能再活二十年！

他爬上船去，將槳耳安上槳架，用力划三下便到了河心。他繼續往前划，划向他眞正的命運歸宿，不管他曾經是布蘭登・道爾、啞巴湯姆、補鞋匠艾希弗里斯或是威廉・艾希布雷斯，如今他誰也不是了。他欣喜之餘，唱起了他所記得的披頭四的歌，一首接著一首以餉水鳥……除了〈昨日〉之外。

國家圖書館出版品預行編目資料

阿努比斯之門／提姆．鮑爾斯
(Tim Powers) 著；顏湘如譯.-- 初版--
臺北市：大塊文化，2004 [民 93]
面：　　公分.--(R : 02)
譯自：The Anubis Gates
ISBN　986-7600-62-2 (平裝)

874.57　　　　　　　　93010460

LOCUS

LOCUS